MATEMATYCZNY STAN GRACE KSIĄŻKA 1 I 2 KOMPLETNA SERIA

FRAGMENT: FINALE FUZJA

Cathy McGough

Stratford Living Publishing

CO MÓWIĄ CZYTELNICY

USA:

„Genialne! To niezwykle kreatywna powieść dla młodzieży. Jest to opowieść pełna dzikiej wyobraźni, fantastycznych przygód i zadziwiających koncepcji dotyczących natury wszechświata".

„Grace jest bohaterką innego rodzaju, a ta powieść to opowieść dystopijna dla młodzieży innego rodzaju. Na pierwszy rzut oka Grace nie wyróżnia się niczym szczególnym, poza tym, że jest geniuszem matematycznym. Po wypadku zaczyna się okazywać, że rzeczy mogą nie być takie, jak się wydają na pierwszy rzut oka. Podobały mi się wielowarstwowe aspekty tej historii. To wyjątkowa opowieść, którą czyta się z przyjemnością".

„Pierwsza część przypomina powieść kryminalną, która sprawia, że chce się przewracać kolejne strony. Jest tu wiele scen romantycznych. Podobał mi się również humor rozsiany w całej książce. Ogólnie rzecz biorąc, jest tu wiele rzeczy, które sprawiają przyjemność, w tym świetne postacie, fajne elementy fantasy i wspaniały opisowy styl pisania".

„Historia ma w sobie coś nieuchwytnego, co skłania umysł do otwierania się na nowe możliwości”.

Wielka Brytania:

„Doskonały styl pisarski i fascynująca fabuła sprawiają, że powieść czyta się w doskonałym tempie”.

„Dziewczyna-maniak, sportowy chłopak – wrzuceni w chaotyczny świat dziwnych wiatrów, trzęsień ziemi i stojący przed perspektywą bycia jedynymi żyjącymi istotami na świecie. Opowieść o przetrwaniu i miłości”.

Spis treści

CYTAT

„Myślę, że kiedy jeszcze się zbliżaliśmy,
zanim nawiązaliśmy kontakt,
byliśmy w stanie matematycznej łaski”.
Ian McEwan, NIEKOŃCZĄCA SIĘ MIŁOŚĆ (ENDLESS
LOVE)

DLA MABEL I MICHAELA Z MIŁOŚCIĄ

DLA MABEL I MICHAELA Z MIŁOŚCIĄ

KSIĄŻKA 1

FRAGMENT

ROZDZIAŁ 1

Szesnastoletnia GRACE GREENWAY LUBIŁA długo spać, zwłaszcza w dni szkolne.

Jej matka, Helen Greenway, otworzyła drzwi i weszła do środka. Dwie głowy na jej kapciach w kształcie koali wskazywały jej drogę. Głowy szeptały „szszszsz", przemierzając chłodną drewnianą podłogę.

Kiedy Helen dotarła na drugą stronę pokoju, przestała być czujna. Zdjęła chusteczkę nasączoną perfumami, którą zakrywała nos. Powietrze w pokoju było ciężkie z powodu eksperymentów z poprzedniego wieczoru, które, sądząc po zapachu, miały coś wspólnego z siarką.

Kiedy dotarła do okna, Helen otworzyła je szeroko. Wyciągnęła głowę na zewnątrz, wypełniając płuca czystym tlenem. Odświeżona, odsunęła zasłony. Helen skierowała się wraz ze swoimi kapciami w stronę kłębka na łóżku: swojej córki, Grace.

Po drugiej stronie pokoju komputer Grace dał o sobie znać, wydając alarm. Na ekranie zaczęły migać losowe liczby. Odczytywał je na głos głosem podobnym do głosu Stephena Hawkinga.

Helen zastanowiła się nad znaczeniem tych liczb. Nie miały one większego sensu dla jej umysłu, który nie był zorientowany matematycznie. Jej kapcie z głowami koali pochyliły się, udając, że wszystko rozumieją. Helen przeszła przez pokój, a głowy koali kiwały się i szeptały do siebie. Helen sama nie miała pojęcia o matematyce. Nie miała pojęcia, od kogo jej córka odziedziczyła geny matematyczne. Helen rozważała tę genetyczną transmisję, patrząc na swoją córkę owiniętą w kokon.

„Czas wstawać, kochanie!" – powiedziała Helen.

Grace poruszyła się lekko i odrzuciła kołdrę. Zwlekając, przeciągnęła się i ziewnęła, nie otwierając oczu.

„Dzień dobry, śpiochu" – powiedziała Helen, całując córkę w czoło.

„Dzień dobry, mamo" – odpowiedziała Grace, w końcu otwierając oczy.

„Autobus będzie za piętnaście minut! Musisz się pospieszyć. Przygotuję ci coś do jedzenia na drogę".

„Dobrze, mamo" – powiedziała Grace, wyjmując się spod kołdry. Usiadła, ale zaraz opadła z powrotem na poduszkę. Tak bardzo chciała wrócić do stanu snu – do stanu umysłu Vincente Marino.

„No dalej, Grace!" – powtórzyła Helen, kierując się w stronę drzwi. „Za pięć minut na dole!"

Grace wyszeptała imię Vincente, cicho, delikatnie, prawie jakby wyobrażała sobie, że on ją słyszy. Wyobraziła sobie, jak wspina się po kratach za oknem. Stuk, stuk, stuk.

Odgłos komputera sprawił, że się obudziła. Przetarła oczy, aby pozbyć się śladów snu. Spojrzała na koszulę nocną, którą miała na sobie. Nienawidziła tej rzeczy z białą koronką i czerwonymi wstążkami. Była absolutnie dziewicza.

Grace przesunęła palcem po czerwonej wstążce, która wbiła się w jej skórę. Bolało jak diabli, jakby skaleczyła się papierem, ale wstążka była z materiału. Odpięła ją od koszuli nocnej. Patrzyła, jak opada na podłogę, a kilka sekund później spadają na nią szkarłatne krople krwi.

Grace ssała krwawiący palec, ale krew nadal kapała na podłogę. Mieszała się z czerwoną wstążką, która wiła się jak wąż. Zamknęła oczy i opadła na poduszkę. Myślała o Vincente Marino. Nie mogła się doczekać, żeby go dzisiaj zobaczyć.

Grace podeszła do krawędzi łóżka, gdzie przed chwilą były krople krwi, ale teraz już ich nie było. Wzruszyła ramionami i podniosła czerwoną wstążkę. Grace ponownie przymocowała ją do koronkowego kołnierzyka koszuli nocnej i udała się do łazienki.

Helen ponownie zawołała z dołu, ale Grace nie zareagowała. Zamiast tego zamknęła za sobą drzwi i ziewając, pozwoliła, by jej biała koszula nocna opadła na zimną podłogę wyłożoną kafelkami.

Grace pochyliła się nad kabiną prysznicową i odkręciła gorącą wodę na pełną moc. Pozwoliła, by para unosiła się w powietrzu, jednocześnie spoglądając przez ramię. Jej koszula nocna leżąca w kupce na podłodze wyglądała prawie jak duch, który przyszedł i odszedł.

Następnie weszła pod parującą gorącą wodę. Tylko gorącą, nigdy zimną. Umyła włosy, twarz i resztę ciała, a potem pozwoliła, by gorąca woda spływała po niej.

Kiedy była już rozgrzana jak maślana bułeczka, zakręciła wodę i cofnęła się. Odkręciła zimną wodę na pełną moc, policzyła do trzech i weszła pod prysznic. Wstrząs dla jej organizmu był jak reakcja chemiczna, porażenie prądem. W tej chwili czuła się najbardziej żywa. Wszystkie jej zmysły były wyostrzone. To było prawie jak ponowne narodziny.

Grace obserwowała wodę, która spływała do odpływu. Zauważyła, że czerwona wstążka w jakiś sposób wpadła do odpływu. Złapana w wir, kręciła się w kółko.

Sięgnęła do środka i złapała czerwoną wstążkę, zgniatając ją w kulkę w dłoni, aby odsączyć nadmiar wody. Kiedy otworzyła dłoń, wstążka ożyła i uformowała się w kształt.

Zaintrygowana, powtórzyła ten proces: zgniotła wstążkę, zacisnęła dłoń, otworzyła dłoń. Ponownie zobaczyła rezultat. I jeszcze raz. I jeszcze raz.

Zawsze tak się działo.

Raz po raz przybierała ten sam kształt: kształt serca.

ROZDZIAŁ 2

G RACE WRZUCIŁA KOSZULĘ NOCNĄ do kosza na brudną bieliznę. Zaczęła ubierać się w szkolny mundurek, podciągając spódnicę tak wysoko, jak tylko mogła. Wszystkie dziewczyny w szkole tak robiły, aby spódnica była krótsza niż powinna. Kiedy mundurek był już w porządku, wróciła do swojego pokoju i zaczęła suszyć i czesać swoje długie, kasztanowe włosy.

Spojrzała przez ramię na ekran komputera: nadal szukał. Grace miała nadzieję, że znajdzie odpowiedź w ciągu nocy. Zaprogramowała go w jednym celu: aby znalazł kolejną ciąg Fibonacciego. Jeśli się powiedzie, nazwisko Grace Greenway zostanie zapisane w podręcznikach historii. Jej odkrycie będzie rywalizować ze złotym środkiem.

Grace uśmiechnęła się i ułożyła włosy. Przypomniała sobie swój pseudonim dla Vincente Marino. Nazywała go swoim złotym środkiem. To była jej mała tajemnica.

Aby zakończyć przygotowania, sięgnęła głęboko do szuflady, w której chowała kosmetyki i szczotkę. Nałożyła podkład i odrobinę różu. Grace spryskała szyję niewielką ilością perfum, zanim zeszła na dół. Miała nadzieję, że uda jej się ominąć mamę. Miała nadzieję, że mama nie zauważy skróconej spódnicy ani innych zmian, które wprowadziła tego ranka. W przeciwnym razie doszłoby do dramatu.

Kierowca autobusu zatrąbił przy krawężniku, a Grace ruszyła biegiem. Chwyciła książki i kawałek tostu, mijając mamę. Wyszła z domu, omijając czujne spojrzenie matki, wbiegła po schodach i wsiadła do autobusu.

Helen patrzyła, jak córka wsiada do autobusu, doskonale wiedząc, że jej spódnica jest krótsza niż powinna.

Helen nadal patrzyła, jak córka kieruje się w stronę tylnej części autobusu. Przypomniała sobie, jak po raz pierwszy stała w tym miejscu i patrzyła, jak córka wsiada do autobusu. Helen chciała pójść z córką do autobusu. Grace była tak podekscytowana i zdeterminowana, aby być dużą dziewczynką, że chciała zrobić to sama. Helen pamiętała to jakby to było wczoraj: jak jej córka była gotowa odciąć się od niej. Helen nie była przygotowana na przytłaczający ból, który ściskał jej serce. Śledziła wzrokiem autobus, aż zniknął jej z oczu. Łza spłynęła jej po policzku. Helen otarła ją.

W autobusie Grace znalazła swoje zwykłe miejsce, a następnie otworzyła książkę. Ukryła się za podręcznikiem, jakby był ścianą, przebraniem. Tam mogła czekać na przybycie Vincente Marino, incognito.

Gdy autobus zgrzytał na drodze, Grace na chwilę straciła orientację, gdzie się znajduje. Powróciła do rzeczywistości, gdy Vincente Marino wsiadł do autobusu.

Grace wyprostowała się, jakby przepłynęła przez nią fala adrenaliny. Trzymała podręcznik przed sobą jak tarczę. W środku jej serce biło tak mocno, jakby wyrosły mu skrzydła i miało zaraz wzbić się w powietrze. Jej puls przyspieszył i musiała skupić się na każdym oddechu.

Vincente przechodził od siedzenia do siedzenia, przybijając piątki i witając się, aż kierowca autobusu kazał mu usiąść. Po gwizdnięciu tak wysokim, że musiały go usłyszeć wszystkie psy w okolicy, Vincente usiadł obok swojej dziewczyny, Missy Malone.

Grace była zakochana w Vincente Marino, ale kochała go tylko z daleka. Wiedziała, że jest poza jej zasięgiem, ale jednocześnie miała nadzieję. Wierzyła, że miłość jest równaniem matematycznym. Wierzyła, że prawdziwa miłość jest z góry ustalona.

Było to jak każda inna formuła matematyczna: trzeba było tylko szukać. Szukać, aż znalazło się idealną złotą środkową wartość. Gdy wszystkie liczby z prawidłowej sekwencji znalazły się na swoim miejscu, wszechświat sprawiał, że dwoje ludzi zakochiwało się w sobie. Grace Greenway czekała, aż jej złoty środek ułoży się w sekwencję. Wtedy ona i Vincente Marino znaleźliby się w idealnym stanie miłości.

Grace podniosła wzrok znad podręcznika. Głos Vincente'a dotarł do niej. Obserwowała, jak jego blond włosy mienią się w słońcu. Jego złote loki opadały mu na ramiona. Roześmiał się i szepnął coś do ucha Missy, a następnie odwrócił się w kierunku tylnej części autobusu.

Serce Grace zamarło, gdy ich spojrzenia spotkały się na ułamek sekundy. Jej policzki pokryły się rumieńcem. Ponownie zasłoniła twarz podręcznikiem, jakby była to kurtyna. Grace nadal widziała swoje stopy, swoje buty. Wtedy sportowe buty Vincente Marino dotknęły jej butów. Opuściła książkę, a jego kobaltowe oczy spotkały się z jej piwnymi oczami. Zakaszlała, gdy w końcu przypomniała sobie, żeby oddychać.

„Hej, Grace" – powiedział Vincente.

„Zastanawiałem się, czy mogłabyś uratować mi życie?"

Skinęła głową.

„Wczorajszy mecz trwał do późna, a potem musieliśmy wyjść świętować, w końcu wygraliśmy! Wiesz, jak to jest".

„Tak, wiem" – szepnęła.

„A dziś rano zdałem sobie sprawę, że nie odrobiłem zadania domowego z matematyki, a wiesz, że stary pan Dense ma na mnie oko. Bardzo chciałby mnie wyrzucić z drużyny".

„Tak, wiem".

„Grace?" Wzięła głęboki oddech, kiedy wypowiedział jej imię, a on kontynuował. „Gdybyś mogła znaleźć w swoim sercu siłę, by pożyczyć mi swoją pracę domową, byłbym ci dozgonnie wdzięczny. To by mi naprawdę uratowało życie".

Bez wahania sięgnęła do torby.

„Oddam ci ją przed lekcją". Następnie wykonał gest krzyżowania serca i przysięgania na śmierć. Uśmiechnął się promiennie w jej kierunku. „Dzięki, kochana" – powiedział, wysyłając jej pocałunek, gdy chował jej książkę do plecaka. Vincente wrócił na swoje miejsce, gdzie Missy Malone obserwowała ich interakcję.

Grace i Missy spojrzały na siebie przez chwilę ponad ramieniem Vincente'a. Nie były rywalkami. Missy wiedziała, że Grace nie stanowi zagrożenia, ale widziała, że ta biedna idiotka jest zakochana w Vincente. Wszyscy wiedzieli, że chodzi za nim jak bezpański szczeniak.

Grace ponownie zasłoniła się podręcznikiem i uśmiechnęła się do siebie. W rzeczywistości miała na twarzy największy i najgłupszy uśmiech, jaki tylko można sobie wyobrazić. Była tak podekscytowana, że znów będzie rozmawiać z Vincente. Nawet myśl o Fibonaccim nie była w stanie odwrócić jej uwagi.

Wtedy zdała sobie sprawę, że autobus się zatrzymał, a wszyscy pasażerowie tłoczyli się w przejściu. Ona również się tam przedarła, wciskając się między ludzi, aż znalazła się tuż za Vincente. On przepuścił Missy przed sobą. Zapach wody kolońskiej Vincente unosił się w jej kierunku. Grace wdychała go, wdychała jego zapach.

Kiedy wyszedł na słońce, promienie padły na złoty pierścień na jego palcu i na chwilę oślepiły ją. Wpadła na niego, ale nie wydawał się tym przejmować. Roześmiał się i uśmiechnął się szeroko w jej kierunku.

Grace zapomniała oddychać.

Missy Malone zagwizdała, objęła Vincente'a ramieniem i odprowadziła go.

Grace dotarła do swojej szafki. Wzięła głęboki oddech, a następnie wrzuciła do niej plecak. Przejrzała swój poranny plan zajęć: studia nad rdzennymi mieszkańcami Australii, matematyka, sztuka, następnie lunch, a potem znowu sztuka, angielski, wolna godzina. Mogła pójść obejrzeć mecz. Zadzwonił dzwonek. Zamknęła szafkę. Pobiegła korytarzem i zajęła miejsce przy oknie.

Jej nauczycielka, panna Smart, sprawdziła obecność, a następnie przedstawiła klasie gościa specjalnego. Gościem była kobieta z pokolenia skradzionych dzieci.

Opowiedziała klasie o tym, jak została porwana, a następnie adoptowana przez białą rodzinę. O tym, jak nie pozwolono jej praktykować ani przestrzegać tradycji ludu Gadigal.

Grace było jej żal. W końcu żadne dziecko nie powinno być porzucane, a tym bardziej porywane. Żadne dziecko nie powinno być wykluczane ze swojej własnej historii. To było absurdalne.

Grace nie mogła zrozumieć, dlaczego rodzice tej kobiety pozwolili na to. Wyobraziła sobie, jak wyglądałaby taka sytuacja w jej domu. Pojawiliby się obcy ludzie. Żądaliby zabrania jej. Rodzice Grace zatrudniliby wszystkich prawników w mieście i powstrzymali to, zanim jeszcze się zaczęło. Zastanawiała się, czy zadać tej kobiecie to pytanie. Inna koleżanka z klasy wyprzedziła ją.

Kobieta pamiętała, jak biały mężczyzna przyniósł ze sobą broń, w tym pistolety. Jej rodzice wiedzieli, że jeśli będą się opierać, dojdzie do rozlewu krwi, więc tego nie zrobili. Powiedziała, że nie ma sensu walczyć, ponieważ zabranie dzieci było zgodne z prawem.

„Nie działo się tak tylko w Australii" – wyjaśniła kobieta klasie. „Dotyczyło to również rdzennych mieszkańców Kanady i Ameryki Północnej, rdzennych mieszkańców Nowej Zelandii i wielu innych ludów w różnych miejscach na całym świecie. Każdy przypadek był inny, ale te straszne wydarzenia na zawsze zmieniły nasze rodziny".

Chociaż Grace czuła empatię, uważała, że kobieta powinna zapomnieć o przeszłości i iść naprzód. Uważała, że życie jest jak wzór matematyczny. Trzeba nieustannie szukać i iść naprzód. Przekształcać się. Robić postępy.

Grace udała się na lekcję matematyki, gdzie Vincente podał jej pracę domową w samą porę, aby ją oddać. Pan Dense był nauczycielem, który wszystko robił zgodnie z podręcznikiem. Wydawał się zadowolony, gdy Vincente Marino jako pierwszy w kolejce oddał swoją pracę domową.

Dzisiaj na lekcji omawiano Fibonacciego. Ponieważ szesnastoletnia Grace Greenway była uznaną cudowną dzieckiem, nauczyciel zwolnił ją wcześniej. Grace spędziła wolny czas na nauce w bibliotece. Poszła na inne zajęcia, lunch, angielski. Następnie wróciła do biblioteki, aby spędzić wolną chwilę przed rozpoczęciem meczu.

Po przeczytaniu i wybraniu kilku podręczników do wypożyczenia, udała się na boisko, aby obejrzeć mecz krykieta. Właśnie wtedy Vincente Marino podszedł do pałki. Tłum licealistów wybuchnął burzliwymi oklaskami.

Grace, rozproszona białym strojem krykietowym Vincente, który odbijał popołudniowe słońce, straciła kontrolę nad stosem książek. Podniosła tomy i żonglowała nimi, mając nadzieję, że uda jej się je uratować. Jednak jej determinacja, by pozostać w pozycji pionowej, trzymając komplet dzieł matematycznych wzorów do naśladowania: Sophie Germain, Hypatii, Lise Meitner i Mary Somerville, nie miała szans powodzenia. Kiedy książki uderzyły o ziemię, ona również została powalona na ziemię w więcej niż jednym sensie.

✳✳✳

Kiedy Grace się ocknęła, wszystko było zamglone i niewyraźne. Kręciło jej się w głowie i miała ochotę zwymiotować. Głowa bolała ją strasznie. Czuła się, jakby jej mózg próbował znaleźć wyjście z głowy. „Wszyscy cofnijcie się!” – krzyknął ktoś. „Grace? Grace! Nic ci nie jest? Odpowiedz mi, Grace! Słyszysz mnie?”.

Kiedy otworzyła oczy i spojrzała w niebo, anioł wołał jej imię. Grace zastanawiała się, czy nie umarła. Czy mogła umrzeć i przenieść się do innego wymiaru? Nie chcąc w to uwierzyć, zamknęła oczy i otworzyła je ponownie. Nad nią unosił się chłopiec z aureolą wielkości słońca.

„Tak mi przykro, Grace” – powiedział, biorąc ją za rękę.

Wokół zgromadził się tłum, przepychający się, popychający i krzyczący. Tworząc ogólny nastoletni chaos.

Grace widziała, jak pochylają się nad nią – niektórzy z uśmiechniętymi twarzami do góry nogami. W jej głowie słychać było ciągły szum. Gdyby nie jedna znajoma twarz, twarz młodego mężczyzny, poczułaby strach.

Próbowała być dzielna i wstać. Nogi nie chciały jej słuchać. Trzęsły się i chwiały jak rozgotowany makaron. W uszach dominował szum oceanu.

Ponownie usiadła i oparła głowę na piersi młodego mężczyzny. Nie wydawał się mieć nic przeciwko temu.

ROZDZIAŁ 3

Twarz chłopca zbliżyła się do twarzy Grace, tak że promienie słońca rozproszyły kształt jego aureoli. Czuła jego słodki, cynamonowy oddech na swojej szyi. Grace wiedziała, czego on chce. Odwróciła swoją nagą szyję w jego stronę. Dając mu pozwolenie, by ją ugryzł. By skosztował jej.

„Niech ktoś zadzwoni pod numer 112!" – krzyknął chłopiec, podnosząc Grace i trzymając jej ciało.

Grace czuła się źle. Miała zamiar przejść program odchudzania. Nie była zbyt lekka jak piórko. Pochyliła głowę na jego klatce piersiowej, oczekując, że usłyszy bicie jego serca. Jedyne, co słyszała, to szum oceanu.

Grace spojrzała na jego przystojną twarz. Wyglądał na bardzo zmartwionego.

Razem poruszali się wśród szmerów i szeptów tłumu. W kierunku cichego miejsca. W końcu weszli po schodach i przeszli przez drzwi wahadłowe. Następnie Grace Greenway została położona na miękkim łóżku polowym w pokoju, który pachniał środkiem antyseptycznym i skarpetkami gimnastycznymi.

Przytuliła się do niego, próbując ponownie poczuć jego cynamonowy zapach.

„To jest stanowisko pielęgniarek. Poczekaj tutaj. Sprowadzę pomoc”.

„Nie zostawiaj mnie” – powiedziała. „Proszę, nie zostawiaj mnie”.

„Ona nie oddycha!” – krzyknął ktoś w samą porę, przypominając jej o tym.

Wkrótce Grace znów poczuła się sobą. Życzyła sobie tylko, żeby fale przestały rozbijać się o brzeg jej umysłu.

„Słyszysz mnie?” – zapytała kobieta. Grace skinęła głową. „Jestem pielęgniarka Hands”.

„Pielęgniarka, 5. Hands, 5 – niesamowite!” – wykrzyknęła Grace.

„Ona majaczy!” – powiedziała pielęgniarka Hands. Sprawdziła puls Grace i jej czoło, a następnie spojrzała na Vincente i potrząsnęła głową.

„Nie, ona myśli o lekcji matematyki. Pan Dense pozwolił jej wyjść wcześniej. Rozwiązywaliśmy zadania z Fibonacciego” – wyjaśnił Vincente.

„Znasz jej imię?”

„Tak, to Grace. Grace Greenway”.

Grace zgniotła koszulę Vincente w dłoni.

„Naprawdę muszę wracać na mecz”.

„Grace”, powiedziała pielęgniarka Hands, „czekamy na karetkę. Vincente musi wracać na mecz. Proszę, puść jego koszulę”.

Grace krzyknęła: „Nie zostawiaj mnie!”.

Vincente uklęknął obok niej i spojrzał jej w oczy.

Został.

Ona westchnęła.

A potem wszystko stało się czarne.

ROZDZIAŁ 4

W SZPITALU PIELĘGNIARKA ZATRZYMAŁA się przy łóżku Grace i sprawdziła jej parametry życiowe. Na razie była stabilna. Pielęgniarka naciągnęła kołdrę na ramiona Grace. Wyjęła tacę z nieużywanymi szklankami, zatrzymując się na chwilę, aby spojrzeć na młodego mężczyznę w stroju krykietowym. Spał głęboko na krześle pod oknem.

Vincente nie opuścił boku Grace od momentu, gdy przywieziono ją nieprzytomną. Wychodząc, spojrzała na zegarek i obliczyła, że do końca swojej zmiany pozostało jej jeszcze sześć godzin. Kochała swoją pracę, ale to miał być długi dzień.

W pokoju Grace pacjentka zaczęła się poruszać. Wkrótce odkryła, że jest przykuta do łóżka przez szereg hałaśliwych maszyn.

Była w sali szpitalnej. Dlaczego tu była? Jak się tu znalazła? Zamknęła oczy i spróbowała się skupić. Próbowała sobie przypomnieć, ale nie przychodziły jej do głowy żadne wspomnienia.

Chcąc uwolnić się od brzęczących sygnałów i kapania kropli, Grace próbowała usiąść. Kiedy nie udało jej się spełnić tego prostego pragnienia, rzuciła się z powrotem na poduszkę. Miała ogromną ochotę uciec.

Dlaczego tu jestem? – pomyślała Grace. I dlaczego wszyscy mnie opuścili?

Grace zauważyła chłopca, który spał smacznie na krześle obok jej łóżka. W końcu nie była sama i objęła się ramionami najlepiej, jak mogła, mając przymocowane do ciała maszyny.

Czuła się teraz szczęśliwsza, wiedząc, że ktoś tu jest. Że ktoś się o nią troszczy.

Chociaż nie widziała jego twarzy, obserwowała, jak jego blond włosy poruszały się wraz z każdym oddechem. Spał głęboko. Grace nadal wpatrywała się w niego i w biały uniform, który miał na sobie. Zastanawiała się, czy pracuje w szpitalu. Wydawało się dziwne, że pracownik zasnął przy łóżku pacjenta.

Grace poczuła się dziwnie, patrząc na złożone ramiona chłopca i jego swobodnie opadające blond włosy.

Minęło kilka chwil, a ona nadal się w niego wpatrywała. Wtedy, jakby wyczuł jej wzrok, chłopak obudził się z przerażeniem. Odgarnął włosy, odsłaniając twarz anioła.

Grace zakryła usta dłonią. Był oszałamiający. Chłopak wstał i podszedł do niej.

Grace nie mogła oddychać. Gdy się zbliżył, jego ciemnoniebieskie oczy sprawiły, że jej serce zaczęło bić coraz szybciej. Myślała, że zemdleje. Wtedy on przemówił. „Obudziłaś się, Gracie! Dzięki Bogu! Tak się martwiłem. Wszyscy się martwiliśmy”.

„Tak" – odpowiedziała, nie wiedząc, co jeszcze powiedzieć. Nie był członkiem personelu. Znaczył dla niej coś więcej, czuła to w sercu i wiedziała to w głębi duszy. Ale kim on był?

Wyciągnęła do niego rękę, oczekując, że ją weźmie. Nie zrobił tego. Zamiast tego cofnął się o krok. Nieco niechętnie cofnęła rękę.

Chłopak nadal patrzył na Grace, jakby na coś czekał. Po nieudanej próbie złapania jej za rękę, chronił się. Wsunął ręce głęboko do kieszeni. Po kilku sekundach wyciągnął je ponownie.

Grace poczuła jednocześnie gorąco i zimno.

„Wszystko w porządku?" – zapytał. „Czy coś cię boli?".

Grace poczekała i zastanowiła się, zanim odpowiedziała. Chciała, aby jej odpowiedź była zwięzła, ale nie ostra. Nie miało znaczenia, jak się czuła! Chciała wiedzieć, dlaczego tu jest. Chciała wiedzieć, kim on jest.

„Najbardziej boli mnie głowa. To tak, jakby wszystko bolało jednocześnie, jeśli to ma sens. A ciebie?".

Uśmiechnął się szeroko, odsłaniając olśniewająco białe zęby. Grace pomyślała, że jego zęby powinny mieć ostrzeżenie: WYMAGANE OKULARY PRZECIWSŁONECZNE. Przesunął palcami po włosach i ich spojrzenia się spotkały.

Grace poczuła energię, która najpierw uderzyła ją prosto w klatkę piersiową, a potem zdawała się odbijać od ścian. Gdyby nie leżała, przewróciłaby się. Zakochała się. Była tego pewna. Ale on zachowywał się dziwnie. Jakby nie wiedział, co powiedzieć ani co zrobić. Jakby chciał się zbliżyć, ale nie wiedział, jak to zrobić. „W porządku, dziękuję” – powiedział. Wyglądał jak Kubuś Puchatek z ręką w słoiku miodu.

Grace ponownie opadła na poduszkę, nie przerywając kontaktu wzrokowego z chłopcem. Chciała zadać mu pytania, mnóstwo pytań, ale od czego zacząć? Czy powinna je po prostu wyrzucić z siebie? Wyglądał na bardzo skrępowanego. Dlaczego?

Poprawiła swoją pozycję na łóżku. Teraz pochyliła się w jego stronę, opierając głowę na jednym ramieniu – na tyle, na ile pozwalało jej to podłączenie do maszyn – i skinęła, żeby podszedł bliżej.

Zatrzymał się i spojrzał na swoje buty. Potem podszedł do niej. Wiedziała, że nie udzieli jej żadnych informacji, wyczuwała to, czuła to, ale musiała wiedzieć. Czas uciekał. „Co mi się stało?” – wyrzuciła z siebie w końcu.

Chłopak cofnął się nieco, zaczął coś mówić, a potem przerwał. Otworzył usta, a potem znów je zamknął, jak ryba.

Grace próbowała pomóc, zadając bardziej bezpośrednie pytania. „Co robię w tym szpitalu? Jak się tu znalazłam?”.

Chłopak milczał, przeczesując palcami włosy.

Grace nie zrażona kontynuowała: „A kim ty jesteś?”.

ROZDZIAŁ 5

CHŁOPIEC WYGLĄDAŁ NA ZMARTWIONEGO pytaniem numer jeden i zaniepokojonego pytaniami numer dwa i trzy. Najbardziej zaskakującą reakcję wywołało pytanie numer cztery.

Wszyscy wiedzieli, kim był Vincente Marino, a Grace Greenway wiedziała to szczególnie dobrze. Widział, jak patrzyła na niego psimi oczami. Czasami, kiedy myślała, że on nie patrzy, podążała za nim po szkole. Robiła to nawet czasami, kiedy był z swoją dziewczyną, Missy Malone. Czy więc żartowała sobie z niego? Vincente był prawie pewien, że ona bawi się jego umysłem.

Podszedł do niej i spojrzał w jej piwne oczy, zaglądając głęboko w jej duszę. Musiał wiedzieć, co ona zamierza. Sprawdzić, czy ona bawi się z nim, czy też robi mu psikusa, ale Grace nie mrugnęła nawet okiem i nie zdradziła niczego.

Grace nie miała pojęcia, kim on jest.

Kiedy chłopak spojrzał jej w oczy, Grace zastanowiła się, czy nie pomyliła się. Może on też nie wiedział, kim jest? W końcu był blondynem.

„Jestem Vincente" – powiedział, patrząc Grace w twarz w poszukiwaniu oznaki rozpoznania. Kiedy nic nie przyszło, powtórzył swoje imię. Właściwie to prawie je zaśpiewał: „Vincente Marino".

Grace poczuła dreszcz przebiegający po ramionach i zadrżała. Nie rozpoznała jego imienia, ale coś głęboko w niej poruszyło się. Być może był to ton jego głosu.

Powtórzyła jego imię na głos. Nic nie przywołało żadnych wspomnień. Dreszcz zaczął ustępować. Spróbowała przeliterować jego imię, tocząc każdą literę na języku, jakby szukała drogi w ciemności:

„V-I-N-C-E-N-T".

„Moje imię pisze się z literą e na końcu" – powiedział Vincente. Wyjaśnił, że został nazwany na cześć jednego z nawigatorów Krzysztofa Kolumba. Jego rodzice pierwotnie chcieli nadać mu imię Christopher. Kiedy jego mama powiedziała o tym swojej ciotce, nie wiedząc, że ta również jest w ciąży, ciotka ukradła im to imię. Rodzice wybrali dla niego inne imię, Vicente, na cześć Vicente Pinzona.

Kiedy go zobaczyli, zmienili zdanie i nazwali go Vincente.

„To ciekawe" – powiedziała. „Ale kim naprawdę jesteś dla mnie?"

„Nie żartujesz?" – zapytał Vincente. „Naprawdę mnie nie pamiętasz?"

„Nie jestem pewna. Czuję coś w tobie, ale… nie pamiętam nawet własnego imienia".

„Nazywasz się Grace. Jesteś Grace".

„Ale przed chwilą nazwałaś mnie Gracie”.

„Tak, nazwałam”.

„Dlaczego? Jeśli mam na imię Grace..., dlaczego nazwałaś mnie Gracie? Nie podoba mi się to”.

„Okej, nie będę już nigdy nazywać cię Gracie”.

Odsunął się, ponownie przeczesując palcami swoje blond loki. Robił to cały czas. Prawdopodobnie był to nerwowy nawyk. Grace też chciała przeczesać palcami jego włosy. Dlaczego miała takie myśli? Próbowała zrozumieć, co czuje. Te gorące i zimne wybuchy. Próbowała to wszystko zrozumieć. Znaleźć wspomnienie zapisane gdzieś w jej głowie. Jednak za każdym razem, gdy on to robił, przeczesywał palcami włosy, rozpraszało ją to i sprawiało, że kolana drżały jej jak galaretka.

„No dalej, Grace! Musisz mnie pamiętać! Jeśli nie, to żeby to udowodnić, skrzyżuj palce i przysięgnij na śmierć”.

„Myślę, że to dziwny wybór słów. Biorąc pod uwagę, że jestem w szpitalu i w ogóle”.

„Ach, przepraszam. Nie pomyślałem. Proszę, spróbuj sobie przypomnieć, kim jestem, dobrze? Martwisz mnie. Może powinienem wyjść i poprosić kogoś o pomoc?”.

„Martwisz się? Jestem przerażona! Jeśli mówisz, że powinnam cię znać, to gdzieś tutaj musi być zapisane wspomnienie o tobie”. Uderzyła się pięścią w głowę. „Dlaczego nie mogę cię tutaj znaleźć?”

Chwycił ją za rękę, powstrzymując ją przed kolejnym uderzeniem. Podciągnął krzesło do łóżka i usiadł. Postanowił powiedzieć jej wszystko. Wyjaśnić, dlaczego tu jest, że to wszystko przez niego. Jak ją zranił, a potem zawiózł do szpitala.

Jak siedział przy niej przez wiele dni, kiedy była nieprzytomna. Czekał. Modlił się. „To przeze mnie tu jesteś".

„Zraniłeś mnie?"

„Tak, zraniłem cię".

Skrzywiła się. „Zraniłeś mnie!"

„Tak, ale to był wypadek. Gram w krykieta. Byłaś na meczu. Trzy dni temu".

„Trzy dni temu?"

„Tak. Trzy dni temu uderzyłem piłką i trafiła cię w głowę. Od tamtej pory jesteś tutaj. Byłem przy tobie. Czekałem".

„Uderzyłeś mnie? W głowę? I teraz straciłam pamięć?"

„Na to wygląda".

„A potem co?"

„Zaniósłem cię do pielęgniarni w szkole. Karetka przywiozła cię tutaj".

Grace obejrzała swoje ciało. Nie wyobrażała sobie, żeby mógł ją nieść. Był wysportowany, nosił mundurek, ale żeby ją nieść? Niemożliwe. „Niosłeś mnie?"

„Tak".

Poczuła ogromną potrzebę, żeby go uderzyć i jednocześnie przytulić. Ale głowa bolała ją jeszcze bardziej.

„Tak mi przykro" – powiedział.

Impuls przytulenia przeważył nad impulsem uderzenia. „To był wypadek, więc nie masz za co przepraszać".

„Dziękuję" – powiedział, pochylając głowę. Grace wyciągnęła rękę, aby poklepać go jak dobrego psa.

Dziwna kobieta wpadła do pokoju przez wahadłowe drzwi jak burza. Pędziła w ich kierunku. Niewielka posturą, ale pełna energii, zbliżała się do nich. Jej obcisłe niebieskie dżinsy szeleściły, a obcasy butów stuknęły o antyseptyczną podłogę szpitala.

Kobieta spojrzała na Vincente'a, jakby był wrzodem czekającym na nacięcie.

Zmówił się wyraźnie cichym głosem. Zaproponował, że zostawi ich samych. Zanim zdążyli odpowiedzieć, wstał i wyszedł.

„Nie odchodź" – błagała Grace, ale było już za późno. Grace przez chwilę patrzyła na drzwi, mając nadzieję, że wróci. Nie wrócił. Zwróciła uwagę na dziwną kobietę. Zastanawiała się, w jakim szpitalu się znalazła, że pozwala swoim pracownikom nosić dżinsy i buty.

„Jak się masz, kochanie?" – zapytała kobieta, a następnie pochyliła się i przyłożyła usta do czoła Grace.

Grace uznała to za gest zbytniej poufałości i tak też powiedziała. „Nie rób tego!" – wykrzyknęła. „Za kogo się pani uważa?" – zapytała, wycierając bakterie z miejsca, w które kobieta dotknęła ją ustami.

„Jak to, kim jestem?"

„Nie wie pani?" – zapytała Grace, urażona brakiem taktu i profesjonalizmu kobiety.

„Kim jestem?"

„Czy tu jest echo?" – zapytała Grace.

„Więc naprawdę nie wiesz, kim jestem?"

Grace wzruszyła ramionami. Kobieta odwróciła się i wybiegła z pokoju. Jak na niską kobietę w butach na wysokich obcasach, potrafiła biegać naprawdę szybko.

Kiedy wychodziła, Vincente właśnie wchodził. O mało go nie przewróciła. Grace była przerażona, słysząc kobietę wrzeszczącą jak banshee na korytarzu.

Grace pomyślała, że drzwi powinny być obrotowe i tak też powiedziała.

Vincente uśmiechnął się do niej promiennie, co po raz kolejny sprawiło, że jej serce zabiło szybciej.

Grace zastanawiała się, w jakim szpitalu się znalazła. Na oddziale psychiatrycznym?

„Kim była ta szalona kobieta?"

„To nie była szalona kobieta. To była twoja mama".

Moja mama? Jak to możliwe?" Grace zatrzymała się i wpatrzyła się w swoje dłonie. Nie mogła przestać na nie patrzeć. Co to było? Coś tam czaiło się. Coś ważnego. Musiała to zapamiętać, cokolwiek to było, ponieważ czuła, że było to coś bardzo poważnego.

Wtedy to się stało. Leciała w powietrzu, pędząc szybko w ramionach anioła. Spojrzała w górę, na twarz nad sobą, a słońce świeciło za aniołem, tworząc naturalną aureolę. Wytężyła wzrok, aby rozpoznać jego tożsamość, ale twarz była zamazana. Zastanawiała się, czy można rozpoznać rysy anioła. Pomyślała, że rysy anioła mogą być nie do odróżnienia dla żywych. To było to! Grace uznała, że musiała mieć doświadczenie bliskie śmierci.

Trzymała coś w dłoni, gdy leciała do przodu, a oni schowali się w tunelu. Przez chwilę było ciemno lub zamknęła oczy. Potem spojrzała w górę i poznała tożsamość swojego anioła. W rzeczywistości nie był to wcale anioł – był to chłopak stojący obok niej. Szeptała jego imię wielokrotnie. Brzmiało to jak muzyka, nucenie. Bicie rytmu w jej głowie.

– Wszystko w porządku? – zapytał Vincente.

Grace uśmiechnęła się.

Zapytał ponownie: – Wszystko w porządku, Grace? Chcesz, żebym kogoś zawołał?

– Jestem wdzięczna – powiedziała. – Za co?

– No cóż, za ciebie oczywiście. Za ciebie, mój aniele.

Vincente spojrzał na swoje stopy. Włożył ręce do kieszeni. Wyglądał na bardzo zmartwionego, jakby myślał, że ona naprawdę straciła rozum.

Wydawało mu się, że już wcześniej był świadkiem, jak ona go opuszczała – nie fizycznie, ale duchowo. Odpływała daleko w swoich myślach. Można było rozpoznać, kiedy ktoś był „nieobecny", ponieważ jego oczy stawały się szkliste i zamglone.

Vincente chciał, żeby mama Grace Greenway wróciła, żeby mógł się stamtąd wynieść. Zaczynała go przerażać.

Nagle Grace wyrzuciła z siebie: „Vincente, czy jesteś moim chłopakiem?".

„Nie!" – wykrzyknął tonem, którego nie można było źle zinterpretować. Na wszelki wypadek cofnął się jeszcze bardziej, aż plecami oparł się o ścianę.

Wyglądał na całkowicie upokorzonego. Grace była zdezorientowana. Jego zaprzeczenie, to jedno słowo, uderzyło ją z pełną siłą w klatkę piersiową. Wykrzyknik poczuła jak dziob kruka przebijający jej serce. Czuła się zraniona, ale jej dezorientacja była przytłaczająca. Obserwowała go i czekała, aż coś zrobi, coś powie. Cokolwiek.

– Posłuchaj, Grace, musisz wiedzieć, że nie jestem twoim chłopakiem. Przyprowadziłem cię tutaj tylko dlatego, że to ja cię skrzywdziłem.

– Więc zazwyczaj jesteś zbyt fajny, żeby ze mną rozmawiać?

– Grace, pomogłaś mi w zadaniach domowych z matematyki i pomogłaś mi pozostać w drużynie. Jestem wdzięczny za twoją pomoc, ale...

„Wdzięczna...” Oparła się o poduszkę i zamknęła oczy.

Chciała zniknąć w puchowej poduszce.

On chciał zniknąć z pokoju.

Pozostali razem, dzieląc tę samą przestrzeń, chociaż każdy z nich czuł się jak na odludziu.

„Pójdę po twoją mamę, dobrze? Myślę, że powinnaś być z rodziną”. Odwrócił się i wyszedł z pokoju.

Grace poczuła się jak idiotka. Nie wiedziała, kim on jest, ale gdzieś w głębi serca wiedziała, że go kocha. Jakże głupio z jej strony, że tak to wyrzuciła z siebie. Być może kochała go z daleka? Być może on kochał kogoś innego, a ona teraz naraziła się na śmieszność, wyznając mu swoje uczucia.

Zasłoniła twarz poduszką i zaczęła szlochać.

G RACE CHCIAŁA POBIEC ZA Vincente Marino. Próbowała bezskutecznie odpiąć aparaturę, gdy przybyła kawaleria.

„Co ty robisz, Grace?" – zapytała Helen Greenway.

„Prawie je zerwałaś, głupia dziewczyno" – skarciła ją pielęgniarka.

Vincente nic nie powiedział po powrocie. Przesuwał stopami i wkładał i wyjmował pięści z kieszeni, jakby szukał drobnych monet.

„Ja..." zaczęła Grace.

Nie zdążyła dokończyć, ponieważ pielęgniarka zaczęła przechylać i regulować łóżko. Grace straciła równowagę i upadła na bok, prawie uderzając o podłogę. Uderzyłaby o podłogę, gdyby Vincente nie wyjął rąk z kieszeni i jej nie złapał.

Ponownie wziął ją w ramiona, tak jak w jej wspomnieniach. Był darem, darem z góry, i po raz kolejny Grace wróciły wspomnienia. Wspomnienia napływały jak retrospekcje. Vincente w szkolnym autobusie. Vincente grający w krykieta na boisku. Vincente uśmiechający się do niej, odbierający od niej pracę domową.

Vincente, Vincente, Vincente. Zalewała ją fala wspomnień i dzięki nim Grace wiedziała dwie rzeczy na pewno.

Po pierwsze: kochała Vincente Marino. Po drugie: on jej nie kochał.

Spojrzała mu w oczy. Były to puste kałuże światła, pochylające się ku niej, pragnące ocalić ją przed krzywdą, być bohaterem. Ale za tymi ciemnoniebieskimi oczami nie było miłości. Nie było miłości do niej.

Grace była słońcem, wyciągającym swoje promienie, szukającym księżyca: ciemnej strony księżyca. Znajdowali się po przeciwnych stronach, oddalając się od siebie.

– Ahem – Helen odchrząknęła, co sprawiło, że Grace i Vincente mrugnęli, aby się rozdzielić.

– Widzi pani, siostro, ona jest całkowicie poza kontrolą. Nie zdaje sobie sprawy, jak poważna jest jej sytuacja. Jak bardzo jest chora. Helen zaczęła płakać. Nie były to małe łzy. Nie, była to niemal gwałtowna powódź łez, które wstrząsały całym jej ciałem.

– Wszystko w porządku, mamo – powiedziała Grace, wyciągając rękę, aby wziąć mamę za dłoń.

„Pamiętasz mnie?”

„Oczywiście”, skłamała Grace. Nie znała jej i nie miała żadnych wspomnień o niej, tak samo jak o pielęgniarce, która nadal stała z szeroko otwartymi ustami.

„Lekarz jest w drodze”, ogłosiła pielęgniarka. Podniosła ramię Grace i zaczęła mierzyć jej puls. „Twoje parametry życiowe są doskonałe, ale musisz odpocząć. Być może nadszedł czas, aby twoja przyjaciółka poszła do domu.

On też potrzebuje odpoczynku".

Spojrzała na Vincente.

Nie umknęła mu subtelność jej obaw.

„Tak, myślę, że powinienem już iść" – powiedział Vincente. Odszedł kilka kroków od łóżka. Przesunął palcami po włosach. Podszedł z powrotem do łóżka, jakby czekał na zgodę Grace. „Albo mogę zostać, jeśli chcesz".

„Tylko jeśli chcesz" – powiedziała Grace z nutką nadziei w głosie. Zdawała sobie sprawę, że zostaje tylko z powodu poczucia winy, ale postanowiła, że przyjmie go bez względu na to, jak się zgodzi. „Może tylko do momentu, aż zasnę?".

Helen rozmawiała z pielęgniarką, jakby były dawno niewidzianymi przyjaciółkami, gdy wychodziły z pokoju.

„Za kilka minut zasypia" – powiedziała pielęgniarka. „Dałam jej wystarczającą dawkę środków uspokajających, aby zapewnić jej spokojny sen".

Helen spojrzała na nich, a następnie posłała córce pocałunek.

Grace pomyślała, że jej mamie trudno jest zostawić ją samą z praktycznie nieznajomą osobą. Mama nie narzekała. Nosiła to jak bliznę po bitwie.

G RACE SZYBKO ZASNĘŁA.

Vincente skorzystał z okazji, aby włączyć telefon komórkowy i zadzwonić do swojej mamy. Wysyłał jej SMS-y z informacjami o stanie Grace. Nie chciał opuszczać jej boku, dopóki nie upewnił się, że nie grozi jej już niebezpieczeństwo. Musiał wrócić do domu i wziąć prysznic, nie wspominając już o tym, że w końcu mógł zdjąć swój strój do krykieta.

Wkrótce Grace zapadła w głęboki sen, w którym wyobrażała sobie głosy wokół siebie. Szeptane głosy. Potem głosy stawały się coraz głośniejsze. Wypełniały jej umysł śmiechem. Diabelsko głośnym śmiechem, po którym następowały krzyki i drapanie, jakby ktoś został pogrzebany żywcem. Głosy były uwięzione. Krzyczały i drapały, krzyczały i drapały.

Grace obudziła się z przerażeniem, a pot spływał jej po czole. Pościel była wilgotna i zimna. Była zdezorientowana. Bała się otworzyć oczy. Zastanawiała się, czy to, co słyszała w snach, jest teraz z nią w pokoju. Gdyby otworzyła oczy, zobaczyłaby to, a gdyby to zobaczyła, musiałaby uciekać. Nasłuchiwała uważnie. Jedyne dźwięki to tykanie zegara i pluskanie sprzętu medycznego.

Otworzyła oczy, powtarzając w myślach: raz, dwa, trzy, cztery. Grace była sama. Zaczęła drżeć z zimna w zimnym pokoju. Musiała zmienić ubranie. Nie mogła się tam dostać, więc nacisnęła przycisk alarmowy. W ciągu kilku sekund pojawiła się pielęgniarka i pomogła jej przebrać się w czystą koszulę.

„Czy musisz... iść?" – zapytała pielęgniarka.

Ta była mniejsza i bardziej przyjazna niż poprzednia i uśmiechnęła się życzliwie. Grace zaczerwieniła się, gdy pielęgniarka podłożyła jej basen.

Potem Grace zapytała, czy może się przesunąć bliżej okna. Pielęgniarka przesunęła łóżko do przodu, nie naruszając sprzętu. Odchyliła zasłony, wpuszczając światło dzienne. Jego nagła intensywność oślepiła Grace. Spojrzała w dół na delikatną trawę, która uginała się pod wpływem wiatru. Spojrzała w górę, na głęboko błękitne, bezchmurne niebo. Po tak długim pobycie w szpitalu poczuła, że żyje.

„Jeśli będzie pani potrzebowała czegoś jeszcze, proszę dać mi znać" – powiedziała pielęgniarka.

Grace ujęła jej dłoń w swoją i powiedziała: „Dziękuję".

Po raz kolejny była sama, ale tym razem spojrzała dalej wzdłuż ścieżki. Zauważyła mały ogródek kwiatowy, a tuż za nim drzewo.

Obok niego zobaczyła kawałek papieru unoszący się w górę, jakby drwiąc. Mijał nieruchome kwiaty, jakby mówił: „Spójrz na mnie! Możecie mieć piękne płatki i żywe kolory, ale ja potrafię coś, czego wy nie potraficie. Jesteście uwięzieni, a ja potrafię latać. Patrzcie, jak latam!". Kawałek papieru kontynuował swoją podróż.

Grace podążała za nim, gdy leciał coraz wyżej i wyżej, aż w końcu zniknął jej z oczu.

Grace roześmiała się. To było jak oglądanie magii.

„Co robisz?" – wykrzyknęła mama Grace, widząc córkę w pozycji prawie stojącej. Helen Greenway popchnęła córkę z powrotem na poduszkę i przysunęła łóżko do ściany. Następnie otuliła córkę kołdrą. Grace doceniła tę troskę. Pomyślała, że może to przywołać wspomnienie – wspomnienie tej kobiety stojącej przed nią. Ale po raz kolejny nie pojawiły się żadne wspomnienia.

ROZDZIAŁ 6

„MAM NADZIEJĘ, ŻE CZUJESZ się na siłach, aby przyjąć wizytę doktora Christianssona" – powiedziała Helen. „Wkrótce przyjdzie, aby porozmawiać o twoim stanie".

„Mam jakiś problem?" – zapytała Grace.

„Tak, Grace".

Grace była zaniepokojona, gdy lekarz wszedł do środka. Powitał ich i przysunął krzesło. Usiadł na chwilę, a potem wstał. Zmierzył Grace puls. Dotknął jej czoła. „Hmmm. Jak się czujesz, Gracie?"

„Proszę, mów mi Grace".

„Przepraszam. W takim razie Grace. Jak się dzisiaj czujesz?"

„Czuję się lepiej. Ból głowy nie jest już tak silny, ale doktorze, nie pamiętam nic".

„Nic?"

Grace wyglądała na zawstydzoną. Nie chciała, żeby jej mama wiedziała, że jej nie pamięta. Zawahała się. „Mam przebłyski wspomnień".

„Przebłyski?"

„Tak".

„Opowiedz mi więcej" – powiedział, robiąc notatki na tabliczce z klipsem.

„Przebłyski, głównie dotyczące chłopca. Vincente Marino" – powiedziała Grace.

Lekarz spojrzał na Helen z uniesioną brwią.

„Ten chłopak. Ten, który uderzył ją piłką" – powiedziała Helen.

„O tak. To normalne, ponieważ był ostatnią osobą, którą widziałaś, zanim straciłaś przytomność". Zawahał się, coś zapisał. „Więc pamiętasz swoją mamę, prawda?".

Grace miała nadzieję i modliła się, żeby nie zadał jej tego pytania. Czy powinna dalej kłamać, aby uszczęśliwić mamę? Wiedziała, że musi powiedzieć lekarzowi prawdę, całą prawdę i tylko prawdę, aby mógł jej pomóc. Potrząsnęła głową. Helen zaczęła szlochać.

Lekarz poklepał Helen po ręce, a następnie skupił swoją uwagę na pacjentce. „Grace, doznałaś czegoś, co nazywamy urazowym uszkodzeniem mózgu. Jak myślisz, co to oznacza?"

„Nie wiem".

„Cóż, spróbuję ci to wyjaśnić" – powiedział lekarz. „Zostałaś uderzona piłką do krykieta". Zawahał się, a potem spojrzał na Helen. Płakała tak bardzo, że jej klatka piersiowa drżała. Było oczywiste, że próbowała opanować swoje emocje.

Grace chciała, żeby przeszedł do sedna.

„Pierwotne uderzenie piłką, sama siła uderzenia, wystarczyło, aby spowodować uraz. Są powikłania. Poważne powikłania".

Najpierw choroba. Teraz powikłania. Co jeszcze się działo? Czy jej życie było w niebezpieczeństwie?

„Tak, powikłania w postaci skrzepów krwi lub tętniaków w pobliżu mózgu. Ciśnienie wywierane przez tętniaki może powodować utratę pamięci. Mamy nadzieję, że będzie to tylko stan przejściowy".

„Tymczasowy?".

„Tak. Jeśli je usuniemy, mamy nadzieję, że wszystkie twoje wspomnienia powrócą. Ale operacja jest niezwykle niebezpieczna".

„To znaczy, że mogę umrzeć?".

Helen zaczęła płakać jeszcze głośniej.

„Mówiąc wprost, tak. Możesz umrzeć, jeśli przeprowadzimy operację, Grace. Ale rzecz w tym, że możesz umrzeć również, jeśli nie przeprowadzimy operacji".

„Co?".

„Skrzepy rosną, powodując ból i utratę pamięci. Są niebezpieczne. Mogą powstać kolejne, choć nie wiemy kiedy. Niestety, nie znikną, chyba że pękną, rozpadną się i dostaną do krwiobiegu".

„Więc jak się ich pozbyć?" – zapytała Grace, starając się nie płakać.

„Podamy ci leki rozrzedzające krew. W końcu przeprowadzimy operację. Dzisiaj. Albo jutro. Jak tylko wyrazisz zgodę. Zrobimy wszystko, co w naszej mocy, aby je usunąć. Dysponujemy najlepszymi specjalistami. Operacja to Twoja najlepsza szansa na przeżycie i całkowite wyleczenie".

„A jeśli odmówię?"

„Masz szesnaście lat, więc Twoja mama może podpisać dokumenty za Ciebie. Naprawdę uważamy, że to Ty powinnaś podjąć decyzję i ją zaakceptować. Tak będzie lepiej dla wszystkich. Dlatego mówię Ci prawdę, bez owijania w bawełnę."

„Czy naprawdę mam wybór?"

„Jeśli odmówisz, skrzepy i tak się rozpadną, kiedy nadejdzie odpowiedni moment. Skutki mogą być śmiertelne i nie da się tego przewidzieć".

„Dlaczego nie możemy poczekać i operować później? Jeśli będzie to konieczne".

„Możemy. Decyzja należy do ciebie. Możesz poczekać. Najprawdopodobniej z każdym dniem będziesz coraz silniejsza i zdrowsza. Ale ryzykujemy. Jeśli nastąpi nawrót choroby, osłabienie, szanse na pełny powrót do zdrowia również mogą się zmniejszyć".

„Więc im szybciej, tym lepiej?"

„Grace, podchodzisz do tego bardzo spokojnie" – powiedziała Helen, wciąż szlochając. „Moja silna dziewczynka. Tak dzielna". Przytuliła ją.

„Nie chcę umierać. Mam tylko szesnaście lat".

„Zrobimy wszystko, co w naszej mocy, aby pomóc ci przez to przejść" – powiedziała lekarka.

„Skąd będziemy wiedzieć, kiedy sytuacja stanie się bardziej pilna?" – zapytała Grace.

„Kiedy skrzepy pękną, trafisz na naszą listę pacjentów w stanie krytycznym. Natychmiast zabierzemy cię na salę operacyjną. W tym momencie będzie to kwestia życia lub śmierci".

Grace walczyła z łzami. Chciała żyć. Nie chciała umierać, nie w ten sposób. Potrzebowała czasu, ale czas nie był po jej stronie. Chciała być sama. Chciała mieć czas dla siebie. Czas na refleksję. Czas na przemyślenia.

„Dałam ci wiele do przemyślenia, Grace. To dużo nawet dla dorosłego, a co dopiero dla nastolatki. Porozmawiaj z rodziną i przyjaciółmi. Będziesz potrzebowała ich wsparcia i miłości. Aha, i jeszcze jedno. Twój stan, skrzepy, mogły istnieć już od jakiegoś czasu. Być może były uśpione przez miesiące, a nawet lata. Mogły wpływać na twoje samopoczucie emocjonalne. Sprawiać, że czułaś się zmęczona, dawały ci bóle głowy. Dopóki ten chłopak nie uderzył cię piłką, nie wiedzieliśmy o tym. Teraz, kiedy już wiemy, musimy uznać ten wypadek za szczęśliwy katalizator, który pomoże ci wrócić do zdrowia”.

Grace nie myślała o tym w ten sposób. Skinęła głową.

„Rozumiesz, że podjęcie działań jest konieczne?”.

„Wyjaśniłeś to doskonale, doktorze”.

„Dobra dziewczynka”, powiedział. „Porozmawiaj z mamą. Bardzo cię kocha. Potem odpocznij. Przemyśl to. Wrócę jutro, aby odpowiedzieć na wszelkie pytania”.

Grace skinęła głową. Helen podeszła bliżej do córki. „A ty, Helen, odpocznij. Grace będzie potrzebowała twojej siły. Kiedy ostatnio spałaś?”.

„Ostatnio nie śpię zbyt dobrze” – przyznała Helen.

„Poproszę jedną z pielęgniarek, żeby dała ci coś na sen. Musisz odpoczywać, jeść i dbać o siebie, nie tylko dla własnego dobra, ale także dla dobra Grace”.

„Tak, rozumiem. Dziękuję, doktorze Christiansson" – powiedziała Helen.

Odwrócił się i wyszedł. Mama Grace stała przy łóżku, pogrążona we własnych myślach.

„Mamo, chciałabym zostać sama przez chwilę, żeby móc pomyśleć".

„Ale nie jesteś sama. Nie musisz podejmować tej decyzji sama".

„Wiem, mamo, i dziękuję".

Helen pocałowała córkę w czoło i wyszła z pokoju.

W końcu, pozostawszy sama, Grace nie mogła powstrzymać łez. Objęła się mocno i pozwoliła sobie na płacz.

N OCNE POWIETRZE BYŁO LODOWATE. Ocierało się o nią. Przecinało jej koszulę nocną, która powiewała za nią jak welon. Grace schowała twarz w piersi Vincente'a. Kontynuowali lot w górę. Coraz wyżej i wyżej. W ciemność. Zostawiając wszystko za sobą.

Grace zadrżała.

Vincente przyciągnął ją do siebie. Objął ją ramionami. Trzymał ją. Czuła się bezpieczna.

To było teraz. Teraz albo nigdy.

Odciągnęła koszulę nocną z wysokim kołnierzem od szyi i rozwiązała czerwoną koronkową wiązankę. Odchyliła się do tyłu i czekała na niego. Czekała na ból i na przyjemność.

Vincente wyszczerzył zęby, a ona zaczęła spadać. Dryfować.

W dół. Rozbić się. W dół.

Czuła go głęboko, głęboko pod skórą, gdy spadała w kierunku czekającego chodnika.

Otworzyła oczy i krzyknęła.

ROZDZIAŁ 7

Kiedy Grace doszła do siebie, ktoś podciągał jej kołdrę pod szyję. Poczuła chłodną dłoń muskającą jej policzek. Mężczyzna zapytał: „Obudziłaś się?".

Grace mrugnęła, próbując skupić wzrok. Dostrzegła jego oczy – głębokie, piwne. Jej uwagę przyciągnęły jego policzki, ponieważ kiedy się uśmiechał, rozciągały się jak u dziecka. Próbowała przetrzeć oczy, ale mężczyzna podciągnął jej ręce. Nie mogła ich wyciągnąć spod koca. Czuła się uwięziona. Nie czuła strachu.

„Grace" – powiedział.

„Nie mogę wyciągnąć rąk".

„Przepraszam. Zbyt ciasno cię otuliłem" – powiedział, ściągając kołdrę, aby Grace mogła przetrzeć oczy i skupić wzrok. Teraz zauważyła drugiego młodszego mężczyznę, który podszedł bliżej. Miał skrzyżowane ręce na piersi.

„Dziękuję".

„Grace, chcesz się napić wody?"

„Tak, bardzo chętnie" – odpowiedziała, a mężczyzna nalał jej wodę i włożył kubek w jej drżącą dłoń. Trzymał go, jak rodzic trzymający dłoń dziecka, które po raz pierwszy uczy się pić samodzielnie. Kiedy wypiła całą zawartość, wziął kubek i postawił go na stoliku nocnym. Czekał.

Grace rozejrzała się po pokoju, doskonale wiedząc, że powinna wiedzieć, kim są te dwie osoby. Oni oczekiwali, że będzie wiedzieć.

„Jestem twoim tatą" – powiedział uśmiechnięty mężczyzna – „a to jest twój starszy brat Daryl".

Grace teraz to dostrzegła: rodzinne podobieństwo, piwne oczy.

Tak, miała oczy ojca.

„Twoja mama wspomniała, że możesz nas nie pamiętać" – powiedział. Poklepał córkę po ręce. Daryl podszedł bliżej, wzdłuż łóżka. Wyciągnął rękę do Grace.

„Dobrze wyglądasz, moja dziewczynko" – powiedział Benjamin Greenway.

Grace czuła się jednocześnie nieswojo i pocieszona. „Dziękuję".

„Tak się o ciebie martwiliśmy, kiedy się dowiedzieliśmy". Jej ojciec otarł łzę. „Przepraszam, że nie mogłem przyjechać wcześniej. Byłem w podróży służbowej, wiesz".

„Rozumiem".

„Jednak dla mojej córeczki nic nie jest zbyt dobre i sprowadzimy tu najlepszych specjalistów. Zrobimy wszystko, co w naszej mocy, abyś znów była normalna".

„Normalną?"

„Taką, jaką byłaś... przedtem".

„Dziękuję" – powiedziała Grace, a potem poruszyła stopami pod kołdrą, budząc je z głębokiego snu. Ostatnio tak właśnie było. Część jej ciała była przebudzona, podczas gdy inne części spały głęboko.

„Chcemy, żebyś wróciła do tego, jaka byłaś wcześniej" – powiedział jej brat. Pochylił się i pocałował ją w czoło. Jego usta były chłodne, jakby przed chwilą wypił napój gazowany.

„Wszystko w porządku" – powiedziała Grace. „Jestem tylko zmęczona... i oczywiście mam problem z pamięcią".

„Tak, to przykre, nie pamiętać nikogo i niczego" – odpowiedział Daryl. Potem nucił cicho i roześmiał się.

Nieco niezręczna sytuacja.

Grace zamknęła na chwilę oczy, a potem znów je otworzyła.

Jej tata i brat wyglądali na nieco podejrzliwych. Ponownie próbowała przywołać jakieś wspomnienie, jakiekolwiek, ale bezskutecznie.

„Więc zdecydowałaś się na operację?" – zapytał tata.

„Jeszcze niczego nie zdecydowałam".

„Wszystko w swoim czasie, kochanie, wszystko w swoim czasie" – powiedział. Wyciągnął rękę, aby dotknąć dłoni Grace.

Kiedy ich skóry się zetknęły, spodziewała się poczuć ciepło, ale jego skóra była chłodna.

„Rozmawiałem wczoraj z lekarzem" – powiedział jej tata. „Powiedziałem mu, żeby zrobił wszystko, co w jego mocy. Powiedziałem mu, że pieniądze nie mają znaczenia. Powiedziałem mu, żeby sprowadził ciężką artylerię. Żeby zrobił wszystko, co w jego mocy, żeby przywrócić moją córeczkę do zdrowia".

„Jestem tutaj, tato" – powiedziała, gdy Vincente wsadził głowę do jej pokoju.

„Wejdź, Vincente", zaprosiła go, „nie przeszkadzasz".

Rozejrzał się po pokoju i podszedł do niej. Przesunął palcami po włosach. Wsunął ręce głęboko do kieszeni czarnych dżinsów Levi's.

„Chciałabym przedstawić ci mojego tatę i brata, Daryla".

„Twojego tatę i brata?"

„Tak".

„To dlatego nie wszedłem od razu. Wydawało mi się, że słyszę, jak z kimś rozmawiasz".

Grace uznała, że zachowuje się bardzo dziwnie, niemal niegrzecznie.

„Chcesz, żebym kogoś zawołała? Twojego lekarza? Jedną z pielęgniarek? Potrzebujesz pomocy?".

„O co ci chodzi?" Grace była na niego naprawdę zła, ale uśmiechnęła się.

„Tato, to jest Vincente Marino, chłopak, który przywiózł mnie do szpitala. Daryl, to jest Vincente Marino. Vincente, mój tata i mój brat".

Vincente rozejrzał się dookoła. W pokoju nie było nikogo. Ani jednej duszy. Ale biedna, złudzona Grace myślała, że ktoś tam jest. Czy powinien podtrzymywać jej złudzenia? Udawać? Wyciągnąć rękę? Uścisnąć wyimaginowaną dłoń w odpowiedzi? Vincente nie był lekarzem. Nie miał pojęcia, gdzie patrzeć ani co robić. Nie chciał ponosić odpowiedzialności za doprowadzenie Grace Greenway do ostateczności. Już wystarczająco jej zaszkodził.

„Pójdę po lekarza, dobrze?" – powiedział Vincente, przeczesując palcami włosy.

„Dlaczego? Bo przedstawiam ci moją rodzinę? Przecież nie proszę cię o rękę ani nic takiego!"

„Grace? A co, jeśli powiem ci…"

„Tak?"

„A co, jeśli powiem ci, że w tym pokoju nie ma nikogo poza tobą i mną?"

Grace spojrzała w oczy ojca, a potem brata. Skinęli głowami, potwierdzając jej słowa.

„Co masz na myśli? Oni stoją tuż obok!"

„Grace, posłuchaj mnie. Proszę. Twój tata i brat zginęli w wypadku samochodowym. Było to zderzenie czołowe. W szkole odbyła się ceremonia pogrzebowa".

„Nie mogli zginąć" – powiedziała Grace. „Chyba że… chyba że… widzę zmarłych!"

„Jestem pewien, że istnieje zupełnie niewinne wyjaśnienie, Grace. Prawdopodobnie to tylko efekt uboczny leków przeciwbólowych. Proszę, pozwól mi wezwać pomoc".

Grace wyciągnęła rękę do ojca. On się cofnął. Wyciągnęła rękę do Daryla. On również się cofnął.

„Kochanie, naprawdę musimy już iść… teraz, kiedy Vincente tu jest. Wrócimy innym razem. Innym razem, kiedy będziesz sama" – powiedział jej tata. On i Darryl cofnęli się do ściany. Zniknęli.

Grace zakryła oczy i zaczęła krzyczeć. Krzyczeć i krzyczeć.

***

KIEDY W KOŃCU PRZYBYŁ personel medyczny, było już za późno. Grace wyciągnęła już część rurek.

Po podaniu środka uspokajającego od razu się uspokoiła. Wkrótce zasnęła.

Vincente pozostał przy Grace, aż przybyła Helen. Wyjaśnił jej, co się stało.

Helen była zdenerwowana, ponieważ nie było jej wtedy przy córce. Zastanawiała się, co to wszystko oznacza. Czy jej córka traci rozum? Czy powinna porozmawiać z lekarzem o przeniesieniu jej do innego szpitala? Takiego, w którym byłaby monitorowana przez całą dobę? Drżała na samą myśl o tym.

Vincente próbował ją uspokoić, mówiąc, że Grace nie jest szalona. Jednocześnie próbował przekonać do tego samego również siebie.

Wyjrzał przez okno i zobaczył plastikową torbę unoszoną przez wiatr niczym dzienny duch. Pomyślał o książkach, które czytał, opowiadających o zmarłych powracających, by odebrać życie żyjącym. Czy mogło to mieć nadprzyrodzone wyjaśnienie?

Helen patrzyła na śpiącą córkę. Wyglądała jak niewinna dusza odpoczywająca w tym miejscu. Helen objęła się ramionami. Minęło tak dużo czasu, odkąd ostatni raz naprawdę rozmawiały. Spojrzała na stojącego obok chłopca i zastanowiła się, czy on zna jej córkę lepiej niż ona sama. Nie znosiła myśli, że pewnego dnia ona i jej córka mogą się od siebie oddalić.

Grace poruszyła się we śnie. Potem zaczęła głośno liczyć.

Helen słuchała, aż Grace doszła prawie do stu. Potem córka przestała liczyć. Zawsze zatrzymywała się na liczbie sto. Grace przez całe życie kochała liczby. Znajdowała w nich pocieszenie.

Helen zastanowiła się nad tym. Chociaż córka straciła pamięć, nadal robiła normalne rzeczy, takie jak liczenie podczas snu. Helen uważała to za dobry znak. Prawie podzieliła się tym z chłopcem Marino. Był zajęty patrzeniem przez okno, więc postanowiła nalać sobie filiżankę herbaty.

Vincente zapewnił Helen, że pozostanie w pokoju, dopóki nie wróci. Helen była wdzięczna za jego pomoc.

Vincente przeglądał magazyn i nadal patrzył przez okno.

Grace krzyknęła: „Proszę, nie zabieraj mnie. Proszę, nie!".

Vincente podniósł ją i przytulił. Nadal spała głęboko, miała tylko koszmar. Kiedy jej ciało się rozluźniło, położył jej głowę na poduszce.

„Proszę, nie umieraj" – szepnął Vincente. Otworzył drzwi i wyjrzał na zewnątrz, szukając Helen. Naprawdę chciał, żeby ktoś go uratował z tej sytuacji. Gdzie była Helen Greenway? Spojrzał na Grace, która znów poruszyła się we śnie. Westchnął, zamknął drzwi i wrócił na swoje miejsce.

ROZDZIAŁ 8

G RACE OBUDZIŁA SIĘ CAŁKOWICIE zdezorientowana. Miała noc pełną przerażających snów.

Śniła, że odwiedzili ją dwaj goście: jej zmarły ojciec i brat. W pokoju panowała całkowita ciemność, a kiedy otworzyła oczy, w powietrzu unosił się wyraźny zapach mydła i środka antyseptycznego. Zastanawiała się, jak długo spała.

Grace dotknęła czoła i poczuła, że jest bardzo gorące. Miała wysoką gorączkę i znów potrzebowała zmiany bielizny nocnej. Sięgnęła przez łóżko, nacisnęła przycisk i czekała. Nic się nie działo.

Próbowała nalać sobie szklankę wody, ale dzbanek był pusty. Czekała, aż pielęgniarka przyjdzie do pokoju, ale nikt nie przyszedł. Ponownie nacisnęła przycisk. Jej pragnienie rosło. Ponownie dotknęła czoła i oparła się o przycisk.

Usiadła prosto i dostrzegła Vincente. Spał głęboko, rozciągnięty na dwóch krzesłach tuż pod oknem. Jego stopy i nogi leżały na jednym krześle. Górna część ciała spoczywała na drugim. Problem polegał na tym, że jego środek opadał w dół, zwisając. Wkrótce miał uderzyć o podłogę. Jedynym sposobem, aby to powstrzymać, było obudzenie go.

Grace zawołała jego imię. Zaskoczony, jego ciało odsunęło krzesła. Jego środek uderzył o podłogę.

Podskoczył. „Co? Gdzie?".

Grace nie mogła powstrzymać śmiechu.

Spojrzał na nią przez chwilę, a następnie wygładził rękami ubranie. Na koniec przeczesał palcami włosy. Spojrzał na nią jeszcze przez sekundę lub dwie, po czym przetarł oczy i zdał sobie sprawę, gdzie się znajduje. Ponownie przeczesał dłońmi włosy, po czym podszedł do Grace i powiedział: „Ojej, przepraszam. Chyba zasnąłem".

„Nie ma sprawy. Chciałam cię powstrzymać przed upadkiem, ale niestety tylko pogorszyłam sytuację".

„Nic się nie stało" – powiedział Vincente. Wykonał kilka pajacyków, próbując się obudzić.

„Jest naprawdę późno! Dlaczego mnie nie przywieźli? Twoja mama miała przejąć obowiązki. Po dziesiątej wpuszczani są tylko członkowie rodziny. Takie są zasady szpitala".

„Od dłuższego czasu próbuję wezwać pielęgniarkę" – powiedziała Grace – „ale jak dotąd bezskutecznie. Proszę, spróbuję jeszcze raz". Nacisnęła przycisk i czekała.

Vincente słyszał, jak dźwięk rozbrzmiewa w całym korytarzu. Dziwne. Postanowił pójść i sprawdzić. Gdzie, do diabła, była Helen? Vincente wyraźnie wspomniał Helen Greenway, że musi opuścić szpital punktualnie o dziesiątej. Obiecała go obudzić. Jego mama miała go odebrać, a następnego dnia miał mecz krykieta. Potrzebował dobrego snu. Ona traktowała go jak członka rodziny. Co do cholery...?

Vincente był coraz bardziej zirytowany, krążąc po korytarzu. Na początku wszystko wydawało się normalne, ale brak personelu szpitalnego zaniepokoił go. Sięgnął do kieszeni i wyciągnął telefon komórkowy. Włączył go i czekał, aż uruchomi się 4G, ale sygnał był słaby, tylko jeden pasek. Sprawdził wiadomości tekstowe i e-maile, ale nie było żadnych. Spojrzał na zegar na końcu korytarza. Była godzina 2:30 nad ranem. Co do diabła?

Zaciekawiony, otworzył jedną z sal szpitalnych, gotowy przeprosić za wtargnięcie, ale była pusta. Otworzył kolejne drzwi, ale wynik był za każdym razem taki sam: puste.

Wszedł do windy. Zjechał piętro niżej: to samo co powyżej. Gdzie się wszyscy podziali? Zaczynało to być dziwne. Zjechał windą na parter. Tam było tak samo. Nawet recepcja była pusta. W poczekalni i na oddziale ratunkowym nie było żadnych pacjentów ani członków rodzin.

Wyszedł na zewnątrz i wziął głęboki oddech. Powietrze miało dziwny zapach, mieszankę spalin samochodowych i eukaliptusa. Słyszał tylko nieustanne buczenie.

W oddali jego wzrok padł na księżyc w pełni, którego blask rozjaśniał nocne niebo. Gwiazdy świeciły z pełną mocą. Zastanawiał się nad tym przez chwilę, ponieważ było to tym, czego się spodziewał, czyli normalnością.

Kilka sekund później brzęczenie sprowadziło go z powrotem do rzeczywistości i jego wzrok przesunął się po parkingu. Zakaszlał, kierując się w stronę najbliższego pojazdu, z którego rury wydechowej wydobywały się spaliny.

Przednie drzwi po stronie kierowcy były szeroko otwarte, więc pochylił się, ale okazało się, że samochód jest pusty. Sprawdził tylne siedzenie i również było puste. Wyłączył zapłon, ale silnik natychmiast ponownie zapalił. W końcu wyjął kluczyk i to wydawało się pomóc.

Podszedł do następnego samochodu, również pustego, z nadal pracującym silnikiem. Stał na środku parkingu. Każdy pojazd miał włączony silnik, ale nigdzie nie było widać kierowcy ani pasażera. Vincente zadrżał i pobiegł z powrotem do środka, aby znaleźć Grace.

****

GRACE NADAL SIEDZIAŁA w miejscu, w którym ją zostawił. Nigdy w życiu nie był tak szczęśliwy na widok kogoś. Wchodząc do pokoju, zagryzł górną wargę, zastanawiając się, czy powinien jej powiedzieć, co się dzieje. Z drugiej strony, sam nie wiedział, co się dzieje. Przeanalizował fakty:

Fakt: szpital opuszczony.

Fakt: parking opuszczony.

To były zimne, twarde fakty.

Vincente zastanawiał się, jak powinien przedstawić sytuację. Czy powinien ją dla niej upiększyć? A może powinien powiedzieć Grace wszystko? Nie mógł przestać myśleć o jej obecnym stanie psychicznym. Jeszcze przed chwilą wydawała się być na skraju załamania. Nie chciał być tym, który ją do tego doprowadzi. Wyrządził jej już wystarczająco dużo krzywdy.

Vincente zauważył, że Grace bardzo się pociła. Już wydawała się zmartwiona i niespokojna, a on jeszcze jej nic nie powiedział... na razie. Zapytał, czy chce się napić zimnej wody, a ona odpowiedziała, że tak.

Napełnił mały dzbanek wodą i nalał szklankę. Grace, myśląc, że to dla niej, wyciągnęła rękę, aby ją wziąć. Ale Vincente wydawał się być w swoim własnym świecie i zamiast podać jej szklankę, sam ją opróżnił. Następnie powtórzył cały proces i wypił również drugą szklankę do ostatniej kropli.

Kiedy wrócił do rzeczywistości, Grace zaczęła się coraz bardziej bać. Coś było zdecydowanie nie tak. Vincente coś zobaczył i bał się jej o tym powiedzieć. Było aż tak źle.

Vincente spojrzał Grace w oczy. Nalał szklankę wody i podał ją jej wyciągniętej dłoni. Wypiła ją, obserwując, jak wyraz twarzy Vincente zmienia się z chwili na chwilę.

Grace nie mogła już tego znieść. Chciała, żeby Vincente się opamiętał. „Ja... naprawdę muszę iść do toalety". Ponownie nacisnęła przycisk. Miała nadzieję, że za chwilę pojawi się jedna z pielęgniarek.

Vincente kończył się czas. Obserwował Grace. Czekała na pielęgniarkę, która przyszłaby jej pomóc, ale w pobliżu nie było żadnej pielęgniarki. Co miał zrobić? Była w poważnym stanie i potrzebowała leków. Nie był lekarzem i nie miał pojęcia, jak się nią zająć.

Wtedy wpadł na pomysł: zabierze ją do innego szpitala.

Tak, tak właśnie zrobi.

„Przepraszam za wczoraj. To znaczy za to widzenie zmarłych" – powiedziała Grace.

„Nie ma sprawy".

Będzie musiał jej powiedzieć. Im szybciej, tym lepiej.

✳✳✳

Ta pielęgniarka powinna zostać zwolniona!" – wykrzyknęła Grace. Naprawdę musiała iść do łazienki!

„Kiedy ostatnio dostałaś leki?" – zapytał Vincente.

„Nie wiem. Śpię tak dużo, że czasami trudno mi rozróżnić, czy jest dzień, czy noc".

„Teraz jest noc. Dawno minęła godzina odwiedzin".

„Więc znowu pozwolili ci zostać dłużej?"

„Nie sądzę. Twoja mama miała mnie obudzić. Miała spędzić z tobą noc. Biorąc pod uwagę..."

„Biorąc pod uwagę co? Ona myśli, że tracę rozum?"

„No, coś w tym rodzaju. To znaczy, ona po prostu chce mieć na ciebie oko".

„W takim razie powinna dopilnować, żebym dostała leki" – powiedziała Grace.

„Aby zapobiec krzepnięciu krwi, potrzebujesz leków".

„Wiem" – odparła Grace zirytowana. „Zawsze zapisują wszystko w karcie przy łóżku. Spójrz. Powinno tam być wszystko, co musisz wiedzieć".

„Dobry pomysł" – powiedział Vincente, podnosząc notes. Były na nim skróty przypominające tajny kod. Udało mu się jednak zrozumieć ogólny sens.

Grace nie widziała nikogo – ani pielęgniarki, ani lekarza – od ponad dwudziestu czterech godzin.

Naprawdę musiała iść do toalety. Kapanie kroplówki obok niej nie pomagało. Starała się o tym nie myśleć. Starała się nie myśleć o wampirzej wersji Vincente Marino. Starała się też nie myśleć o widzeniu zmarłych, ale trudno było jej o tym nie myśleć. Zwłaszcza, gdy jej pęcherz był pełny.

Vincente zdecydował, że teraz albo nigdy. Musiał jej powiedzieć. Musiał powiedzieć jej prawdę. Musiał zabrać ich z tego szpitala, zabrać gdzie indziej. Do miejsca, gdzie Grace mogłaby otrzymać potrzebną jej opiekę.

Podszedł do okna i odsunął zasłony. Zdecydował, że nie może zwlekać ani chwili dłużej. Musiał jej powiedzieć... teraz.

***

— GRACE, JESTEŚMY TU sami w szpitalu – wyrzucił z siebie Vincente. Brutalne, pomyślał. Absolutnie brutalne.

– Co?

– Wszyscy... zniknęli.

– To niemożliwe! Pielęgniarka! Pielęgniarka! – krzyknęła, ponownie naciskając przycisk alarmowy.

– Sprawdziłem to kilka minut temu i ten szpital jest opuszczony. Całkowicie.

„Próbujesz mnie wystraszyć?”

„Tak. To znaczy nie, ale myślę, że powinniśmy stąd uciekać”.

„Ale na zewnątrz... To znaczy, na zewnątrz szpitala, widziałeś ludzi?” – zapytała Grace.

„Nie. Nie znalazłem nikogo ani w środku, ani na zewnątrz budynku. Musimy stąd wyjść. Wyjechać do miasta. Widziałem tam samochody z włączonymi silnikami, ale za kierownicą nie było nikogo. Żadnych pasażerów. Mnóstwo pustych samochodów”.

„Ale nie mogę opuścić szpitala. A co z moim stanem?” – wykrzyknęła Grace. Spojrzała na Vincente i przez chwilę zastanawiała się, czy znowu śni. Zamknęła oczy, a potem je otworzyła. Nie, była całkowicie przytomna. Może to Vincente spał, a ona była w jego śnie? Albo, co gorsza, może to, co ją spotkało, było zaraźliwe? Może tracili rozum?

„Jeśli wyjedziemy teraz, możemy znaleźć nasze rodziny. Oni będą wiedzieć, co robić".

„Ale jestem podłączona do tych urządzeń" – wskazała na maszyny i przewody.

„Nie ma problemu, odłączę cię" – powiedział Vincente.

„Wiesz, co robić?"

„Wydaje się to oczywiste, ale musisz mi zaufać".

ROZDZIAŁ 9

GRACE ROZWAŻAŁA DOSTĘPNE OPCJE. Jeśli Vincente miał rację, a dlaczego miałby kłamać? W takim razie wszyscy w szpitalu i wokół niego zniknęli bez śladu. Nawet po uznaniu tego faktu Grace nadal wątpiła w swoje zdrowie psychiczne. Najpierw uwierzyła, że Vincente może być wampirem. Potem uwierzyła, że odwiedzili ją brat i ojciec, mimo że nie żyli. A teraz to.

„Oczywiście, że ci ufam, Vincente. Ale boję się. Nie rozumiem, co się ze mną dzieje”.

„To nie dzieje się tylko z tobą. Dzieje się też ze mną. Jesteśmy w tym razem. Nie ma tu nikogo poza tobą i mną”.

„Ale czy ja śnię? Jesteś pewien, że to nie jest sen, Vincente? Powiedz mi, że to nie jest sen! Myślę, że tracę rozum!”

Vincente przyciągnął Grace do siebie i przytulił ją. Jego ciepły oddech łaskotał jej ucho. Szepnął: „Nie tracisz zmysłów. To jest prawdziwe. Jesteśmy w tym razem... i musimy się stąd wydostać”.

„A co, jeśli skrzep pęknie? Co wtedy?” – zaczęła Grace.

„Wtedy zajmiemy się tym. Zabiorę cię do innego szpitala. W inne miejsce”.

Grace skinęła głową, a Vincente odłączył monitor pracy serca. „Boję się" – wyznała.

„A ja boję się tego, co się stanie, jeśli tu zostaniemy" – odparł Vincente. Odłączył ostatni rzep, co spowodowało gwałtowne wyrównanie linii na ekranie. Urządzenie piszczało i migało, dopóki Vincente nie wyciągnął wtyczki z gniazdka.

W pokoju zapadła cisza.

„Teraz będzie najtrudniej" – powiedział Vincente. „Muszę wyjąć igłę z twojej dłoni, a to będzie bolało".

„Mów do mnie. Odwróć moją uwagę".

„Dobrze. Czy mówiłem ci, że miałem ważny mecz? Bardzo się na niego cieszyłem. Wydaje mi się, że minęło sporo czasu od mojego ostatniego meczu". Vincente zawahał się. „Wszystko skończone".

„Nie bolało mnie to ani trochę. Dziękuję" – powiedziała Grace, zsuń nogi z łóżka. Były to nagie nogi, które do tej pory chowały się pod kołdrą.

Vincente odwrócił wzrok, gdy zeszła na zimną podłogę z linoleum. Chłód spowodował, że jej osłabione ciało ogarnął mimowolny dreszcz. Vincente podtrzymał ją i podtrzymywał. Spojrzała na drzwi łazienki. Podeszła do nich. Podtrzymywał ją, aż znalazła się w środku.

Grace opróżniła pęcherz. Spłukała toaletę i podeszła do umywalki, aby umyć ręce. Spojrzała na swoje odbicie w lustrze i sapnęła. Jej włosy były potargane, a cera blada. Wyglądała na bardzo chorą – i tak właśnie było. Grace umyła zęby i uczesała włosy. Otworzyła drzwi i zobaczyła Vincente'a przeszukującego pomieszczenie.

Zanim zdążyła cokolwiek powiedzieć, zapytał: „Gdzie są twoje ubrania?".

„Nie mam pojęcia. Może mama zabrała je do domu, żeby je wyprać?". Wróciła do łóżka. „Myślałam, że może powinniśmy po prostu zostać tutaj i poczekać, aż wrócą? Na pewno wrócą. A może po prostu się obudzę, albo ty się obudzisz i wtedy wszystko wróci do normy?".

„Nie, Grace. Musimy stąd uciekać... teraz. Nie śnisz i nie tracisz zmysłów – chyba że ja też tracę swoje! Nie martw się o ubrania. Twoja szpitalna koszula wystarczy, dopóki nie znajdziemy czegoś innego".

Znowu zadrżała. Vincente owinął jej ramiona kocem.

„Chodź, Grace. Przestańmy rozmawiać o tym, co było, i pomyślmy o nas tu i teraz. Musimy się stąd wydostać".

„Może powinieneś mnie po prostu zostawić. Będę ci tylko przeszkadzać".

„Nie zostawię cię, Grace. Musimy trzymać się razem. Jesteśmy w tym razem. Chodź".

„Ale Vincente, może jeśli po prostu położę się na łóżku i trochę posypiam, ty sam znajdziesz pomoc. Czuję się naprawdę zmęczona". Podeszła do łóżka i zaczęła się na nie wspinać.

Vincente wyciągnął rękę i przyciągnął ją do siebie. Położył dłonie na jej ramionach. „Grace, nie ufasz mi?".

„Ufam, ale..." Grace stała tam drżąc, patrząc w ciemne oczy Vincente. Bała się. Bała się być przytomna. Bała się zasnąć. Chciała się czymś zająć i chciała dowiedzieć się więcej o nim, o jego życiu. Chciała się powstrzymać, aby upewnić się, że to naprawdę Vincente Marino. Zaczęła kwestionować wszystko.

„Gdzie mieszkałeś, zanim się tu przeprowadziłeś?"

„Moja rodzina często się przeprowadzała" – odpowiedział Vincente. „Mieszkamy w Sydney od prawie pięciu lat, a pięć lat to dla mojej rodziny długi okres pobytu w jednym miejscu".

Grace zaskakująco przypomniała sobie pierwszy dzień, w którym Vincente przyszedł do szkoły. Było to wspomnienie-prezent. Pozwoliła mu wpłynąć do swojej świadomości i ponownie przeżyła tę scenę. Oglądała ją w myślach wielokrotnie.

„Wszystko w porządku, Grace?"

Była tak pochłonięta wspomnieniami, że zapomniała, że prawdziwy Vincente stoi tuż przed nią. Grace nie była pewna, czy powinna mu opowiedzieć o swoim śnie. Chciała, żeby pozostał on tylko jej własnością. W końcu jednak uznała, że nie ma się czego obawiać.

„Przypomniałam sobie pierwszy dzień, kiedy przyszedłeś do naszej szkoły. To było jakby promień światła przebił moje serce i przeszył moją duszę. Nie mogłam oddychać".

Vincente nie wiedział, co powiedzieć w odpowiedzi na to wyznanie, więc milczał.

Grace była pewna, że nie pamiętał, że widział ją pierwszego dnia w szkole. Dlaczego miałby pamiętać?

„Pamiętam cię" – powiedział.

„Mówisz tak tylko po to, żeby mnie do siebie namówić" – odparła Grace.

„Dlaczego miałbym kłamać? To było na trawie, przed szkołą. Siedziałaś. Czytałaś książkę. Byłaś pod drzewem, zupełnie sama".

„Tak. Czytałam Wichrowe wzgórza".

„Przeszedłem obok i udawałem, że się potknąłem. Upuściłem długopis obok ciebie".

„Podniosłam go i oddałam ci".

„Tak, ale Grace, patrzyłaś na mnie, jakbym był istotą z innej planety".

„Tak, całe to przebudzenie mojego serca i duszy. Zaniemówiłam".

„Ale ty nawet mnie nie znałaś".

„Znałam cię, Vincente. Zawsze cię znałam".

„Grace, pomyśl o tym, co właśnie mi powiedziałaś. Masz w mózgu konkretne wspomnienia dotyczące mnie. Myślę, że to niezwykle pozytywny znak. Znak, że czujesz się coraz lepiej".

Pomyślała o tym, a potem uśmiechnęła się od ucha do ucha. „Dobrze", powiedziała, „teraz wyjdźmy stąd".

„Nie zostawię cię, Grace. Musimy trzymać się razem. Jesteśmy w tym razem. Chodź".

Telefon obok łóżka Grace zaczął dzwonić. Grace sięgnęła po słuchawkę. Vincente powstrzymał ją przed odebraniem, ponieważ inny telefon w pokoju również zaczął dzwonić. Potem zadzwonił kolejny w pokoju obok. Potem jeszcze jeden, a potem kolejny. Dźwięk dzwoniących telefonów rozbrzmiewał echem w korytarzach. Był ogłuszający.

„Chodźmy!" – krzyknął Vincente, gdy wyszli na korytarz. Dźwięk dzwonienia odbijał się echem i stawał się coraz głośniejszy.

Zakryli uszy i dotarli do windy. Drzwi otwierały się i zamykały, a potem znów otwierały się i zamykały. Wejście do windy było zbyt ryzykowne. Skierowali się w stronę klatki schodowej.

Dźwięk dzwonienia zmniejszył się, gdy schodzili po schodach. Kiedy dotarli na parter i otworzyli drzwi, dźwięk był głośniejszy niż kiedykolwiek.

„Chodźcie!" – krzyknął Vincente, gdy wychodzili przez frontowe drzwi. Znaleźli samochód. Zapinał Grace pasy na fotelu pasażera.

Wcisnął pedał gazu do dechy i odjechali w cichą, ciemną noc.

****

V INCENTE ZAŚPIEWAŁ PIOSENKĘ O jeździe w nieznane miejsce. Przejeżdżali przez zachodnią część Sydney. Zauważył, że Grace jest cicha i zasnęła. Pomyślał, że to chyba dobrze, bo potrzebował czasu, żeby pomyśleć. Żeby coś wymyślić.

Samochody stały w korku, blokując główną drogę. Musiał się przeciskać. Czasami musiał wjeżdżać na chodnik, żeby się przedrzeć.

Po drodze widział wiele porzuconych i uruchomionych pojazdów. Były tam również ciężarówki transportowe, taksówki, radiowozy policyjne i karetki pogotowia. Wszystkie stały na biegu jałowym na ulicy — nawet samoloty i helikoptery. Powietrze było gęste od spalin. Wyglądało to jak scena z powieści Stephena Kinga, absolutna apokalipsa.

Początkowo Vincente zatrzymywał się na przejściach dla pieszych, wypatrując dzieci, dorosłych, a nawet psów przechodzących przez ulicę. Nie widząc nikogo, zrezygnował z tego.

Wydawało się, że nie ma już nikogo. Mimo to Vincente miał nadzieję, że znajdzie swoją rodzinę i przyjaciela czekających na przedmieściach. Próbował zadzwonić do mamy z komórki, ale nikt nie odbierał. Zostawił wiadomość. To samo zrobił w domu dziadków.

Grace obudziła się i zapytała: „Gdzie jesteśmy?".

„Jeździmy teraz po Sydney. Rozglądamy się. Kiedy spałaś, pojechałem do Royal Hospital i sprawdziłem sytuację".

„Powinieneś był mnie obudzić".

„Nie, nie było potrzeby. Słyszałem, jak dzwonią tam telefony. Wiedziałem, że szpital jest pusty, nawet nie wchodząc do środka". Vincente wjechał na skrzyżowanie. Grace chwyciła go za ramię i kazała mu się zatrzymać.

Wcisnął hamulec. Czekali, bo to było przejście dla pieszych, ale nie było nikogo, kto by przechodził.

Grace wspomniała o praniu powiewającym na wietrze, praniu, które leżało tam nie wiadomo jak długo. Zauważyła, że na niebie nie było widać ptaków. Nie szczekały psy. Widziała, że sklepy były nadal otwarte, ale nie było pracowników ani klientów, którzy by coś kupowali.

Były też spalone pojazdy.

„Miasto jest całkowicie opustoszałe" – powiedział Vincente.

„To beznadziejna sytuacja" – narzekała Grace.

„Nigdy nie trać nadziei".

✳✳✳

„Wszystko będzie dobrze" – zapewnił Vincente, sięgając i dotykając dłoni Grace. Poczuła dreszcz, gdy jego skóra zetknęła się z jej.

„Co zamierzamy zrobić?" – zapytała Grace.

„Cóż, będziemy kontynuować plan A" – odpowiedział Vincente.

„Mamy plan A?"

„Kiedy spałaś, Grace, opracowałem plan A. Polega on na sprawdzeniu innego szpitala i znanych przedmieść. Pomyślałem, że jeśli ktoś potrzebuje naszej pomocy, najprawdopodobniej go znajdziemy".

„To był dobry plan".

„Jak dotąd nie zauważyliśmy nikogo, ani żywego, ani martwego".

„Gdzie się podziały ptaki?" – zapytała Grace.

„Prawdopodobnie nad wodę. Chcą uciec od hałaśliwych samochodów, które zanieczyszczają powietrze" – odpowiedział Vincente.

Zauważył, że zbiornik jest prawie pusty. Zatankował na stacji benzynowej. Następnie kupił kilka rzeczy w sklepie spożywczym. Vincente rzucił Grace tabliczkę czekolady i otworzył batonika Mars. „Zostawiłem pieniądze na ladzie".

„Zostawiłeś pieniądze?" Grace była naprawdę zaskoczona.

„Tak. Nie mogę po prostu tankować bez płacenia. Gdybyśmy brali wszystko, co chcieliśmy, oznaczałoby to koniec cywilizacji, jaką znamy! Poza tym właściciel tej stacji zna moją rodzinę odkąd się tu przeprowadziliśmy. Kilka razy pomógł mamie, gdy miała kłopoty z samochodem, a tata był poza miastem".

„Podoba mi się twoje rozumowanie".

„Tak, nie chcemy przecież anarchii, prawda?" – zaśmiał się.

Grace była teraz pod większym wrażeniem Vincente niż wcześniej. Podziwiała jego zdecydowaną postawę. Jego szczerość. Z jakiegoś powodu los połączył ich razem. Ona i Vincente wyruszyli na przygodę. Było to jednocześnie ekscytujące, przerażające i dziwne.

Vincente skręcił szybko w stronę domu przypominającego domek z piernika. „Jesteśmy na miejscu" – powiedział.

ROZDZIAŁ 10

„To DOM MOICH DZIADKÓW. Zawsze tu przebywam podczas wakacji szkolnych i kiedy moi rodzice wyjeżdżają w interesach. Ponieważ moja rodzina często się przeprowadzała, to zawsze było moje drugie dom".

Wdychając zapach eukaliptusa unoszący się w powietrzu, Grace powiedziała: „Jest naprawdę wcześnie rano. Myślisz, że będą mieli coś przeciwko?".

„Próbowałem zadzwonić wczoraj wieczorem, ale nikt nie odebrał. Zostawiłem wiadomość. Jeśli śpią, to nie będą mieli nic przeciwko. Możemy po prostu wejść, bo mam swój klucz. Poza tym to jest sytuacja awaryjna".

Vincente otworzył drzwi.

Grace nadal patrzyła na ogród, skupiając się na ogromnym drzewie pośrodku podwórka. Drzewo było pochylone, a większość jego korzeni była odsłonięta. Zadrżała i objęła się ramionami.

Vincente, który był już w środku, krzyknął: „Wejdź!".

W środku Grace starała się poczuć jak w domu. Nagle przez otwarte drzwi wpadł podmuch wiatru i podniósł tył jej szpitalnej koszuli. Przeszył ją chłód do kości i znów zadrżała.

Vincente sięgnął przez oparcie sofy i zdjął ręcznie szydełkowany, wielobarwny koc, który zrobiła jego babcia. Owinął jej ramiona kocem.

Grace wtuliła się w niego i wdychała jego cudowny zapach.

„Zaczekaj tutaj" – powiedział Vincente. „Pójdę na górę i sprawdzę, co u nich".

„Dobrze" – Grace patrzyła, jak Vincente wchodzi po schodach i skręca na końcu korytarza.

Kiedy zniknął z pola widzenia, Grace podeszła do okna i zajrzała przez zasłony. Korzenie drzewa wydawały się poruszać. Gałęzie zaczęły się kołysać. Zadrżała ponownie, a następnie zasunęła zasłony.

Rozejrzała się, nie będąc zbyt wścibską. Dom był świątynią Vincente. Wszędzie wisiały jego zdjęcia. Vincente jako niemowlę. Vincente jako mały chłopiec. Vincente w strojach sportowych. Vincente z rodzicami. Vincente ze swoimi trofeami. Zdjęcia ciągnęły się bez końca. Zwróciła uwagę na jeden szczególny rodzaj zdjęć, którego nie widziała wśród pozostałych, a mianowicie zdjęcia Vincente z dziewczyną. To był dobry znak.

Vincente wrócił na dół. Po jego minie i pośpiechu mogła stwierdzić, że dziadków nie ma w domu.

„Nie ma ich tutaj i nic nie wskazuje na to, żeby byli tu wczoraj w nocy. Łóżko nie jest pościelone, a w koszu na pranie nie ma nic. Babcia zawsze pilnowała, żeby przed pójściem spać wrzucać brudną bieliznę do kosza".

Usiadł, przeczesał palcami włosy, a następnie położył ręce na głowie, splatając palce. Siedzenie w tej pozycji pomagało mu się skoncentrować. Często to robił, gdy potrzebował odciąć się od tłumu podczas jednego ze swoich meczów.

Grace stała obok, cicha jak mysz.

Vincente ocknął się i powiedział: „Ach!", po czym podskoczył i szybko przeszedł przez dom.

Grace poszła za nim korytarzem, minęła kuchnię i łazienkę i weszła do małego pokoju na końcu korytarza. Było to biuro.

Sprawdził, czy komputer jest włączony i działa. Nie był – wtyczka została wyciągnięta ze ściany. „Dziadek pewnie znowu oszczędzał na prądzie" – powiedział. „Ponowne uruchomienie zajmie kilka minut, więc w międzyczasie możemy zjeść przekąskę i napić się kawy. Chodź".

Grace i Vincente udali się do kuchni, w której znajdowały się urządzenia w kolorze awokado. Ściereczki do naczyń miały nadruki owoców i warzyw. Na środku stołu uśmiechały się do nich figlarnie solniczka i pieprzniczka w kształcie króliczków.

„Babcia zawsze dba o to, żeby lodówka była dobrze zaopatrzona" – powiedział Vincente, otwierając drzwi. Rzucił Grace udko kurczaka i sam zaczął chrupać drugie, nastawiając czajnik. Następnie wziął kawę, cukier, śmietankę i dwa kubki. Kiedy woda się zagotowała, nalał im kawę, a potem wrócili do pokoju komputerowego.

W środku Vincente usiadł i zaczął klikać na klawiaturze. Kiedy pojawił się Facebook, wszedł na swój profil, aby go zaktualizować, a następnie sprawdził, czy któryś z jego znajomych jest online. Nikogo nie było.

Kliknął kilka razy i sprawdził aktualności. Żaden z jego znajomych nie opublikował żadnego posta ani aktualizacji od ponad dwudziestu czterech godzin.

„Nie mogę uwierzyć, że nikt tu nie był. Nawet Liz, moja kuzynka z USA, która aktualizuje swój profil co najmniej pięć razy dziennie. Obawiam się, że to nie dotyczy tylko nas tutaj, w Sydney. To może dotyczyć wszystkich".

Grace zakryła usta, próbując powstrzymać okrzyk, ale ten wydostał się i wypełnił cichą salę. „Może wszyscy są gdzieś razem? Pod ziemią lub w jakimś bezpiecznym miejscu, gdzie nie ma komputerów, i czekają".

„Cały świat pod ziemią i czeka? To byłoby naprawdę coś" – powiedział Vincente, logując się z Facebooka. „Sprawdzam pocztę" – wyjaśnił.

„Masz wiadomość!" – powitała go przeglądarka. Była to krótka wiadomość od jego babci z pytaniem o mecz krykieta.

„Więc co teraz zrobimy? Gdzie jeszcze powinniśmy sprawdzić?" – zapytała Grace.

„Nie wiem" – odpowiedział Vincente i ponownie położył ręce na głowie i schował głowę między kolanami.

Grace wyciągnęła rękę i położyła ją na jego ramieniu. On chwycił jej dłoń, z wdzięcznością przyjmując jej pocieszenie. „Wiem, że jest wczesny poranek" – powiedziała – „ale jestem wyczerpana. Może powinniśmy się zdrzemnąć, trochę odpocząć. Kiedy się obudzimy, sytuacja może się zmienić lub wpadniemy na świetny pomysł, co dalej robić".

„Tak, ja też jestem wyczerpana i masz rację, może do tego czasu nadejdzie e-mail lub ktoś zajrzy na Facebooka. Kto wie? Nie mamy nic do stracenia.

„Pozwól mi spróbować jeszcze jednej rzeczy" – powiedział Vincente, wyjmując telefon komórkowy. Wysłał grupową wiadomość do wszystkich osób z książki adresowej. „Gotowe" – powiedział. „Jeśli ktoś ma telefon, odpowie. Teraz możemy trochę odpocząć. Nie odpowiedzą, jeśli będziemy tylko siedzieć i patrzeć na komputer i telefon". Podłączył telefon do ładowarki, a następnie podszedł do schodów.

„Gdzie mam spać?" – zapytała Grace.

„Chodź na górę, pokażę ci dom".

Vincente i Grace weszli po schodach i znaleźli się w sypialni z łóżkiem z baldachimem. „To pokój moich dziadków, możesz tu spać. Mam swój własny pokój na końcu korytarza. Kilka drzwi dalej".

Szczerze mówiąc, Grace czuła się trochę przestraszona i nie chciała zostać sama w pokoju. Ale co mogła zrobić? Poprosić Vincente, żeby spał na krześle obok łóżka lub dzielił z nią łóżko? Skinęła głową, a potem, wdzięczna za miękkie łóżko przed sobą, położyła się i od razu zasnęła.

Vincente zdał sobie sprawę, jak bardzo Grace była zmęczona, ale sam nie był na tyle zmęczony, żeby od razu zasnąć. Aby temu zaradzić, krążył po domu i zjadł kilka kanapek z Vegemite. Wrócił do komputera, mając nadzieję, że coś się zmieniło. Nic się nie zmieniło.

Włączył telewizor, mając nadzieję, że trochę się rozweseli. Wszystkie kanały były wyłączone i wypełniały je śnieżnobiałe zakłócenia. To samo było z radiem: tylko zakłócenia. Zaczął myśleć, że świat się skończył dla wszystkich – wszystkich oprócz niego i Grace Greenway.

Jakie to dziwne, że spotkało to dwoje ludzi, którzy prawie się nie znali. Znaleźli się w tak dziwnej sytuacji. Była słodką dziewczyną i lubił ją, ale nie była w jego typie. Zastanawiał się, czy wiedząc, co ona do niego czuje, nie wyrządzi jej więcej krzywdy, dając jej fałszywe nadzieje. Od pewnego czasu wiedział, że Grace się w nim podkochuje. Chociaż byli w tym samym wieku, dzieliły ich lata świetlne, jeśli chodzi o kręgi towarzyskie i doświadczenia.

Vincente pomyślał o ich lekcjach matematyki. Grace zawsze wyprzedzała wszystkich, łącznie z nauczycielem. Była predestynowana do bycia matematykiem – nie było co do tego wątpliwości. On był predestynowany do bycia zawodowym sportowcem – co do tego również nie było wątpliwości. Co by robili lub kim by byli, gdyby zostali sami na całej planecie? Jaka przyszłość by ich czekała?

Potrząsnął głową i potępił siebie za takie negatywne myśli. Wszedł po schodach i zajrzał do Grace. Spała głęboko. Poszedł do swojego pokoju.

Podszedł do komody, aby znaleźć swoje ubrania, ale nie było tam jego piżamy. Dziwne. Spał w ubraniu przez całą noc i był gotowy, aby założyć coś innego. Sprawdził drugą szufladę i znalazł czarną bieliznę oraz parę skarpet. Założył je i położył się do łóżka. Wkrótce zasnął głęboko.

****

„Vincente! Vincente!" zawołała Grace, a chwilę później był już z powrotem przy niej.

„Wszystko w porządku?" – zapytał.

„Zapomniałam, gdzie jestem" – odpowiedziała Grace. Odsuwała się od łóżka i rzuciła mu się na szyję. Wkrótce znaleźli się w nieoczekiwanym, mocnym uścisku. Kiedy zdała sobie sprawę z tego, co się stało, odsunęła się i przeprosiła.

„Nie musisz przepraszać" – powiedział.

Spojrzał w dół i zdał sobie sprawę, że jest praktycznie nagi.

Wtedy ona też to zauważyła. Zaczerwieniła się głęboko. „Idę się ubrać, jeśli nie masz nic przeciwko".

Kiedy Vincente zaczął odchodzić, światła nad nimi zaczęły drgać. Oprawy oświetleniowe przymocowane do sufitu zaczęły drżeć, migając i gasnąc. Pokój jego dziadków przypominał obskurny pokój motelowy ze stroboskopowym oświetleniem.

Przedmioty na komodzie zaczęły drżeć i trząść się w rytmicznym tańcu – potem dołączyła do nich podłoga.

„Myślę, że to trzęsienie ziemi!" – krzyknął Vincente. „Chodź! Tutaj nie jest bezpiecznie".

Para weszła na schody, które nagle ożyły. Przesuwały się z boku na bok w rytmicznym dwustopniowym ruchu. Grace próbowała trzymać się poręczy, ale miała trudności z poruszaniem się do przodu. Vincente chwycił ją za rękę i zeszli po schodach.

Gdy tylko dotarli na parter, drgania ustały. Schody były teraz przesunięte i groziła im katastrofa.

„Na pewno będzie wstrząs wtórny" – powiedział Vincente. „Na wszelki wypadek zostańmy blisko drzwi wejściowych".

Nastąpiło drugie trzęsienie. Tym razem było jednak poważniejsze. Schody zamieniły się w ruchome schody. Stopnie runęły na parter, tworząc ogromną stertę.

Wazony i obrazy latały po pokoju. Krzesła zaczęły się kołysać. Lustro pękło, wydając ogłuszający trzask. Grace krzyknęła.

Pobiegli w kierunku drzwi wejściowych.

***

Z anim Vincente zdążył otworzyć drzwi wejściowe, silny podmuch wiatru otworzył je sam.

Nastolatki trzymały się siebie nawzajem, wychodząc na werandę.

Na wprost nich gigantyczne drzewo, które wcześniej zauważyła Grace, wiło się i skręcało. Jego gałęzie wyciągały się jak stare, artretyczne palce. Przybierało ono niesamowitą pozę, rozciągając się we wszystkich kierunkach. Jego korzenie poruszały się jak węże.

Przed nimi przelatywały przedmioty, które nie powinny latać. Parasole, kosze na śmieci, grille i suszarki do bielizny wirowały w powietrzu. Uderzały we wszystko. Latająca łopata uderzyła w bok drzewa, a powietrze wypełnił niemal ludzki jęk.

„To tylko wiatr" – uspokajał Vincente, wciągając Grace z powrotem do środka. „Nie możemy tam wyjść – to zbyt niebezpieczne. To jak gradobicie przedmiotami z Home Depot!"

Wiatr naciskał na tylną część drzwi, więc musieli połączyć siły, aby je zamknąć. Stali plecami mocno oparci o nie. Drzwi przesuwały się i naciskały na ich plecy. Vincente i Grace nie ustępowali.

„Więc co teraz robimy?" – zapytała Grace. Drżała. Kolana nie chciały jej utrzymać. Mimo to stała ramię w ramię z Vincente.

„Cóż, czytałem o trzęsieniach ziemi i zazwyczaj najpierw się nasilają, a potem słabną. Zwykle pojawiają się wstrząsy ostrzegawcze, a potem jeden duży. Musimy zdecydować, czy to był ten duży, czy też powinniśmy stąd uciekać, póki jeszcze jest dobrze".

„Myślę, że będzie gorzej".

„W takim razie zaufajmy intuicji, bo moja podpowiada mi dokładnie to samo. Najpierw weź książkę telefoniczną, żebyśmy mogli sprawdzić adres i numer telefonu twojego domu. Gdy już będziemy mieli te informacje, możesz zadzwonić do mamy. Dobra, teraz uciekajmy stąd!" – krzyknął Vincente, gdy nastąpiło kolejne wstrząsy.

To wstrząśnięcie miało fenomenalną siłę. Po nim nastąpił huk, trzask i chrzęst. Potem duże drzewo spadło na dom, przebijając dach. Oboje stali, patrząc na drzewo, które teraz stało w salonie. Wydawało się ironiczne, że drzwi, których bronili, pozostały nienaruszone, a sufit stał się niebem.

„Chodź!" – krzyknął Vincente, gdy wybiegali przez frontowe drzwi.

Latające przedmioty fruwały wokół nich, gdy kierowali się w stronę bezpiecznego samochodu. Kiedy Vincente otworzył drzwi, Grace zauważyła, że pierścień na jego palcu błyszczał i świecił jak trzecie oko. Wydawało się, że przyciąga światło z nieba.

Dziwne myśli krążyły w głowie Grace, podczas gdy przedmioty rozrzucone były wokół niej i rozbijały się. Spojrzała na Vincente i pomyślała, że jeśli jest wampirem, to jest nieśmiertelny. Mógłby uczynić ją wampirem. Gdyby tak się stało, żadne z nich nie byłoby już nigdy samotne. Wiedziała, że to szalona myśl.

Wtedy coś dziwnego, ale wyraźnego przemknęło jej przez umysł. Odległe wspomnienie o zabijaniu wampirów drewnianymi kołkami. Spojrzała na Vincente'a, gdy gałąź drzewa leciała w ich kierunku. Jeśli nic nie zrobi, przebije plecy Vincente'a.

„Wsiadaj!" krzyknęła. „Uważaj na plecy!"

Wskoczył do środka w samą porę, ponieważ kawałek drewna uderzył w samochód i wgniótł go.

„Dzięki! Było blisko!" wykrzyknął Vincente.

Kiedy już byli w środku, tuż przed ich oczami przeleciała wirująca metalowa parasolka.

Rozległ się głośny trzask. Był tak głośny, że musieli zakryć uszy. Nastąpił kolejny trzask. Ziemia zaczęła się przed nimi otwierać jak rozbity kokos. Szczelina w ziemi poruszała się wzdłuż drogi, zbliżając się niebezpiecznie do nich. Wpadają do niej różne rzeczy, takie jak całe domy, drzewa i samochody.

„Jedź!" – krzyknęła Grace, gdy niszczycielska szczelina zbliżała się do nich.

Vincente cofnął, a następnie wcisnął pedał gazu do dechy. Ich szyje odchyliły się do tyłu jak gumki, gdy odjeżdżali w chmurze pyłu.

„Nie oglądaj się!" – krzyknął Vincente.

Jechał jak nigdy dotąd. Omijał porzucone samochody i gruz jak profesjonalny kierowca wyścigowy. Jechał dalej, zapewniając im bezpieczeństwo i chroniąc ich przed śmiertelnym zniszczeniem spowodowanym trzęsieniem ziemi.

Jechali i jechali, nie oglądając się za siebie.

✳✳✳

MINĘŁO SPORO CZASU, ZANIM się uspokoili. Zanim ich oddech wrócił do normy.

– Możemy wrócić, kiedy będzie bezpiecznie – powiedziała Grace.

– Obawiam się, że to nie ma sensu – odparł Vincente, biorąc głęboki oddech. – Dom na pewno jest w dziurze. Nie ma go. Wszystko przepadło.

– Tak mi przykro, Vincente.

„W porządku, mam kilka dobrych wspomnień związanych z tym domem. Są tutaj". Wskazał na swoje serce. „I tutaj". Wskazał na swoją głowę. „Nikt nie może mi ich odebrać".

Grace pomyślała o swojej obecnej sytuacji. O tym, jak odebrano jej wspomnienia. Pojedyncza łza spłynęła jej po policzku.

„Przepraszam, Grace. Nie chciałem...".

„Wiem, że nie chciałeś, ale to prawda. Moje zostały mi odebrane".

„Ale odzyskasz je. Wiem, że tak będzie".

„Dziękuję za te słowa, ale nikt nie wie na pewno, czy tak się stanie, zwłaszcza bez pomocy lekarzy".

„Wiem, że wspomnienia wciąż gdzieś tam są, w tobie. Nie są całkowicie utracone. Musisz tylko znaleźć sposób, aby do nich dotrzeć".

Grace zgodziła się. Podobało jej się to, że może sięgnąć do swoich wspomnień.

„A skoro o tym mowa" – powiedział Vincente. „Może przejrzysz książkę telefoniczną i znajdziesz numer telefonu i adres swojej rodziny? Wtedy będziemy mogli zadzwonić do twojej mamy".

Grace uśmiechnęła się i zaczęła przeglądać strony, zatrzymując się, gdy znalazła Greenway. Vincente podał jej swój telefon komórkowy, a ona zaczęła wybierać numer. Kiedy usłyszała głos po drugiej stronie – głos swojej mamy – uśmiechnęła się. Zaczęła mówić, ale usłyszała polecenie, aby zostawić wiadomość po sygnale.

„To tylko automatyczna sekretarka".

„U mnie było tak samo. Nie ma sprawy. Mamy adres, więc możemy tam pojechać i sprawdzić".

„Wygląda na to, że mamy plan C".

ROZDZIAŁ 11

O RANY!" – WYKRZYKNĘŁA Grace. „Uważaj!"

Vincente skupił uwagę na drodze. Grace sięgnęła i chwyciła kierownicę. Pojazd gwałtownie skręcił w prawo. Vincente próbował utrzymać kontrolę nad samochodem, ale z rękami Grace zaciśniętymi na swoich nie był w stanie tego zrobić.

„Uważaj!" – krzyknęła ponownie.

Vincente walczył z Grace. Odzyskał kontrolę nad samochodem. Było już jednak za późno, aby go zatrzymać – tor jazdy został ustalony. Opony zaczęły ślizgać się, a wkrótce samochód zatrzymał się całkowicie, uderzając w pień drzewa.

„Oszalałaś?" – ryknął Vincente.

„Ja..." – powiedziała Grace.

„Co ty, do diabła, wyprawiasz?" Potrząsnął głową, jakby właśnie wyszedł spod prysznica. „Ledwo udało nam się wyjść cało z poprzedniej sytuacji, a teraz, do cholery, Grace! Co ty...?"

„Ja..." powiedziała Grace.

„Dlaczego to zrobiłaś?"

„Chcesz, żebym ci teraz odpowiedziała?" zapytała Grace bardzo spokojnie.

– Jasne, że chcę – odparł Vincente. – Prawie nas zabiłaś. Z-A-B-I-Ł-A!

– Wiem, jak się pisze „zabiła", dziękuję bardzo. Chcesz, żebym ci to wyjaśniła, czy nie?

– Tak – odparł Vincente, zirytowany. Próbował się uspokoić, biorąc głębokie oddechy.

„Najpierw" – powiedziała – „muszę tam wrócić i sprawdzić, czy uda mi się ją znaleźć. Potem wszystko wyjaśnię".

„Ją?"

„Małą dziewczynkę" – wyjaśniła.

Wkrótce zaczęła biec. Jej szpitalna koszula powiewała na wietrze, ale nie przejmowała się tym. Liczyła się dla niej tylko ta mała dziewczynka.

Vincente pobiegł za nią. Był tuż za nią. Myślał, że straciła rozum. Mała dziewczynka? On nikogo nie widział. Grace musiała ją sobie wyobrazić.

Grace zatrzymała się. Obracała się w kółko, szukając małej dziewczynki w każdym krzaku, w każdej możliwej kryjówce. Grace, zdyszana i nie mogąc jej znaleźć, zatrzymała się. Stojąc nieruchomo, nasłuchiwała uważnie.

„To było dziecko ubrane w białą koszulę nocną z koronką na brzegach i czerwonymi wiązaniami przy kołnierzyku. Miało długie, ciemne włosy opadające na ramiona i największe oliwkowozielone, migdałowe oczy".

Vincente stał obok niej, słuchając jej opisu. Zwracał na nią uwagę i próbował zrozumieć, ale nie rozumiał.

„Była właśnie tutaj. My – ty – prawie ją potrąciliśmy".

„Mała dziewczynka?".

„Tak".

„Grace, nie było tu żadnej małej dziewczynki".

„Była tam! Widziałam ją! Stała tam, na środku drogi. Była piękna".

„Grace, nie widziałem jej. Nie była prawdziwa".

„Była prawdziwa, tak samo prawdziwa jak ty, stojący tu teraz przede mną".

„Chcesz powiedzieć, że pojawiła się tylko tobie?". Vincente zapytał, mając nadzieję, że to ją ocknie.

„Nie wiem. Nie zastanawiałam się nad tym".

Vincente nie chciał tego robić, ale musiał sprowadzić ich z powrotem na właściwą drogę. Zawahał się. „Prawdziwa – tak jak twój tata i brat?".

„To podłe, i dobrze o tym wiesz!" – powiedziała Grace, przebiegając przez drogę, między drzewami. Uciekając.

Vincente był coraz bardziej przekonany, że ona traci rozum.

Grace próbowała uratować małą dziewczynkę przed krzywdą. Widziała ją wyraźnie, stojącą tam. Co miała zrobić – pozwolić mu ją uderzyć? Tak bardzo chciała go uderzyć, i to mocno. Zamiast tego biegła dalej. Biegła gdziekolwiek. Gdziekolwiek, byle tylko u ciec.

Kiedy w końcu ją dogonił, Grace siedziała na trawie na polu i obserwowała płynące po niebie chmury.

„Mogę się do ciebie przyłączyć?" – zapytał.

„Jasne".

Poczuł miękkość trawy i wdychał jej zapach. Przez chwilę milczeli.

„Opowiedz mi jeszcze raz, co widziałaś na drodze z tą małą dziewczynką".

Ona milczała.

„Obiecuję, że wysłucham tego, co masz do powiedzenia".

„Spójrz na chmury tam w górze, płynące dalej, jakby nic się nie działo. Są takie piękne, wysoko na niebie, unoszą się bez ciężaru".

„Grace, powiedz mi".

Wzięła głęboki oddech, spojrzała na Vincente, a potem znów spojrzała w niebo i powiedziała: „Była tam mała dziewczynka. Zobaczyła mnie. Uznała mnie. Pokazała mi taki znak". Podniosła rękę, wykonując gest zatrzymania w języku migowym.

„Kiedy nauczyłaś się języka migowego?" Vincente zmarszczył brwi, zdając sobie sprawę, że ona nie pamięta, kiedy i dlaczego się go nauczyła. „Przepraszam, głupie pytanie".

Grace milczała, obserwując chmury i poświęcając im całą swoją uwagę.

„Chwileczkę, nie pamiętasz swojego numeru telefonu, ale pamiętasz język migowy?"

„Chyba tak".

„Nie rozumiesz, co to oznacza, Grace?".

Milczała.

„To oznacza, że miałem rację. Możesz uzyskać dostęp do swoich wspomnień, kiedy tylko chcesz" – powiedział Vincente z podekscytowaniem w głosie.

„Chyba tak właśnie zrobiłam z moim tatą i bratem".

„A teraz z tą małą dziewczynką. Kim ona była? Kim była dla ciebie?".

„Nie wiem, ale teraz myślę o tym, jak naraziłam nas na niebezpieczeństwo. Mogliśmy zginąć, kiedy uderzyliśmy w to drzewo".

„Tak".

Grace wstała, czując ponownie nadzieję. Zastanawiała się, czy dziecko się ukrywa, bo się boi. Zawołała: „Mała dziewczynko, gdziekolwiek jesteś, wyjdź i porozmawiaj ze mną. Nie skrzywdzimy cię. Będziesz bezpieczna. Możemy ci pomóc".

W powietrzu rozlegał się tylko szum liści i świst wiatru. Grace położyła ręce na biodrach. Była głęboko przekonana, że dziewczynka nie mogła zniknąć bez śladu. Musiała gdzieś tam być.

Vincente nadal był sceptyczny. Próbował dotknąć Grace, ale ona odsunęła go jak owada.

Nadal wołała dziewczynkę, aby wyszła. Grace była całkowicie skupiona na tym zadaniu, wołając, aż straciła głos.

***

GRACE BYŁA JUŻ CAŁKOWICIE wyczerpana. Nadal nie było śladu dziewczynki. Nadszedł czas, aby się poddać, więc wróciła do samochodu. Vincente podążał za nią w milczeniu. Jej mowa ciała mówiła wszystko: teraz zrozumiała prawdę. Dziewczynka była iluzją. Pytanie brzmiało: dlaczego?

Vincente kopnął oponę samochodu, a następnie spojrzał na Grace. Była wyczerpana i zawstydzona. Nie była w stanie nawet nawiązać z nim kontaktu wzrokowego. Jednak mimo to Vincente uznał, że stojąca tam Grace jest niezwykle atrakcyjna. Wyglądała na pozbawioną nadziei i samotną. Jakby potrzebowała ratunku.

Podszedł do niej i wziął kosmyk jej włosów między palce. Owinął go wokół palców, przyciągając Grace coraz bliżej do siebie. Następnie ją pocałował. Delikatnie, czule. Krótki pocałunek, wystarczający, by sprawić, że zapragnęła więcej. Najpierw odpowiedziała na pocałunek, a potem on się odsunął. „Przepraszam".

„Ja nie" – powiedziała Grace, uśmiechając się zarówno wewnętrznie, jak i na zewnątrz. „Ale następnym razem, gdy powiem ci, żebyś zatrzymał samochód, po prostu zatrzymaj się, dobrze?".

„Zatrzymam się, obiecuję".

„Nawet jeśli nikogo nie zobaczysz?".

– Nawet jeśli nikogo nie widzę.

– Dobrze.

– Dobrze.

– Myślę, że powinniśmy tu jeszcze chwilę zostać, na wypadek gdyby wróciła.

– Grace, ona nie wróci. Proszę, wsiadaj do samochodu.

Silnik zapalił od razu. Odjechali. Grace starała się nie oglądać za siebie, ale impuls był zbyt silny.

ROZDZIAŁ 12

GDY SAMOCHÓD PĘDZIŁ DALEJ, Grace skupiła się na teraźniejszości. Opuściła szybę i wyciągnęła rękę. Pozwoliła, by wiatr muskał włoski na jej przedramieniu, wywołując gęsią skórkę. Czuła, że żyje. Jakby ona i Vincente mieli teraz szansę stać się tym, o czym marzyła. Jednak bała się o tym zbytnio myśleć, zbytnio się na tym skupiać, bo nie chciała zapeszyć.

Grace roześmiała się, gdy wiatr owiał jej palce. Przez chwilę przypomniała sobie ten moment. Moment pocałunku: ich pierwszego pocałunku. Był miły, delikatny, ciepły, lepki, a ona czuła jego pożądanie, które napierało na nią.

To było dziwne, jechać wzdłuż fali nieruchomych pojazdów. Nie słychać było klaksonów. Nie słychać było syren. Nikt nie krzyczał. Nie brakowało jej tych dźwięków. Dźwięki, które pamiętała tylko mgliście, były zazwyczaj irytujące. Brakowało jej jednak śpiewu ptaków. Brakowało jej ich aktywności, śpiewu, przelatywania z drzewa na drzewo. Brakowało jej brzęczenia pszczół. Zastanawiała się, jak natura sobie poradzi, jak teraz będzie przebiegać zapylanie. Natura potrafiła dostosować się do wielu zmian. Matka Natura znalazłaby sposób, aby przetrwać.

Grace spojrzała na Vincente. Skupiał się na prowadzeniu samochodu.

Wydawał się pogrążony w myślach.

Vincente był zmartwiony i zły na siebie. Najpierw powiedział sobie, żeby jej nie zwodzić. Wiedział, że nie jest w jego typie. Zupełnie nie w jego typie. Była Grace Greenway: błyskotliwą matematyczną fenomenem. Myślała w liczbach.

Cholera, prawdopodobnie nawet śniła w liczbach.

Starał się nie myśleć o pocałunku, ich pierwszym pocałunku. Postanowił, że ich pierwszy pocałunek był ostatnim. Mimo że był nieoczekiwanie miły. Słodki. Niewinny. Ona się tego nie spodziewała, a potem... Ugh, nie chciał myśleć o tym, jak się czuł, kiedy go pocałowała. Jak szybko się podniecił, po jednym prostym pocałunku. Prawdopodobnie dlatego, że był na wolności, wędrując w bieliźnie. Jego pożądanie wobec niej było prawdopodobnie tylko niekontrolowanym popędem, naturalną reakcją. Nie czymś, czego pragnął.

Zatrzymał się na chwilę, czując na sobie jej wzrok, i poprawił uścisk na kierownicy. Próbował myśleć o innych rzeczach, aby odwrócić uwagę od myśli o niej. Myślał o filmach. Grach wideo. Jedzeniu.

W międzyczasie Grace myślała o świecie. O wielkim świecie, który należał do nich, do niej i Vincente'a. Myślała o swojej przeszłości, o tym, jak czuła się niekompletna bez wszystkich swoich wspomnień. Myślała też o tym, że to coś dobrego, a nie złego. Był to sposób, w jaki mogła stworzyć siebie na nowo. Jednocześnie wiedziała, że nigdy nie będzie kompletna bez odzyskania największej części siebie. Części, która była jej matematyczną naturą: matematycznym stanem Grace.

Próbowała przypomnieć sobie wszystko, co kiedyś wiedziała o Pitagorasie. Kiedyś wiedziała wszystko o jego życiu i teoriach matematycznych. Teraz fakty i liczby zlewały się w jej umyśle. Próbowała przypomnieć sobie liczby Fibonacciego, ale one również nie były już jasne w jej umyśle. Postanowiła pójść do biblioteki i poczytać o tych dwóch, a także o innych, w tym Einsteinie i Galileuszu. Nauczy się wszystkiego, co kiedyś wiedziała, i dzięki temu ma nadzieję otworzyć swój bank pamięci i zaczerpnąć z niego.

„Widziałem ten film dawno temu" – powiedział Vincente. „Był o kosmitach, którzy przybyli na Ziemię i zaatakowali w swoich statkach kosmicznych".

Grace była zaskoczona. Przyzwyczaiła się do wygodnej ciszy, która ich otaczała. Zachęciła go, aby opowiedział jej więcej o filmie. „Brzmi intrygująco".

„Tak właśnie było. Ale nie opowiedziałem ci jeszcze o najbardziej fascynującej części".

„Cóż, nie trzymaj mnie w napięciu".

„W filmie pozostało tylko dwoje ocalałych, mężczyzna i kobieta".

„Nie ma mowy!"

„A dlaczego kosmici ich nie zabili?" – zapytał Vincente. Grace wzruszyła ramionami. „Bo chcieli ich obserwować. Badać". Zatrzymał się i czekał, obserwując Grace kątem oka. „A potem umieścili tych dwoje ludzi w klatce, jak w zoo. Aby obserwować, jak się rozmnażają".

„A co, jeśli nie chcieli się rozmnażać?" – zapytała Grace drżącym głosem.

„Zmusili ich".

„Jak mogli ich do tego zmusić?".

„Nie chcieli umrzeć i potrzebowali pożywienia, aby przeżyć. Zrobili więc to, co musieli, a kosmici obserwowali ich, badając, co kieruje ludźmi".

„Obrzydliwe".

„Cóż, jeśli się nad tym zastanowić, ludzie od wieków trzymają zwierzęta w klatkach. Obserwują, jak się rozmnażają. Badają je, a czasem wykorzystują do eksperymentów, aby rozwijać medycynę i tym podobne dziedziny. Czy naprawdę są gorsi?"

„Nie, chyba nie, jeśli tak to ująć. Ale ty i ja mamy tutaj okazję, aby coś zmienić. Nie możemy zmienić przeszłości".

„To prawda. Jeśli jesteśmy ostatnimi dwoma ocalałymi", stwierdził Vincente, „to możemy żyć tak, jak chcemy".

„Co się stało... to znaczy, na końcu filmu?".

„Nigdy nie widziałem zakończenia. Byłem na nocowaniu u kolegi. Byliśmy dziećmi i nie powinniśmy byli siedzieć tak długo. Kiedy jego rodzice nas znaleźli, pobiegliśmy do jego sypialni. Nigdy więcej nie znalazłem tego filmu".

„Co kosmici zrobili z pozostałymi mieszkańcami Ziemi, skoro tylko oni dwoje przeżyli?".

„To wiem. Zniszczyli ich! To trochę ironiczne, jeśli się nad tym zastanowić, ponieważ w filmie kosmici zabili ich wszystkich bronią laserową – puf! – a potem po prostu zniknęli. Nie pozostało po nich nic, żadne szczątki. Żadnych kości, ciał ani popiołów. Jakby nigdy nie istnieli".

Grace objęła się ramionami, zbyt późno zdając sobie sprawę, że to ją przeraża. Miała nadzieję, że już skończył, aby mogła wrócić do swoich pięknych myśli o przyszłości, ich wspólnej przyszłości.

Vincente przerwał jej błogostan kolejną opowieścią o filmach. „Kolejny, który pamiętam, był o kosmitach, którzy przybyli na Ziemię i spalili wszystkich. Jedyne, co pozostało, to stos pyłu w miejscu każdego człowieka. Był to jedyny dowód na to, że kiedyś tam byli ludzie. Dowód, że kiedyś byli ludzie". Zrobił pauzę. Ona nie skomentowała tego. Miała nadzieję, że już skończył. „Był jeszcze jeden, w którym podłączali się do umysłów wszystkich ludzi, wszczepiając im chipy do mózgów i kontrolując ich. Te filmy stawały się coraz bardziej przerażające".

„Nie zapomnij o E.T." – powiedziała Grace.

„Co?" – Vincente sapnął z fascynacją, czekając, aż Grace zda sobie sprawę, że nieświadomie dotknęła wspomnienia.

„No wiesz, „E.T. telefon do domu"?

„Tak, wiem" – powiedział i uśmiechnął się tak szeroko, że przez chwilę Grace zastanawiała się, dlaczego się uśmiecha.

Wtedy dotarło do niej. Odblokowała wspomnienie. Co prawda nie była to najbardziej fascynująca informacja, ale mimo wszystko było to wspomnienie. Uśmiechnęła się do niego.

Był tak dumny, że sięgnął i na chwilę wziął jej dłoń w swoją, po czym znów zapadła cisza.

Kiedy Vincente musiał skręcić na rondzie lub zakręcie, puścił rękę Grace. Ich spojrzenia spotkały się na sekundę, po czym ponownie skoncentrował się na drodze.

Był z niej dumny.

Grace czuła ogromną dumę ze swojego małego przełomu w pamięci. Wyobraziła sobie wnętrze swojego umysłu jako bibliotekę. Chodziła po alejkach, szukając wspomnień. Sięgając na półki, podnosiła je i oglądała pojedynczo. Wybrała grubą książkę w czerwonej oprawie, mając nadzieję, że znajdzie w niej coś o sobie, ale nic się nie wydarzyło. Nie zamierzała rezygnować z tej techniki. Postanowiła dalej próbować.

Vincente myślał o postępie technologicznym na przestrzeni lat. Powstało tak wiele wynalazków, niektóre dobre, inne mniej. Rozglądając się wokół, mając tylko dwoje ludzi do obsługi, zastanawiał się, po co tak naprawdę była ta cała ciężka praca.

W oddali rozległ się dźwięk dzwonka. Stawał się coraz głośniejszy, gdy zatrzymali się przed budynkiem. „Rozpoznajesz to miejsce?" – zapytał.

Grace przeczytała napis: „Liceum Królowej Wiktorii, szkoła, w której spełniają się marzenia". Nie pamiętała tego miejsca.

„To nasza szkoła średnia" – powiedział.

„Tak myślałam, ale nie byłam pewna" – odparła Grace. Rozejrzała się po kampusie i w końcu znalazła boisko do krykieta z tyłu: boisko, na którym doznała kontuzji w ostatnim dniu szkoły. „Ciekawe, po co był ten dzwonek?" – zapytała Grace.

„Sam właśnie o tym myślałem. Prawdopodobnie jest ustawiony na timer. Automatyczny. Ale jest szansa, że ktoś może być uwięziony w środku i potrzebować pomocy, więc chciałbym to sprawdzić. Chcesz tu zostać?"

„Nie, chcę iść z tobą".

„Dobrze, ale trzymaj się blisko mnie. Nie wiemy, czego się spodziewać. Prawdopodobnie nic, ale nigdy nie wiadomo" – powiedział Vincente. Wyobraził sobie kogoś uwięzionego w środku, zbyt przerażonego, by wyjść.

Grace wyobrażała sobie kosmitów, jak w filmach, czekających, aby schwytać i uwięzić ostatnich dwóch ludzi na Ziemi. Drżała, gdy Vincente otworzył drzwi i weszli do długiego korytarza. Było bardzo cicho; jedyne dźwięki to odgłos ich stóp uderzających o chłodną podłogę z linoleum.

Vincente pamiętał, jak dobrze się bawił w tych murach. Zawsze był trochę bohaterem sportowym – z braku lepszego słowa. Podszedł do swojej szafki, otworzył ją i wyjął torbę na siłownię. Założył spodenki do krykieta na czarną bieliznę i narzucił koszulkę. Przez spodenki nadal widać było jego czarną bieliznę. Grace się roześmiała.

„Przecież nie pierwszy raz je widzisz" – powiedział Vincente, choć też się roześmiał.

Większość drzwi szafek była szeroko otwarta, a ich zawartość rozrzucona po całym pomieszczeniu. „To pewnie przez trzęsienie ziemi" – domyślił się Vincente.

Grace nadal drżała.

„Weź głęboki oddech" – powiedział, próbując ją uspokoić i zapewnić o swoim wsparciu.

Serce Grace biło coraz szybciej. Miała złe przeczucia co do tego miejsca.

Vincente zapytał głośno: „Halo, jest tu ktoś?".

Jego głos odbijał się echem w korytarzach, ale nikt nie odpowiedział. Wtedy znów zadzwonił dzwonek szkolny. Ponieważ byli w środku, dźwięk rozbrzmiał głośno.

W dalszej części korytarza Vincente pchnął drzwi i wszedł do sali gimnastycznej. Została przygotowana do meczu koszykówki. Puste trybuny i boisko wyglądały nieco smutno.

„Byłeś też dobry w koszykówkę?" – zapytała Grace.

„Byłem zaskakująco dobry w większości sportów. Uwielbiałem emocje. Okrzyki tłumu. Adrenalinę, którą czułem, gdy rzucałem do kosza lub gdy wygrywaliśmy mecz. To było bardzo ekscytujące".

„Tak, rozumiem. Brzmi jak silny narkotyk".

„Czasami czułem się jak po narkotykach, ale to tylko liceum, szansa na wielki mecz, rozumiesz? Zostanie zawodowcem – to było tylko marzenie".

„Chciałeś zostać zawodowcem?"

„Tak, ale teraz wydaje mi się to trochę głupie".

„Marzenia nigdy nie są głupie” – powiedziała poważnie Grace.

„Tak właśnie powiedzieliby mi mama i tata”.

„Szkoda, że ich nie poznałam” – powiedziała Grace. „Poznasz ich kiedyś”.

Podskoczyli, gdy ponownie zabrzmiał dzwonek.

„Wyjdźmy stąd, robi mi się nieprzyjemnie” – powiedziała Grace.

„Nie, najpierw sprawdzimy biura, tuż na końcu korytarza. Upewnijmy się, że wszystko jest w porządku, a potem możemy iść”.

Grace wyszła za Vincente z sali gimnastycznej. Nieprzyjemne uczucie w żołądku Grace zmieniło się z burczenia w ryk.

O NIE! O NIE! O nie! – te słowa krążyły w głowie Grace. Nie miała nad tym kontroli, idąc za Vincente.

„To jest sekretariat. Tam jest gabinet doradcy". Zajrzał do środka, ponieważ drzwi były szeroko otwarte, i upewnił się, że nikogo tam nie ma. „To jest gabinet wicedyrektora. A to gabinet dyrektora". Próbował otworzyć drzwi. Były zamknięte. „Halo!" zawołał.

Usłyszeli coś. Było to stukanie. Słabe, ale ciągłe. dochodziło z wnętrza gabinetu dyrektora.

Vincente zapukał do drzwi. „Czy ktoś tam jest?".

Nie było odpowiedzi.

„Obcy prawdopodobnie nie mówią po angielsku" – powiedziała Grace.

Vincente pchnął drzwi ramieniem, ale nie drgnęły.

Stukanie ustało. Czekali, wstrzymując oddech. Znowu się zaczęło.

Cokolwiek to było, kończyła mu się energia. Musieli się tam dostać. Kończył się czas.

Myśl! Myśl!" – powiedział głośno Vincente, motywując się, podczas gdy chodził tam i z powrotem. Kilka sekund później powiedział: „Dobra, mam pomysł. Chodź za mną".

Grace zrobiła, jak jej polecono. Wkrótce znaleźli się z powrotem w sali gimnastycznej. Vincente kazał Grace stanąć za trybunami, a sam przewrócił jedną z koszykówek. Zaczęli ciągnąć ją korytarzem.

Vincente wyjaśnił, że jej podstawa jest wypełniona piaskiem. Gdy tylko dotrą z nią do biura, będą mogli użyć jej do wyważenia drzwi.

„Świetny plan!" – powiedziała Grace. „Myślę, że to może się udać".

„Musimy użyć maksymalnej siły. To znaczy, dać z siebie wszystko".

Kiedy mijali damską toaletę, Grace zdała sobie sprawę, że od dłuższego czasu potrzebowała skorzystać z toalety i zawahała się, zanim spróbowała otworzyć drzwi.

„Nie ma mowy!" – krzyknął Vincente. „Nie wejdziesz tam, dopóki ja tego nie sprawdzę".

„Wszystko będzie dobrze".

„Prawdopodobnie nie pamiętasz, ale większość złych rzeczy w horrorach dzieje się w damskiej toalecie. Pójdę to sprawdzić, a jeśli wszystko będzie w porządku, możesz wejść za mną. Zostań więc tutaj. Nie ruszaj się ani o centymetr".

„Dobrze, szefie" – powiedziała Grace.

Usłyszeli odgłos spłukiwania, a potem Vincente wrócił i powiedział Grace, że wszystko jest w porządku.

Weszła do środka, ale teraz okazało się, że nie może tego zrobić, chociaż wiedziała, że musi. Zaczęła odkręcać wodę w jednej, dwóch, a potem trzech kranach, aż jej nerki zareagowały. Po załatwieniu potrzeby i spłukaniu toalety wyszła z niej.

Kontynuowali, niosąc ze sobą swoją sportową broń. Po wyjściu z biura zatrzymali się i ponownie ocenili sposób wejścia.

„Najpierw zamieńmy się miejscami" – powiedział Vincente. Uznał, że najlepiej będzie, jeśli on będzie trzymał tylną część, cięższa część ich broni, aby uzyskać maksymalny efekt na celu: drzwiach biura. Kiedy zajęli pozycje, Vincente kontynuował wyjaśnianie swojego planu.

„Kiedy policzę do trzech, pchnijcie to z całej siły. Potem zatrzymajcie się. Ponownie policzę do trzech i pchnęmy jeszcze raz. I tak dalej, aż się przebijemy".

„Brzmi jak plan" – powiedziała Grace, chwytając mocno przednią część urządzenia.

Vincente policzył, a ich pierwsze uderzenie było celne, ale drzwi nie drgnęły. Przy drugim uderzeniu drzwi przesunęły się w ościeżnicy i poczuli, jak pęka jeden z zawiasów u góry. Spróbowali ponownie, nabierając siły, i za czwartym razem drzwi runęły do środka, spadając z hukiem na biurko dyrektora. Para stanęła teraz przed nowym problemem: drzwi były w połowie otwarte, a w połowie zamknięte, w pionie. Nie byli bliżej wejścia do środka.

„Jest tam ktoś?" – zapytał Vincente.

Jedyna odpowiedzią była cisza.

S TOJĄC OBOK SIEBIE I zaglądając przez szczelinę, oboje wahali się, czy wspiąć się na drzwi i wejść do środka.

Z korytarza dostrzegli gałąź drzewa. Przełamała ona okno i leżała na biurku dyrektora. Zauważyli również dużą ilość potłuczonego i rozbitego szkła rozrzuconego po podłodze.

Oboje pomyśleli jednocześnie o tym samym. Skoro okno było szeroko otwarte, to gdyby ktoś był uwięziony w środku, już dawno by się stamtąd wydostał. Chyba że był ranny. W pobliżu nie było śladów krwi. Być może ta osoba leżała nieprzytomna pod biurkiem?

Vincente postanowił użyć drzwi jako deski. W końcu były one przymocowane z drugiej strony do biurka.

„Wchodzę" – krzyknął Vincente. Wszedł na drzwi i powoli posuwał się do przodu. „Nie ma mowy!" – wykrzyknął, wprowadzając Grace do biura.

Był to czarny kruk. Patrzył im prosto w twarz, kołysząc się na końcu gałęzi. Jego dziób uderzał o biurko, wydając gwałtowne stuknięcia.

„Jakie to dziwne" – powiedział Vincente. „Bardzo w stylu Edgara Allana Poe".

W tym momencie wiatr zdawał się wzmagać. Powodowało to kołysanie się gałęzi. Głowa ptaka kilkakrotnie uderzyła o biurko, wydając jeszcze głośniejsze odgłosy stukania.

Vincente i Grace wzdrygnęli się na ten dźwięk.

Grace, chcąc uciec, przygotowała się do wyjścia z biura. Kiedy cofnęła się, Vincente zatrzymał ją, kładąc rękę na jej plecach.

Odwróciła się.

Gałąź unosiła się pod wpływem wiatru. Unosiła się? Tak, dziwnie, ale unosiła się coraz wyżej, prawie do poziomu otwartego okna.

Obserwował, jak gałąź unosi ptaka w górę. Nagle gałąź znalazła się całkowicie poza oknem. Podmuch wiatru nadal unosił ją w niebo.

„Chodź tutaj, Grace, musisz to zobaczyć!" – szepnął.

Gałąź otarła się o wybite okno podczas swojej podróży na zewnątrz. Unosiła ptaka coraz wyżej i wyżej.

Oboje patrzyli przez okno, zastanawiając się, dokąd drzewo zabiera martwego kruka.

Grace nie mogła oderwać wzroku od oczu martwego ptaka. Odbijały one promienie słońca i odbijały je z powrotem. Były jak maska – maska śmierci.

„Musimy stąd uciekać!"

– powiedziała Grace.

„Nie, czekaj. Chcę..." – zaczął Vincente, ale wtedy wiatr owiał gałąź.

Pozostałe gałęzie nagle ożyły. Poruszały się w górę z własnej woli. Podążały tuż za gałęzią, do której przyczepiony był martwy ptak.

Odgłos wszystkich gałęzi poruszających się razem, kołyszących się na wietrze i unoszących się w górę, tworzył przerażającą kakofonię. Brzmiało to jak łamanie kości.

Grace objęła się ramionami, a na jej odsłoniętej skórze pojawiła się gęsia skórka. Kiedy dźwięk stał się zbyt głośny, zakryła uszy. Mimo to nie mogła oderwać wzroku od martwych oczu kruka.

Martwy ptak nadal kołysał się do przodu i do tyłu, do przodu i do tyłu, jak kołysanka. Cały czas pozostawał nabity na końcu gałęzi jak szaszłyk.

Grace wstrzymała oddech. Całym sobą pragnęła uciec.

A jednak nie mogła przestać patrzeć na oczy ptaka. Była jak sparaliżowana. Ogarnięta.

Podobnie jak Vincente.

Stali nieruchomo, jakby zatrzymani w czasie.

Czekali, aby zobaczyć, co będzie dalej.

GAŁĘZIE NADAL SIĘ UNOSIŁY. W biurze panowała złowieszcza cisza, gdy ptak kontynuował swoją podróż. Nadal był otoczony gałęziami, które go otaczały i unosiły, jakby był nieważki. Następnie gałęzie, przypominające palce stare kobiety dotkniętej artretyzmem, zaczęły kołysać ptaka w górę i w dół, w przód i w tył.

Widok był tak przerażający, że Grace chciała krzyczeć. Zamiast tego zaczęła kołysać się w przód i w tył, podobnie jak Vincente. To było piękno w ruchu, wznoszenie się. Kołysanie. Kołysanie i wznoszenie się.

Musieli podejść bliżej okna, aby to zobaczyć. Uważali, aby nie nadepnąć na odłamki szkła pokrywające podłogę wokół nich, gdy wyciągali szyje przez potłuczone szkło i wychylali się przez okno. Coraz wyżej i wyżej, ptak nadal delikatnie kołysał się, unoszony ku niebu.

Wtedy wszystko zatrzymało się w powietrzu.

Cisza wypełniła scenę.

Pień drzewa poruszył się.

Na początku był to niewielki ruch.

Ledwo zauważalny.

Drżał, jakby ktoś właśnie się obudził.

Kaszlał. Pluł.

Kołysał się i drżał.

A potem z groteskowej twarzy wydobyło się ziewnięcie. Twarz z ogromną, otwartą paszczą, do której wpadł martwy kruk.

Rozległy się chrupiące dźwięki. Przerażające odgłosy, jakby łamania i miażdżenia kości.

Wypuszczało z siebie beknięcia. Z jego paszczy wyleciało kilka czarnych piór. Jedno opadło poniżej, lądując na parapecie, gdzie stali Grace i Vincente, gapiąc się z otwartymi ustami.

Następnie gałęzie znów zaczęły się poruszać. Zmieniły kierunek. Skierowały się w dół.

✳✳✳

Uciekaj!" – krzyknął Vincente.

Z tyłu słychać było, jak drzewo szybko się porusza. Gdy gałęzie ponownie weszły przez okno, kolejne odłamki szkła rozbiły się na podłodze.

Trzymając się za ręce, Vincente pociągnął Grace wzdłuż korytarza. Biegli, jakby duch kruka wszedł w ich ciała.

Artretyczne, drewniane palce poruszały się po korytarzu, podążając za nimi, uderzając, niszcząc i drapiąc wszystko, co znalazło się w ich zasięgu.

Kiedy Vincente i Grace wyszli ze szkoły, wyjął kluczyki z kieszeni i rzucił jej je. Kazał jej otworzyć drzwi, uruchomić samochód i powiedział, że zaraz do niej wróci. Jeśli nie, powinna odjechać.

„Nie umiem prowadzić".

„Szybko się nauczysz!"

Kiedy znalazła się w samochodzie, patrzyła, jak zdejmuje koszulę. Patrzyła, jak wiąże koszulkę wokół klamek drzwi. Przeplatał ją tyle razy, ile tylko mógł, mając nadzieję, że zyska im to trochę czasu.

Kiedy gałęzie okrążyły róg na końcu korytarza, Vincente odwrócił się i pobiegł. Wskoczył do samochodu, zatrzasnął drzwi i ruszył z piskiem opon.

Samochód odjechał, gdy gałęzie rozbiły drzwi.

„Wow! To było trochę zbyt blisko, żeby czuć się komfortowo" – powiedziała Grace, gdy znaleźli się kilka przecznic od szkoły. Nadal ciężko oddychała, mając trudności z łapaniem oddechu.

„Nie żartuj! Wszystko w tej sytuacji było szalone!"

„Cóż to w ogóle było za drzewo?" – zapytała Grace.

„Myślę, że to było drzewo oliwne. Pytanie brzmi: dlaczego żywiło się ptakami? Dlaczego miało niemal ludzką paszczę i potrzebę jedzenia mięsa?"

„Słyszałam o ptakach gniazdujących na drzewach, ale nigdy o drzewach jedzących ptaki!"

„Tak, cóż, jesteśmy teraz w zupełnie innym świecie, Grace, i myślę, że może powinniśmy postarać się zdobyć jakąś broń. Kto wie, co jeszcze tam jest? Musimy pomyśleć o ochronie siebie. Im szybciej, tym lepiej".

„Gdzie zdobędziemy broń?"

„Znam miejsce w mieście, gdzie możemy wypróbować pistolety, noże i wszystko, czego potrzebujemy. Właściwie to nie ma czasu do stracenia. Jestem wystarczająco wstrząśnięty, żeby zdobyć broń już teraz".

„Jestem wyczerpana, ale nie sądzę, żebym szybko zasnęła" – powiedziała Grace, krzyżując ręce na piersi.

Jadąc wzdłuż wysadzanych drzewami ulic, czuli w sercach strach, którego nigdy wcześniej nie doświadczyli: drzewa! Drzewa pożerające mięso.

„Zawsze uważałem drzewa oliwne za symbol pokoju. Pamiętam opowieści o drzewach oliwnych z Biblii i mitologii" – powiedział Vincente.

„Czy są one rodzime dla Australii?".

„Zdecydowanie nie. Ale dlaczego miałoby to mieć znaczenie?".

Żadne z nich nie znało odpowiedzi. Nie wiedzieli też, dlaczego drzewa mięsożerne nabrały tak nietypowej cechy.

Starali się o tym nie myśleć, kierując się do sklepu z bronią w centrum Sydney.

ROZDZIAŁ 13

Migający znak przed wejściem wyświetlał napis: „Broń! Broń! Broń!". Małym drukiem napisano: „Zgodnie z prawem stanu Nowa Południowa Walia wymagane jest pozwolenie".

Ponieważ żyli w zupełnie nowym świecie, te przepisy prawne nie obowiązywały już w tym kraju.

Vincente Marino i Grace Greenway nie mieli pozwolenia. Nie mieli jeszcze 18 lat. Nie mieli dokumentów tożsamości ani pieniędzy. Ale to nie miało znaczenia. Byli tu, aby się chronić. Nic nie mogło ich powstrzymać.

Vincente otworzył drzwi i weszli do środka. Grace stała za Vincente, przytłoczona widokiem broni. Rozejrzała się, próbując wczuć się w atmosferę, ale było to poza jej wyobraźnią.

„Ten jest dobry" - powiedział Vincente. „Można go załadować dużą ilością nabojów, więc nie trzeba tak często przeładowywać. Przydałby się w walce. Z łatwością przebija pień każdego drzewa".

„Hmmm" - powiedziała Grace bez przekonania, ponieważ nie mogła wymyślić nic innego do powiedzenia.

Następnie Vincente przeszedł dalej i podniósł kolejną broń. „Ta też jest dobra, ponieważ jest mała i łatwa do ukrycia. Widzisz, mogę ją schować z przodu spodni i nikt nawet nie zauważy, że ją noszę".

„Ale czy to nie jest niebezpieczne? Dla ciebie, to znaczy. Czy nie może się przypadkowo wystrzelić?".

Vincente uśmiechnął się: „Zostawiłbym zabezpieczenie. Nie chciałbym niczego postrzelić".

Grace uśmiechnęła się i zarumieniła. Nie mogła uwierzyć, że prowadzą tę rozmowę, gdy Vincente włożył jej broń do dłoni. „Jest na tyle mała, że zmieści się w torebce".

Dotknęła broni. Była zupełnie lekka i idealnie pasowała do jej dłoni. Zaskoczyło ją, że nie wydawała się jej obca, ale nie była zbyt przerażająca, prawdopodobnie dlatego, że przypominała zabawkę.

„Nie jest naładowany" – powiedział Vincente. „W rzeczywistości żadna z broni nie jest naładowana. Nie bój się ich podnieść i przyjrzeć się im z bliska".

„Wypróbować przed zakupem?"

„Tak, bardzo zabawne. Szukajmy dalej".

Obserwował, jak Grace otworzyła swój umysł, akceptując fakt, że ich nowa rzeczywistość wymaga broni.

Grace podniosła plastikowy koszyk i zaczęła przeglądać noże. Były one różnych rozmiarów i kształtów, były też miecze. Zaintrygowana, chwyciła kilka noży w metalowych etui i wrzuciła je do koszyka. W najgorszym razie zawsze mogła ich użyć do krojenia marchewki i cebuli.

„Wow, ten mały" – Vincente wskazał na jeden z noży, które Grace miała w koszyku – „prawdopodobnie mógłby przeciąć kłodę na pół. Świetny wybór".

Grace promieniała. Vincente ułożył sporo broni w skrzyni o wojskowym wyglądzie. Pod pachą niósł kilka dużych przenośnych tarcz.

„Nauczę cię, jak używać broni, kiedy wyjedziemy z miasta. Będę musiał też przejść kurs odświeżający z prawdziwą bronią, ponieważ całe moje doświadczenie z bronią pochodzi z gier komputerowych".

„Moglibyśmy strzelać prosto w dół George Street i nikt by tego nie usłyszał" – powiedziała Grace.

„To prawda, ale byłoby to zbyt dziwne. Niecywilizowane, rozumiesz, o co mi chodzi?".

„Tak, rozumiem" – odparła Grace. „W końcu Sydney to nasz dom. Musimy traktować je z należnym szacunkiem".

„Tak, to nasze miasto, nasze Sydney, i nie wyobrażam sobie piękniejszego miejsca, w którym mógłbym utknąć razem z tobą, Grace".

Zrumieniła się, gdy podszedł do niej. Wziął plastikowy pojemnik z nożami i skierował się w stronę samochodu. Nigdy nie kochała go bardziej. Im bardziej przejmował kontrolę, tym bardziej emanował zmysłowością i testosteronem. Chciała po prostu podbiec do niego i otwarcie go pocałować. Prawdopodobnie pomyślałby, że jest zbyt bezpośrednia i znów straciła rozum.

Vincente myślał o tym, jak seksownie wyglądała Grace, trzymając broń w dłoni. Pomyślał, że byłaby jeszcze seksowniejsza, gdyby nauczył ją strzelać. Powstrzymał się. Grace nie była w jego typie. Była bardzo odważna w gabinecie dyrektora. Zachowała spokój, podczas gdy wielu innych całkowicie straciłoby panowanie nad sobą. Mimo to martwił się, głównie dlatego, że zbyt dużo o niej myślał. Dlaczego? Przecież spędzali razem całą dobę. Dlaczego nie pragnął spędzać z nią czasu sam n a sam?

W przypadku Missy Malone po kilku godzinach – jeśli nie całowali się – nudził się. Chciał uprawiać sport lub spotykać się z kolegami. Była w jego typie: ładna i popularna. Nie była najbystrzejsza, ale nie miało to znaczenia, dopóki dobrze do siebie pasowali.

W rzeczywistości Missy prawdopodobnie już odeszła, tak jak wszyscy inni. Tęsknił za nią i zastanawiał się, czy gdyby zostali tylko oni, czy wszystko potoczyłoby się inaczej. Inaczej niż teraz między nim a Grace. Czuł się komfortowo z Grace, a ona nie była wymagająca.

– Jesteśmy gotowi, żeby już iść? – zapytała Grace, przywracając go do rzeczywistości.

– Tak, przepraszam. Po prostu na chwilę się zamyśliłem.

„Robi się ciemno. Może powinniśmy znaleźć jakieś miejsce na nocleg?".

„Tak. Znam idealne miejsce. Jedźmy do portu w Sydney. Tam będziemy mogli się zrelaksować i udawać turystów".

„Brzmi idealnie".

Pojechali w kierunku The Quay i zatrzymali się tuż przed hotelem Marriott. Weszli do środka i po przygotowaniu posiłku w pustej hotelowej kuchni, udali się na górę do apartamentu z wieloma sypialniami.

W swoich oddzielnych pokojach zasnęli i śnili o drzewach zjadających ludzkie mięso.

I o całowaniu się nawzajem.

ROZDZIAŁ 14

NASTĘPNEGO RANKA VINCENTE STANĄŁ na balkonie. Spojrzał na most Sydney Harbour Bridge, a potem rozejrzał się po horyzoncie, dostrzegając Operę. Wszystko wyglądało normalnie, tak samo jak wcześniej. Większość promów w porcie była zacumowana przy nabrzeżu, kołysząc się na falach. Czekały na pasażerów. Z bliska wszystko wyglądało tak, jak zapamiętał. Następnie poszerzył pole widzenia i zdał sobie sprawę, że kilka promów uderzyło w brzeg. Połowa z nich znajdowała się w wodzie, a połowa na lądzie.

Grace zawołała go. Kiedy odpowiedział, weszła do jego pokoju i dołączyła do niego na balkonie. Zrobił im kawę. Usiedli na zewnątrz.

Grace już wzięła prysznic. „Myślę, że naprawdę musimy dziś kupić sobie nowe ubrania".

„Tak, zgadzam się. Powinniśmy byli pomyśleć o tym wczoraj".

„Chodźmy na spacer, kupmy kilka rzeczy, a potem spróbujmy trochę cieszyć się dniem i słońcem".

„To dobry plan na poranek. Po południu podwiozę cię z powrotem tutaj i może kupisz sobie książkę, albo znajdziemy ci laptopa".

„Myślę, że wolę zostać z tobą".

„Ach, to znaczy, że dziś rano czujesz się znacznie lepiej" – zauważył Vincente.

„Tak, czuję się... Cóż, czuję się dziś niesamowicie szczęśliwa".

„Chodźmy coś zjeść na śniadanie, a potem zróbmy małe zakupy".

„Chodźmy!"

****

Nastolatki przymierzały mnóstwo ubrań, zarówno eleganckich, jak i bardziej praktycznych, ale zakupy nie były już takie same, skoro można było mieć wszystko, czego się zapragnęło. Po chwili znudziło im się to i zabrały ze sobą tylko to, czego potrzebowały.

W pokoju Grace włożyła obcisłe niebieskie dżinsy, błękitny top na ramiączkach i parę butów do biegania marki Nike. Znalazła też wygodne klapki w jaskrawoczerwonym kolorze.

Vincente założył czarne dżinsy Levi's, białą koszulkę i buty Reebok Pumps.

W samochodzie panowała zauważalna cisza, gdy jechali wzdłuż wysadzanych drzewami ulic. Zauważyli wiele martwych drzew, które wydawały się wyśmiewać ich podróż. Szkielety drzew, umierających lub już martwych, sprawiały, że czuli się nieco mniej pełni nadziei. Długie, kościste palce gałęzi wyciągały się, drwiąc z nich.

Wydawało się, że natura zwróciła się przeciwko nim. Drzewo pożerające mięso. Drzewa martwe lub umierające. Koniec z jabłkami. Koniec z pomarańczami. Koniec z gruszkami. Koniec z cytrynami. Koniec z limonkami. Koniec z oliwkami. Koniec z choinkami bożonarodzeniowymi. Koniec z majestatycznymi dębami kołyszącymi się na wietrze.

Przy drodze znaleźli najbardziej wygiętą i pokręconą drewnianą konstrukcję, jaką kiedykolwiek widzieli. Jej udręczone, gnijące gałęzie wyciągały się ku niebu, jakby sięgały po to, czego nie mogły mieć, po wieczność.

Grace zadrżała, a potem dostrzegła w oddali pojedyncze drzewo. To drzewo różniło się od innych. Jego gałęzie rozciągały się w poprzek pnia, tworząc kształt krzyża.

Vincente zatrzymał samochód. „Moja mama jest artystką" – powiedział Vincente. „Chyba pamiętam obraz autorstwa kogoś, może Delacroix, z podobnymi drzewami i Jakubem walczącym z aniołem".

„Myślisz, że to znak?".

„Jeśli to znak, to nie wiem, jak go odczytać".

„Może po prostu wyrosło z ziemi w ten sposób".

„Może".

Grace zauważyła coś jeszcze. Była to kępa krzewów. Krzewów różanych. Na końcu jednej z gałęzi rosła pojedyncza czerwona róża. Była ostatnią. Być może ostatnim kwiatem w historii.

Grace pochyliła się nad nią, jakby klękała przed nią. Modląc się do niej.

Vincente patrzył, nie wiedząc, co zrobić ani co powiedzieć.

Grace wąchała jej zapach, tuląc ją. Chroniąc przed wiatrem. Grace pomyślała, że chciałaby położyć się obok niej, pozostać tam, w zasięgu wzroku tej pięknej, pojedynczej czerwonej róży.

„Chodź, Grace" – Vincente przerwał jej rozmyślania. „Robi się coraz ciemniej".

„Chcę tu zostać".

„Nie możemy tu zostać. Nie możemy zatrzymać czasu".

„Wiem o tym! Nie jestem szalona. Chcę tylko zostać tutaj, trzymając tę różę". Tuląc ją, powiedziała: „Chcę być częścią czegoś naprawdę pięknego. Chcę trzymać w dłoni coś, co wyrosło z ziemi, z ziemi, którą kiedyś znaliśmy. Chcę zastąpić wspomnienie tego krwiożerczego drzewa wspomnieniem tej róży. Piękna rzecz..."

„...to radość na zawsze" – powiedział Vincente. „Z lekcji angielskiego. John Keats".

Grace nadal była zahipnotyzowana różą.

Vincente zaczynał się martwić, ponieważ było już ciemno, a oni znajdowali się na polu otoczonym różnego rodzaju drzewami i krzewami.

A co, jeśli któreś z nich było podobne do tego drzewa, które uważali za drzewo oliwne? A co, jeśli wszystkie były takie same? Chciał się stamtąd wydostać, wydostać ich oboje. Uratować przed nieuchronnym niebezpieczeństwem.

„„Grace" – powiedział, pochylając się nad nią – „ten kwiat opadnie, kiedy będzie gotowy. Możesz go teraz zerwać i zabrać ze sobą. W ten sposób pozostanie z tobą. Jego piękno pozostanie z tobą przez kilka dni. Możesz też pozostawić to losowi, przypadkowi, naturze lub Bogu, jeśli istnieje, i po prostu odejść".

Wiatr nabierał siły, a Grace zaczęła drżeć.

„Zbliża się burza, Vincente. Spójrz na chmury. Gromadzą się, jakby próbowały wypchnąć się nawzajem z nieba".

Spojrzał w górę, ale widział tylko ciemność.

„Nie czujesz tego?" – zapytała. Znowu zadrżała, a jej zęby zaczęły szczękać. Objęła się ramionami, puszczając różę.

Stali razem na polu, aż nocne niebo zaczęło się burzyć, wirować i skręcać. Wtedy zaczęła padać czarna, atramentowa ulewa, zmuszając ich do ukrycia twarzy i ucieczki w poszukiwaniu schronienia.

Promienie światła spadały z ciemnego nieba w kształcie litery Z w kierunku ziemi, uderzając w przypadkowe miejsca.

Wokół nich pioruny uderzały w drzewa i domy, wywołując pożary. Deszcz padał coraz mocniej, a błyskawice uderzały ponownie.

„Musiało nauczyć się walczyć o siebie, aby przetrwać" – powiedziała Grace. Odnosiła się do róży, ale wiedziała, że oni również muszą walczyć, a sama natura zamierza stoczyć walkę swojego życia.

„To tyle, jeśli chodzi o nasze nowe ubrania" – powiedział Vincente.

Uciekli z tego miejsca, cały czas grając w dodgem z błyskawicami.

ROZDZIAŁ 15

K IEDY NOCNE NIEBO w końcu przestało być rozjaśniane błyskawicami i deszczem, Grace i Vincente zjechali na pobocze drogi. Razem obserwowali wschód słońca nad horyzontem.

„To zupełnie nowy dzień" – powiedziała Grace.

„Tak, i dzisiaj powinniśmy pojechać do domu twojej mamy – twojego domu".

„Naprawdę? To trochę przerażające. Nie sądzisz, że może jest dla mnie za wcześnie, żeby tam wrócić, żeby znów doświadczyć mojego domu? A co jeśli...?"

„Dzisiaj żadnych „co jeśli". Po prostu jedźmy, a kiedy tam dotrzemy, zobaczymy, co zobaczymy, dobrze?"

„Jak daleko to jest?"

„Niedaleko od miejsca, w którym byliśmy wcześniej, przy szkole".

Grace przez chwilę pomyślała o swoim domu. Wyobraziła sobie mamę stojącą w drzwiach wejściowych, otwierającą je. Witającą ją serdecznym uściskiem. Cieszącą się, że ją widzi. Grace poczuła łzę spływającą po policzku i otarła ją dłonią, mając nadzieję, że Vincente tego nie zauważył.

„Wiesz, to normalne, że myślisz o swojej mamie. Nie powinnaś bać się wspomnień".

„Po prostu... wyobrażam sobie różne rzeczy, wymyślam je, zamiast mieć prawdziwe wspomnienia, którymi mogłabym się kierować. Wydaje mi się to kłamstwem".

„Hej, nie jesteś pierwszą osobą, która okłamuje samą siebie, i nie będziesz ostatnią! Kiedy byłem dzieckiem, marzyłem o tym, żeby zostać artystą, tak jak moja mama, a teraz spójrz na mnie: jestem sportowcem. A gdyby zamiast sportowcem był artystą, czy byłby popularny? Czy zostałby zaakceptowany?"

„Dlaczego to dla ciebie takie ważne? Mam na myśli akceptację innych ludzi, z których część prawdopodobnie nawet nie znasz?"

„Nie zastanawiałem się nad tym wcześniej" – powiedział Vincente. Teraz okłamywał siebie, a także Grace. Nie mógł jej powiedzieć, że sam jest artystą, ponieważ nigdy nikomu nie pokazał swoich prac. Zawsze trzymał je ukryte w swoim pokoju. Nikt o tym nie wiedział, z wyjątkiem jego rodziców i dziadków.

Spojrzał na nią. Grace Greenway, dziewczyna, która kiedyś odrobiła za niego zadanie domowe z matematyki. Grace Greenway, dziewczyna, której zdolność do formułowania równań matematycznych znacznie przewyższała jej wiek.

A oto był on, Vincente Marino, wysportowany chłopak, czczony i uwielbiany, który polegał na jej pomocy, aby utrzymać wystarczająco wysokie oceny, aby móc dalej grać. Bo jeśli nie uprawiał sportu, był nikim i nikim nie był. To Grace pozwoliła mu dalej grać i nie prosiła nawet o podziękowania ani wdzięczność w zamian. W rzeczywistości nigdy mu nie odmówiła, nawet gdy wpadł w złe towarzystwo i nie zawsze był dla niej najmilszy. To znaczy, nigdy otwarcie jej nie wspierał, nawet gdy inni chłopcy wyśmiewali się z jej wagi i jej doskonałego umysłu matematycznego.

Teraz jednak doceniał ją bardziej, niż ona sobie wyobrażała, i był zdecydowany nie wpaść w tę samą pułapkę, co poprzednio. Nie chciał już być facetem, który traktował Grace Greenway jako coś oczywistego.

„To tutaj" – powiedział Vincente, gdy wjechali na podjazd przy 15 Wheat Field Lane.

„Zanim wejdziemy, muszę coś powiedzieć". Grace zawahała się, a potem kontynuowała: „Tam, czy czułeś, że coś cierpi? Te czarne krople deszczu, mam na myśli czarne krople deszczu! Nadal to czuję, ale nie jest to już tak silne. To tak, jakby coś bulgotało pod powierzchnią, czekając na zemstę – choć nie wiem, na kogo. To tak, jakby sama natura cierpiała i wołała o pomoc.

„Grace, myślę, że możesz mieć rację i musimy o tym pomyśleć. Naprawdę pomyśleć, a może nawet zbadać te krople deszczu. Były tylko tymczasowe i zmyły się z naszych ubrań. Ale na razie skupmy się na teraźniejszości. Jesteś w domu, a cokolwiek się wcześniej działo na zewnątrz, teraz jest spokojnie. Cieszmy się nowym dniem".

„Spróbuję", powiedziała Grace, „ale cokolwiek tam jest, myślę, że musimy być gotowi".

„Jesteśmy gotowi. Mamy broń. A przede wszystkim mamy siebie nawzajem. Żadne z nas nie jest w tym osamotnione. Jesteśmy teraz zespołem".

„Zespół" – powtórzyła Grace, wysiadając z samochodu i po raz pierwszy patrząc na swój dom. Przesunęła dłonią po czerwono-żółtych cegłach, aż dotarła do drzwi wejściowych.

Zatrzymała się na chwilę, podziwiając ich piękno. Spodziewała się, że zapamięta tak znaczące drzwi wejściowe, ale nie przychodziły jej do głowy żadne wspomnienia.

„To jest..." – powiedziała Grace, podziwiając witraż, który miał kształt ptaków w locie. Grace przesunęła palcami po zewnętrznych krawędziach, mając nadzieję, że uda jej się znaleźć z nim jakiś związek.

„Feniks" – zauważył Vincente. „Według legendy, ptak ten płonie, a następnie odradza się".

„Płonący ptak. Moi rodzice mają płonącego ptaka na drzwiach wejściowych?".

„Na to wygląda. Myślę, że to naprawdę fajne. Jest to również symbol pokoju i prawdy. Myślę, że to kolejny powód, dla którego mogli go wybrać".

„Tak, to brzmi jak miły ptak, który może strzec twojego domu". Grace ostrożnie stąpała po trawniku, rozglądając się dookoła.

„Nie próbuj się zbytnio forsować, Grace. Po prostu otwórz swój umysł na wspomnienia. Pokaż im, że jesteś gotowa, aby je przyjąć".

„Jestem gotowa na ich przyjęcie od dnia, w którym się obudziłam!" – wykrzyknęła Grace, ale doskonale rozumiała, co miał na myśli. Nie chciała wzmacniać wątpliwości i niepotrzebnych barier. Chciała być jak rzeka, rzeka, do której jej wspomnienia mogłyby swobodnie powracać.

„Niech kierują tobą twoje uczucia" – powiedział Vincente. „Niech twoje zmysły przejmą kontrolę".

„Dobrze, dobrze" – powiedziała Grace.

„Mówisz, jakby to było takie proste, ale tak nie jest. Czuję się jak czyste płótno i nie powinnam tak się czuć. Nie wtedy, gdy jestem w domu".

„Daj sobie czas. Bądź cierpliwa. A teraz wejdźmy do środka. Może tam..." Grace doskonale wiedziała, o czym myśli. Sięgnęła po klamkę. Nie dała się otworzyć. Zapukała do drzwi i zadzwoniła dzwonkiem, ale było jasne, że nikogo nie ma w d omu.

„Może gdzieś tu jest klucz" – zasugerował Vincente. „Pomyśl, gdzie twoja mama mogłaby zostawić klucz?".

„Nie mam pojęcia" – odpowiedziała Grace. Chociaż miała pewne przeczucie, że matka mogła zostawić go w skrzynce pocztowej. Podążyła za tym impulsem, otworzyła klapkę, ale poszukiwania nie przyniosły rezultatu.

„Świetnie sobie radzisz!" – powiedział Vincente.

Grace wiedziała, że próbuje ją zachęcić. Czuła się jednak tak zagubiona, że trudno jej było docenić lub zaakceptować jego małe słowa wsparcia, nie odbierając ich jako protekcjonalne.

Grace zamknęła oczy i spróbowała wyobrazić sobie klucz. Pomyślała, że może leży pod wycieraczką, ale przed drzwiami wejściowymi nie było wycieraczki.

„Vincente, myślę, że jest pod wycieraczką".

„Moja mama zawsze tam zostawia mi klucz. Jesteś pewna, że nie czerpiesz z moich wspomnień?" – zażartował Vincente.

Roześmiali się.

„A może z tyłu?".

Znaleźli wycieraczkę i klucz. Grace Greenway w końcu była w domu.

ROZDZIAŁ 16

G RACE ZAWAHAŁA SIĘ, ZANIM włożyła klucz do zamka. Myślała o tym, jak bardzo jest wdzięczna, że znaleźli klucz. Bała się tego, co by się stało, gdyby go nie znaleźli. Musieliby wybić okno lub wyważyć drzwi. Weszłaby do własnego domu jak intruz, a sama myśl o tym sprawiała, że nawet teraz czuła dreszcz.

– Już prawie jesteśmy – powiedział Vincente, próbując zachęcić Grace do otwarcia drzwi. Doskonale wiedział, jak bardzo musi być przerażona. To był nowy świat, owszem. Ale nadal był to jej świat. Jeśli nie miała żadnych wspomnień, to co z tego? Z pewnością te wspomnienia powrócą. Z czasem. Na razie musieli razem stawić czoła wszystkim przeciwnościom. – Gotowa? – zapytał.

„Myślę tylko o tym, jak bardzo jestem wdzięczna, że znaleźliśmy klucz".

„To nie my go znaleźliśmy, tylko ty, i to dobry znak, ale nie spieszymy się. Kiedy będziesz gotowa". Usiadł na najwyższym stopniu schodów, dając jej przestrzeń, by otworzyła drzwi w swoim własnym tempie. Jedną z rzeczy, której mieli teraz pod dostatkiem, był czas. Z pewnością nie było tak wcześniej, kiedy musieli chodzić na zajęcia, łapać autobusy, spotykać się z przyjaciółmi, odrabiać zadania domowe, zdawać egzaminy, uprawiać sport w szkole, a do tego zajmować się sprawami rodzinnymi. Dni były zawsze wypełnione obowiązkami. „No dobrze, zaczynam" – powiedziała Grace. Przekręciła klucz w zamku, a następnie pchnęła drzwi.

Zaprosiła Vincente'a, aby wszedł do środka, i ponownie przemknęła jej przez głowę myśl o wampirach, które potrzebują zaproszenia, aby wejść do domu.

Uśmiechnęła się, zastanawiając się, dlaczego temat wampirów pojawia się w jej głowie w najdziwniejszych momentach. Jeśli był wampirem, to jak mógł się odżywiać? Skoro byli jedynymi dwiema ciepłymi istotami pozostałymi na świecie? Chyba że to, co się wydarzyło, zmieniło jego organizm i nie potrzebował już krwi, aby przeżyć? Dlaczego pamiętała wszystkie te rzeczy związane z wampirami, a nic innego?

Grace potrząsnęła głową. Próbowała pozbyć się dziwnych myśli o wampirach, aby móc wrócić do chwili obecnej. Do chwili, w której ponownie weszła do swojego domu. Z drugiej strony, może właśnie tego chciała uniknąć.

Na końcu domu znajdowało się atrium z wieloma roślinami i poduszkami. Miejsce, w którym można było usiąść, popatrzeć na ogród i zrelaksować się. Grace odwróciła się i zauważyła huśtawkę i zjeżdżalnię schowane za szopą ogrodową.

Przez chwilę wyobraziła sobie, jak zjeżdża się na zjeżdżalni i huśta się jako mała dziewczynka. Próbowała przypomnieć sobie, jak mama lub tata pchają ją na huśtawce albo jak ona i Daryl biegają po ogrodzie. Mogła to wszystko sobie wyobrazić, ale to było tylko wyobrażenie. Nie były to wspomnienia tego, co naprawdę się wydarzyło.

Vincente stał obok niej, obserwując ją i jednocześnie nie obserwując. Uważał, że potrzebuje przestrzeni i nie chciał jej przeszkadzać ani sprawiać, by czuła się niekomfortowo. Jednocześnie chciał, żeby to ona pokazała mu drogę. W końcu, nawet jeśli ona nie pamiętała, to był to jej dom, a on był tu tylko obcym. Cicho obserwował ją, pogrążoną w myślach, podczas gdy jej wzrok błądził po ogrodzie.

„Nie pamiętam tego" – powiedziała w końcu Grace.

„Przypomnisz sobie" – odparł Vincente. „Wejdźmy do środka i spróbujmy się zrelaksować".

„Dobrze" – powiedziała Grace i ruszyła korytarzem. Minęła pokój z zamkniętymi drzwiami. Zaciekawiona otworzyła je i zobaczyła pralnię. Idąc dalej, weszła do kuchni. Czuła się, jakby weszła w promień słońca. Kuchnia była cała żółta. Kanarkowożółta, łącznie z urządzeniami, zasłonami, tapetą, obrusem i podkładkami. Grace podeszła bliżej i zauważyła małe nadruki słoneczników na prawie wszystkim. Jej mama była ewidentnie wielką fanką żółtego koloru, a jeszcze większą fanką słoneczników.

„Słoneczniki" – powiedziała Grace z promiennym uśmiechem. Wyjęła wyschnięte łodygi z wazonu, napełniła go wodą w zlewie, a następnie ponownie umieściła je w świeżej wodzie. Natychmiast ożywiły się. Grace wyjrzała przez okno i odkryła rząd martwych słoneczników rosnących wzdłuż boku domu. Te, których właśnie dotknęła, zostały zerwane przez jej mamę. Być może przez nią samą. Przyniosła je do kuchni i umieściła w tym właśnie wazonie.

– Twoja mama naprawdę wiedziała, jak wprowadzić do domu trochę słońca – powiedział Vincente, próbując pocieszyć Grace, która znów pogrążyła się w myślach. Usiadł przy stole w jadalni, uważając, aby nie narobić zbytniego hałasu, odsuwając krzesło. Rozejrzał się po pokoju i pomyślał, że jest całkiem ładny, ale jak na jego gust nieco przesadzony. Trochę słońca w domu było dobre, ale to było naprawdę, cóż, jasne. W tej chwili bardzo brakowało mu okularów przeciwsłonecznych.

Grace przesunęła dłonią po blacie, próbując ponownie się połączyć. Otworzyła kilka szafek i znalazła kubek do kawy z jej imieniem. Był też kubek z napisem „Najlepszy tata" i inny z napisem „Najlepsza mama na świecie", a także kubek z jednym słowem: „Daryl". To był jej dom. Były na to dowody. Dlaczego nie mogła sobie przypomnieć?

„Proszę, pozwól mi sobie przypomnieć" – pomyślała. „Cokolwiek, wszystko. Proszę".

Vincente uznał, że Grace zbyt długo pogrążała się w myślach i postanowił odwrócić jej uwagę. Tym razem nie przesunął krzesła cicho, tylko z hałasem, mówiąc: „Ups, przepraszam, ale mój żołądek burczy tak bardzo, że naprawdę przydałaby mi się przekąska".

Grace na chwilę wróciła myślami do wampirów, po czym odwróciła się i otworzyła lodówkę. Nie było w niej zbyt wiele, ponieważ jej mama spędzała większość czasu w szpitalu. Otworzyła górną szafkę, wyjęła słoik kawy i zaparzyła kawę dla każdego z nich. Dodała łyżeczkę sztucznego śmietanki. Przez chwilę pili w milczeniu.

„Gdybyś mógł zjeść cokolwiek, absolutnie wszystko, co by to było?" – zapytała Grace. Gdyby odpowiedział, że butelkę krwi, zemdlałaby na miejscu.

„Zjadłbym duży, soczysty stek – krwisty, pieczonego ziemniaka z kwaśną śmietaną i masłem, a na deser lamington".

„Zróbmy sobie ucztę, kiedy następnym razem zatrzymamy się w hotelu, dobrze?" – powiedziała Grace.

„Czy dobrze gotujesz?"

„Nie mam pojęcia! Ale chętnie spróbuję".

„Nie gotuję zbyt często. Zazwyczaj gotuje mama, a kiedy jej nie ma, używam kuchenki mikrofalowej lub zamawiam jedzenie na wynos".

Przez chwilę znów panowała cisza. Grace patrzyła w dół korytarza, zmuszając się do obejrzenia reszty domu. Spojrzała na zegar nad zlewem i zobaczyła, że jest tuż po szóstej.

Wkrótce jednak będą zmęczeni i będą musieli się przespać. Niedługo zrobi się ciemno. Oczywiście mogą włączyć światła, ale ona wolała obejrzeć dom teraz, kiedy mieli jeszcze do dyspozycji to piękne naturalne światło.

„Dobrze, jestem gotowa kontynuować zwiedzanie" – powiedziała Grace. Wstała i opłukała puste filiżanki w zlewie. Następnie wyszła z kuchni i ruszyła dalej korytarzem.

Vincente podążał za nią w milczeniu, ponownie dając jej czas i przestrzeń do swobodnego zwiedzania. Dał jej możliwość całkowitego wyciszenia umysłu.

K ORYTARZ BYŁ DŁUGI I nie tak jasny jak kuchnia. Mama Grace postawiła w nim stoliki, lustra i zdjęcia, które dotrzymywały towarzystwa w drodze do całkowitej ciemności salonu. Grace przeszła po wykładzinie i jednym ruchem odsunęła zasłony. Odwróciła się, żeby zobaczyć, co przegapiła. Miała nadzieję, że ten nagły ruch przywróci jej pamięć.

Vincente obserwował ją, nie dając po sobie poznać. Nie chciał dodatkowo pogarszać sytuacji.

Grace położyła ręce na biodrach i przez chwilę w jej sercu pojawiła się nadzieja.

Wstrzymała oddech.

Vincente również dostrzegł iskierkę nadziei i podszedł do niej.

Zatrzymała go dłonią. Zaczęła chodzić w kółko.

Grace była jak ptak szukający pożywienia z góry. Kręciła się w kółko po pokoju.

Wkrótce iskierka nadziei zniknęła z jej oczu i upadła na podłogę.

Zakryła twarz dłońmi i zaczęła płakać.

ROZDZIAŁ 17

V INCENTE UKLĘKNĄŁ PRZED GRACE. Szukał odpowiednich słów. Nie mógł ich znaleźć, ponieważ jego umysł kręcił się w kółko, a serce biło jak szalone. Brakowało mu tchu od powstrzymywania się – powstrzymywania chęci, by wziąć ją w ramiona i...

Vincente opanował się. Przeprowadził z samym sobą rozmowę o tym, że ona nie jest typem dziewczyny, która go pociąga. Że naprawdę nie ma znaczenia, jak bardzo wpływa na niego jej emocjonalne zamieszanie. Czasami był osobą empatyczną. Nie często, ale czasami. Kiedy widział w wiadomościach informacje o ludziach, którzy zostali ranni, o ludziach przetrzymywanych w niewoli, o krajach ogarniętych wojną lub o dzieciach i zwierzętach, które były maltretowane, płakał.

Teraz, patrząc na Grace przed sobą, czuł się tak, jakby oglądał wiadomości. Chciał wyciągnąć rękę i pocieszyć ją tak, jak pocieszałby dziecko. Dlaczego więc czuł też coś innego? Coś innego? I co to było? Przez chwilę analizował swoje uczucia i zdał sobie sprawę, co to dokładnie było. Czuł potrzebę opieki nad Grace. Chciał ją chronić. Tak, to musiało być to! Nie mogło być niczym innym. To uczucie, które właśnie odczuwał w lędźwiach. To nie mogła być żądza. Nie, to nie to.

Kiedy Vincente powrócił do teraźniejszości, Grace stała. Przesuwała palcami po kominku i oprawionych zdjęciach. Kiedy Grace się zatrzymała, Vincente podszedł, aby stanąć obok niej.

Kiedy zobaczył zdjęcie, uśmiechnął się i podniósł je. Razem przyjrzeli się mu bliżej. To była Grace. Miała prawdopodobnie około czterech lub pięciu lat i trzymała w ramionach liczydło.

„To na pewno ty" – powiedział Vincente. „Widzę twoje oczy w jej oczach".

Grace uśmiechnęła się i przeczesała mgłę w swoim umyśle.

„Wiem, że to ja. Widzę, że to ja. Ale nie pamiętam jej ani liczydła".

Vincente wziął jej zamknięte dłonie w swoje i otworzył je jedna po drugiej, jakby otwierał dwie róże. Przyciągnął ją do siebie.

Przytuliła się do niego, słuchając bicia jego serca i czując nową więź. Odsunęła się.

„Spójrz!" – wykrzyknęła. „To mój tata i mój brat". Pod zdjęciem widniała tabliczka z napisem: Benjamin Greenway, ukochany mąż Helen, kochany ojciec Grace i Daryla. Odszedł zbyt wcześnie, w wieku 55 lat.

Drugie zdjęcie również miało tabliczkę: Daryl Greenway, ukochany syn Helen i Benjamina Greenwayów. Odszedł, aby spocząć wraz ze swoim ojcem, w wieku dwudziestu jeden lat.

Grace wzięła głęboki oddech, przypominając sobie ich w szpitalu. Potrząsnęła głową. Nie odwiedzili jej, poprawiła się, ponieważ oboje nie żyli. Musiała to sobie wyobrazić.

„To takie smutne" – powiedziała Grace. „Dwie osoby, które znaczyły dla mnie wszystko, a ja nic nie czuję. Poza smutkiem z powodu tego, że ich nie pamiętam. Jestem taką samolubną osobą!".

„Nie jesteś samolubna! Po prostu nie możesz sobie teraz tego przypomnieć i to nie jest twoja wina".

„Tak bardzo chcę coś sobie przypomnieć. Cokolwiek!".

„I przypomnisz sobie, tylko bądź cierpliwa. Daj sobie czas".

„Nie sądzę, żeby to się stało, Vincente. Nie sądzę, żebym kiedykolwiek sobie przypomniała".

Vincente położył ręce na biodrach. „Wrócili, żeby cię odwiedzić w szpitalu, z jakiegoś powodu. Może wrócili, żeby ci pomóc".

„Jak? Sprawiając, że myślałam, że tracę rozum?".

„Nie, żeby udowodnić, że nadal ich znasz, mimo że przeszli na drugą stronę. Rozmawiałaś z nimi. Prowadziłaś z nimi rozmowę".

„Tak, ale to nie miało znaczenia".

„Bo im przerwałem. Może nie zdążyli ci jeszcze powiedzieć tego, co mieli do powiedzenia".

„Byłoby to interesujące, gdyby było prawdą, Vincente. Ale nie wydaje mi się to zbyt wiarygodne. Jednak dziękuję" – powiedziała Grace. Przeszła przez pokój i stanęła u podnóża schodów.

„Być może" – odparł Vincente. Grace odwróciła się do niego. „Być może przekazywali ci wiadomość. Przenosili cię do czasu w twoim życiu, kiedy miałeś ich oboje: do szczęśliwszego czasu. Do czasu, kiedy miałeś przeszłość, którą mogłeś wspominać, teraźniejszość, w której mogłeś żyć, i przyszłość, na którą mogłeś czekać".

„W takim razie dwie z trzech rzeczy" – powiedziała Grace.

Vincente roześmiał się i zaczął śpiewać i tańczyć.

„Nie przestawaj" – zachęciła go Grace.

Vincente przesuwał się po podłodze, używając wazonu jako mikrofonu, i klęcząc na jednym kolanie, śpiewał serenadę Grace, która oklaskiwała go entuzjastycznie.

Jej policzki były głęboko zaczerwienione, gdy podeszła do niego i mocno pocałowała go w usta.

On odwzajemnił pocałunek. Jego ręce błądziły, jej ręce błądziły, a ich języki badały się nawzajem.

Oboje jednocześnie uświadomili sobie, co się dzieje, i jednocześnie się cofnęli.

„Co ty mi robisz?" – zapytała Grace. „Przepraszam, bardzo przepraszam" – powiedział Vincente.

„To była nasza wspólna wina..."

„Tak, to była chwila. Zgadzam się, że oboje..."

„Po prostu zapomnijmy, że to się wydarzyło" – powiedziała Grace.

„Dobry pomysł" – zgodził się Vincente. Patrzył, jak Grace wchodzi po schodach.

Kiedy dotarła na górę, odwróciła się i uśmiechnęła przez ramię.
– Do zobaczenia wkrótce. Idę tylko znaleźć swój pokój i trochę się odświeżyć.

– Świetnie! – wykrzyknął Vincente, przeczesując palcami włosy. Kiedy zniknęła mu z oczu, wrócił do łazienki i spryskał twarz wodą. Spojrzał na siebie w lustrze i zastanowił się, kim jest ta osoba, która patrzy na niego? Kim była ta osoba? Kto miał uczucia, prawdziwe uczucia, do kogoś, kto jeszcze kilka dni temu nie znaczył dla niego nic poza dziewczyną, która mogła pomóc mu w odrabianiu zadania domowego z matematyki, aby mógł pozostać w drużynie? Teraz dał jej wielką nadzieję, a ona odpowiedziała na to, otwierając się przed nim. Był tak zawstydzony sobą za wykorzystanie Grace, zwłaszcza w tym czasie, kiedy była tak wrażliwa.

Wtedy pomyślał o jej miękkich ustach, o tym, jak się wahały, a potem otworzyły się przed nim. Pocałowała go tak, jak żadna inna dziewczyna przedtem. Zakochała się w nim jeszcze bardziej, a on o tym wiedział.

Problem polegał na tym, że on też się w niej zakochał.

ROZDZIAŁ 18

NA GÓRZE GRACE RÓWNIEŻ spryskała twarz zimną wodą. Promieniała zarówno wewnątrz, jak i na zewnątrz. Przez chwilę nie obchodziło jej, czy pamięta swoją przeszłość, ponieważ uważała, że ważniejsza jest jej przyszłość. Vincente był dla niej teraz ważniejszy niż jakiekolwiek wspomnienia.

Szła korytarzem, mijając pokoje z zamkniętymi drzwiami. Jej umysł powrócił do pocałunku i gorączki, która przepłynęła przez jej ciało jak ogień, aż znalazła swoją sypialnię. To musiała być jej sypialnia, ponieważ stał tam komputer, zdjęcia Einsteina i Fibonacciego, podręczniki, liczydło i... cóż, to po prostu musiała być jej sypialnia.

Na komodzie znalazła małe pudełko na biżuterię. Kiedy je otworzyła, zaczęła grać piosenka.

„Potrzebujesz pomocy?" – zawołał Vincente.

Grace wróciła na szczyt schodów z małą poduszką w dłoni. Rzuciła mu ją. Była to poduszka w kształcie serca.

W swoim pokoju odwróciła szkatułkę, dzięki czemu rozpoznała, że piosenka była znaną piosenką miłosną. Zostawiła szkatułkę otwartą, słuchając, jak melodia grała w kółko, podczas gdy ona kierowała się pod prysznic.

Zatrzymała się na chwilę, słysząc dziwny dźwięk. Szepty. Szept. Nasłuchiwała. Zamknęła pokrywkę szkatułki. Nasłuchiwała ponownie. Pomyślała, że to pewnie tylko jej wyobraźnia. Zrobiła kolejny krok. Usłyszała to ponownie. Zatrzymała się. Nasłuchiwała.

Głośność wzrastała, ale tylko nieznacznie.

– Wszystko w porządku? – zapytał Vincente, widząc Grace stojącą nieruchomo i wpatrującą się pustym wzrokiem w korytarz.

Grace skinęła głową. Wróciła do swojego pokoju. Zdążyła się przebrać, zanim Vincente dotarł na górę.

– Nic mi nie jest – powiedziała Grace. – Po prostu... – zawahała się. – Słyszałeś coś? Odwróciła głowę, czekając, aż dźwięk się powtórzy.

– Słyszałem jakąś muzykę – powiedział Vincente.

„Tak, to było moje pudełko na biżuterię, odtwarza muzykę. Ale coś jeszcze?"

„Na przykład?" – zapytał Vincente, spoglądając na swoje stopy.

Grace pomyślała, że coś usłyszał, ale nie chciał jej o tym powiedzieć, na wypadek, gdyby ona tego nie słyszała. Widziała jednak, że się tym martwi. „Coś jak szept" – powiedziała Grace.

„Tak, coś słyszałem".

„Myślałam, że to tylko moja wyobraźnia" – wyznała Grace. „Na początku. Ale teraz..."

„Nie, ja też to słyszę. To jak..." Vincente przerwał, stojąc nieruchomo jak posąg.

„Ciii" – powiedziała Grace, gdy dźwięk znów się pojawił. Tym razem nieco głośniejszy.

Prawie jak jęk.

Szeptał jej imię, Grace, powtarzając je wielokrotnie, jakby to był refren piosenki. „Może to moja mama?" – zasugerowała Grace.

„Może".

„Może coś jej się stało".

„Może".

„Cicho".

Silny podmuch wiatru zdawał się wiać przez frontowe drzwi i pchać się po schodach w kierunku Grace i Vincente. Jego siła była tak wielka, że przycisnęła ich do ściany. Zawartość domu zatrzęsła się, a fundamenty zaskrzypiały.

Kolejne trzęsienie ziemi?

Uznali, że najwyższe piętro nie jest najlepszym miejscem. Chwycili się za ręce i ruszyli w kierunku schodów.

„Uciekajmy stąd!" – wykrzyknął Vincente.

Grace wiedziała, że muszą to zrobić i to natychmiast. Martwiła się jednak o mamę, która została uwięziona w domu. A jeśli coś jej się stało?

Kiedy dotarli do schodów, chwycili się drewnianej poręczy, ponieważ schody kołysały się na boki. Dom zaczął się trząść i skręcać, jakby zamierzał wzbić się w powietrze. Schody zaczęły grać jak klawisze fortepianu, rozpadając się, co spowodowało, że porzucili plan powrotu na stały ląd.

Po raz kolejny rozległ się głos: „Grace".

****

G RACE POTYKAŁA SIĘ w korytarzu, jakby podążając za dźwiękiem głosu. Dochodził on z pokoju z zamkniętymi drzwiami na końcu korytarza.

„Myślę, że to moja mama" – powiedziała Grace, mijając sypialnię z lekko uchylonymi drzwiami.

Rozpoznała pokój Daryla po zestawie instrumentów muzycznych, płytach CD, nieposłanym łóżku i pustym wiklinowym fotelu. Fotel stał tuż pod oknem, jakby czekał na powrót jej brata. Okno było szeroko otwarte i wpadła nowa fala wiatru. Powstrzymali ją przed zepchnięciem ich z poręczy, zatrzaskując drzwi sypialni w ostatniej chwili.

Głos szeptał imię nastolatka w kółko.

Nastolatki drżały i trzymały się za ręce. Razem ruszyły korytarzem. W kierunku zamkniętych drzwi na końcu korytarza, podczas gdy dom wokół nich krzyczał i ryczał.

***

Jęczący dźwięk stawał się coraz głośniejszy.

Szept nie był już szeptem.

Był to wyraźnie głos kobiety.

Był to głos Helen Greenway, wołającej swoją córkę.

„Może powinnaś odpowiedzieć?" – zasugerował Vincente.

„Mamo!"

„Grace!"

„Mamo!"

„Grace, Grace!"

Dotarli do drzwi. Były ciepłe w dotyku i nienaruszone. Nadal wisiały na zawiasach.

Dom przestał się trząść i ryczeć.

Odepchnęli je.

Coś przemknęło obok nich, wchodząc do pokoju przed nimi.

Było to jak lodowaty powiew wiatru.

Zadrżeli, gdy drzwi zamknęły się za nimi, a mechanizm zamka samoczynnie zaskoczył.

***

Z̨ĘBY IM SZCZĘKAŁY, GDY oczy przyzwyczajały się do światła i mogli się rozejrzeć. Grace była pewna, że nie są sami, ale nie widziała swojej matki, a głos nie wołał już ani nie szeptał jej imienia.

Było zimno. Zimno jak śmierć.

– Widzisz cokolwiek, cokolwiek? – zapytał Vincente.

– Widzę zimny oddech. W kształcie płatków śniegu Fibonacciego.

– Co?

– Widzisz tam? Płatki śniegu.

Płatki śniegu opadały wokół nich. Drżeli jeszcze bardziej i objęli się ramionami, czując na skórze mokre, topniejące płatki, które zmieniały się z krystalicznie białych w łzy.

– Czuję coś, obecność tutaj, z nami. Może dlatego przypomniałem sobie o Fibonaccim.

„Tak, dobra robota, ale czy to jest niebezpieczne?" – zapytał Vincente. „To znaczy, czy to coś będzie próbowało nas skrzywdzić?".

„Nie, nie czuję, żeby chciało nas skrzywdzić. Ale czuję, że chce mnie poznać".

„Co?".

„Chce, żebym je pocieszył".

„Zostań tutaj, obok mnie. Nie ruszaj się" – powiedział Vincente.

„Próbuje dotrzeć do mnie, do mojego umysłu. Myślało, że jeśli sprowadzi mnie tutaj, nas tutaj, to będzie mogło uzyskać od nas to, czego chce, ale teraz, kiedy tu jesteśmy, nie wie, co robić". Grace przestała mówić i z bólem przyłożyła ręce do głowy.

„Rozmawiasz z nim? To cię krzywdzi?" – zapytał Vincente. Grace odpowiedziała, cała trzęsąc się.

„Używa jakiegoś rodzaju ESP, żeby się ze mną komunikować. Skanuje mój mózg, moje ciało. Słucha moich myśli i emocji".

„Odsuń się od niej!" – krzyknął Vincente, podnosząc krzesło i rzucając nim o ścianę.

Grace krzyknęła z bólu, a Vincente został uniesiony w powietrze i gwałtownie rzucony na łóżko.

ROZDZIAŁ 19

G RACE NADAL PATRZYŁA Z przerażeniem, jak Vincente trzęsie się w przód i w tył, jakby opętał go demon. Nie mogła przestać się zastanawiać, co jest przyczyną tego stanu, pomimo bólu, który co chwilę przeszywał jej ciało. Czy to istota z innego wymiaru? Wilkołak? Wampir? Duch? Demon? Grace rozejrzała się po pokoju, szukając broni. Nie widząc żadnej, czekała, aż ciało Vincente'a się uspokoi. Jego stopy i ręce zostały następnie związane przez niewidzialną, nieznaną istotę.

Vincente pozostał teraz nieruchomy. Grace próbowała podbiec do niego, ale było to tak, jakby jej stopy nagle zostały przyklejone do podłogi. Jej górna część ciała przesunęła się do przodu, jakby była cyrkową dziwaczką, ale jej nogi były po prostu nieruchome.

„Wszystko w porządku, Vincente?"

„Już nie czuję bólu".

„To dobrze".

„A ty?"

„Czuję się znowu normalnie, ale naprawdę się boję, Vincente. Nie mogę poruszyć stopami".

„Nie wspominając o tym, że wkrótce zrobi się tu ciemno. Czy możesz dosięgnąć światła?"

Grace z trudem pochyliła górną część ciała w kierunku włącznika na ścianie. Wyciągała się i wyciągała, wyobrażając sobie, że jest cyrkową dziwaczką z gumy, dotknęła go i usłyszała kliknięcie, ale nic się nie stało. Prąd został odcięty.

„To nie działa, Vincente. Niedługo zrobi się tu zupełnie ciemno!" Grace objęła się ramionami i próbowała powstrzymać drżenie.

„Nadal czujesz tę obecność wokół siebie?"

Grace próbowała wyrzucić z siebie swoje odczucia, wyobrażając sobie, że są to macki szukające czegoś niewidzialnego i nieznanego.

„Teraz jest cicho, Vincente. Może dostało to, czego chciało od nas i teraz poszło dalej. A może nie byliśmy tym, na co liczyło".

„Tak, po raz pierwszy w życiu nie miałbym nic przeciwko rozczarowaniu tej istoty. Ale spróbujmy pomyśleć. Czego mogło od nas chcieć? Czym mogło być?".

„Wilkołakiem?" – zasugerowała Grace.

„Nie ma pełni księżyca, przynajmniej przez kilka następnych dni. Ale hej, nie sądzę, żeby mogły być niewidzialne".

„A może wampirem?".

„Tak, one wychodzą tylko w nocy, prawda?" – powiedział Vincente, chichocząc pod nosem. Lina była bardzo ciasno owinięta wokół jego kończyn, a potrzeba poruszania się była przytłaczająca. Problem polegał na tym, że kiedy się poruszał, więzy zaciskały się jeszcze bardziej, a potem przecinały mu skórę. Widział krople krwi zbierające się na prześcieradle z jego kostek.

Grace również zauważyła krew kapiącą na prześcieradło. Obserwowała, jak czerwona krew rozlewa się na białym tle. Była zdezorientowana ruchami dochodzącymi spod dywanu. Zdecydowanie ruchami. Wężowymi. Powolnymi. Pełzającymi. Kierującymi się w jej stronę.

„Vincente!" – krzyknęła, gdy ta rzecz zbliżała się do niej.

Jej górna część ciała cofnęła się. Do tyłu, do tyłu, tak daleko, jak to tylko możliwe.

Niestety dla Grace, nie było to wystarczająco daleko.

✳✳✳

„Vincente!" – krzyknęła Grace, a jej oczy niemal wyskoczyły z orbit.

Widział, że była przerażona, ale nie miał pojęcia dlaczego. Próbował poluzować liny, ale nic nie mógł zrobić. Każda próba tylko powodowała, że zaciskały się jeszcze mocniej i wbijały się głębiej w jego ciało.

Stworzenie nadal torowało sobie drogę do Grace.

Vincente dostrzegł poruszającą się istotę pod dywanem. Widział, jak nogi Grace zamieniły się w galaretę, gdy istota zmniejszała dystans między nimi.

Grace stała nieruchomo, próbując się opanować. Chciała krzyczeć i krzyczeć, ale zamiast tego skupiła się na oddychaniu. Gdy istota zbliżała się coraz bardziej, czuła, jak zaczyna ją badać.

Ogarnęło ją uczucie spokoju, które przytłoczyło jej zmysły. Czuła w głębi serca, że to coś nie chce jej skrzywdzić.

„Grace!" – krzyknął Vincente, a liny wbiły mu się w skórę. Zgiął się w połowie, przypominając teraz nowo narodzone cielę. Nagle znikąd pojawiła się knebel. Został przymocowany do ust Vincente.

Grace widziała, że krzyczy, krzyczy głośniej niż kiedykolwiek wcześniej. Ale wszystko, co dochodziło z jego strony, to bolesna cisza. Ciche krzyki są najstraszniejsze ze wszystkich.

Patrzyli sobie w oczy. Wyciągając do siebie wszystko, co mieli, spojrzeli sobie w oczy, gdy rzecz dotarła do stóp Grace.

Zaczęła poruszać się w górę, zaczynając od jej palców, przesuwając się coraz wyżej i wyżej.

Wtedy głos Grace wypełnił dom elektryzującym krzykiem.

N IE WALCZ Z TYM, powiedziała sobie Grace, doskonale
wiedząc, że Vincente powiedziałby jej dokładnie to
samo, gdyby tylko mógł.

Zrelaksuj się, pomyślała, pozwól temu działać, a może wtedy
to minie.

Próbowała to zablokować, zablokować wszystko oprócz
Vincente leżącego na łóżku z szeroko otwartymi oczami. Z
miejsca, w którym się znajdowała, widziała niewielką kałużę
krwi, która zbierała się z jego prawej kostki. Obserwowała, jak
jego klatka piersiowa unosi się i opada.

To coś obracało ją i skręcało, aż poczuła, że nie jest już sobą.

Jego moc rosła. Na początku ból był znośny, jak lekkie
pieczenie. Prawie jak gorący pocałunek. Było to uzależniające;
chciała kolejnego pocałunku, a potem jeszcze jednego i
jeszcze jednego. Potem zmieniło się w coś innego. Bardziej
zdecydowane pieczenie. Jak piętno. Gorące. Coraz gorętsze.
Skwierczące.

Jej twarz była zaczerwieniona, a pięści zaciśnięte. Jej wola
walki napędzała ją do przodu, ale ból był zbyt silny, by go znieść.

Kiedy dotarł do okolicy miednicy, skwierczenie nasiliło się, a temperatura wzrosła. Czuła się, jakby płonęła. Płonęła na stosie. Nie mogła myśleć. Była jak jeden wielki nerw – surowy nerw. Ból był nie do zniesienia. Nie mogła tego dłużej wytrzymać, a jednak nasilał się.

Grace zdołała zachować przytomność, gdy ból dotarł do jej piersi. One również płonęły, a ciepło rozprzestrzeniało się dalej, synchronizując ból, tak że pulsował w całym jej ciele.

Aż wszystko zniknęło w czerni.

ROZDZIAŁ 20

K IEDY DOSZŁA DO SIEBIE, Grace nie była już w swoim ciele. Powoli zrozumiała, co się stało. Ból spowodował rozdrobnienie jej umysłu.

Z jakiegoś miejsca ponad sceną nadal widziała siebie wijącą się, wirującą w wyimaginowanym kokonie, podczas gdy wir bólu rzucał nią, obracał i skręcał jej ciało, wciąż poruszając się w niej. Trzymając ją w swoim palącym uścisku.

Czując pieczenie, czując zapach własnego smażącego się ciała, Grace nie mogła już dłużej na to patrzeć, więc zamiast tego zwróciła swoją uwagę na Vincente.

On również się wił. Jego ciało kołysało się na boki, a on trząsł się prawie jakby miał atak padaczki. Płynęła w jego kierunku. Dotknęła ustami jego rozpalonego czoła.

Jego oczy otworzyły się szeroko, prawie jakby wyczuł jej obecność. Krzyczała do niego, próbując przełamać bariery, ale jego stłumione krzyki nie były słyszalne. Intensywność jej krzyków, dochodzących z ciała, którego już nie była częścią, ochłodziła gorący pokój i spowodowała u niego jeszcze większy niepokój.

Grace chciała zabić tę rzecz. Cokolwiek to było, chciała to wziąć i udusić, odcinając mu życie. Chciała, żeby to się skończyło. Wtedy zrozumiała, co musi zrobić. Musiała wrócić do swojego ciała, aby stawić czoła tej okropnej istocie. Musiała wrócić. Nie miała gdzie się podziać.

Tak, ta istota miała jej ciało, ale nie miała jej umysłu ani ducha. To samo dotyczyło Vincente. Tak, oboje byli torturowani z nieznanych powodów. Być może dlatego, że byli ostatnimi dwoma ludźmi na Ziemi. Tak jak w starym filmie, o którym wspomniał Vincente, w którym kosmici próbowali odkryć, co kieruje ludźmi. A może próbowali ich zabić!

Niezależnie od powodu, Grace nie zamierzała pozwolić im osiągnąć tego, czego chcieli. Nie zamierzała pozwolić im odebrać sobie życia bez walki.

Przez ułamek sekundy wyobraziła sobie, że wyleciała przez okno. Zostawiając siebie i Vincente. Ale nie mogła tego zrobić. Kochała to ciało, mimo że miało swoje wady. Chociaż było ich wiele, nadal było jej i tylko jej. A potem był Vincente. Kochała go, co do tego nie było wątpliwości. Musiała wrócić do siebie. Musiała go uratować. Być może uratować ich oboje.

Na zewnątrz pokoju wysokie drzewa kołysały się do przodu i do tyłu, do przodu i do tyłu, pod wpływem magnetycznej mocy bryzy. Ona i Vincente byli jak te drzewa, poruszając się z bólem, tak jak poruszały się z wiatrem.

Wzięła głęboki oddech i ponownie weszła do swojego ciała. Ból przeszył ją jak nóż. Natychmiast chciała się wyrwać, ale szybko zdała sobie sprawę, że osłabiło ją to, zmniejszyło jej kontrolę i moc. Jej istota uległa zmianie. Teraz zrozumiała, że poprzez rozdrobnienie dała tej rzeczy dodatkową władzę nad swoim fizycznym ciałem. Była teraz zdeterminowana, aby odzyskać tę moc!

Gdy znalazła się w swoim ciele, swoim domu, zebrała wszystkie pozytywne myśli i energię, a także całą miłość, jaką mogła znaleźć w swoim sercu. Wywołała te rzeczy z banku pamięci, przechowywanego daleko poza jej zasięgiem.

Odpychając chęć ponownego odłączenia się, skoncentrowała całą swoją energię nie na palącym, nieustępliwym bólu, ale na stworzeniu własnego potężnego źródła światła.

Kiedy już to sobie wyobraziła, poruszała nim jak kulą słońca. Trzymała ją w dłoni, aż kula światła stała się podobna do serca: połączonych serc Grace i Vincente.

Wysłała całą energię z kuli w kierunku Vincente. Przemknęła przez pokój, świecąc dzielnie. Przez kilka sekund ciało Vincente przestało się wiercić. Kiedy palący ból ponownie ją ogarnął, cofnęła serce i trzymała je. Dało jej to siłę, by znosić to, co musiała.

I gdzieś w głębi jej duszy zaczęła grać piosenka, piosenka, której nie rozpoznała. Piosenka, która była jej zupełnie nieznana. Gdy grała i gdy ją śpiewała, jej usta przestały płonąć, a jej oczy zwróciły się ku Vincente. Jej serce kazało jego sercu dołączyć do piosenki, śpiewać ją razem z nią.

Razem śpiewali w swoich umysłach i duszach, a kula światła stawała się coraz silniejsza i silniejsza.

„Nigdy cię tu nie zapraszałam, duchu, czy kimkolwiek jesteś. Nie masz prawa atakować mojego ciała. Atakować ciała mojej przyjaciółki. A teraz wynoś się!".

I tak się stało. Odeszło.

Grace osunęła się na podłogę.

ROZDZIAŁ 21

Kɪʟᴋᴀ ɢᴏᴅᴢɪɴ ᴘóźɴɪᴇᴊ Gʀᴀᴄᴇ czuła się nieswojo, co nie było zaskakujące, ponieważ nie miała pojęcia, gdzie się znajduje.

Kiedy próbowała się poruszyć, bolało ją całe ciało. Jej ręce i nogi były wykrzywione w nienaturalnych pozycjach, jak martwe lub połamane gałęzie drzewa. Próbowała zebrać się w sobie, ale każdy ruch sprawiał jej ból.

Próbowała wstać – słowo „próbowała" jest tu kluczowe – ale po raz kolejny upadła. Grace spojrzała na dywan. Próbowała myśleć, przypomnieć sobie. Co było takiego w tym dywanie? Rozejrzała się po pokoju. Znalazła łóżko. Znalazła Vincente.

Wróciły do niej wszystkie mrożące krew w żyłach wspomnienia.

Zebrała siły, aby wstać, i zaczęła chodzić jak małe dziecko, ponieważ musiała nauczyć swoje ciało wszystkich ruchów od nowa. W końcu dotarła do Vincente i spojrzała na jego nieruchome ciało. Na plamy krwi, teraz brązowe. Nie rozprzestrzeniające się już.

Jej wzrok padł na jego usta. Jego tak bardzo kuszące usta. Pochyliła się, ale zatrzymała się, gdy jego oczy otworzyły się szeroko, a potem jeszcze szerzej. Nie był zadowolony, widząc ją. Był przerażony.

„Co się stało, Vincente? Cokolwiek to było, już tego nie ma. Jesteśmy bezpieczni. Wszystko w porządku. Będzie dobrze".

Chociaż Grace nadal szeptała mu te pozytywne słowa, przerażony wyraz twarzy Vincente'a tylko się nasilał. Jego oczy biegały w tę i z powrotem, w tę i z powrotem. Chciał jej coś powiedzieć. Ostrzec ją?

Szepnęła, pytając, czy coś jest za nią. Skinął głową.

Zastanowiła się przez chwilę, wyciągnęła rękę i dotknęła czegoś, ale nie mogła tego znaleźć. Chciała uciec, ale wiedziała, że to coś czekało na nią. Wróciło po nią.

A może to było coś innego? Coś innego? Przerażała ją myśl, że to coś może być silniejsze, potężniejsze, może ją złamać. Zniszczyć.

Oczy Vincente'a pozostały nieruchome, wpatrując się tuż nad jej ramieniem. Jego strach był zaraźliwy, a ona drżała i trzęsła się. Wtedy zdała sobie sprawę, że jedynym sposobem, aby pokonać tę rzecz, jest wspólna walka.

Grace pochyliła się i jedną ręką zaczęła rozwiązywać liny, które go krępowały, a drugą ręką przeszukiwała szafkę nocną w poszukiwaniu jakiejkolwiek broni. Czegoś, co mogłaby wykorzystać. Miała nadzieję, że jej mama miała tam coś, narzędzie, które mogłoby jej pomóc w tej poważnej sytuacji.

Oczy Vincente'a krzyczały. Jego oczy stały się jej oczami.

W szufladzie znalazła tylko pęsetę, która mogła się przydać, więc Grace zaczęła przecinać liny. Jednak w tym tempie uwolnienie Vincente'a zajęłoby wieki. Pochyliła się i zaczęła gryźć liny zębami, robiąc spore postępy, aż Vincente znów zaczął się trząść i wić. Jego oczy spotkały się z jej wzrokiem, a potem zamknął je.

Odwróciła się i krzyknęła: „Kim jesteś i czego ode mnie chcesz? Od nas? Nie chcemy cię skrzywdzić. Powiedz nam, czego chcesz, a my ci to damy! Spróbujemy ci pomóc, ale proszę, przestań nas krzywdzić. Przestań krzywdzić mojego Vincente. Dam ci wszystko!"

Vincente przestał się wiercić.

Jego oczy otworzyły się szeroko, gdy Grace została uniesiona z ziemi i wyrzucona w powietrze.

Siła uderzyła ją o sufit. Potem rzuciła nią o ściany. Bum. Bum. Bum.

W końcu upuściła ją na podłogę, gdzie leżała bez życia jak szmaciana lalka.

 ✳✳✳

Rozbijające się szkło. Rozpryskujące się. Latające wszędzie. Uderzające ją w skórę. Przebijające jej skórę.

Grace osłoniła się najlepiej, jak mogła, ramionami i rękami.

Coś podniosło ją i wyniosło przez okno. Znalazła się na grzbiecie latającego stworzenia, czując jego nieprzyjemny zapach. Trzymała się mocno. Było miękkie. Nie pokryte piórami, ale włosami, futrem.

Było bardzo ciemno, tak ciemno, że nie mogła rozróżnić kształtu stworzenia, na którym była transportowana.

Szybowały między czarnymi, bezkształtnymi, mrocznymi ziemskimi siedzibami, wieżami i mostami. Czuła, że nabierają wysokości, wznoszą się coraz wyżej, aż nie było już nic, z czym mogłyby się zderzyć. Były w chmurach.

Może umarła?

***

G RACE I BEZWONNE STWORZENIE leciały nocnym niebem. Kiedy stworzenie nagle skręciło w prawo, prawie straciła równowagę. Stworzenie wydało uspokajające „Gwap-Gwap". Rzuciło ją z powrotem w bezpieczne miejsce. Obejmując je ramionami, Grace

Szybując. Dryfując między świadomością a nieświadomością, Grace nadal nie była pewna, czy umarła, czy śni. Kontynuowali lot, coraz głębiej i głębiej w czerń nocy.

Grace otworzyła oczy i przez kilka sekund wyobrażała sobie, że otacza ich tunel z metalu.

Wąchała powietrze, poczuła zapach morza, a potem straciła przytomność.

Wydawało się, że podróżowali przez całe życie, a teraz słońce zaczęło wschodzić. Odbijało światło jak lustrzany statek kosmiczny, gdy zaczęli opadać w dół.

Żołądek podszedł jej do gardła, gdy odbijali się od dziwnie twardych chmur. Podskakiwali, spadali. Grace nie odczuwała w tej chwili strachu. Czuła się bezpieczna. Wdzięczna, że żyje.

Wtedy stworzenie ją upuściło.

W drodze w dół walczyła z wiatrem.

S łońce stało wysoko na niebie, co było normalne. Miejsce, w którym znajdowała się Grace, nie było normalne.

Leżała w objęciach gigantycznego drzewa, a samo spojrzenie w dół sprawiało, że skręcało jej się w żołądku. Cieszyła się, że może czegoś dotknąć. Przesunęła dłonią po solidnej gałęzi, na której ją położono.

Słońce rzucało promienie na jej ramiona. Wyjęła drzazgi szkła ze swojej skóry i unikała patrzenia w dół.

Nie mając nic, co mogłoby ją rozpraszać, podążała wzrokiem wzdłuż pnia drzewa. Ciągnął się on w nieskończoność. Drzewo było bardzo wysokie, miało co najmniej około 145 metrów.

Grace rozejrzała się dookoła, przesuwając wzrokiem po okręgu. Okręgu drzew. Instynktownie, bez żadnego logicznego powodu, wiedziała, że jej drzewo jest drzewem Króla. Pozostałe były drzewami Rycerzy. Szukała drzewa Królowej, ale nie mogła go dostrzec.

Próbowała przypomnieć sobie wszystko, co wiedziała o drzewach. Drzewo Wiedzy. Drzewa czynnikowe. Drzewa binarne. Drzewo Dobra i Zła. Drzewo Życzeń. Choinka Bożonarodzeniowa. Drzewo Mądrości.

Zastanawiała się nad boskością drzew. Wyobrażała sobie, że gdyby znów była małą dziewczynką, to byłoby to drzewo, które budziłoby w niej podziw. Było czymś więcej niż tylko wspaniałym. To drzewo było tak wysokie, że wydawało się, jakby mogło sięgać aż do nieba, gdyby ono istniało.

Grace potrząsnęła głową. Jej uwagę rozpraszało jego wspaniałe piękno, podczas gdy ona potrzebowała znaleźć sposób, aby zejść na dół.

Nie wspominając już o drzewie zjadającym mięso. Czym było to drzewo?

Ta myśl dręczyła ją tylko przez chwilę, ponieważ odchyliła się do tyłu i obserwowała płynące obok chmury. Czuła ich obecność w sobie, jakby dryfowała po niebie na jednej z nich. Zapomniała o wszystkim, o czym powinna była pamiętać, wyobrażając sobie, że stąpa po czymś przypominającym piankę marshmallow, miękkim jak poduszka.

Była w środku jednej z nich, unosząc się, kiedy ponownie zapadła w sen.

S łońce prawie zniknęło, a na horyzoncie zapadał zmierzch. Wyciągnęła się i ziewnęła, czując się komfortowo. Całkowicie zapomniała, gdzie się znajduje, ale tylko na sekundę.

Pod nią krąg drzew – Rycerze – stał z gałęziami opuszczonymi wzdłuż boków. Wszystkie były martwe. Jednak drzewo, na którym się znajdowała, miało kilka liści i było bardzo żywe.

Podążała wzrokiem wzdłuż pnia swojego drzewa aż do ziemi. Zauważyła, że ziemia u jego podstawy była poruszona. Od drzewa odchodziły świeże ścieżki. Ścieżki, które prowadziły do innych drzew, Rycerzy. Wydawało się oczywiste, że inne drzewa kiedyś żyły, ale przekierowały swoje źródła pożywienia i energii, aby ocalić Króla. Zginęły za drzewo Króla. Podały się ostatecznej ofierze.

Ale dlaczego?

Na to pytanie Grace nie miała odpowiedzi.

Spojrzała w twarz księżyca. Odbiła się w nim twarz Alberta Einsteina. Uśmiechnęła się do niego, niemal oczekując, że wypluje jakieś naukowe i matematyczne odpowiedzi.

Otaczała ją symetria, w gałęziach i w każdej innej formie życia. To było pocieszające, czuć znajomość symetrii.

Chociaż nie dawała ona żadnych odpowiedzi, podobnie jak księżyc Einsteina.

Einstein był otoczony migoczącymi gwiazdami. Migały one w uznaniu dla jego geniuszu. Czuła się pocieszona, że on czuwa nad nią.

Otworzyła swój umysł na wszystko i wszystkich naraz.

Nie czując zmęczenia, szukała odpowiedzi na niebie. Gdyby spróbowała zejść na dół, mogłaby spaść. Albo mogłaby dotrzeć na dół. Mogłaby schodzić centymetr po centymetrze. Powoli.

Jeśli skoczy, bez wątpienia złamie sobie kark. Nie była tak bardzo spragniona powrotu na stały ląd, żeby ryzykować śmierć.

Pomyślała o wołaniu o pomoc, ale kto mógłby jej pomóc? Vincente? Nie, z tego co wiedziała, nadal był przykuty do łóżka.

Albo mogła poczekać. Być może istota, która dostarczyła ją na drzewo, zamierzała po nią wrócić? Być może zabierze ją z powrotem do Vincente? Z drugiej strony, być może ją wykończy.

Przyjrzała się symetrii drzewa; było pięknym dziełem sztuki. Zajęłoby to trochę czasu, ale mogła użyć go jak drabiny.

Wdychała zapach drzewa. Drżała na myśl, że może to być drzewo oliwne, które może zjeść martwego ptaka. Drzewo, które może nabić żywą ofiarę na swoje gałęzie. Zdecydowała, że wolałaby raczej spaść na ziemię i spotkać swój koniec, niż zostać nabita na szpikulec i zjedzona.

Było zbyt ciemno, aby zacząć schodzić. Grace była pewna, że w ciągu dnia będzie miała więcej szczęścia, chociaż doceniała ironię losu, że Einstein był tam, aby ją prowadzić.

Oparła się na gałęziach i pomyślała o Vincente. Tęskniła za nim. Spędzili razem każdą chwilę każdego dnia przez ostatni tydzień i stał się ważną częścią jej życia.

Zamknęła oczy, użyła rąk jako poduszki i wymyśliła plan: taki, który wymagał naprawdę dużego siekiery.

ROZDZIAŁ 22

GDY NASTAŁ NOWY DZIEŃ, Grace siedziała nieruchomo, obserwując jego nadejście, jakby nigdy wcześniej go nie widziała. Oszołomiona swoją mimowolną perspektywą, wyglądała jak anioł na szczycie ogromnego drzewa, które w niczym nie przypominało choinki bożonarodzeniowej.

Była przebudzona od wielu godzin, zmęczona siedzeniem w bezruchu, czekając, aż pojawi się jakiś genialny pomysł lub nowy plan ucieczki. Przez całą noc wysyłała telepatyczne wiadomości do wszystkich matematyków i naukowców, którzy opuścili Ziemię i przenieśli się do innego wymiaru. Namawiała ich, aby wysłali lub przekazali jej pomysł z miejsca, w którym się znajdowali, ale nic nie przyszło.

Zniechęcona Grace zdała sobie sprawę, że jest całkowicie sama. Nie miała nikogo, na kim mogłaby polegać, tylko siebie.

Spojrzała w dół, w dół, w dół. Przechyliła się tak daleko, jak tylko mogła, na gałęzi, która wykazała się zdolnością utrzymania całego jej ciężaru. Cofnęła się.

Była to długa droga w dół, strasznie długa droga w dół. W tym momencie jej wyobraźnia zaczęła pracować na pełnych obrotach.

Wyobraziła sobie Vincente'a, który przylatuje helikopterem, aby ją uratować. Zszedł po wielkiej drabinie w niebie i razem wsiedli do brzęczącej maszyny. Pocałowali się namiętnie, a potem wznieśli się do nieba, gdzie mogli żyć długo i szczęśliwie.

Grace była zirytowana sobą za wymyślanie tak dziecinnych fantazji. Vincente nie był w stanie jej uratować. Nie miał teraz kontroli! Cokolwiek to było, trzymało go tam na łóżku, jakby był niewolnikiem seksualnym.

Była coraz bardziej wściekła i machała pięściami w powietrzu, choć nic to nie dawało. Nikt nie widział, jak wymachiwała pięściami.

Jednak gdzieś w głębi duszy część niej nadal wierzyła, że Vincente może ją uratować i to zrobi. Musiała tylko czekać. Wiedziała, że to idiotyczne i że tylko ona ma moc, by wrócić na ziemię, ale nie mogła się zmobilizować, by zacząć schodzić w dół.

Przez cały dzień obserwowała słońce bawiące się cieniami, tańczące między gałęziami. Liście śmiały się, jakby ktoś je łaskotał, a ona zmarnowała cały dzień, nie robiąc absolutnie nic, by sobie pomóc.

Gwiazdy migotały wokół niej, gdy zapadała w sen. W jej głowie rozbrzmiewała piosenka

„Kołysz się, Gracie, na czubku drzewa,

Kiedy wiatr wieje, kołyska się kołysze,

Kiedy gałąź pęka, kołyska spada,

I spadnie Gracie, kołyska i wszystko inne".

Obudziła się z przerażeniem, odkrywając, że znalazła się na samym skraju bezpiecznego miejsca, w którym została umieszczona. Chwyciła pień z całej siły i przesunęła się z powrotem na swoje miejsce, podczas gdy liście wokół niej zdawały się szeptać wszystkie plotki z drzewa, które przegapiła.

Miała nadzieję, że to wszystko było tylko złym snem. Próbowała przekonać samą siebie, że Vincente przyjedzie i ją uratuje.

ROZDZIAŁ 23

Biedna Grace płakała, aż nie miała już łez. Wyobrażała sobie, jakby to było, gdyby miała parę skrzydeł. Mogłaby odlecieć z drzewa. Mogłaby bezpiecznie uciec. Mogłaby uratować Vincente i razem mogliby uciec.

Kiedy słońce ponownie dało o sobie znać, Grace podjęła decyzję, że natychmiast zacznie się wspinać. Drzewo wydawało się wyciągać swoje chude gałęzie w kierunku słońca i przez chwilę Grace wyobrażała sobie, że rzeczywiście wyciąga do niej swoje drewniane palce.

Widok z miejsca, w którym siedziała, nadal zapierał jej dech w piersiach. Sięgał tak daleko, jak okiem sięgnąć. Wszystko było nieruchome. Nic się nie poruszało, z wyjątkiem powiewu wiatru.

Grace czuła się ciepło i bezpiecznie, odpoczywając w bezpiecznej sieci światła słonecznego. Prawie tak, jakby wyobrażała sobie, jak to jest wrócić do łona matki. Czuła się jakby była jednością ze światem: jednością z wszechświatem. A jednak była bardziej samotna niż kiedykolwiek w całym swoim życiu. Jak to możliwe?

Grace czuła się sparaliżowana głębokim pragnieniem wierzenia w siłę większą od niej samej i nagle zrozumiała dlaczego. Zanim pojawiła się fizyka, nauka i symetria, musiała istnieć potrzeba duszy. Potrzeba przetrwania duszy: jednej duszy. Jednej.

Przytuliła kolana głęboko do piersi i pozwoliła, by jej duch przejął kontrolę nad wszystkimi zmysłami. Wiedziała bez cienia wątpliwości, że ponownie dotknie trawy u stóp tego drzewa, a także wiedziała, że odejdzie od tego wszystkiego.

Jedną z rzeczy, których była pewna, było to, że Vincente był tylko chłopcem. Nie posiadał żadnych specjalnych mocy ani zdolności, które miałby, gdyby był nieśmiertelny. Odczuwał ból. Mógł zostać zraniony. A przede wszystkim Grace rozumiała, że mężczyźni czasami potrzebują pomocy. Tak, nawet facet tak wysportowany i silny jak Vincente czasami potrzebował pomocy dziewczyny.

Pomocy dziewczyny w takiej sytuacji jak ta.

Pomocy dziewczyny takiej jak Grace Greenway.

***

PRZYGOTOWAŁA SIĘ, OPUSZCZAJĄC SIĘ powoli, mając nadzieję, że gałęzie poniżej wytrzymają jej ciężar. Gałąź ugięła się pod jej ciężarem i nawet trochę zaskrzypiała, ale wytrzymała.

Zsunęła się nieco niżej, zauważając, jak obce było dla niej schodzenie z drzewa. Była pewna, że jako mała dziewczynka nigdy nie była z natury wspinaczką drzewną. Notatka do siebie, pomyślała Grace, jeśli kiedykolwiek będziesz miała córkę, zbuduj jej domek na drzewie, kiedy będzie mała, aby mogła nauczyć się prawidłowo wspinać.

Grace wyobraziła sobie siebie jako profesjonalną wspinaczkę drzewną. Kogoś, kto wspinał się na wiele drzew i robił to z łatwością. Zdała sobie sprawę, że prawdopodobnie nie wspinała się tak, jak robiłby to profesjonalny wspinacz drzewny. Nie, pomyślała, on lub ona używaliby pnia. Grubej części drzewa, aby zapewnić sobie stabilność.

I właśnie to zrobiła. Kontynuowała schodzenie, krok po kroku. Centymetr po centymetrze.

Była skupiona. W dżinsach utkwiły jej drzazgi, a ręce krwawiły od trzymania ciężaru ciała na szorstkiej korze.

Kiedy była zbyt zmęczona, aby dalej schodzić, owinęła ramiona i nogi wokół pnia drzewa i odpoczywała. Wtedy ból i pulsująca krew rozbrzmiały w jej mózgu, ale była zbyt zmęczona, aby słuchać, więc zasnęła.

✳✳✳

„Po prostu odpuść" – powiedział cichy głosik, gdy dryfowała między snem a jawą. „Czas, Grace, po prostu odpuść".

Trzymała się mocno, jeszcze mocniej niż wcześniej. Odwróciła głowę, tłumiąc głos ramionami.

„Puść, Grace" – powiedział głos.

Coraz bardziej męczyło ją trzymanie się. Ramiona i nogi pulsowały jej z bólu. Unikała patrzenia w dół.

Poślizgnęła się. I spadła.

Ogromna drzazga wbiła się w jej dłoń, a krew tryskała, kapiąc na drzewo.

Spojrzała na tryskającą krew i ponownie ruszyła w dół, nie zrażając się.

KONTYNUUJĄC SWOJĄ JEDNOKIERUNKOWĄ MISJĘ w dół, zamiatała krew, która była wycierana przez jej ubrania. Zatrzymała się, aby złapać oddech. Zaczęła się ponownie poruszać. Gdy tylko powróciła do swojego ociekającego czerwienią zejścia, pojawiła się kolejna krew, której grawitacja pomagała w drodze w d ół.

Krople krwi Grace mieniły się i tańczyły w słońcu jak szafiry.

Nie mogła już schodzić dalej. Pragnęła bezpieczeństwa przestrzeni powyżej, gdzie mogłaby odpocząć. Zdała sobie sprawę, że poczyniła spore postępy w schodzeniu z drzewa. Tak, przed nią była jeszcze długa droga, ale w jej sercu zrodziła się nowa nadzieja.

Uda jej się.

Rozłożyła się na pniu tak bardzo, jak tylko mogła. Oparła nogi, owijając je wokół pobliskich gałęzi. Wyglądała jak precel, ale trzymała się mocno i była dumna ze swoich postępów.

Jej umysł zaczął błądzić i zdała sobie sprawę, jak bardzo jest spragniona i głodna. Trzymała się kurczowo życia i próbowała skupić umysł na innych rzeczach. Wyobrażała sobie Vincente, jak wyglądał, gdy się obudził. Jak zawsze przeczesywał palcami włosy.

Jak rozjaśniała się jego twarz, gdy się uśmiechał. Jak jego kobaltowe oczy zdawały się zaglądać głęboko w jej duszę.

„Vincente!" zawołała. „Vincente!"

Była w delirium – lub prawie w delirium – kiedy zawołała do nikogo: „Kiedy zejdę z tego drzewa, będę jadła tylko korę drzewną – mniam, mniam!". Śmiała się jak szalona.

Ciągła ekspozycja na słońce wywarła wpływ na jej umysł. Trzymała się, śmiejąc się lekkomyślnie, aż coś dziwnego stało się z pniem drzewa: zaczęło oddychać.

Chciała się puścić. Balansowała na cienkiej granicy. Z pewnością traciła rozum. Pomyślała, że być może źle zinterpretowała jego działania. Ponownie oceniła sytuację i uznała, że było to raczej westchnienie. Drzewo westchnęło.

Drzewa, które służyły innym drzewom. Drzewa, które potrzebowały mięsa.

Drzewo kichnęło.

Było to krótkie i szybkie kichnięcie, niezbyt głośne i niezbyt długie. Grace zastanawiała się, czy serce drzewa zatrzymuje się, kiedy kicha. Opanowała się, uświadamiając sobie, że drzewa nie mają serc.

Trzymając się pnia, jakby od tego zależało jej życie, straciła przytomność.

✳✳✳

G RACE NIE BYŁA PEWNA, co się z nią stało, zanim się obudziła. Czuła pulsowanie drzewa. Czuła, jak jego serce bije i bije i bije przez grube drewno. Zrozumiała, że musi znaleźć jego usta, aby nie stać się przekąską dla drzewa.

Wyobraziła sobie usta, do których wrzucono martwego ptaka. Były to wyjątkowo duże usta, biorąc pod uwagę rozmiar tego drzewa w porównaniu z tym. Jego usta musiały być kraterem.

Wtedy wpadła na pomysł. Nie zastanawiając się nad konsekwencjami, wyciągnęła z drzewa duży kawałek drewna i wbiła go sobie w ramię. Krew zaczęła płynąć, spływając wzdłuż pnia drzewa. Na początku było to tylko kilka pojedynczych kropel, ale wkrótce połączyły się one w dużą skrzep.

Obserwowała, jak spływa w dół, w dół, w dół drzewa, a potem stało się to, na co liczyła – i czego się obawiała.

Z rozwartej dziury wystawało coś wielkiego, czarnego, przypominającego język, z elokwencją języka żmii. Migotało i skręcało się, cały czas liżąc i żywiąc się krwią Grace.

Kiedy krew się skończyła, język sięgał coraz wyżej i wyżej po pniu, szukając. Nadal był głodny.

Grace trzymała się z całej siły. Nie chciała teraz spaść, nie wtedy, gdy on tam na nią czekał.

Potrzebowała planu B.

ROZDZIAŁ 24

Trzymając się kurczowo pnia drzewa, skupiła się, uspokajając oddech, który stawał się coraz płytszy. Desperacko chciała zejść na dół. Uciec z niebezpieczeństwa. I desperacko chciała się załatwić.

„Grace".

Tym razem podniosła wzrok, słysząc swoje imię.

Nie mów mi, pomyślała, że drzewo też potrafi mówić i zna moje imię. Nie mów mi tego!

Była odwodniona. Była głodna i wyczerpana. Chociaż trochę spała, nie był to sen, którego potrzebowała.

„Zawsze byłaś upartym dzieckiem" – powiedział głos.

Był to głos mężczyzny. Głos mężczyzny, który odwiedził ją w szpitalu. Głos mężczyzny, który zginął w wypadku samochodowym wiele lat temu. Głos jej ojca.

Traciła rozum. Tym razem nie było co do tego wątpliwości. Zdecydowanie traciła rozum.

„Grace" – szepnął.

Kiedy nie zareagowała na jego obecność, szeptał jej imię raz po raz. A może to był wiatr. Czy to tylko wiatr wołał jej imię?

„Po prostu odpuść sobie" – powiedział jej ojciec. „To nie jest dobre dla ciebie i tego chłopaka. On też nie jest dla ciebie odpowiedni".

Wzmianka o Vincente przykuła jej uwagę.

Jej ojciec roześmiał się. „Grace, posłuchaj mnie. Ty i Vincente nie jesteście dla siebie stworzeni. On podąża inną ścieżką. Po prostu odpuść sobie. Odpuść sobie teraźniejszość".

„Nie mów o Vincente. Nawet go nie znasz".

„Grace, nie mogę ci powiedzieć, co wiem ani skąd to wiem, ale trzeba zapłacić cenę, a ona jest dla ciebie zbyt wysoka. Co więcej, jesteś manipulowana, aby naprawić przeszłość".

„Co?"

„Nie mogę ci powiedzieć wszystkiego, co wiem. Dowiesz się tego w odpowiednim czasie, ale radzę ci, żebyś teraz zrezygnowała. Powiedz „przepraszam". A potem odpuść sobie. Jesteś tylko dzieckiem, niewinną istotą. Nie możesz wymazać przeszłości. Nie do ciebie należy zadośćuczynienie".

„Nie rozumiem".

„Zrozumiesz, ale wtedy będzie już za późno. Proszę, odpuść sobie. Zrób to teraz. To jedyny sposób, aby uwolnić się od przeznaczenia".

Trzymała się pnia drzewa jeszcze mocniej. To nie miało sensu.

„Po prostu odpuść sobie" – szepnął.

Ona nadal się trzymała. Dała z siebie wszystko. Nie mogła już dłużej znosić jego przymusowych, manipulacyjnych słów.

Zebrała wszystkie siły i ponownie zaczęła powoli schodzić, centymetr po centymetrze. Jej instynkt przetrwania zadziałał i zaczęła walczyć.

„Grace, czy ty mnie nie słuchasz? Jesteś głupią, głupią dziewczyną!".

W głowie Grace coś eksplodowało i w myślach kazała mu się zamknąć. Cały czas zbierała siły i przesuwała się coraz dalej wzdłuż pnia drzewa.

Nie bała się już. Nie była słaba. I nie poddała się bez walki.

Ignorując swojego dwulicowego ojca, Grace zaczęła snuć plan. Przesuwała przedramiona po ostrych jak brzytwa gałęziach, otwierając kolejne rany i pozwalając krwi wypływać.

Spływająca krew utworzyła duży skrzep, który, jak wiedziała, obudziłby głodną paszczę. Unosiła się tuż nad miejscem, w którym widziała ją wcześniej, oceniając swoje możliwości. Było to ryzykowne, ale rozwiązałoby dwa problemy jednocześnie. Nie miała innego wyboru.

Kiedy słone krople zbliżyły się do poczerniałego języka, ten łapczywie je zlizał. A potem zaczął szukać kolejnych. Był to bardzo żarłoczny język, łaknący krwi Grace.

Pozwoliła, by z rany wypłynęła nowa grupa kropel, obserwując i czekając na idealny moment, kiedy język znajdzie się w pozycji oczekiwania na kolejną kroplę – a wtedy zamierzała zrzucić na niego bombę.

Jej tata nadal ją karcił. Grace nadal go ignorowała. „On lubi twoją krew, Grace" – szepnął głos wysoko nad nią.

Nie był to głos jej ojca. Był to głos małej dziewczynki.

Grace spojrzała w górę i rozpoznała dziewczynkę. To była ta, która stała na środku drogi poprzedniego dnia. Grace skręciła samochodem, aby ją ominąć. Dziewczynka siedziała bezpiecznie w gnieździe gałęzi, z którego Grace rozpoczęła swoją podróż, owijając wokół palców czerwoną wstążkę przyczepioną do białej koszuli nocnej.

Grace mrugnęła, aby dziewczynka znowu zniknęła, ale tym razem pozostała.

„Pomóż mi, Grace" – powiedziała.

„Kim jesteś? Jak masz na imię?".

Roześmiała się. „Znasz mnie, Grace. Nie pamiętasz?".

Grace potrząsnęła głową. Próbowała znaleźć wspomnienie.

Wtedy dziewczynka powiedziała bardzo cicho: „Jestem akordem".

Grace poczuła natychmiastowy żal, smutek i miłość do tego dziecka.

Dziewczynka balansowała na krawędzi gałęzi jak marionetka i śpiewała

„Jestem kobietą rysującą,

Jestem płaczem;

Jestem sekretnym głosem,

Jestem westchnieniem;

Jestem tym, co słychać

Nisko w zmierzchu;

Ptaki odpowiadają nutą,

Kwiaty piżmem;

Jestem tą bolesną rośliną,

Wypowiadam tam, gdzie woła

Samotny ptak wędrujący

Przy mglistych wodospadach;

Jestem kobietą rysującą,

Nie mijaj mnie;

Jestem tajemniczym głosem,

Usłysz mój płacz;

Jestem mocą, którą noc

Traci za granicą;

Jestem korzeniem życia;

Jestem akordem". *

Grace, zahipnotyzowana słodyczą głosu małej dziewczynki i pięknem jej tonu, wyciągnęła do niej rękę.

Mała dziewczynka skończyła piosenkę. „Pamiętaj, Grace, niektóre są dane, a inne zabrane. Pamiętaj". Mała dziewczynka zeskoczyła z końca gałęzi drzewa.

Jedynym słyszalnym dźwiękiem był krzyk Grace.

Z wyjątkiem trzepotania skrzydeł, gdy mała dziewczynka zmieniła się w kruka i odleciała.

ROZDZIAŁ 25

NIE POTRAFIĄC ODRÓŻNIĆ RZECZYWISTOŚCI od fikcji, Grace znalazła ukojenie w śnie. Dopóki się nie obudziła, wtedy wszystko wróciło.

Ledwo trzymała się drzewa i swojego stanu umysłu.

Po prawej stronie coś małego i zielonego zwisało i kołysało się. Była to oliwka, prawie w zasięgu ręki.

Wystarczyło tylko przenieść ciężar ciała i przesunąć się nieznacznie, a następnie sięgnąć, jak robią to gumowe kobiety w cyrku. Jej żołądek burczał. Desperacko potrzebowała pożywienia.

Kiedy sięgnęła w tę stronę, na chwilę się zatrzymała. Coś głęboko w jej wnętrzu budziło podejrzenia. Czy pojawiła się nagle, czy też wcześniej jej nie zauważyła? To absurdalne! Nie mogła tego pojąć. Po raz kolejny Grace zastanawiała się, czy nie traci zmysłów.

Moje, pomyślała.

Pchnęła się w jego kierunku, sięgając coraz dalej, nie narażając swojego bezpieczeństwa, aż oliwka znalazła się w zasięgu jej ręki.

Pociągnęła ją.

Drzewo prawie się poddało, a potem zaczęło się trząść, jakby miało atak padaczki. Spojrzała prosto pod siebie i zauważyła kolczastą gałąź, która była skierowana prosto w nią. Gdyby teraz spadła, zostałaby nabita na gałąź, tak jak ten biedny kruk.

Grace walczyła, aby się utrzymać. Trzymała się drgającego drzewa z całej siły, jaką mogła zebrać w ramionach i nogach. Teraz siedziała okrakiem na drzewie.

Nagle drgawki zmieniły się w coś innego. Drzewo miało atak. Było w środku ogromnej furii. A może odczuwało ból? Grace znała ból. Pamiętała, jak sprawiał, że traciła kontrolę nad wszystkim, nawet nad własnym człowieczeństwem.

Drzewo na chwilę się uspokoiło, a potem zaczęło drgać jeszcze gwałtowniej.

Grace pomyślała o pięciu zmysłach. Zastanawiała się, skoro to drzewo miało usta, aby jeść, i język, aby smakować, jakie inne ludzkie cechy posiadało? Czy miało bijące serce? Czy czuło?

Pochyliła głowę do przodu i wzięła głęboki oddech, wydychając powietrze na pień drzewa. Wydawało się, że to pomogło, nawet jeśli tylko na chwilę.

Spróbowała czegoś innego. Pogłaskała gałąź najbliższą sobie. Tę, na której wisiała oliwka. Głaszcząc gałąź, pomyślała o tym, jak bardzo jest wdzięczna za to, że żyje.

Wtedy Grace zrozumiała, że drzewo odwróciło jej uwagę od zrywania jego owoców, jego dzieci. Było to jedyne, dla czego żyło.

W końcu nie było to drzewo króla. Król wysłał swoje wieże, aby ocalić to drzewo, królową. Ona była nadzieją. Ona była przyszłością.

A teraz ona również umierała.

Grace ostrożnie zeszła na dół, nie interesując się już oliwką. „Tak mi przykro" – powiedziała głośno. „Tak mi przykro".

Łzy spływały jej po policzkach, spadając na czekające poniżej gałęzie. Wkrótce gałąź opadła w dół, nie stanowiąc już dla niej zagrożenia. Potem wszystko ucichło. Wszystko było spokojne. Grace wiedziała na pewno, że wkrótce znów będzie z Vincente.

Grace wróciła do pnia drzewa i odpoczęła. Była wyczerpana, czuła się niekomfortowo i była głodniejsza niż kiedykolwiek, ale nie żałowała niczego.

Drzewo zaczęło kaszleć. Potem zaczęło charczeć. Grace zaczęła spadać w dół. Czuła się, jakby jej palce były zanurzone w maśle. Nie mogła się utrzymać.

Spojrzała w górę na nocne gwiazdy, na księżycową twarz Einsteina i pogodziła się z tym, co miało się wydarzyć. Była z tym pogodzona, ponieważ zrobiła wszystko, co mogła, aby zapewnić sobie przetrwanie.

Zsunęła się nieco bliżej ziemi.

Zauważyła, że gałęzie wokół niej obracają się. Wirują. Gałęzie, które kiedyś były skierowane ku niebu, teraz pochylały się, gestykulując w jej kierunku.

Spadła jeszcze niżej, doskonale wiedząc, że drzewo również umiera.

Kiedy drzewo wiło się w sporadycznych spazmach, Grace zsuwała się coraz niżej, obserwując bezkresne niebo i wirujące chmury, które poruszały się beztrosko.

Cienkie gałęzie jęczały i czekały na koniec.

Wkrótce słońce zaczęło wschodzić nad horyzontem i rozlewało swoje promienie na wijące się drzewo, wypełniając je delikatnym, harmonijnym światłem, aż gałęzie ogrzały się i uspokoiły.

Gdy promienie słońca musnęły drzewo, prawdopodobnie po raz ostatni, gałęzie wygięły się, ugięły i złożyły, tworząc schody. Schody, które zaprowadziły Grace z powrotem na ziemię.

Zdejmując spocone dłonie z pnia drzewa, ostrożnie postawiła stopę na pierwszym stopniu. Z łatwością utrzymał jej ciężar. Szybko poruszała się po schodach, jeden po drugim, stabilizując się w razie potrzeby, trzymając się pnia drzewa.

Pod sobą widziała trawę. Była już prawie na dole. Był to wyścig z promieniami słońca: czy Grace dotrze na dół, zanim dotkną ziemi? Kto dotknie ziemi pierwszy?

Kiedy Grace zeszła na dół, ona i promienie słońca dotknęły ziemi jednocześnie. Roześmiała się, gdy trawa łaskotała jej stopy, i rozkoszowała się ziemistym, piżmowym zapachem.

Stała pod gigantycznym drzewem i wskazała palcem niebo.

Na początku była niepożądanym gościem tego drzewa, a teraz czuła się, jakby opuszczała dawno utraconego przyjaciela. Jego gałęzie były wygięte i poskręcane, a jego kręgosłup wskazywał, że nie będzie stał zbyt długo.

Rozległo się głośne skrzypienie, a potem przeraźliwy trzask, gdy schody zaczęły się osuwać w dół. Uderzyły o ziemię, podskakując jak dziecko na trampolinie, a po nich spadł drewniany grad, a odłamki rozpryskiwały się wszędzie jak odłamki pocisku.

Grace stała nieruchomo, zbyt przerażona, by się ruszyć, podczas gdy Królowa upadła na swoje ostatnie miejsce spoczynku u jej stóp.

Jedna mała rzecz nadal była w ruchu. Opadała.

Złapała oliwkę w dłoń, włożyła ją do kieszeni i poszła szukać Vincente.

K IEDY WRACAŁA DO DOMU, czuła się zdezorientowana i wyczerpana, ale jednocześnie szczęśliwa, że żyje.

Wkrótce zdała sobie sprawę, że nie jest daleko od domu. Kiedy tylko go dostrzegła, rozpłakała się. Nie mogła przestać płakać, otwierając drzwi wejściowe i wchodząc po schodach, które pozostały po zniszczonej klatce schodowej. Na górze poczuła nieprzyjemny zapach i zdała sobie sprawę, że brzydko pachnie. Wzięła szybki prysznic, zmieniła ubranie i oczyściła r any.

Następnie otworzyła drzwi sypialni (nie były już zamknięte) i zobaczyła Vincente'a nadal przywiązanego do łóżka. Leżał dokładnie w tej samej pozycji, w jakiej go zostawiła. Początkowo obawiała się, że nie żyje.

Kiedy oparła głowę na jego piersi, poczuła jego oddech na karku. Słyszała bicie jego serca.

Pocałowała jego oczy, policzki, czoło i usta. Budziła swojego przystojnego księcia. Przywracała go do świata jawy. Łzy spływały jej po policzkach.

Vincente otworzył oczy. „Czy to sen?"

Grace nie odpowiedziała. Po prostu całowała jego słodkie usta, raz po raz. Potem weszła do łóżka, objęła go za szyję i zasnęła.

ROZDZIAŁ 26

W CIĄŻ TRZYMAJĄC SIĘ KURCZOWO pnia drzewa, Grace obudziła się. Na zewnątrz nadal panowała całkowita ciemność. Bojąc się poruszyć, trzymała się jeszcze mocniej. Nagle poczuła gorący oddech na czole. Wzdrygnęła się. Odgoniła go.

Pień się poruszył.

Usłyszała jego bicie serca.

„Mogłabym się do tego przyzwyczaić".

Grace krzyknęła.

„Wszystko w porządku, Grace? Obudź się!" – powiedział Vincente.

Odsunęła się i spojrzała prosto w jego brodatą twarz. Mimo ciemności widziała, że jest z Vincente. Wróciła do domu i znów byli razem.

Miała sen we śnie – ale to była rzeczywistość. Przytuliła go mocno.

„Muszę wyglądać dość dziwnie" – powiedział Vincente.

„Dla mnie wyglądasz pięknie".

„Ach, pewnie mówisz to wszystkim facetom, których znajdujesz przywiązanych do łóżek"."

„Tak, zawsze mówię im, że są bardzo piękne, żeby pozwoliły mi robić z nimi, co chcę". Roześmiała się.

„Musimy porozmawiać o tym, co się tutaj wydarzyło i o tym, co się wydarzyło, kiedy byłaś... daleko".

„Nie chcę teraz o tym rozmawiać, Vincente. Być może nigdy nie będę chciała o tym rozmawiać".

„To zależy od ciebie, Grace, ale mam nadzieję, że pewnego dnia będziesz w stanie mi o tym opowiedzieć".

„To było jednocześnie okropne i wspaniałe".

„Jeśli mnie rozwiążesz, może będę mógł wziąć prysznic i się przebrać. Potem będziemy mogli nadrobić zaległości".

Znalazła nożyczki w kuchni i odcięła Vincente więzy. W miejscach, gdzie były związane, była zaschnięta krew, ale rany wyglądały na gojące się.

Pomogła mu wstać, ale jego nogi rozchyliły się pod nim.

„Dam radę" – powiedział Vincente, powoli wychodząc z pokoju. Poszła za nim, otworzyła mu drzwi do łazienki, a następnie zaczęła przedzierać się przez gruz, aby ponownie dostać się na parter.

„Mama zachowała wszystkie ubrania mojego brata. Zobacz, czy znajdziesz coś dla siebie". Vincente skinął głową, a następnie zamknął za sobą drzwi łazienki. Usłyszała, jak włącza się prysznic, i postanowiła przygotować śniadanie.

W kuchni Grace postanowiła przygotować piknik. Wybrała miejsce w ogrodzie. Następnie zaparzyła kawę, wzięła kubki i cukier. Włożyła chleb z zamrażarki do tostera, wzięła marmoladę, vegemite, dżem truskawkowy i masło z lodówki. Następnie usmażyła jajecznicę i zaniosła wszystko na zewnątrz.

Był to piknik, ale brakowało serwetek i obrusu. Przeszukała szuflady i znalazła jedno i drugie. Ustawiła wszystko tak, aby wyglądało pięknie, a na środku stołu postawiła nawet wazon z suszonymi kwiatami.

Kiedy zauważyła ruch w kuchni, zawołała do Vincente'a: „Jestem tutaj!". A kiedy wyszedł, krzyknęła: „Niespodzianka!".

Na początku jedli w milczeniu.

Vincente spojrzał na Grace i po raz pierwszy zobaczył ją w zupełnie innym świetle. Do niedawna widział ją z daleka, chociaż była tuż obok niego. Być może dlatego, że wcześniej był na nią ślepy. Od tamtej pory wykazała się siłą i odwagą oraz pasją do życia, której wcześniej nie znał. Całowała głęboko, jakby całowała całym sercem, a on wiedział – zawsze wiedział – że ona go kocha. Jednak nie sądził, że czuje to samo. Aż do t eraz.

„Nie wiedziałem, że kawa może smakować tak dobrze" – powiedział Vincente, próbując zmienić tok myślenia. Jednak jego głębokie uczucia zdradziły go i pochylił się nad kocem, delikatnie całując Grace w usta.

Jej ciało poddało się mu i razem całowali się głęboko i bez wahania. Vincente odgarnął włosy z twarzy Grace i przytulił ją mocno do siebie. Słuchał jej serca bijącego w rytmie jego serca i ogarnęło go uczucie miłości, jakiego nigdy wcześniej nie doświadczył.

Vincente patrzył jej w oczy, mówiąc: „Kiedy cię nie było...".

Próbowała mu przerwać, chcąc coś powiedzieć. Wiedział, że nie chce rozmawiać o tym, co wydarzyło się, gdy byli osobno, ale nie o to mu chodziło.

Położył palec wskazujący na jej ustach i powiedział „Cicho". Musiał jej to powiedzieć teraz, zanim straci odwagę. „Kiedy cię nie było, zdałem sobie sprawę z kilku rzeczy, z których najważniejsza jest to, że cię kocham".

Zaniemówiła. Nie mogła tego opanować.

Ponownie poprosił ją, aby milczała.

„Niedawno uderzyłem cię piłką do krykieta w głowę i straciłaś przytomność. Martwiłem się o ciebie, ale przez chwilę pomyślałem: „Kto mi teraz pomoże w odrabianiu zadania domowego z matematyki?". Byłem samolubny, wiem. Całkowicie".

Ponownie chciała mu przerwać. „Potem obserwowałem cię, głupią dziewczynkę, która zawsze patrzyła na mnie w dziwny sposób, która czasami śledziła mnie wzrokiem. Która była oczywiście we mnie zakochana..."

Skrzywiła się na tę uwagę i poczuła się zawstydzona. Zastanawiała się, dlaczego nie poprzestał na „Jestem w tobie zakochany". Byłoby idealnie.

Kontynuował: „Pomogłaś mi z matematyką. Byłaś kluczowa dla mojego pozostania w drużynie, ale nie byłem ci wdzięczny. Nie naprawdę. Czułem, że jesteś mi to jakoś winna. Czułem, że wszyscy są mi coś winni. Byłem wtedy inny. Ale zmieniłem się. Ty mnie zmieniłaś. Teraz, kiedy patrzę w lustro, widzę mężczyznę, który zrobiłby dla ciebie wszystko. Mężczyznę, który chce być z tobą, i nie mam na myśli tylko dzisiaj czy jutro, ale zawsze i na zawsze. Być może myślisz, że nie jestem w twoim typie i że nie jesteś dla mnie wystarczająco dobra, ale szczerze mówiąc, to ja nie jestem wystarczająco dobry dla ciebie! W przeszłości po prostu robiłem to, czego ode mnie oczekiwano, nie kwestionując tego. Umawiałem się z dziewczyną, z którą oczekiwano, że będę się umawiał. Byłem stereotypowym sportowcem i nie jestem z tego dumny. Ty, Grace, sprawiasz, że myślę o jutrze, o naszym jutrze, o naszej przyszłości i nie mogę się doczekać, aby dzielić z tobą wszystko".

Grace poczuła łzy spływające po jej twarzy. Czekała latami, aż Vincente powie jej te słowa, a teraz, gdy je usłyszała, zwątpiła w niego i powiedziała: „Ale Vincente, może czujesz tak tylko dlatego, że zostaliśmy tylko we dwoje? Wiesz, jakbyśmy byli uwięzieni na bezludnej wyspie i nawet najbrzydsza dziewczyna po pewnym czasie zaczyna wyglądać ładnie".

Jej reakcja na jego wyznanie miłości była jak policzek. Pragnęła cofnąć te słowa, ale było już za późno. Szkoda została wyrządzona.

„Słuchaj, Grace, wiem, że się boisz, a teraz mnie od siebie odpychasz. Cóż, ja też się boję, więc nie próbuj mnie od siebie odsuwać tymi bzdurami o „najbrzydszej dziewczynie". To całkowicie umniejsza znaczenie wszystkiego, co ci właśnie powiedziałem, i bez względu na to, co powiesz i co zrobisz, zawsze będę cię kochał. Kocham cię, Grace".

„Ja też cię kocham, Vincente".

Rzucili się sobie w ramiona i tym razem pocałunki były ogniste. Pili się nawzajem, jak dwójka alkoholików, którzy nie pili alkoholu od miesięcy. Ich namiętność wypełniała powietrze.

Vincente pierwszy się odsunął. Nie miał wyboru, musiał się odsunąć, bo inaczej posunęliby się za daleko, zbyt szybko.

„Gdzie nauczyłaś się tak całować?" – zapytał, głaszcząc jej plecy i czując na palcach ciepło jej skóry.

Grace wzruszyła ramionami. Po prostu odpowiadała na jego ogień. Próbowali wrócić do jedzenia, ale smak na ich ustach, smak siebie nawzajem, sprawiał, że wszystko inne wydawało się w porównaniu z tym mdłe.

Kiedy nadeszła noc, położyli się na kocu i patrzyli na migoczące nad nimi gwiazdy, trzymali się za ręce i całowali. To był idealny świat; świat stworzony tylko dla dwojga.

G RACE SPOJRZAŁA NA ŚPIĄCEGO obok niej Vincente. Ich nogi były splecione i nie mogła się uwolnić, nie budząc go. Wiedziała, że musi mieć nieświeży oddech, ale nie mogła nic na to poradzić, więc po prostu patrzyła, jak śpi. Jego klatka piersiowa unosiła się i opadała, a on był spokojny. Wyglądał na zadowolonego.

Czuła euforię. Nigdy nawet w najśmielszych snach nie wyobrażała sobie, że wszystko potoczy się tak, jak się potoczyło. Vincente Marino był w niej zakochany, a ona była zakochana w nim.

Vincente obudził się i ziewnął. Jego oddech dotknął Grace. Był słodki i miała nadzieję, że jej oddech też był słodki, ponieważ wiedziała, że smakowała nim.

„Od jak dawna nie śpisz?" – zapytał Vincente.

„Nie od dawna. To była piękna noc, a teraz czeka nas niesamowity dzień. Co powinniśmy zrobić?"

– Najpierw musimy porozmawiać o nas – zaczął Vincente. – O tym, dokąd chcemy zmierzać i jak szybko. Wczoraj w nocy bardzo cię pragnąłem, ale nie byłem pewien, jak szybko chcesz to zrobić.

Dużo myślałem o nas, kiedy cię nie było. Pragnąłem cię przytulić. Szczerze mówiąc, to właśnie to dodawało mi sił. Marzenia o nas, o naszej więzi.

– Myślę, że powinniśmy działać powoli.

„Zgadzam się, pod warunkiem, że obiecujesz mi powiedzieć, kiedy będziesz gotowa".

„Kiedy będę gotowa, dowiesz się pierwszy!" – powiedziała Grace z uśmiechem, po czym objęli się i słodko pocałowali.

Posprzątali po pikniku i przenieśli się do domu.

„Myślę, że powinniśmy dzisiaj wyjechać stąd" – powiedział Vincente. „Tak, myślę, że potrzebujemy nowego początku. Ale gdzie?"

„W jakimś wyjątkowym miejscu i chyba wiem, gdzie dokładnie".

„Gdzie? Powiedz mi!"

„Nie, musisz poczekać, aż tam dotrzemy. W międzyczasie spakuję kilka rzeczy. Chyba że chcesz, no wiesz..." Uśmiechnął się, spoglądając w stronę schodów.

Podeszła do niego, położyła ręce na jego ramionach i spojrzała mu prosto w oczy. „Wyjaśnijmy sobie jedną rzecz, Vincente Marino. Jestem gotowa, chętna i zdolna. Ale nie chcę tego tutaj i teraz. Nie w tym miejscu. Ale kiedyś, wkrótce".

Pocałował ją i zaczął przedzierać się przez gruz na górę domu. Odwrócił się do niej i powiedział: „Kiedy będziesz się pakować, poszukaj dużego siekiery, na wypadek gdybyśmy natknęli się na kolejne szalone drzewa".

„Tak zrobię".

ROZDZIAŁ 27

„Kiedy po raz pierwszy zdałaś sobie sprawę, że mnie kochasz?" – zapytał Vincente, gdy jechali wzdłuż Parramatta Road w kierunku centralnej dzielnicy biznesowej Sydney.

„Pokochalam cię, gdy zobaczyłam cię po raz pierwszy" – przyznała.

„Ale to nie była prawdziwa miłość, prawda? To było zauroczenie. Zamiłowanie. Kiedy zdałaś sobie sprawę, że naprawdę mnie kochasz jako osobę? Jako prawdziwą osobę?".

Nie potrafił sobie wyobrazić, że miłość od pierwszego wejrzenia może być prawdziwa. Nigdy tego nie doświadczył. Nie znał nikogo poza bohaterami filmów i sztuk teatralnych, kto twierdziłby, że miłość może być natychmiastowa.

Położyła dłoń na jego ręce spoczywającej na skrzyni biegów.

Spojrzał na nią dziwnie. Wydawała się skrępowana, ale miała piękną białą, niemal kości słoniowej szyję.

„Nie ma dla mnie nikogo innego, Vincente.

Nigdy nie było. Moje serce jest tak pełne ciebie, że po prostu nie ma w nim miejsca dla nikogo innego. Uwielbiam cię".

Zatrzymał samochód i zbliżył się do jej nagiej, białej szyi. Jego zęby były chłodne, gdy ją dotknęły, a potem zaczęły palić. Jej serce biło tak szybko, że myślała, że wyskoczy jej z piersi, a ona czuła gorączkę na całym ciele, jakby chciała go pożreć.

Po kilku chwilach odzyskali spokój i ruszyli dalej. Ulice były zapchane spalonymi pojazdami, z wyjątkiem jednego Land Rovera. Vincente zatrzymał się obok niego i oboje przyjrzeli się mu bliżej. Był prawie nowy, miał białe skórzane siedzenia i dużo miejsca z tyłu na broń i zapasy.

Vincente przekręcił kluczyk w stacyjce i silnik od razu zapalił. „Myślę, że ten samochód jest lepszy od naszego, jest znacznie bardziej przestronny i niezawodny, więc powinniśmy... go zabrać".

Grace nie podobał się pomysł kradzieży samochodu, ale zdobycie większego pojazdu, lepiej dostosowanego do ich potrzeb, miało sens. „Ciekawe, dlaczego ten samochód nie spłonął tak jak pozostałe?" – zapytała. Vincente wzruszył ramionami i oboje zaczęli przenosić swoje rzeczy z drugiego samochodu do Land Rovera.

Zostało trochę benzyny, ale nie za dużo. Vincente postanowił zatrzymać się na najbliższej stacji i zatankować.

Grace weszła do środka razem z Vincente i kupili skrzynkę wody oraz kilka innych drobiazgów, które zabrali ze sobą.

„Dokąd jedziemy?" – zapytała ponownie Grace, gdy przejeżdżali przez most Sydney Harbour Bridge.

Vincente uśmiechnął się szeroko. Był z siebie bardzo zadowolony. Grace była bardzo ciekawa i podekscytowana.

Vincente zmienił temat. „Mieliśmy szczęście, że znaleźliśmy ten samochód. Jest w naprawdę dobrym stanie i powinien nas zawieźć wszędzie, gdzie będziemy chcieli".

„Jeszcze większym szczęściem jest to, że masz prawo jazdy".

„Cóż, technicznie rzecz biorąc, nie mam" – stwierdził Vincente, patrząc na Grace. „Ale kto mnie powstrzyma?".

Grace zastanowiła się nad ich sytuacją. Trudno jej było uwierzyć, że nigdzie indziej, w całym kraju lub w innej części świata, nie ma innych ludzi. Nie mogła uwierzyć, że naprawdę są jedynymi dwojgiem ludzi, którzy pozostali na Ziemi.

„Nie sądzisz, że gdzieś tam muszą być inni?" – zapytała Grace.

„Myślę, że jesteśmy sami" – odparł Vincente.

„A jeśli są inni?"

„Wtedy my znajdziemy ich, albo oni znajdą nas. W międzyczasie nie martwmy się tym, dobrze? Już prawie jesteśmy na miejscu" – powiedział, gdy skręcili za róg i wjechali na drogę biegnącą równolegle do plaży. Widok był zapierający dech w piersiach. Grace pragnęła wysiąść z samochodu i pobiec boso po białym piasku.

Vincente zatrzymał się tuż przed hotelem Manly Hotel nad brzegiem morza. Jak małe dzieci, para nie mogła się doczekać, aby zdjąć buty i pobiegać po gorącym białym piasku. Piasek muskał ich stopy i mieszał się jak cukier na dnie filiżanki kawy, a kiedy ich stopy dotknęły zimnej wody, zadrżały i roześmiały się.

„Myślisz, że to bezpieczne?" – zapytała Grace.

„Bezpieczne? Przed czym?"

„No wiesz, przed rekinami i meduzami".

„Od wielu dni nie widzieliśmy żadnego żywego stworzenia, żadnych mrówek ani pająków, żadnych komarów, ani jednego ptaka... A ty martwisz się rekinami i meduzami?".

„No cóż, drzewa były głodne, więc kto wie, co z...".

Vincente pocałował ją, aby rozwiać jej obawy. Razem bawili się w wodzie jak dwoje dzieci, pluskając się i goniąc, aż zasnęli obok siebie na piasku.

Rano Grace i Vincente obudzili się pokryci piaskiem i bardzo, bardzo głodni.

„Jestem gotowa" – powiedziała, rzucając się na niego, całując go mocno w usta i popychając go z powrotem do śladu, który pozostawili na piasku.

„Myślę, że to za wcześnie" – powiedział, delikatnie ją odsuwając, wstając i strzepując piasek z ubrania.

Rzuciła się na niego ponownie. „Myślałam, że powiedziałeś, żebym dała ci znać, kiedy będę gotowa. Jestem gotowa, tak bardzo gotowa" – powiedziała, szukając guzików jego koszuli.

Cofnął się. Uśmiechnął się do niej. Grace rzuciła się na niego ponownie. Odsunął się.

„Jesteś takim drażniącym facetem" – krzyknęła sfrustrowana, gdy odwrócił się i pobiegł w przeciwnym kierunku. „Tchórz!" – krzyknęła, biegnąc za nim. Dyszała. Serce biło jej jak szalone. Pragnęła tylko zerwać z niego ubranie, zrobić z nim, co zechce, poczuć jego ciało przy swoim. Stać się z nim jednym.

„Kiedy nadejdzie odpowiedni moment, oboje będziemy o tym wiedzieć" – powiedział Vincente, otwierając bagażnik samochodu i wyjmując butelki wody. Wszedł do holu hotelowego, a Grace podążyła za nim. Nie miała innego wyboru, jak tylko pójść za nim do windy, korytarzem i do ogromnego penthouse'u.

W środku Vincente całkowicie odsunął zasłony. Z tego miejsca mógł pomyśleć o wszystkim, co zmieniło się od czasu, gdy ostatnio odwiedził Manly z mamą i tatą. Tak wiele się zmieniło.

Wcześniej wokół kręciły się tłumy ludzi, spacerujących promenadą, śmiejących się i bawiących się. Były łodzie, których żagle powiewały na wietrze, niczym plamki na horyzoncie. Były śmiechy i picie. Dzieci pływały, bawiły się i budowały zamki z piasku. Było wielu surferów, którzy łapali duże fale.

Były delfiny i ptaki, głównie mewy, które latały wokół, nurkowały w wodzie, żerowały i krzyczały.

Nie wspominając już o grillowaniu, kawiarniach i restauracjach pełnych ludzi jedzących, pijących, tańczących, rozmawiających i romansujących. Wtedy wszystko było inne, tak żywe i niezwykle ruchliwe. Vincente pamiętał długie oczekiwanie, aby dostać się do niektórych z najlepszych restauracji w Manly. Teraz on i Grace mieli całe miejsce tylko dla siebie.

Opowiedział Grace o Manly, o tym, jak jego rodzina wynajęła dom na plaży. Mieli okazję obserwować wieloryby z bliska. Jak wieloryby machały ogonami. Co za wspaniałość. Co za potęga.

Opowiedział jej również, że zanim kupili dom, czasami zatrzymywali się w hotelu Oceanside. To było jak małe wakacje. Pakowali się i łapali prom. Jak bardzo był podekscytowany i jak zawsze jedli na mieście, pływali w basenie na dachu, a potem szli na plażę, jedli rybę z frytkami, siedzieli na piasku i dużo rozmawiali.

„Naprawdę tęsknisz za nimi, za swoimi rodzicami, prawda?" – powiedziała Grace, biorąc jego dłoń w swoją. Kochała go jeszcze bardziej, jeśli to w ogóle możliwe, kiedy mówił o swojej rodzinie i swoich wspomnieniach. Kiedy dzielił się z nią swoimi wspomnieniami i doświadczeniami, czuła, jakby były one również jej.

„Teraz" – powiedział – „mamy to miejsce tylko dla siebie, Grace. Możemy tu zostać, mieszkać i robić, co tylko chcemy".

„Tak", zgodziła się Grace, „bardzo bym tego chciała".

Po ochłonięciu postanowili pójść na spacer promenadą. Nie było tu żadnych śladów zniszczeń spowodowanych trzęsieniem ziemi. Szli ręka w rękę, rozmawiając. Z każdą chwilą zbliżali się do siebie.

Wspomnienia stworzyły wokół nich mgłę. Razem czuli się bardzo samotni.

„Chodźmy popływać" – zaproponował Vincente, biegnąc w kierunku wody i rozrzucając piasek na wszystkie strony, zdejmując koszulkę, szorty, bieliznę, buty i skarpetki.

Grace zobaczyła go, biegnącego z gołym tyłkiem do wody, jakby nigdy wcześniej nie był na plaży. Zaczęła też zdejmować ubranie, a kiedy zdjęła wszystko, weszła do wody.

Spotkali się i połączyli dłonie, gdy byli zanurzeni po pas w chłodnej wodzie. Fale przelewały się nad nimi, zbliżając ich do siebie i oddalając, zbliżając i oddalając. Całowali się i trzymali mocno, a bryzgająca woda morza ochrzciła ich jako oficjalnie zakochanych.

Jeśli jakieś ryby nadal żyły i słyszały ich okrzyki, były zbyt uprzejme, aby dać o sobie znać.

ROZDZIAŁ 28

LEŻĄC OBOK SIEBIE w apartamencie hotelowym po nocy pełnej snu, jaki znają tylko zakochani, Grace przytuliła głowę do klatki piersiowej Vincente'a.

On patrzył na nią, gdy spała. Myślał o tym, że dziś wydaje mu się jeszcze piękniejsza niż wczoraj. Odgarnął jej włosy z twarzy i schował je za uchem. Ona poruszyła się.

„Dzień dobry, śpiochu" – powiedział. Pocałował ją w czoło.

„Dzień dobry" – powtórzyła Grace, przeciągając się i ziewając, zakrywając usta dłonią i zastanawiając się, czy ma poranny oddech – najgorszy oddech w ciągu dnia. Zastanawiała się, jak dotarli do hotelu.

Przez chwilę zastanawiała się, próbując przypomnieć sobie, jak się tam znalazła, ale nie mogła sobie przypomnieć nawet wejścia do hotelu. To było tak, jakby była na imprezie i teraz całkowicie straciła pamięć o tym wydarzeniu, podobnie jak o wszystkich innych wydarzeniach z przeszłości, które zapomniała. Była zirytowana, ponieważ chciała pamiętać każdą chwilę spędzoną z Vincente.

„Jeśli zastanawiasz się, jak się tu znalazłaś" – powiedział Vincente.

„Spałaś głęboko na plaży, a fala przypływowa zbliżała się, więc podniosłem cię, zaniósłem tutaj i położyłem do łóżka".

„Dziękuję" – powiedziała, przytulając się do niego. Następnie wyszła z łazienki i wzięła prysznic. Ktoś zapukał do drzwi łazienki. Włożyła szlafrok hotelowy i zapytała: „Kto tam?".

„To ja, głuptasie!" – odpowiedział Vincente, a Grace otworzyła drzwi i zobaczyła go ubranego w strój kucharski – łącznie z czapką – i pchającego wózek z ucztą.

„Byłeś bardzo zajęty" – zauważyła Grace, biorąc kęs tostu z marmoladą i maczając kawałek chrupiącego bekonu w jajku na miękko.

Jedli i jedli, aż nie mogli już nic więcej zmieścić, a potem Vincente wstał i wręczył Grace pudełko.

„Prezent? Dla mnie?"

„A dla kogo innego? Mam nadzieję, że ci się spodoba" – powiedział Vincente i patrzył, jak Grace zrywa wstążkę i odsuwa papier, aby odkryć prezent.

Grace podniosła najpiękniejszą sukienkę bez ramiączek, jaką kiedykolwiek widziała, a następnie przycisnęła ją do ciała. Była jedwabna, zielona i bardzo seksowna. Rzuciła się na Vincente i pocałowała go w usta, a następnie zrzuciła szlafrok i założyła nową sukienkę. Pasowała idealnie.

„Dziękuję" – powiedziała.

„A teraz zobaczmy, jak wyglądasz bez niej!" – wykrzyknął Vincente, zanim popchnął ją na łóżko i ponownie się kochali.

Kiedy się obudzili, czując się znów nieco głodni, Vincente przygotował czekoladowe fondue, które znalazł wcześniej, i maczali w nim rozmrożone truskawki. Były cudownie słodkie i karmili się nimi nawzajem. Kiedy byli już najedzeni i nabrali wystarczająco energii, ponownie się kochali.

PÓŹNIEJ TEGO SAMEGO DNIA spacerowali ręka w rękę wzdłuż promenady, podczas gdy fale rozbijały się o brzeg obok nich. Nadeszła fala przypływu, a jej siła rozlewała się wokół nich.

„Wiesz, moglibyśmy być tu bardzo szczęśliwi" – powiedział Vincente. „W hotelu mamy wystarczającą ilość jedzenia, aby starczyło nam na kilka miesięcy. W połączeniu z innymi hotelami i restauracjami mamy tu prawdopodobnie wystarczającą ilość jedzenia, aby starczyło nam na lata. I moglibyśmy żyć w luksusie, przemieszczając się po hotelu, nie musząc nigdy sprzątać! Gdy nasze pokoje się zabrudzą, po prostu przeniesiemy się do innych!"

Grace myślała o wszystkim, co Manly miał do zaoferowania. Ona również czuła, że to miejsce mogłoby stać się miłym domem. Mieli mnóstwo czasu i nic do stracenia. Dlaczego nie spróbować?

„Myślę, że masz rację, powinniśmy tu zostać i uczynić to miejsce naszym domem. Zobaczymy, co się stanie. Ale..." Zatrzymała się, wpatrując się w niebo. Potem odwróciła się i spojrzała mu prosto w oczy. „A co, jeśli nie jesteśmy jedyni? Co, jeśli są inni, w całym kraju? Na całym świecie? Czy powinniśmy być tak szczęśliwi, myśląc tylko o sobie, podczas gdy inni mogą potrzebować pomocy? Kiedy moglibyśmy ich szukać?"

Vincente nie odpowiedział jej od razu. Też spojrzał w niebo. Brakowało mu odgłosów kookabur i mew. Brakowało mu nawet hałasu samolotów i klaksonów samochodów. „Rozumiem, co mówisz, kochanie. Ale jesteśmy odpowiedzialni przede wszystkim za siebie. Zwłaszcza, że nie wiemy, ile czasu nam tu pozostało".

„Myślisz, że nasz czas jest ograniczony?"

„Kto wie? Czyż nie jest tak zawsze? Chcę spędzać z tobą każdą chwilę, sprawiając, że jesteś szczęśliwa. Kochając cię. Kochanie się z tobą jest teraz moim priorytetem".

Obejmując go w talii, kontynuowali spacer, a następnie skręcili za róg, schowali się pod mostem i biegli jak dwoje dzieci. Kiedy dotarli do ukrytego placu zabaw, Grace wspięła się na zjeżdżalnię, zjechała z niej, a następnie wskoczyła na huśtawkę. Vincente usiadł na huśtawce obok niej i huśtali się coraz wyżej i wyżej, kontynuując rozmowę.

„Ty też jesteś dla mnie najważniejszy. Kochanie cię, bycie z tobą. Ale może gdybyśmy spróbowali znaleźć innych, bylibyśmy szczęśliwsi. To znaczy, wiedząc, że przynajmniej spróbowaliśmy" – powiedziała Grace.

„Właśnie podsunęłaś mi pomysł, Grace. Może powinniśmy spróbować zadzwonić za granicę, na długodystans.

Zobaczmy, czy uda nam się nawiązać połączenie w ten sposób. Możemy spróbować połączenia międzymiastowego, a potem spróbować z Nową Zelandią, może Europą, Anglią, a następnie Kanadą i Stanami Zjednoczonymi. Możemy spędzić tu trochę czasu, cieszyć się dniami i najpierw poszukać w ten sposób. Zgadzasz się?" „Myślę, że to dobry początek. Ale na razie chodźmy popływać" – powiedziała Grace, zeskakując z huśtawki i zaczynając biec.

Vincente poleciał za nią, podążając śladami ubrań, które pozostawiała za sobą. Zebrał wszystko i patrzył, jak Grace wchodzi do wody. Unosiła się na fali, a potem zanurkowała. Wypłynęła z mokrymi włosami, jakby przygotowywała się do sesji zdjęciowej do magazynu.

Vincente zerwał z siebie ubranie i zaczął iść w jej kierunku.

Zanurkowali razem, gdy fale rozbijały się o ich ciała.

MYŚLISZ, ŻE KIEDYKOLWIEK BĘDZIEMY za tym tęsknić?" – zapytała Grace, ziewając szeroko i siadając z rękami na kolanach. Była już w pełni ubrana, a oni od dłuższego czasu obserwowali gwiazdy, odpoczywając w blasku zmierzchu.

„Za czym?" – zapytał Vincente, siadając obok niej ze skrzyżowanymi nogami.

„Za nauką, sportem, wszystkim, co wiązało się z chodzeniem do szkoły. Myślisz, że kiedykolwiek będziemy za tym tęsknić?"

„Ja na przykład nie tęsknię za porażkami z matematyki, a właśnie tym zajmowałem się, zanim trener Anderson zasugerował, żebym poprosił cię o pomoc. Miałem szczęście, ale nie tęsknię za nauką. Tęsknię za grą, za tłumem wiwatującym, gdy rzucałem idealną kulą".

„Tęsknisz za możliwością zostania profesjonalistą?"

„W pewnym sensie. Jedynym sposobem, aby dostać się na uniwersytet, było stypendium. Mama i tata nie mogli sobie pozwolić na wysłanie mnie tam. Nie dlatego, że byliśmy biedni – mieliśmy pieniądze – ale spowodowałoby to trudności, rozumiesz? Chciałem sam tego dokonać, dostać się tam o własnych siłach".

„Tak, rozumiem, że chciałeś na to zasłużyć. Mówiłeś wcześniej, że będę matematykiem. Może znów będę miał na to ochotę, kiedy odzyskam pamięć".

„Niebo było dla ciebie granicą". Zatrzymał się na chwilę, widząc, jak po słowie „było" na jej twarzy pojawił się cień, a potem kontynuował: „Nadal jest!".

„Nie pamiętam teraz nic z tego. Kiedy byłam tam, na tym drzewie, często czułam się jak..." Zawahała się, bojąc się to przyznać. „Nie, będziesz się śmiał".

„A co, jeśli się śmieję? Powiedz mi, no dalej! Musisz mi powiedzieć!" Następnie pochylił się i zaczął ją łaskotać. „Powiesz mi teraz?" – zapytał i znów ją łaskotał, aż zgodziła się mu powiedzieć.

„Albert Einstein" – powiedziała – „myślałam, że widzę jego twarz na Księżycu".

Nie roześmiał się. Spojrzał w górę, na twarz księżyca. Teraz, kiedy o tym wspomniała, dostrzegł wąsy i oczy. Pomyślał o Marku Twainie, ale tak, to mógł być Albert Einstein. „Widzę to" – potwierdził. „To może być albo Albert Einstein, albo Mark Twain".

„Widzisz to, wąsy?"

„Zdecydowanie, ale nigdy wcześniej nie zauważyłem tak wyraźnej twarzy. Słyszałem o Człowieku na Księżycu, ale dlaczego widzę go dopiero teraz?".

„Nie wiem na pewno" – odpowiedziała Grace. W milczeniu patrzyli razem na księżyc, aż Grace powiedziała: „Wiem tylko, że kiedy byłam na tym drzewie i potrzebowałam nadziei, znalazłam ją w twarzy Alberta Einsteina. To dodało mi siły. Dało mi nadzieję. Sprawiło, że poczułam pewność, bez cienia wątpliwości, że zejdę stamtąd i że znów cię zobaczę. Właściwie to wiedziałam, że nic ci nie jest i że cię uratuję".

„Wszystko dzięki połączeniu z Albertem Einsteinem, co? Czy on… czy on do ciebie przemówił? To znaczy z góry?".

„Nie tyle słowami" – powiedziała Grace – „ale na pewno istniała między nami więź. Jakby był po drugiej stronie wszechświata i wyciągał do mnie rękę. Dodawał mi sił. Wiem, że teraz brzmi to głupio, ale wtedy, będąc tak wysoko na drzewie, wydawało mi się zupełnie normalne, że Albert Einstein mnie pilnuje".

„Cóż, dziękuję ci, Albercie Einsteinie!" – oświadczył Vincente, krzycząc w stronę księżyca. „Dziękuję za sprowadzenie mojej dziewczyny bezpiecznie na ziemię i z powrotem do mnie!".

„Tak, dziękuję ci, Albercie Einsteinie!" – dodała Grace.

„Pewnie jesteś z nim teraz na ty, prawda?" – powiedział Vincente, po czym zaczął biec po plaży. Grace pobiegła za nim, a oni śmiali się i pluskali w wodzie.

Żadne z nich nie zauważyło mrugnięcia profesora Einsteina.

P ARA WRÓCIŁA DO HOTELU, zdecydowana wykonać kilka telefonów. „Jestem pewien, że jeśli jest ktoś w Australii, kto może odebrać, to do niego dotrze" – powiedział Vincente.

Siedzieli razem w biurze, pozwalając, by telefon dzwonił i dzwonił, i dzwonił. Nikt nie odebrał.

„Spróbujmy czegoś innego" – zaproponował Vincente. Vincente znalazł instrukcję obsługi na biurku, przejrzał ją i znalazł kod, aby połączyć się z Nową Zelandią.

To samo: nikt nie odbierał.

„Gdzie powinniśmy spróbować następnym razem?" – zapytał.

„Spróbujmy..." – powiedziała, stojąc przed mapą świata, zamknęła oczy, skupiła się na Francji, a Vincente wpisał kod. Pozwolili, aby telefon dzwonił i dzwonił, ale ponownie nikt nie odebrał.

„Gdzie teraz?" – zapytał Vincente.

„Ameryka Południowa!" – krzyknęła Grace, a Vincente wpisał numer. Była to najbliższa rzecz do zabawy, jaką mieli od dłuższego czasu, a z każdym kolejnym krajem, który próbowali: Chinami, Rosją, Norwegią, Irlandią i Anglią, odradzała się nadzieja. Jednak po próbach z Kanadą i Stanami Zjednoczonymi ich nadzieje zaczęły słabnąć.

„Jesteśmy sami" – zgodzili się i wrócili do swojego pokoju, wyczerpani. Żadne z nich nie było głodne ani spragnione.

Po raz pierwszy nie mieli ochoty na seks ani na rozmowę. Siedzieli razem w milczeniu i pili wino. Teraz to był ich świat. Wiek nie miał znaczenia. Mogli mieć i robić, co tylko chcieli. To było spełnienie marzeń.

***

VINCENTE OBUDZIŁ SIĘ I był zaskoczony, gdy usłyszał, jak Grace mówi przez sen:

„E równa się MC do kwadratu, dwa razy dwa to cztery, cztery pory roku, zrównoważona skala, trzy razy dwa to sześć, jest to liczba żeńska, trzy to liczba męska, zatem sześć równa się małżeństwu. Sześć, dziesięć, piętnaście to liczby trójkątne, cztery, dziewięć, szesnaście to liczby kwadratowe, sześcian psychogeniczny to sześć do potęgi sześciu lub sześć razy sześć razy sześć równa się dwieście szesnaście, Pitagoras wierzył, że wszyscy reinkarnujemy się co dwieście szesnaście lat, dlatego cykl. Powrót".

Zatrzymała się, trochę chrapała, a Vincente przytulił się do niej. Myślał o jej darze, który teraz działał swoją magią w jej podświadomości. Jej geniusz przenikał do jej wieczornych myśli, powracając do niej podczas odpoczynku. Po raz pierwszy obudziły go takie brednie. To było tak, jakby Grace mówiła w innym języku. Zastanawiał się, czy powinien jej o tym wspomnieć. Ale jeśli to zrobi, czy siła sugestii, a nie jej własna samoświadomość, opóźni proces leczenia?

Gdy nastał poranek, Vincente nadal nie spał, wsłuchując się w otaczającą go ciszę. Grace nie odezwała się ponownie, ale kilka razy stała się niespokojna i musiał się od niej odsunąć. W nocy wierciła się, ale kiedy mówiła o matematyce, była bardzo spokojna i skupiona. Jej głos był pełen pasji. Praktycznie ociekał nadzieją i niesamowitym zachwytem, chociaż nie rozumiał ani słowa z tego, co mówiła. Wymyślił, co zrobi, kiedy się obudzi. Nie zamierzał jej mówić o tym, że mówiła przez sen. Przynajmniej nie dzisiaj. Ale miał plan i miał nadzieję, że będzie dla niej pomocny. Jednocześnie wpadł na pomysł, jak mógłby ją zaskoczyć. Był optymistą i wierzył, że dzisiejszy dzień będzie dla nich najlepszym dniem w życiu.

ROZDZIAŁ 29

„MYŚLAŁAM, GRACE, ŻE FAJNIE byłoby pojechać dzisiaj do Sydney. Mogłybyśmy odwiedzić bibliotekę publiczną. Nie musimy przestać się uczyć. Mamy do dyspozycji całą bibliotekę i tysiące książek. Możemy spędzić tam większość dnia!"

„Tak, podoba mi się twój pomysł. Świetnie!" Grace zatrzymała się na chwilę i spojrzała na swoje odbicie w lustrze. „Chciałabym też kupić kilka rzeczy, może nawet nowe ubrania. Może powinnam farbować włosy? Podobałaby ci się blondynka?"

„Zdecydowanie nie dla blondynki, ale przydałyby mi się też nowe rzeczy. Mogłybyśmy wybrać się na zakupy! Myślałem też, że przydałoby się nam radio CB. To bardziej prymitywna forma komunikacji, ale..."

„Więc nadal uważasz, że mogą być tam też inni?"

„Myślę, że jesteśmy tylko we dwoje, kochanie. Ale jeśli mamy radio CB i możemy z niego aktywnie korzystać, a istnieje szansa, nawet niewielka, że inni mogą się z nami w ten sposób skontaktować, to ta droga będzie otwarta dla nas. Dla nich".

„Kocham cię, Vincente" – powiedziała, obejmując go ramionami i całując głęboko. Następnie skierowała się w stronę drzwi. „Nie ma czasu jak teraźniejszość. Równie dobrze możemy tam wyjść!".

„Jestem za!" – wykrzyknął Vincente. Objął ją w talii i razem wyszli z budynku do samochodu. Zaparkowali na stałe przed hotelem, gdzie zazwyczaj tylko taksówki i limuzyny mogły zabierać pasażerów. Życie w świecie bez zasad miało swoje zalety.

„Vincente", zaczęła Grace, „myślałam o tym. Chociaż hotel jest ładny i wszystko jest w porządku, nigdy nie będzie dla mnie domem. Rozumiesz, o co mi chodzi?".

„Tak, rozumiem, o co ci chodzi. Czujesz potrzebę osiedlenia się, założenia rodziny. A hotel psychologicznie nie spełnia tych wymagań".

„Na razie tak, ale nie w szerszej perspektywie". Vincente zatrzymał samochód i otworzył drzwi. Obserwowała, jak biegnie w kierunku okna sklepu Salvos. Wysiadła z samochodu, aby zobaczyć, co przyciągnęło jego uwagę, i zobaczyła, że było to radio CB!

Vincente wszedł do sklepu i przyjrzał się uważnie radiu. Następnie znalazł gniazdko i podłączył je. Przeszukiwał fale radiowe. Razem słuchali z uwagą, ale słychać było tylko szumy i sprzężenia. Vincente podniósł radio i wrzucił je do bagażnika samochodu, po czym odjechali. Oboje wiedzieli, że radio było ryzykownym pomysłem, ale nie rozmawiali o tym.

Jechali ulicami Manly, całkowicie przyzwyczajeni do bycia jedynymi ludźmi w swoim świecie. Mieli wszystko, czego pragnęli i potrzebowali: wszystkie atrakcje turystyczne oraz naturalne piękno

Sydney. Miasto było ich małym rajem, a posiadanie Manly tylko dla siebie było dodatkową korzyścią.

Gdy Land Rover przejeżdżał przez most Sydney Harbour Bridge, Opera zdawała się dostrzegać ich obecność, a Grace skorzystała z okazji, aby powrócić do poprzedniej rozmowy. „Byłoby cudownie wybrać dom, który nam się podoba. Stworzyć własny dom" – powiedziała optymistycznie.

„Całkowicie się zgadzam i moglibyśmy wybrać dowolny dom, dowolną rezydencję, jaką byśmy chcieli. Ale na razie myślę, że musimy porozmawiać o czymś jeszcze bardziej osobistym. O czymś, o czym wcześniej nie rozmawialiśmy".

Wyraz twarzy Vincente'a zmienił się. Stał się bardzo poważny, poważniejszy niż kiedykolwiek wcześniej, a ona zaczęła się martwić. Czekała, aż będzie kontynuował, nie chcąc przerywać jego toku myślenia. Zdała sobie sprawę, że próbuje znaleźć odpowiednie słowa. Kiedy przez kilka minut nic nie mówił, Grace zaczęła się jeszcze bardziej martwić. Kiedy zatrzymał samochód na George Street i spojrzał jej w oczy, ale nadal milczał, naprawdę zaczęła się martwić.

„Powiedz mi, Vincente! Przerażasz mnie!"

„Nie stosowaliśmy środków antykoncepcyjnych i możesz być teraz w ciąży. Mogę patrzeć na ciebie jako na nową mamę, a ja mogę być tatą. I właśnie zastanawiałem się, jak wyglądałoby życie dziecka, które się nam urodziło? Tak, kochalibyśmy je i troszczyli się o nie, ale co z jego przyszłością? Z jej przyszłością?"

„Co dokładnie masz na myśli? Kochalibyśmy nasze dziecko!"

„Tak, ale kogo nasze dziecko kochałoby? Kogo kochałoby poza nami?"

„Och, masz na myśli kogoś, z kim mogłoby się ożenić. Z kim mogłoby spędzić przyszłość, kiedy nas już nie będzie?". Przytuliła go mocno i pogłaskała po głowie, jakby był dzieckiem. „Kochanie, masz bardzo głębokie przemyślenia. Powinieneś był się nimi ze mną podzielić. Nie powinieneś sam martwić się tak poważnymi sprawami. Cokolwiek nas spotka, stawimy temu czoła razem".

„Ale mała osoba, bez przyszłości, poza byciem z nami? To byłoby okrutne. To nie byłoby w porządku!"

„Może powinniśmy po prostu zrezygnować z kochania się? Tak, zostańmy celibatariuszami!" – wykrzyknęła, głaszcząc go po głowie i całując jak małego chłopca. „Jeśli tak ma być, to tak się stanie. Nie możemy martwić się teraz czymś, co może nigdy się nie wydarzyć. Kochamy się. Oddałabym za ciebie wszystko. Oddałabym za ciebie życie, Vincente, i nie mogłabym żyć w celibacie, chyba że byśmy się rozstali. Chyba że byśmy byli osobno. Wtedy może".

„To się nigdy nie wydarzy! Nigdy cię nie opuszczę! Nie celowo" – przysiągł Vincente.

„W takim razie wszystko jasne. A jeśli będziemy mieli dzieci, zrobimy dla nich wszystko, co najlepsze. Cokolwiek będzie trzeba. Ale na razie chodźmy na zakupy, a potem do biblioteki. A później zjedzmy coś pysznego! Nasza miłość nie może przynieść nic złego" – powiedziała Grace.

„Uwielbiam cię, Grace".

Weszli ręka w rękę do domu towarowego David Jones, gdzie spędzili cały poranek na zakupach. Następnie zjedli lunch we włoskiej restauracji, wspólnie przygotowując spaghetti bolognese.

Po lunchu zwiedzili bibliotekę i wypożyczyli kilka powieści. Grace nie zbliżyła się do działu matematyki, a Vincente nie naciskał jej, żeby to zrobiła.

Następnie wsiedli do samochodu i pojechali wzdłuż George Street. Nieoczekiwanie Vincente zatrzymał się, wziął Grace za rękę i powiedział, że chce jej coś pokazać. Coś ważnego.

Grace spojrzała na tabliczkę nad drzwiami: „Antyczny jubiler wysokiej jakości – kupujemy i sprzedajemy".

Zaintrygowana Grace poszła za Vincente do środka.

K IEDY WESZŁA DO SKLEPU, poczuła się, jakby znalazła się w błyszczącym żyrandolu. Wszystko wokół niej tętniło światłem. W sklepie wystawiono wszelkiego rodzaju biżuterię, od tiary po bransoletki, zegarki, a nawet oprawioną w diamenty teczkę. Była tak oszołomiona, że przez chwilę nie mogła się ruszyć. Pieniądze nie miały dla nich teraz znaczenia. Wcześniej ta biżuteria byłaby dla nich zbyt droga.

„Chodź", powiedział Vincente, „baw się dobrze, rozejrzyj się! Widzisz coś, co ci się podoba?".

Grace podeszła, pochyliła się i zajrzała do grubych szklanych gablot. Nie nosiła obecnie żadnej biżuterii. W rzeczywistości nie była pewna, jaki rodzaj biżuterii jej się podoba.

Chodziła wzdłuż rzędów gablot, skupiając się na kilku rzeczach, a potem rozpraszając się i idąc dalej. Było zbyt wiele pięknych rzeczy, aby ogarnąć je wszystkie naraz. Kiedy dotarła do końca sklepu i odwróciła się, jakby chciała wyjść, Vincente zatrzymał ją.

„Na pewno jest tu coś, co ci się podoba!"

„To dla mnie trochę przytłaczające. Nie znam się zbytnio na biżuterii. Może najpierw opowiesz mi trochę o tym. Opowiedz mi o swoim pierścionku. Skąd go masz?" – zapytała Grace.

„No dobrze, rozumiem, że czujesz się przytłoczona, ale na pewno wiesz, co ci się podoba. Możemy więc poszukać razem. A mój pierścionek był przekazywany w mojej rodzinie od wielu lat. To pamiątka rodzinna. Zawsze był przekazywany pierwszemu synowi pierwszego syna. Nie zdawałem sobie sprawy, że go zauważyłaś".

„Jasne, zmienia kolor w słońcu, tak jak czasami twoje oczy. Hej, podoba mi się ten. Jest absolutnie przepiękny!" Grace podniosła pierścionek i kiedy chciała założyć go na palec, Vincente wyciągnął rękę, aby ją powstrzymać. Wziął pierścionek do ręki, a następnie ukłęknął na jedno kolano.

„Grace Greenway, kocham cię bardziej niż cokolwiek innego na świecie. Wyjdziesz za mnie?".

Krzyknęła jak mała dziewczynka i rzuciła się na niego, przewracając go do tyłu na podłogę. Odpowiedziała „tak", a on włożył jej pierścionek na palec. Pasował idealnie, jakby był stworzony dla niej. Duży diament miał kształt serca, a wokół niego znajdowały się małe diamenty. Błyszczał, gdy padało na niego światło.

„Teraz jesteśmy oficjalnie razem!" – ogłosił Vincente. „To znaczy oficjalnie zaręczeni".

„Dziękuję, bardzo mi się podoba!"

Obracali się po pokoju, cały czas obejmując się. Nagle Grace ogarnęło zawroty głowy, potknęła się i zbliżyła do szklanej gabloty po lewej stronie drzwi. Mała gablota była wcześniej zasłonięta przez otwarte drzwi. Jej wzrok natychmiast przyciągnął złoty pierścionek z sercem i małymi diamentami wokół niego. Diamenty, które były osadzone jak małe gwiazdki. Był to wspaniały pierścionek i Grace od razu wiedziała, że jest przeznaczony dla niej.

Vincente zgodził się i zanim zdążyła założyć go na palec, wziął go z jej dłoni i delikatnie umieścił w pudełku. Włożył pudełko do kieszeni szortów i delikatnie je poklepał. „Aby było bezpieczne" – powiedział – „aż pewnego dnia weźmiemy ślub".

„Nie mogłabym go po prostu nosić?" – zapytała, sięgając do jego kieszeni. „Przecież nikt się nie dowie. Poza tym i tak nie ma tu nikogo, kto mógłby nas pobrać!".

„Nie o to chodzi, prawda? Poczeka".

„Drażnisz się".

✱✱✱

A co z tobą?" – zapytała Grace, przeglądając gabloty w poszukiwaniu obrączki ślubnej dla Vincente. Zastanawiała się, czy mężczyźni noszą pierścionki zaręczynowe, czy jest to tylko domena kobiet, symbol wskazujący, że są zaręczone. „Chcę kupić ci pierścionek zaręczynowy!" – powiedziała podekscytowana Grace, ale Vincente wydawał się nieco niechętny. „No dobrze, to przynajmniej obrączkę ślubną" – powiedziała. Odsunęła go, żeby móc lepiej się przyjrzeć.

„Hm, w czym mogę pomóc, proszę pani?" – zapytał Vincente, udając pompatycznego sprzedawcę antyków.

„Nie, dziękuję, miły panie" – odparła Grace. „Już ukradłam pierścionek, który chciałam!" Właśnie włożyła pierścionek do pudełka i schowała do kieszeni.

„Dziękujemy za kradzież. Zapraszamy ponownie" – roześmiał się Vincente, gdy wychodzili z butiku.

Na zewnątrz Vincente zaczął iść coraz większymi krokami. Grace ledwo za nim nadążała. Biegła za nim, łapiąc oddech.

Nagle odwrócił się i wziął ją w ramiona. Potem puścił ją, zdyszany i podekscytowany.

„Wpadłem na niesamowity pomysł" – powiedział.

„Podziel się nim!".

„Potrzebujesz sukni ślubnej i innych rzeczy, tak samo jak ja. Cóż, nie sukni ślubnej dla mnie, ale wiesz, ja też potrzebuję stroju ślubnego. Mamy tu do dyspozycji najlepsze sklepy, więc kupmy wszystko, czego potrzebujemy, już teraz!".

„Ale sklepy nigdzie nie znikną, prawda? Dlaczego po prostu nie poczekamy?".

„Nie, zawsze powtarzam, że nie ma czasu jak teraźniejszość i uważam, że powinniśmy kupić to dzisiaj" – powiedział Vincente.

W rzeczywistości Grace czuła to samo, ale silniejsze pragnienie ogarniało ją. Przeważało nad jej pragnieniem ślubu. Chciała zdjąć Vincente ubranie, a potem kochać się z nim namiętnie.

Przyciągnęła go do siebie i mocno objęła. Pocałowała go, dając mu wszystko, co mogła, ale jego myśli były wyraźnie gdzie indziej.

„Ty poszukaj tutaj, a ja pójdę poszukać tam, i spotkamy się z powrotem tutaj, powiedzmy, za godzinę, dobrze? Dokładnie w tym miejscu". Zatrzymał się, posłał jej pocałunek i powiedział: „Baw się dobrze".

„Jesteś pewien, że nie możemy zrobić tych zakupów ślubnych razem?" – zawołała za nim.

Zatrzymał się, potrząsnął głową i odwrócił się w jej stronę. „Nie ma mowy! Panu młodemu nie wolno oglądać sukni ślubnej przed ślubem. Musisz sobie poradzić sama, kochanie".

„Ale na pewno będziesz potrzebował pomocy?" – zasugerowała Grace, mając nadzieję, że zmieni zdanie. Uśmiechnął się tylko, wszedł do sklepu z garniturami i zamknął za sobą drzwi. Obejmując się ramionami, poczuła, że już za nim tęskni.

ROZDZIAŁ 30

DZIWNIE BYŁO BYĆ Z dala od Vincente. Na początku nie podobało jej się to rozstanie. Potem jednak wczuła się w sytuację i zaczęła przymierzać jedną suknię ślubną po drugiej. Wiele z nich było zbyt koronkowych, pretensjonalnych. Niektóre były szyte na rozmiar zero i nie pasowały do jej pełniejszej sylwetki. Inne były po prostu zbyt skomplikowane, by mogła je założyć s ama.

Kiedy znalazła na wieszaku antyczną białą suknię z wyjątkowo długim trenem, nie była pewna, czy będzie na nią pasować, a tym bardziej, czy będzie jej odpowiadać. Miała wysoki koronkowy kołnierzyk i była wyposażona w dopasowaną tiarę. Guziki na sukni były z pereł, a na ich wierzchu wyhaftowana była koronkowa falbanka. Cena wynosiła 10 000 dolarów, więc Grace była niezwykle ostrożna, delikatnie wślizgując się w suknię.

Wstrzymała oddech, a następnie wyszła z przymierzalni, aby spojrzeć na siebie w pełnowymiarowym lustrze. Łzy napłynęły jej do oczu i spływały po policzkach. Nie mogła uwierzyć, że może wyglądać tak pięknie. Wyglądała jak księżniczka, czekająca na swojego księcia, który przybędzie i poślubi ją.

Pomyślała o Vincente i o tym, jak się poczuje, gdy zobaczy ją w tej spektakularnej sukience. Uśmiechnęła się promiennie. Spojrzała na zegarek i zdała sobie sprawę, że musi jeszcze znaleźć dodatki, takie jak buty i spinki do włosów, trochę kosmetyków do makijażu i parę perełkowych kolczyków.

Misja zakończona sukcesem! Pomyślała o wszystkim, czego mogła potrzebować, i miała jeszcze trochę czasu. Grace nie spieszyła się, wracając do miejsca, w którym mieli się spotkać.

Vincente jeszcze nie przyjechał. Co dziwne, ich samochód został przemieszczony.

Usiadła na krawężniku, a torby rozsypały się po chodniku wokół niej. Potem wstała i wzięła butelkę wody z lodówki w pobliskim sklepie na rogu. W końcu usiadła, marząc o dniu ślubu i czekając.

***

Gdy zapadła noc, Grace nie czekała już cierpliwie. Była zmęczona i strasznie tęskniła za Vincente.

Wiatr się wzmógł i Grace poczuła dreszcz przebiegający przez jej ciało.

Weszła do pobliskiego sklepu i przymierzyła czarną bluzę z kapturem.

Zapięła ją, nałożyła kaptur na głowę, usiadła ponownie i czekała na Vincente.

Czekała. I czekała.

Wciąż czekając, zastanawiała się, co się z nim stało.

ROZDZIAŁ 31

Wciąż czekała na Vincente, gdy pojawiły się gwiazdy. Albert Einstein spoglądał na nią z obrazu. Żałowała, że nie wzięła ze sobą jednej z powieści z biblioteki, ale światło nie było wystarczająco dobre, aby czytać w tym miejscu.

Spojrzała w dół ulicy, gdzie znajdowało się wiele sklepów, ale nie była w nastroju na zakupy. Oczywiście, mogłaby znaleźć coś, co odwróciłoby jej uwagę, ale nie złagodziłoby to jej rosnącego niepokoju związanego z nieobecnością Vincente.

Czy jedno z tych drzew zamieniło go w szaszłyk Vincente? I dlaczego wziął samochód? Umowa była taka, że zabierzemy nasze rzeczy i spotkamy się za godzinę. Co się stało? Gdzie, u licha, był Vincente Marino?

Mijały godziny.

Grace zaczęła wątpić w miłość Vincente do niej.

Zaczęła się zastanawiać, czy zmienił zdanie na temat ich związku.

Ta myśl początkowo ją rozgniewała, ale potem coraz głębiej przenikała do jej podświadomości.

Gdzieś w głębi duszy odkryła część siebie, która spodziewała się, że on ją opuści, że zmieni zdanie. Część niej, która wydawała się oczekiwać, że on ją zrani, że rozerwie ją od środka.

Postanowiła, że skoro jego odejście było nieuniknione, równie dobrze może odejść z miejsca, w którym umówili się na spotkanie. Pójdzie tam, gdzie zapragnie jej serce, a w tej chwili jej serce pragnęło być w Operze w Sydney.

Przez chwilę rozważała pozostawienie toreb na poboczu drogi. Ale znalazła najpiękniejszą suknię ślubną na świecie i zamierzała ją zabrać ze sobą. Zamierzała ją zatrzymać.

Przez chwilę zastanawiała się nad ponownym założeniem sukni, ale tren tylko ją spowalniał.

Kiedy dotarła do Opery, jej czystość i biel przywitały ją blaskiem księżyca.

Odkryła drabinę, której nigdy wcześniej nie zauważyła, i wspięła się po niej coraz wyżej, aż znalazła się na szczycie Opery w Sydney.

Chociaż nie było to miękkie pod jej stopami, czuła się, jakby siedziała na gigantycznej bezie.

***

Obracając pierścionek zaręczynowy na palcu, Grace zastanawiała się, jak wyglądałoby jej życie bez Vincente. Zdecydowanie nie chciała żyć bez niego.

Zauważyła pojedyncze światło na szczycie mostu Sydney Harbour Bridge. Wydawało się, że miga do niej wielokrotnie.

Był to znak dla niej. Znak, który mówił, że jeśli Vincente nie wróci po nią, ona nie będzie chciała już żyć.

Nie chciała być jedyną ocalałą.

Wolałaby wspiąć się na szczyt mostu Sydney Harbour Bridge i rzucić się w morze. Gdyby tak się stało, ponownie założyłaby suknię ślubną...

Wtedy znalazłaby Vincente w innym miejscu i czasie.

Gdy słońce właśnie wschodziło, usłyszała swoje imię śpiewane na wietrze: „Grace! Grace!".

***

Kiedy Vincente w końcu znalazł Grace, ona początkowo nie chciała zejść z Opery. Wspiął się po drabinie, desperacko pragnąc wyjaśnić wszystko. Ona nie chciała żadnych wyjaśnień.

Nie chciała go słuchać. Zeszła na dół, odrzucając jego ofertę pomocy z torbami.

Potknęła się na chodniku. Odszedł od niego.

Przez cały czas próbował wyjaśnić. Próbował powiedzieć jej, dlaczego się spóźnił.

Wsiadła do samochodu. Trzasnęła drzwiami za sobą.

On usiadł na miejscu kierowcy.

Kazała mu mówić do ręki.

Odjechał od krawężnika. Był tak zły, że mógłby pluć.

Ona była zła, zadowolona, smutna i ulżona.

Była w dość trudnej sytuacji.

***

„Masz pojęcie, jak długo będziesz na mnie zła?" – zapytał Vincente.

„Nie jestem na ciebie zła!" – krzyknęła. Kochała go tak bardzo, tak bardzo, że pragnęła tylko jednego: żeby wziął ją w ramiona i przytulił. Żeby powiedział jej, jak bardzo ją kocha. Że nigdy jej nie puści.

Jednak część niej chciała być na niego zła.

Chciała go zranić. Chciała, żeby za to zapłacił.

Ból, który czuła, przytłoczył jej serce w tej chwili i cicho płakała.

Vincente przeklinał siebie.

Chciał ją tylko zaskoczyć!

ROZDZIAŁ 32

Kiedy wrócili do hotelu, Vincente wysiadł z samochodu i podbiegł do Grace. Musiał zatrzymać Grace w samochodzie. Musieli porozmawiać.

„Wysłuchasz mnie i to teraz".

„Ja nie..."

„Jesteś mi to winna. Wysłuchasz mnie".

Spojrzała na niego z taką nieufnością w oczach, z takim bólem i cierpieniem, że nie mógł tego znieść.

„Słuchaj, jeśli możesz, po prostu mi zaufaj. Zaufaj mi i idź teraz na górę. Weź prysznic. Ochłodź się. Poświęć kilka minut na przemyślenie naszej relacji, tego, jak bardzo cię kocham. A kiedy będziesz gotowa, załóż suknię ślubną, którą kupiłaś, i wróć tutaj, ale nie od razu. Wróć tu dokładnie o 18:00".

„Więc znowu zostawisz mnie samą na cały dzień" – Grace wydęła usta.

„Myślę, że czas spędzony w samotności jest dobry dla nas obojga. Daje nam trochę przestrzeni. Czas, aby docenić siebie nawzajem. Czas na przemyślenia. A dokładnie o 18:00 zejdź na dół, znajdź mnie i porozmawiamy". Delikatnie pocałował ją w policzek i wziął jej dłoń w swoją. Spojrzał jej głęboko w oczy i powiedział: „Zaufaj mi".

Zgodziła się nieco niechętnie i udała się do windy, gdzie powiesiła suknię ślubną, a następnie rozłożyła wszystko inne na łóżku.

Przyjrzała się sobie w lustrze. Wyglądała okropnie. Nie spała całą noc i bardzo martwiła się o Vincente. To była straszna noc pełna bardzo mrocznych myśli. Wstydziła się siebie i była bardzo wyczerpana.

Położyła się na miękkim łóżku i spojrzała na zegar. Było dopiero południe, a ona desperacko potrzebowała drzemki. Ustawiła budzik na czwartą, a potem zaczęła wypłakiwać cały ból i cierpienie z poprzedniego dnia. Kiedy nie miała już łez do wypłakania, Grace zasnęła.

ROZDZIAŁ 33

Z ABRZMIAŁ BUDZIK, A JEGO przenikliwy dźwięk przestraszył Grace. Podskoczyła, zapominając na chwilę, gdzie się znajduje. Biegała po pokoju, przypominając nieco gęś próbującą nauczyć się latać.

Kiedy się uspokoiła i wyłączyła budzik, jej pamięć powróciła do ostatnich 24 godzin, do tego, co się wydarzyło, do tego, jak została zapomniana, porzucona.

Jak czuła się bardziej samotna niż kiedykolwiek wcześniej i jak Vincente wrócił do niej, błagając o wybaczenie.

Był tak pewien, że ona zrozumie. Tak pewny siebie i tak bardzo przekonany o swojej racji.

Spojrzała na drugą stronę pokoju i zobaczyła swoją piękną suknię ślubną, która na nią czekała. Dotknęła jej materiału i nadal wydawał się tak samo piękny, jak wyglądał.

Chwilę później wzięła prysznic, wytarła się i zaczęła upinać włosy. Przygotowywała się do momentu, w którym włożyła suknię ślubną. Miała tylko nadzieję, że ma wystarczająco dużo spinek, aby utrzymać włosy na miejscu, dopóki nie założy tiary – ostatniego akcentu.

Po przygotowaniu makijażu i wszystkim, co sprawiało, że wyglądała jak przyszła panna młoda, oceniła swój wygląd, mówiąc sobie to, co chciała usłyszeć: że jest najpiękniejszą kobietą na świecie. Nie miała nic przeciwko temu tytułowi, ponieważ, o ile wiedziała, była jedyną kobietą na świecie, więc nie było żadnej konkurencji i nie wydawało się próżnością myśleć o sobie w ten sposób.

Pomyślała o Vincente, który ją tak widział, i zastanawiała się, czy to, co powiedział o pechu pana młodego, który widział suknię ślubną przed ślubem, było prawdą.

Kiedy ponownie spojrzała na swoje odbicie w pełnowymiarowym lustrze, podciągnęła tren i zaczęła wychodzić z pokoju, kierując się w stronę długiego korytarza. Uwielbiała szelest swojej sukni, który towarzyszył jej krokom po dywanie. Wyobrażała sobie, że jedna z jej najlepszych przyjaciółek idzie za nią i trzyma suknię. Ale potem odwróciła swoje myśli. W końcu to nie było prawdziwe wesele, tylko rodzaj pokazu mody dla Vincente.

Kiedy zadzwonił dzwonek windy, sygnalizując jej przybycie na parter, Grace przeszła przez hol wejściowy, mijając puste biurka i porzucone terminale komputerowe, pustą restaurację i opuszczony bar. Kiedy przeprowadziła tren przez obrotowe drzwi – co, nawiasem mówiąc, nie było łatwym zadaniem – potknęła się na półokrągłym pasie dla taksówek i zobaczyła Land Rovera stojącego w swoim zwykłym miejscu. Rozejrzała się za Vincente, ale nigdzie go nie było. Znowu. Zaczynało to stawać się nawykiem.

Słońce właśnie żegnało się z dniem i zachodziło za horyzontem. Niebo przybrało pomarańczowo-czerwoną barwę.

Grace pomyślała, że zapowiada to turecką rozkosz następnego dnia. A może raczej rozkosz rybaka? Nie miała pojęcia, skąd wzięło się to skojarzenie, które pojawiło się w jej głowie. Przeszła przez ulicę i dotarła do kamiennego muru, wciąż szukając Vincente.

Wtedy jej wzrok przyciągnął piasek. Leżała tam pojedyncza wyschnięta czerwona róża. Podniosła ją i zabrała ze sobą, kierując się w stronę schodów. Wtedy dostrzegła wyschnięte płatki róży. Rozrzucone wzdłuż ścieżki. Wskazujące jej drogę. Kolejna wyschnięta róża znalazła się u jej stóp, tym razem żółta. Podniosła ją i kontynuowała schodzenie po schodach, na piasek.

Wzdłuż ścieżki stały świece pachnące różą i lawendą. Jej uszy wychwyciły delikatną muzykę dochodzącą z daleka.

Odwróciła głowę, aby znaleźć jej źródło, a to, co zobaczyła, było oszałamiające. Stała tam, przyklejona do miejsca, a wiatr rozwiewał jej suknię ślubną i tren. Obraz przypominał suknię ślubną z harmonijką, a z miejsca, w którym stał Vincente, nigdy nie widział tak pięknego widoku.

ROZDZIAŁ 34

Kiedy się opanowała, Grace podeszła do niego. Przed nią było kilka stopni, które pokonywała powoli, celowo wbijając nowe obcasy swoich antycznych białych butów i stąpając ostrożnie. On ją obserwował. Czekał na nią.

Czuła się piękna jak nigdy dotąd, kiedy uśmiechnął się do niej promiennie. Jego twarz mówiła: „Zobacz!". A gdy słońce całkowicie zniknęło z nieba, pozostał tylko człowiek na Księżycu – wydawał się to być Albert Einstein – jako świadek tego, co miało się wydarzyć.

Kiedy dotarła do ostatniego stopnia i zobaczyła piasek wokół siebie, zastanawiała się, jak trudno będzie jej przejść po piasku w wysokich obcasach, ale nie chciała przerywać tej chwili, więc zawahała się przez chwilę, zanim zeszła na dół.

Zatrzymała się na chwilę i z daleka wyglądało to tak, jakby poprawiała tiara, ale oboje wiedzieli, że chłonęła wszystko, delektując się tą chwilą. Jej serce było tak pełne, że myślała, iż zaraz przepełni się miłością i pięknem otaczającym ją.

Nic dziwnego, że się tak spóźnił, pomyślała.

Zauważyła, że Vincente poruszył się na chwilę. Podgłośnił muzykę. Uśmiechnął się do niej ponownie.

Zeszła na piasek, aby spotkać się ze swoim narzeczonym.

ROZDZIAŁ 35

Vincente stworzył dla niej alejkę, wzdłuż której mogła przejść, łącząc ze sobą lampki choinkowe i świeczki, które następnie owinął wokół suszonych krzewów róż. Wyglądało to zapierająco dech w piersiach. Podziwiając to wszystko, podeszła do niego, zmniejszając dzielącą ich odległość.

Vincente miał na sobie białą marynarkę smokingową bez koszuli pod spodem oraz czarne dżinsy Levi's. Nerwowo załamywał ręce i przeczesywał palcami włosy, cały czas uśmiechając się promiennie w jej kierunku.

Był tak przystojny, że miała ochotę go zjeść.

Ale była pochłonięta chwilą, chcąc delektować się i rozkoszować się obrazem, w którym lampki choinkowe, świece i gwiazdy na niebie migotały w synchronizacji: natura przyłączyła się do świętowania ich miłości.

Grace stąpała ostrożnie, starając się zachować płynny wygląd piękna, elegancji i godności, jakiego oczekiwano od panny młodej w tym wyjątkowym dniu. Ale w końcu nie mogła dłużej czekać, aby dotrzeć do Vincente, więc zrzuciła obydwa buty, chwyciła tren i pobiegła do niego. Z daleka wyglądało to tak, jakby latała, ale w rzeczywistości nie oderwała się od ziemi.

Ich oczy były wpatrzone w siebie, gdy dystans między nimi stawał się coraz mniejszy, aż wkrótce stali obok siebie, trzymając się za ręce, zatraceni w sobie nawzajem. Zatraceni w chwili. Zatraceni w swojej miłości.

Vincente odezwał się pierwszy: „Czas, abym poślubił najpiękniejszą kobietę na świecie".

„Dziękuję", powiedziała Grace, „to więcej, niż mogłam sobie wyobrazić! Jest idealnie!".

„Och, ale jeszcze jedna rzecz, zanim zaczniemy. Proszę, podnieś suknię" – powiedział nieśmiało Vincente.

„Przepraszam?"

„To znaczy, mam coś dla ciebie" – wyjaśnił Vincente. Kiedy Grace podniosła suknię, Vincente powiedział: „Wyżej, wyżej", aż jej udo było całkowicie odsłonięte i prawdopodobnie nawet Albert Einstein zaczerwieniłby się.

Następnie Vincente wyciągnął z kieszeni dżinsów niebieską podwiązkę i przesunął ją w górę nogi Grace, aż dotarł do jej uda. Jego dotyk wywołał dreszcze wzdłuż jej nogi, a kiedy pocałował jej wewnętrzną stronę uda, dreszcze ogarnęły całe jej ciało.

Cofnął się, a z głośników zabrzmiała piosenka. Piosenka, którą Grace doskonale znała.

Była to ta miłosna piosenka, grana z jej szkatułki na biżuterię.

Wrócił do domu, aby ją zabrać. To dlatego...

Narzeczeni zatracili się w sobie.

Połączyli dłonie.

ROZDZIAŁ 36

99 PAMIĘTAŁEŚ!” – WYKRZYKNĘŁA GRACE.

„Oczywiście, że pamiętałem”.

Piosenka powtarzała słowa refrenu o miłości trwającej wiecznie.

Kiedy wszystko ucichło i słychać było tylko naturalny szum fal rozbijających się o brzeg, Vincente spojrzał głęboko w oczy Grace.

„Grace, jesteś najpiękniejszą kobietą, jaką kiedykolwiek spotkałem. Jesteś piękna zarówno wewnątrz, jak i na zewnątrz, ale dzisiaj jesteś dla mnie piękniejsza niż kiedykolwiek. Z każdym dniem kocham cię coraz bardziej i chcę, abyśmy spędzili razem resztę naszego życia. Chcę cię uszczęśliwić. Chcę, aby nasza miłość trwała wiecznie”.

Łzy spływały po policzkach Grace, gdy powiedziała: „Vincente, pokochałam cię od pierwszej chwili, gdy cię zobaczyłam, ale wtedy było to tylko z daleka. Byłeś wystarczająco blisko, aby z tobą rozmawiać, ale zbyt daleko, aby cię dosięgnąć. Odległość między nami była zbyt duża. Ale coś cię do mnie przyprowadziło, coś, co jest więcej, niż mogłam kiedykolwiek marzyć, i za to jestem ci wiecznie wdzięczna. Przysięgam kochać cię do ostatniego tchnienia, a nawet wtedy moje wspomnienia będą cię kochać jeszcze bardziej".

Vincente podszedł i włożył pierścionek na palec Grace. Delikatnie pocałował jej palec, zsuwając pierścionek, co sprawiło, że Grace znów zadrżała, ale ich oczy nie zerwały miłosnego spojrzenia.

Grace włożyła drugi pierścionek na palec Vincente i, idąc za jego przykładem, delikatnie pocałowała jego palec. On podał jej pozostałe palce, a ona delikatnie je pocałowała, obserwując, jak włoski na jego dłoniach i ramionach stają dęba.

Zatopieni w tej chwili, zbliżyli się do siebie tak blisko, jak to tylko możliwe, i pocałowali się głęboko i namiętnie: pocałunkiem małżeńskim, który przypieczętował ich związek.

„Uśmiechnijcie się!" – powiedział Vincente. Ustawił aparat na statywie, a on i Grace uśmiechnęli się do obiektywu. Przesunął aparat, aby uchwycić plażę za nimi. Następnie zrobił zdjęcie samej Grace trzymającej róże, a ona zrobiła zdjęcie jemu.

Następnie Vincente podszedł do stereo i włączył nową piosenkę. Była to bardzo romantyczna piosenka. Razem zaczęli się kołysać. Był to ich pierwszy taniec jako małżeństwa. Był to ich pierwszy wspólny taniec i jej pierwszy taniec w życiu. Połączeni, poruszali się jak jedno, trzymając się tak blisko, jak tylko dwoje ludzi może się trzymać.

Vincente sięgnął i zdjął Grace tiara, a następnie zaczęli się rozbierać, kawałek po kawałku. Kiedy oboje byli już całkowicie nadzy i jedyne, co mieli na sobie, to nowe obrączki ślubne, całowali się, aż upadli na piasek, pozostawiając na nim ślad małżeństwa.

Podczas gdy fale nadal uderzały o brzeg, po raz pierwszy kochali się jako małżeństwo, a potem, wyczerpani, zapadli w głęboki, głęboki sen.

Grace śniła, że spada z nieba, ale nie upadała. Wisiała w powietrzu z szeroko rozpostartymi ramionami.

ROZDZIAŁ 37

Kiedy się obudziła, połowa jej ciała była zanurzona w wodzie. Wszystko, co mieli z wesela, przepadło.

„GRACE!" – krzyknął ponownie Vincente, podczas gdy fale popychały go i rzucały nim, jakby był lekki jak boja.

Grace również zaczęła wchodzić do wody, gdy zdała sobie sprawę, że Vincente próbuje uratować ich rzeczy. Widziała, jak zanurza się, krzyczała jego imię i czekała, aż wynurzy się na powierzchnię.

„Zapomnij o rzeczach!" – krzyknęła Grace. „Po prostu wróć, wszystko można zastąpić!"

Nie słyszał jej lub nie słuchał, więc zaczęła płynąć w jego kierunku. Walcząc z falami, falująca siła prądu wciągnęła ją pod wodę i wkrótce palące uczucie słonej wody napłynęło do jej płuc.

Umysł Grace powrócił do dnia ślubu, najwspanialszego dnia w jej życiu. Powrócił do przysięgi, którą złożyła Vincente, walcząc z całych sił o przetrwanie.

„Grace, jesteś najpiękniejszą kobietą, jaką kiedykolwiek spotkałem. Jesteś piękna zarówno wewnątrz, jak i na zewnątrz, ale dzisiaj jesteś dla mnie piękniejsza niż kiedykolwiek. Z każdym dniem kocham cię coraz bardziej i chcę, abyśmy spędzili razem resztę naszego życia. Chcę cię uszczęśliwić. Chcę, aby nasza miłość trwała wiecznie" – powiedział.

Łzy spływały po policzkach Grace, gdy powiedziała: „Vincente, pokochałam cię od pierwszej chwili, gdy cię zobaczyłam, ale wtedy było to tylko z daleka. Byłeś wystarczająco blisko, by z tobą rozmawiać, ale zbyt daleko, by cię dosięgnąć. Odległość między nami była zbyt duża. Ale coś cię do mnie przyprowadziło, coś, co przekracza moje najśmielsze marzenia, i za to jestem ci wiecznie wdzięczna. Przysięgam kochać cię do ostatniego tchnienia, a nawet wtedy moja pamięć będzie cię kochać jeszcze bardziej".

Vincente podszedł i włożył pierścionek na palec Grace. Delikatnie pocałował jej palec, zsuwając pierścionek, co sprawiło, że Grace znów zadrżała, ale ich oczy nie zerwały miłosnego spojrzenia.

ROZDZIAŁ 38

Grace podeszła do wody. Nie oglądała się za siebie. Kiedy znalazła się nad brzegiem, zdjęła obrączkę ślubną i pierścionek zaręczynowy, a następnie weszła do wody. Kiedy sięgała jej do pasa, pocałowała pierścionki na pożegnanie i przygotowała się, by wrzucić je w otchłań.

Vincente obserwował ją i czekał, niepewny, co się stanie. Kiedy zdał sobie sprawę, co zamierza zrobić, podskoczył jak rakieta i krzyknął: „Grace, NIE!".

Zamarła, przeklinając siebie za wahanie, wciąż ściskając pierścionki mocno w dłoni.

„Wracaj" – powiedział. „Nie rób tego!"

Chciała być naga, naga ze wszystkiego, tak jak Vincente. Nie potrzebowała swoich pierścionków, skoro on nie miał swoich.

„Wrócimy do sklepu z antykami, kupię ci inny pierścionek!" – krzyknął.

„Teraz proszę, wróć!"

Nadal rozważała rozstanie się z pierścieniami, ale wtedy dotarły do nich promienie słońca. Było to jak znak od Matki Natury i zamknęła dłoń wokół nich, chroniąc je.

Grace wyszła z wody, czując się trochę zła na Vincente za to, że w ogóle zdjął pierścienie. Nigdy wcześniej nie widziała, żeby zdejmował rodzinną pamiątkę, więc dlaczego zrobił to teraz?

Kiedy dotarła do Vincente, ten ponownie włożył jej pierścionki na palec, a następnie pocałował go. „Cóż, to wyjątkowy początek naszego miesiąca miodowego!".

„Tak, naprawdę niezapomniany – coś, o czym będziemy mogli opowiadać naszym dzieciom i wnukom!".

Uśmiechnęli się do siebie, objęli się w talii i wrócili do hotelu.

Po drodze zdecydowali, że nadszedł czas, aby ruszyć dalej.

ROZDZIAŁ 39

,, Najpierw zatrzymamy się w mieście i kupimy ci nowy pierścionek. A potem..."

„Wiesz kochanie, wolałabym poczekać, jeśli nie masz nic przeciwko, i rozejrzeć się jeszcze trochę. Nie chcę kupować drugiego pierścionka w tym samym sklepie – czułabym się dziwnie, a nawet nieszczęśliwa. Poszukajmy czegoś zupełnie innego. A co do pierścionka mojej rodziny, to sprawa już załatwiona".

Razem spakowali swoje skromne rzeczy w pokoju hotelowym.

„Chodź, pani Marino" – powiedział Vincente, uśmiechając się do Grace. „Czas rozpocząć nasz miesiąc miodowy!".

„Powiedz to jeszcze raz" – poprosiła.

„Pani Marino, pani Vincente Marino, państwo Vincente Marino, Grace i Vincente Marino" – recytował. Ona zemdlała, jakby te tytuły były muzyką, a oni zebrali swoje torby i wyszli. Zamknęli za sobą drzwi, zeszli windą do holu, a następnie wyszli przez obrotowe drzwi do czekającego na nich samochodu.

Niespodziewanie Grace zapytała: „Jakie jest znaczenie twojego nazwiska?".

„Jeśli ci się nie podoba, to czy zamierzasz poprosić o przywrócenie nazwiska Greenway?” – zapytał z figlarnym uśmiechem.

„Nie ma mowy! Greenway jest nudne. Oznacza „zieloną drogę” – wielka niespodzianka. Ale Marino brzmi obco, egzotycznie – interesująco”.

„Dziękuję pani, pani Marino” – powiedział Vincente. „Oznacza to „nad morzem”. Myślę, że właśnie dlatego zawsze uwielbiałem tu przyjeżdżać. Szum oceanu brzmi dla mnie jak muzyka. Mam to we krwi”.

„Po tym, co się właśnie wydarzyło, nie mam nic przeciwko, żeby przez jakiś czas być z dala od wody” – wyznała Grace.

„Nie żartuj!” – powiedział Vincente. „Ale wrócimy”.

ROZDZIAŁ 40

J ADĄC WZDŁUŻ WYBRZEŻA, MIJAJĄC salony nowych i używanych samochodów, Vincente zamyślił się: „Wiesz co, zawsze marzyłem o dwumiejscowym Ferrari w kolorze czerwonego jabłka".

Kiedy dostrzegła dokładnie taki sam samochód, jaki opisał Vincente, na jednym z parkingów, powiedziała: „Prezent ślubny? Myślę, że byłby świetny, ale ten samochód ma więcej miejsca na przechowywanie niezbędnych rzeczy, takich jak broń, noże i inne przedmioty".

„Tak, masz rację" – powiedział Vincente, jednak nie mógł całkowicie zrezygnować z tej okazji, więc zjechał na parking Ferrari. „To tak, jakbym umarł i trafił do raju Ferrari!".

„Spokojnie, panie Marino" – ostrzegła Grace, udając, że go powstrzymuje.

„Ten" – powiedział, gładząc go – „to jest dziecko, które chcę!"

Grace patrzyła, jak przesuwa palcami po zaokrąglonych zderzakach, dotyka i z miłością patrzy na miękkie, białe skórzane wnętrze, czule głaszcze kierownicę, a następnie otwiera maskę i prawie się do niego wdrapuje, aby się z nim kochać.

„Czy powinnam być zazdrosna?" – zapytała z uśmiechem.

Roześmiał się, ale nadal pieścił reflektory.

„A tak poważnie" – powiedziała Grace – „czy nie powinniśmy raczej poszukać odpowiedniego samochodu, takiego, który pomieści nasze rzeczy?".

„Nie" – odparł z pogardą. „Życie jest zbyt krótkie. No dalej, wsiadaj!".

Po kilku przejażdżkach po autostradzie Princess Highway Grace wróciła do Land Rovera. Uśmiechnęła się, patrząc, jak Vincente żegna się z czerwonym Ferrari.

Po kilku chwilach wrócił do Grace i zażądał, żeby „otworzyła okno".

„Dlaczego?" – zapytała.

„Po prostu to zrób!"

„Nie, wsiadaj".

„Otwórz je, Grace".

„Powiedz mi, dlaczego!"

„No dalej!"

Opuściła szybę, a Vincente wsunął głowę do środka, chwycił jej twarz obiema rękami i pocałował ją mocno, przesuwając językiem po jej ustach i wirując nim w jej ustach, aż całkowicie zapomniała o oddychaniu.

„To masz za to, że myślałaś, że pocałuję Ferrari!" – powiedział Vincente, wskakując do Land Rovera i sprawiając, że opony zapiszczały.

Grace siedziała w milczeniu, wciąż próbując złapać oddech, podczas gdy czerwone Ferrari stawało się coraz mniejsze w lusterku bocznym, a ona cały czas pamiętała usta Vincente na swoich.

Pamiętasz, jak mówiłem ci, że moja mama była artystką?" Grace skinęła głową, a Vincente kontynuował. „Moja mama była malarką i to całkiem niezłą. Mój tata pracował w firmie telekomunikacyjnej, która wysyłała go do pracy w różne miejsca w całym kraju. Dlatego kiedy byłem dzieckiem, często się przeprowadzaliśmy. Mama uwielbiała te przeprowadzki, ponieważ były dla niej korzystne – mam na myśli jej twórczość artystyczną. Zawsze miała przed sobą nowe krajobrazy, świeże scenerie, nowe drzewa..."

Nagle zatrzymał samochód, gwałtownie naciskając hamulec. Następnie wykonał szeroki zwrot o 180 stopni.

„Co się stało? Bardzo lubię słuchać opowieści o twojej rodzinie. Opowiedz mi więcej".

„Nie zamierzam ci tylko opowiadać" – powiedział Vincente, nieco zdyszany. „Zamierzam ci pokazać! To znaczy, zupełnie o tym zapomniałem, aż do tej chwili. Myślę, że nawet to wyparłem z pamięci".

„Opowiedz mi" – przerwała mu Grace, ale Vincente po prostu kontynuował.

„Po tym, co wydarzyło się u moich dziadków, a potem u twoich rodziców, cóż, to zbyt wielki zbieg okoliczności".

„Co takiego? Jaki zbieg okoliczności?".

„To zbyt dziwne, żebym mógł to wyjaśnić, ale pokażę ci to wkrótce" – zadrżał i zacisnął dłonie na kierownicy. „Trzymaj się, dobrze? Kiedy to zobaczysz, zrozumiesz dlaczego".

– Dobrze – powiedziała Grace, wtulając się w siedzenie. Chciała zadać więcej pytań, ale wiedziała, że Vincente nie odpowie na nie w tej chwili. Zmieniła temat. – Czy miałeś jakieś problemy, przeprowadzając się tak często, kiedy byłeś dzieckiem?

„Nie miałem żadnych problemów" – odparł Vincente. „Prawdopodobnie dlatego, że byłem całkiem dobry w sporcie. Próbowałem różnych rzeczy, dostałem się do drużyny i voila – od razu znalazłem przyjaciół".

„Założę się, że dziewczyny zawsze się za tobą uganiały!".

„Ooo, patrzcie, kto tu jest trochę zazdrosny? Czy pani jest zazdrosna, pani Marino?".

Jedyna reakcja Grace to cichy uśmiech.

ROZDZIAŁ 41

To już tylko kilka minut drogi" – powiedział Vincente.

„Wygląda na to, że dzisiaj może padać" – zauważyła Grace, a po jej całym ciele przebiegł dreszcz.

„Bardzo chciałbym usłyszeć prawdziwą burzę" – powiedział Vincente. „Tęsknię za śpiewem ptaków, zwłaszcza kookaburr".

Grace spojrzała przez boczną szybę, a potem znów na przednią.

Vincente włączył wycieraczki, gdy z nieba spadło kilka kropel. Tym razem były to normalne krople, a nie czarne jak poprzednio.

– Pamiętam, że w szkole zawsze mówili, że po wojnie nuklearnej niektóre stworzenia przetrwają, na przykład sępy, karaluchy i rekiny – powiedział Vincente.

– Żadne z nich nie jest potrzebne w naszym świecie.

„Nie, ale jeśli to coś zabrało również je, co to oznacza dla nas? Sępy i rekiny żywią się ludzkimi zwłokami lub innymi zwłokami. Ponieważ nie ma zwłok, one również umarłyby z głodu. Karaluchy jedzą wszystko – zwierzęta, warzywa, papier – cokolwiek. Spośród tych trzech gatunków, a ponieważ latają one tutaj, w starej, dobrej OZ, powinniśmy już zobaczyć przynajmniej jednego z nich".

Grace znów zadrżała: „Dlaczego karaluchy jedzą papier?".

„Nie chodzi im dokładnie o papier. Chodzi o klej, który jest wytwarzany z produktów ubocznych pochodzenia zwierzęcego".

„Mogę ci powiedzieć, że nie tęsknię za robakami" – powiedziała Grace i znów zadrżała całym ciałem. Tym razem nawet Vincente to zauważył.

„Chcesz kupić bluzę z kapturem w następnym centrum handlowym, czy mam włączyć ogrzewanie? Ostatnio często drżysz. Mam nadzieję, że nie chorujesz".

„Nie jest mi zimno. Po prostu czuję się trochę dziwnie. Nie potrafię tego wyjaśnić" – powiedziała Grace.

„Powiedz mi, jak się czujesz" – poprosił Vincente. „Czy czujesz się, jakby ktoś cię obserwował? Albo jakby miało się wydarzyć coś złego?".

„Może jedno i drugie, a może tylko jedno. Naprawdę nie wiem. Dlatego trudno mi to wyjaśnić" – powiedziała Grace, a na jej przedramionach pojawiła się gęsia skórka.

„Już prawie jesteśmy na miejscu" – powiedział. „Wytrzymaj, może gorący prysznic pomoże".

„Tak, albo długa, przyjemna kąpiel" – powiedziała Grace. „Możesz mi zrobić masaż".

„Zrobię ci, jeśli ty zrobisz mi" – powiedział Vincente z chłopięcym uśmiechem.

Grace mimowolnie zadrżała ponownie, gdy samochód skręcił za zakrętem. Vincente zatrzymał się przed dwupiętrowym domem, wjechał na podjazd i zaparkował.

„Witaj w moim skromnym domku" – powiedział Vincente, machając ręką z rozmachem i kłaniając się jak dżentelmen.

Grace zachichotała, a następnie obejrzała ogród. Wszystko w nim było martwe, ale niektóre kwiaty nadal zachowały swoje kolory. Vincente otworzył jej drzwi, a ona podeszła do niego.

„Ten ogród był dumą i radością mojej mamy” – powiedział – „a teraz spójrz, jak wygląda”.

„Założę się, że kiedyś był zapierający dech w piersiach” – powiedziała Grace. „Nawet teraz, w obecnym stanie, nadal widać, że jeszcze niedawno był kochany i pielęgnowany”.

„Kiedy po raz pierwszy poszedłem do szkoły” – powiedział Vincente – „mama zaczęła sadzić rośliny.

Martwiła się, jak wypełni swoje dni beze mnie. Malarstwo jest jej pasją, ale czasami potrzebowała trochę rozrywki, inspiracji. Wtedy odkryła talent do uprawiania roślin, co stało się dla niej bardzo terapeutyczne. Mama była artystką pod wieloma względami” – powiedział, biorąc Grace za rękę i prowadząc ją na frontowy ganek. Poszła za nim, aż stanęli u stóp przewróconej sztalugi.

„Kiedy ostatniego dnia wyjechałem do szkoły, mama malowała tutaj. Teraz...” – przerwał, zakrywając usta dłonią.

„Co się stało?”

„Jej obraz” – wykrzyknął. „Nadal tu jest! Spójrz, nie zakręciła farb, a jej pędzel jest zupełnie suchy”. Nie mógł się powstrzymać i opadł z hukiem na krzesło. „Mama nie zostawiłaby tych rzeczy tutaj w ten sposób. Teraz wiem to na pewno i muszę pogodzić się z faktem, że moja mama nie żyje”.

Grace wzięła jego dłoń w swoją i podeszła do niego, aby również mogła obejrzeć obraz. „Twoja mama była naprawdę wyjątkowa”.

„Była. Była naprawdę wyjątkowa”.

Grace przyjrzała się obrazowi, pochylając się nad ramieniem Vincente'a, i powiedziała: „Wspaniały".

„Ale nie zdążyła go skończyć!" Vincente schylił się. Ostrożnie zakręcił otwarte słoiki z farbą. Następnie wylał trochę terpentyny z butelki i wrzucił do niej pędzel, aby go wyczyścić. Podniósł niedokończony obraz z ziemi, podał butelki Grace, a ona poszła za nim do domu.

Pierwszą rzeczą, jaką Grace zauważyła na zewnątrz, były pozostałości ogrodu. W środku pierwszą rzeczą, jaką zauważyła, były kwiaty – wszelkiego rodzaju kwiaty ułożone w wazonach. Niebieskie. Czerwone. Fioletowe, jakie tylko można sobie wyobrazić. Kwiaty stały w dzbankach do kawy i pustych słoikach. Kwiaty były wszędzie. Wszystkie były już wysuszone, tak jak te na zewnątrz, ale wiele z nich zachowało swoje kolory i zapachy.

Mama Vincente wypełniła swój dom naturą i miłością. Grace była tego pewna, widząc każdą wolną przestrzeń. Teraz, kiedy o tym pomyślała, jeszcze bardziej żałowała, że nie poznała jej. Żałowała, że nie będzie mogła jej teraz poznać. Łza spłynęła jej po policzku, kiedy podniosła z bocznego stolika parę turkusowych rękawiczek ogrodniczych. Grace trzymała je w dłoni, prawie jakby trzymała dłoń mamy Vincente, i zabrała je ze sobą, podążając śladami Vincente.

„Zaczekaj tutaj, Grace" – powiedział. „Przyniosę to. To, co chcę ci pokazać".

Usiadła na krześle, podziwiając duży obraz wiszący nad kominkiem. Było w nim coś niezwykle znajomego, niemal pocieszającego. Wstała i podeszła bliżej.

„NIE MOGĘ W TO uwierzyć! Zniknęło!" – wykrzyknął Vincente, podchodząc do Grace, która nie zwróciła uwagi na jego obecność. W rzeczywistości nie poruszyła się wcale – jakby go nie słyszała.

Grace nie zareagowała na jego obecność ani nie poruszyła się. Było tak, jakby go tam w ogóle nie było. Spojrzał na swoją żonę, stojącą z parą rękawiczek swojej matki w drżącej dłoni, a następnie podążył za jej wzrokiem.

Kiedy zdał sobie sprawę, na co ona patrzy, zakrył usta dłonią. Nad kominkiem wisiał obraz, którego szukał. Dokładnie ten obraz, który chciał pokazać Grace.

„To jest to!" – krzyknął i dotknął jej ramienia.

Grace podskoczyła na ten nagły dotyk, ale nie mogła oderwać wzroku od obrazu. Wydawała się być nim zahipnotyzowana.

W głowie Grace podziwiała jego realizm. Czuła zapach trawy i słyszała muczenie krów. Czuła się częścią tego obrazu. W jakiś sposób.

Vincente próbował obrócić Grace w swoją stronę, ale ona się opierała. Stał przed nią, a ona go odepchnęła.

„Spójrz na mnie!" – wykrzyknął.

„Nie mogę. To jest po prostu zbyt piękne! Czuję się, jakbym tam była".

„Spójrz na mnie!" – rozkazał.

Grace spojrzała na swojego męża, stojącego obok niej, załamującego ręce, z potem spływającym po twarzy.

„Co się stało, Vincente?" – zapytała Grace, starając się nie patrzeć na obraz.

„Ten obraz" – powiedział, odwracając ją i zasłaniając jej widok na obraz – „jest tym, który chciałem ci pokazać. Tym, dla którego cię tu przyprowadziłem".

„Ok" – powiedziała Grace – „i całkowicie rozumiem dlaczego. To najpiękniejszy obraz, jaki kiedykolwiek widziałam".

„Nie, Grace" – powiedział Vincente – „Spójrz na drzewo. Spójrz na drzewo, Grace!" Potem zadrżał, włożył drżące pięści do kieszeni, a następnie wyciągnął je z powrotem. Przesunął palcami po włosach i nie mógł usiedzieć w miejscu.

Spojrzała na obraz jeszcze raz i ogarnęło ją niewytłumaczalne poczucie wewnętrznego spokoju. Uśmiechnęła się.

„Nie widzisz tego, Grace? Nie widzisz tego?".

„Oczywiście, że widzę. Jest w nim piękno, spokój i pogoda ducha. Widzę w tym obrazie serce twojej mamy. To tak, jakbym ją już kiedyś spotkała. Jakbym ją znała".

„No dobrze, może tego nie widzisz. Może muszę ci to pokazać. Spójrz tam" – podszedł do obrazu, a ona również podeszła bliżej. „Widzisz tam, na drzewie? Dokładnie tam".

„Powiedz mi, co widzisz, Vincente" – poprosiła Grace.

„To twarz”.

Podeszła bliżej, ale nie mogła dostrzec tego, co on widział.

„Widzę tylko pole pełne słoneczników i zwykłe drzewo, pod którym pasie się krowa” – powiedziała Grace.

„Nie!” – wykrzyknął, coraz bardziej zirytowany. „Przyjrzyj się bliżej. Spójrz na drzewo!” Odwrócił się do niej, błagając ją wzrokiem, aby zobaczyła to, co on widział, ale ona nie była w stanie.

Odwróciła się do niego. „Nie ma żadnej twarzy, Vincente. Kochanie, widzisz coś, czego nie ma”.

Vincente podniósł ręce w geście irytacji, odwrócił się i uciekł.

Grace chciała za nim pobiec, ale ponownie przyciągnął ją obraz. Podeszła bliżej, uśmiechnęła się i zatraciła się w nim.

Chwileczkę, pomyślała Grace, Vincente był przerażony, a niełatwo go wystraszyć.

Zamknęła oczy, a potem znów je otworzyła. Nadal nie widziała twarzy. Tym razem promienie słońca zdawały się sięgać do niej. Przyciągały ją. Sprawiały, że nie mogła oderwać wzroku.

Kiedy patrzyła na obraz, w pokoju zrobiło się cieplej. Czuła, jakby artysta uchwycił kawałek słońca i teraz ofiarował go jej. Chciała wejść do obrazu i stać się jego częścią – objąć światło. Kiedy podeszła bliżej, wydawało jej się, że czuje zapach świeżego siana na polach i słyszy muczenie krów. Jej serce zaczęło bić szybciej, a oddech stał się płytki.

Na chwilę dała się ponieść emocjom i zapomniała o oddychaniu. Wkrótce zaczęła łapać powietrze i poczuła się nieco przestraszona.

Grace szybko cofnęła się o krok. Pobiegła, wołając Vincente.

ROZDZIAŁ 42

G RACE ZNALAZŁA VINCENTE w jego pokoju, leżącego
na łóżku. Chociaż minęło już kilka minut, nadal drżał,
trzymając ręce złożone przed twarzą. Wyobraziła sobie, jak
musiał wyglądać, gdy był małym chłopcem.

„Opowiedz mi o tym. O tym obrazie” – poprosiła, chodząc
w tę i z powrotem, próbując pozbyć się uczuć i energii, które
chwilowo ją ogarnęły. Nie chciała wspominać o tym, co czuła,
a przynajmniej nie przed tym, jak Vincente opowie jej, co go
przestraszyło.

„W końcu to zobaczyłaś? Mam na myśli twarz” – zapytał, a
w tej chwili, mając wysokie oczekiwania, przestał drżeć.

Grace nie próbowała kłamać, kiedy potrząsnęła głową. Po
prostu próbowała ocenić sytuację.

Ciało Vincente natychmiast zadrżało.

– Powiedz mi, Vincente. Nie ma znaczenia, co widzę, ale
widzę, że się boisz, kochanie. Opowiedz mi o tym, proszę.
Wiesz, że możesz mi powiedzieć wszystko, prawda?

Zaczął zgrzytać zębami, wahając się przez chwilę, po czym
wziął głęboki oddech i zaczął opowiadać swoją historię.

„Kiedy byłem dzieckiem, mama namalowała ten pejzaż i z dumą mi go pokazała. Odchyliła zasłonę, oczekując, że mi się spodoba, ale zamiast tego byłem całkowicie przerażony i jako dziecko nie potrafiłem tego wyrazić słowami. Mama tego nie rozumiała, podobnie jak mój tata. Próbowaliśmy ponownie, ale dla mnie zawsze było tak samo. Wystarczyło jedno spojrzenie, a w nocy budziłem się z krzykiem. Koszmary mówiły za mnie. Rodzice schowali obraz i nigdy więcej go nie widziałem. Właściwie zapomniałem o nim całkowicie – aż do dzisiejszego poranka. Jak już powiedziałem, chyba wyparłem go z pamięci".

„Więc dlaczego mnie tu przyprowadziłeś, przyprowadziłeś nas tutaj? Chciałeś coś udowodnić mnie lub sobie? Chciałeś zmierzyć się ze swoimi lękami?" – zapytała Grace.

„Pomyślałem, że może zawiera ono jakąś wskazówkę dla mnie – dla nas. Ale widziałaś, jak się zmieniłem, kiedy ty tego nie widziałaś. Znów stałem się dzieckiem i musiałem uciekać z pokoju! Co teraz sądzisz o swoim silnym mężu?" – wzdrygnął się na myśl o tym, co uważał za niemęski przejaw tchórzostwa.

„Kocham go tak samo – nie, nawet bardziej!" – powiedziała Grace, przytulając się do niego.

Po kilku chwilach milczenia Grace wyznała: „Nie widziałam twarzy, ale czułam coś w tym obrazie, Vincente. Coś nieziemskiego i niewytłumaczalnego".

Vincente usiadł, zdjął ręce z twarzy i powiedział: „Kiedy byłem dzieckiem, kiedy patrzyłem na ten obraz głęboko, czułem, że chcę wejść do środka. Jakbym chciał uciec z tego życia. Czułem zapach siana i słyszałem krowy. To było jakby światło mnie wciągało, kołysało. Wiedziałem, że jeśli pozwolę sobie na to, wejdę do obrazu, to ta twarz na drzewie mnie skrzywdzi – musiałem uciec, musiałem od tego uciec!".

„Ja też czułam, że coś dziwnego mnie wciąga, Vincente, ale nie widziałam twarzy. Nie była taka jak ta, którą widzieliśmy. Ta, która zjadła kruka".

Przytulili się do siebie na łóżku, pocieszając się nawzajem i myśląc o obrazie, jednocześnie desperacko próbując o nim nie myśleć.

Po chwili kochali się.

Kiedy Grace obudziła się jako pierwsza, zastanawiała się, co sądzi o obrazie. Był to wspaniały pejzaż – nie było co do tego wątpliwości. Jednak światło i jego przyciąganie były czymś wyjątkowym, a może nawet, ośmiela się powiedzieć, złowrogim. Tak, to było to. Był to kontrast spokoju i pogody z nutką czegoś mrocznego, nieznanego, a może nawet niebezpiecznego.

Spojrzała na Vincente, który nadal spał spokojnie. Co jakiś czas poruszał się i mamrotał. Zastanawiała się, czy śni o drzewie, drzewie z twarzą, które wyobrażał sobie jako część tego samego krajobrazu. Grace cicho wstała z łóżka, a Vincente przesunął się, wypełniając jej wciąż ciepłą przestrzeń.

Wciąż spał głęboko i spokojnie.

Rozejrzała się po jego pokoju, podziwiając jego niesamowite osiągnięcia, które potwierdzały trofea: najlepszy sportowiec, najlepszy pałkarz i gracz roku – tę kategorię wygrywał kilka lat z rzędu.

Wtedy jej wzrok zatrzymał się na kilku półkach wypełnionych rzeźbami w drewnie. Zaintrygowana, podeszła do nich, podziwiając misterne detale. Każda z nich miała swoją odrębną osobowość. Była tam balerina wykonująca piruet z gracją i techniką, gracz krykieta z kijem, kowboj z pasem z bronią wokół talii, gotowy do wyciągnięcia rewolweru, alpinista, który po wyrazie twarzy właśnie osiągnął swój ostateczny cel, oraz wiele innych.

Grace przesunęła wzrokiem po całej kolekcji, zatrzymując się na rzeźbie przedstawiającej Aborygena. Patrzył przed siebie zagubionym wzrokiem. Podniosła go i trzymała w dłoni. Jej skóra dotknęła drewnianej figurki, która zaczęła delikatnie pulsować. A może to tylko jej wyobraźnia?

Cofnęła się i odwróciła wzrok w lewo. Znalazła się naprzeciwko drewnianego lustra, a jej odbicie tak ją zaskoczyło, że drewniana figurka wypadła jej z ręki i odbiła się od dywanu. Pochyliła się, podniosła ją i przyjrzała się jej bliżej, w samą porę, by zobaczyć łzę spływającą z oczu drewnianej figurki. Wytarła ją palcem i spróbowała. Była słona, tak jak ludzka łza. Stała i wpatrywała się w jej oczy. Czuła strach i coś więcej niż ciekawość. Zastanawiała się, czy rozmowa o obrazie nie wpłynęła na nią nadmiernie.

„Co o nich sądzisz?" – zapytał Vincente, ziewając, przeciągając się, a następnie przechodząc przez pokój, aby do niej dołączyć.

Grace była zaskoczona i na początku podskoczyła lekko. Przytuliła Aborygena do piersi. – Musiałam przyjrzeć się im z bliska, ponieważ ich mimika jest tak realistyczna! Gdzie je znalazłeś?

– Sam je wykonałem – przyznał nieśmiało. – Każda z nich została wyrzeźbiona od stóp do głów moimi własnymi rękami.

– Jesteś prawdziwym artystą, Vincente! Dlaczego mi nie powiedziałeś?

„Nie mówiłem o nich nikomu, poza mamą, tatą i dziadkami. Naprawdę ci się podobają?"

„Uważam, że są niesamowite!"

„Chciałbym wyrzeźbić jedną z ciebie, Grace".

„Byłoby cudownie, Vincente" – zakręciła się, udając baletnicę. „Zauważyłam, że każda z nich jest inna, nie tylko postacie, ale także rodzaj drewna. Jak je wybierasz?"

„Każda rzeźba wymaga określonego rodzaju drewna, aby wszystko się ze sobą zgadzało. Spaceruję wśród drzew, decyduję, co stworzyć, i czekam, aż jakieś drzewo przemówi do mnie duchowo. Następnie tworzę rzeźbę, starając się, aby była jak najbardziej realistyczna i, co najważniejsze, prawdziwa".

„Ile czasu zajmuje wykonanie każdej z nich?"

„Kiedy już znajdę drewno – co zajmuje najwięcej czasu – mogę wyrzeźbić figurę w ciągu dwóch lub trzech dni. Najwięcej czasu zajmuje zawsze twarz, którą rzeźbię na końcu. Jeśli twarz nie jest odpowiednia, wyrzucam całość i zaczynam od nowa. Czasami dzieje się tak, ponieważ drewno nie wydaje mi się odpowiednie, więc wracam do lasu i szukam ponownie odpowiedniego drzewa. W większości przypadków drzewo jest odpowiednie, po prostu nie uchwyciłem jeszcze istoty tematu".

„Czy masz specjalny zestaw narzędzi do tego? Jeśli tak, to powinieneś je ze sobą zabrać. Myślę też, że powinieneś zabrać ze sobą obraz swojej mamy. Nawet jeśli będziemy musieli go zakryć".

„Ach, znowu ten obraz. Chcę wrócić na dół i jeszcze raz na niego spojrzeć. Chcę stawić czoła swoim lękom. Pójdziesz ze mną?".

„Oczywiście, Vincente". Poszła za nim, sięgnęła, aby odłożyć Aborygena z powrotem na półkę, ale obraz znów zaczął pulsować. Włożyła go do kieszeni, a następnie powiedziała: „Muszę ci jednak przypomnieć, że czułam, jak obraz mnie przyciąga – a przyciąganie to było niezwykle silne. Aż przerażające".

„Będziemy trzymać się za ręce i staniemy przed tym razem".

„Dobrze, chodźmy".

„Możemy najpierw napić się kawy, Vincente?".

„Zgoda".

ROZDZIAŁ 43

Po wypiciu herbaty Grace i Vincente wrócili do salonu, trzymali się za ręce i podeszli do obrazu.

Vincente przekonywał sam siebie, że tak naprawdę nie widzi twarzy na pniu drzewa, a Grace przekonywała samą siebie, że nie czuje siły obrazu, która ją przyciąga.

Ich stopy pozostały mocno osadzone w tym samym miejscu, a oni mocniej ścisnęli dłonie drugiej osoby.

Grace włożyła drugą rękę do kieszeni, gdzie trzymała rzeźbę aborygeńskiego mężczyzny wykonaną przez Vincente. Kiedy znów zaczęła pulsować, wyjęła ją i podniosła tak, aby jej oczy również były skierowane w stronę obrazu.

Aborygeński mężczyzna zaczął drgać w jej dłoni. Potem przetoczył się z boku na bok. Spojrzała w dół i zobaczyła, jak jego usta wykrzywiły się w krzyku, a on został wyrwany z jej dłoni i wleciał do obrazu.

Stojąc w tym samym miejscu, nadal trzymając się za ręce, Grace mogła teraz zobaczyć rzeźbę Aborygena siedzącego na drzewie. Nad nim na gałęzi siedział kruk.

Vincente nadal wpatrywał się w obraz, ale nie drżał jak wcześniej. Ścisnął dłoń Grace, aby ją uspokoić.

– Czy zauważasz coś innego? – zapytała Grace.

– Innego? Jak to?

– Coś nowego lub nie na miejscu?

„Nie, wszystko wygląda tak samo, ale dzisiaj usta nie przerażają mnie tak bardzo. Może to dlatego, że trzymamy się za ręce".

Razem odeszli od obrazu i zamknęli za sobą drzwi.

W tym samym momencie Aborygen zaczął pulsować. Powrócił do kieszeni Grace. Otworzyła usta, aby powiedzieć Vincente, co się stało, ale wydawał się mniej przerażony i nie potrafiła znaleźć słów, aby to wyjaśnić.

„„Pójdę spakować kilka rzeczy" – powiedział Vincente. „

Myślę, że zostanę tutaj, jeśli nie masz nic przeciwko?" – zapytała Grace. Patrzyła, jak Vincente znika za rogiem, a potem sięgnęła i zdjęła obraz ze ściany. Owinęła go kocem i schowała do bagażnika samochodu. Następnie wróciła do domu, zabrała kilka koców i poduszek i położyła je bezpiecznie na obrazie. Przez cały czas, gdy ładowała bagaż, rzeźba nadal dawała o sobie znać, pulsując w jej kieszeni. Teraz udała się do pokoju Vincente. Aborygen zamarł.

Vincente zapakował swoje rzeźby do dużej torby. Dołączył do nich również swoje narzędzia. Po załadowaniu bagażu razem zeszli na dół. Vincente zapakował następnie zestaw artystyczny swojej mamy, w tym sztalugę i płótno, i załadowali go do samochodu.

„Ok, jedziemy" – powiedział.

„Jesteś pewien, że masz wszystko?" – zapytała Grace.

„Nie chcę zabierać tej rzeczy ze sobą. Pogodziłem się z tym i chcę tylko stąd wyjechać. W tej chwili nie sądzę, żebym kiedykolwiek chciał tu wrócić".

Przeszli do przedpokoju, Vincente otworzył drzwi wejściowe i skinął Grace, żeby wyszła pierwsza. Następnie zamknął za sobą drzwi i zaryglował je.

Kiedy znów znaleźli się w Land Roverze i ruszyli w drogę, Grace przerwała ciszę. „Naprawdę powinniśmy o tym porozmawiać".

„Powiedziałem" – krzyknął, a potem złagodził ton głosu – „Powiedziałem, że nie chcę o tym rozmawiać. Ani teraz, ani nigdy. Jeśli będę o tym rozmawiał, będę zmuszony myśleć o tym, jak moja mama, moja własna mama, mogła stworzyć taki obraz. Mama była najsłodszą, najmilsza kobietą, jaka kiedykolwiek chodziła po tej ziemi, i nigdy nie stworzyłaby czegoś tak przerażającego jak to".

Grace w milczeniu obserwowała otaczający ją świat. Nadchodziła burza. Czuła to. Wszystko wokół niej drżało, pulsowało i wibrowało, łącznie z Aborygenem w jej kieszeni. Owinęła się ramionami i postanowiła nie kontynuować rozmowy z Vincente w tym momencie. Porozmawia z nią, kiedy będzie gotowy. W międzyczasie obraz był bezpieczny i nie mógł im zaszkodzić.

Kontynuowali podróż w milczeniu.

ROZDZIAŁ 44

VINCENTE PATRZYŁ PRZED SIEBIE, skupiając swoją energię na drodze. Próbował zapomnieć o obrazie i swojej mamie, ale bez względu na to, co robił, nie mógł oddzielić tych dwóch rzeczy w swoim umyśle.

Spojrzał na swoją uroczą żonę siedzącą po drugiej stronie samochodu. Siedziała cicho, pogrążona w myślach, obejmując się ramionami. Wydawała się nieświadoma, że on na nią patrzy. Ponownie skupił się na drodze.

Grace również myślała o drugiej pani Marino i obrazie. Wydawało jej się dziwne, że Vincente mógł być tak zdruzgotany czymś, co stworzyła jego mama. Wpadła na pomysł, że mogliby go spalić. Zrobić z tego rytuał uzdrawiający.

Pozwoliła swoim myślom błądzić, szukając w swoim umyśle jakichkolwiek śladów pierwotnych wspomnień, ale nic nie przyszło jej do głowy. Podobnie jak Vincente wierzyła, że wciąż przechowuje wszystko gdzieś w swoim umyśle i że pewnego dnia wszystko to powróci na powierzchnię, a ona będzie się śmiała z tej luki w pamięci. Spalenie tego obrazu stworzyłoby lukę w pamięci

Vincente. Czy lepiej nie mieć żadnych wspomnień niż mieć złe wspomnienia?

W międzyczasie Vincente myślał o tym, jak wielkie szczęście mieli on i Grace, że mogli uciec od przeszłości i żyć tylko teraźniejszością. Zostawić wszystko za sobą i zacząć od nowa. Tworzyć nowe wspomnienia – razem. Tworzyć świeże ślady wszystkiego, co widzieli. Każde nowe miejsce, które odwiedzali, stawało się częścią ich samych. Życie zawsze będzie wypełnione taką nowością.

Po zastanowieniu się nad spaleniem obrazu Grace doszła do wniosku, że zniszczenie wspomnień Vincente'a byłoby najgorszą rzeczą, jaką mogłaby mu zrobić. Chciała, żeby miał to, czego ona już nie miała.

Te myśli i wspomnienia były zbyt cenne, by je stracić – nie dlatego, że Vincente straciłby je, niszcząc przedmiot, którego się bał, ale dlatego, że z czasem by o nich zapomniał. Chciała, żeby miał jak największą szansę na zachowanie swojej przeszłości na zawsze. Dobrej, złej i brzydkiej.

Grace w końcu przerwała ciszę, mówiąc: „Myślę, że powinniśmy wrócić do Manly". Wiedziała, że Vincente ma tam wiele wspomnień, starych i nowych. W Manly mogliby zacząć od nowa, ale z więziami z przeszłością.

„Niech tak będzie" – powiedział Vincente, zawracając samochód. „Możemy wybrać dowolny dom, a potem uczynić go naszym własnym".

„Nie chcemy domu", powiedziała Grace, „chcemy mieć dom".

Nowożeńcy uśmiechnęli się, zadowoleni ze swojej decyzji i wspólnej przyszłości.

KSIĄŻKA 2:

FINALE FUZJA

PROLOG

W UMYŚLE GRACE UKŁADANKA była niekompletna. To było tak, jakby ogromny podmuch wiatru przetoczył się przez nią, wywracając wszystko do góry nogami i wywracając na lewą stronę.

Nie mogła skupić się na niczym: nic nie było w stanie przykuć jej uwagi.

Kolory wirowały: czerwienie, czernie i błękity mieszały się, obracały i rzucały, atakowane przez słonecznikową żółć, wirowały, wymiotowały głęboką trawiastą zielenią.

Potem wszystkie kolory wywróciły jej żołądek do góry nogami i przywróciły go z powrotem na miejsce, podczas gdy ona sama wymiotowała z przerażenia, które uniemożliwiało jej ruch. Wszystko działo się w jej głowie, ale czasami jej ciało drgało w tym strumieniu.

Chwyciła się swojego centrum i próbowała się pozbierać, zatrzymać wir i obroty. Ale błyski piorunów pulsowały w jej głowie, rozrywając ją na bzy, fiołki i dzwonki.

Pomarańczowy kolor rozprysnął się na płótnie jej umysłu.

Grace straciła wszystko.

Musimy ją natychmiast operować!” – wykrzyknął wysoki mężczyzna w białym fartuchu. Stał wśród innych osób w białych fartuchach rozrzuconych po korytarzu szpitalnym.

Wszyscy biegli, jakby coś się paliło. Kilku z nich torowało drogę. Niektórzy pchali. Niektórzy trzymali kroplówkę. Niektórzy trzymali inne urządzenia. Kilku stało z otwartymi ustami, pustymi rękami i zaciśniętymi pięściami. Inni modlili się, gdy Grace Greenway mijała ich na noszach.

Była nieprzytomna.

Nie żyła dla świata.

Ale nie była całkowicie martwa.

Przynajmniej nie jeszcze.

***

W sali szpitalnej Grace siedziała kobieta, płacząc i załamując ręce. Była to Helen Greenway, mama Grace. Nie mogła uwierzyć w to, co się stało.

Jej córka czuła się tak dobrze. Od kilku tygodni wracała do zdrowia. Nagle Grace zaczęła drżeć, trząść się i mieć drgawki, aż straciła przytomność.

Zespół medyczny uratował ją przed śmiercią. Kiedy wróciła, nie była już Grace Greenway. Zamiast tego śliniła się i mówiła językami. Rozdzierała się od zewnątrz do wewnątrz.

Wydawało się, że nikt nie wie, co robić, jak to zatrzymać. Nawet igły w jej ramieniu nie uspokajały jej. Nic nie działało. Przywiązali j ą.

Helen wybuchnęła płaczem, gdy przypomniała sobie wszystko. Zwłaszcza to, jak bezradna czuła się wtedy, a teraz jeszcze bardziej. Rzuciła się na puste łóżko córki.

W korytarzach rozbrzmiewały pełne udręki szlochy Helen.

***

Kiedy pielęgniarka Burns wróciła do pokoju Grace, zastała Helen skuloną w pozycji embrionalnej na łóżku.

Wyglądała na spokojną, śpiąc tam. Pielęgniarka uznała, że najlepiej będzie jej nie przeszkadzać. Poza tym nie miała żadnych nowych wiadomości, a jeśli ktoś potrzebował odpoczynku, to była to matka Grace Greenway.

Pielęgniarka Burns posprzątała stolik nocny Grace i ułożyła jej podręczniki. Kiedy je przeglądała, poczuła ogromny smutek. Grace Greenway nie zdążyła jeszcze znaleźć swojego miejsca w życiu. Miała zaledwie szesnaście lat.

Pielęgniarka Burns spojrzała na śpiącą matkę Grace.

Przykryła Helen kocem, a następnie zgasiła światło.

***

Kilka godzin później pielęgniarka Burns przygotowywała się do zakończenia swojej zmiany. Spojrzała przez okrągłe okienko w drzwiach i zauważyła, że Helen nie ma już w łóżku. Pchnęła drzwi, ale nic się nie stało. Pchnęła je ponownie, tym razem mocniej, co spowodowało, że Helen Greenway upadła do przodu.

Helen potknęła się i zaczęła załamywać ręce. Cicho szlochała.

Pielęgniarka Burns podeszła do niej i niezwykle łagodnym głosem zapytała, czy nie ma ochoty na filiżankę herbaty.

„Moja córka!" – wykrzyknęła Helen. „Czy są jakieś wiadomości? Muszę wiedzieć, jak się czuje! Nikt mi nic nie powiedział!".

„Spałaś" – powiedziała pielęgniarka Burns, klepiąc Helen po ręce. „Jeśli obiecujesz, że usiądziesz, pójdę i zobaczę, co uda mi się dla ciebie dowiedzieć".

Helen usiadła i czekała na wiadomości.

ROZDZIAŁ 1

NA KOŃCU KORYTARZA PIELĘGNIARKA Burns natknęła się na doktora Christianssona, który zdejmował maskę chirurgiczną, wychodząc z sali operacyjnej.

„Muszę zaczerpnąć świeżego powietrza" – powiedział. Podszedł do końca korytarza i otworzył szeroko drzwi prowadzące na dach.

Pielęgniarka Burns poszła za nim.

Zapalił papierosa. Zapytał ją, czy też chce. Odmówiła.

Po zaciągnięciu się papierosem powiedział: „Grace, dziewczyna Greenway, radziła sobie tak dobrze. Ale teraz, gdy skrzepy pękły, jej stan jest krytyczny".

„Jestem pewna, że otacza się ją najlepszą opieką".

„Teraz tak!" – powiedział Christiansson. „Teraz, gdy przybył zespół ekspertów i przejął kontrolę nad sytuacją! Byłem tam od momentu, gdy to się stało.

To był nieustępliwy wieczór. Myśleliśmy, że prawie ją straciliśmy".

Pielęgniarka Burns sapnęła. „Wezmę jednego" – powiedziała. Ostatecznie zdecydowała się przyjąć papierosa. Zapaliła go, wzięła długi łyk, a potem zakaszlała.

„Ale jeszcze się nie poddaliśmy. Znów straciła przytomność. To prawdopodobnie dobrze. Musimy zatrzymać krwawienie. Mamy nadzieję, że uda nam się zachować jej umysł w nienaruszonym stanie".

Pielęgniarka Burns i doktor Christiansson zaczęli chodzić po dachu. Pod nimi wyły syreny i migotały światła.

„Jej mama, Helen, nie radzi sobie zbyt dobrze".

„Mogę tylko powiedzieć", powiedział, depcząc niedopałek papierosa, a następnie otwierając drzwi. „Jej córka jest w najlepszych rękach".

„Nic więcej?"

„W tej chwili nie, pielęgniarko Burns. Nie chciałbym, żebyś przesadzała".

„To jednak niewiele, co można jej powiedzieć. To naprawdę niewiele".

„Powiedz jej, żeby modliła się do kogokolwiek wierzy, jeśli wyznaje taką wiarę. A jeśli nie wierzy, powiedz jej, żeby wysłała całą pozytywną energię, jaką ma w sercu. Niech wyśle ją do wszechświata. Niech myśli pozytywnie i bez wątpienia. Niech wierzy, że jej córka wyjdzie z tego" – powiedział Christiansson.

Zeszli po schodach.

„Dziękuję, doktorze".

„Teraz muszę tam wrócić". Drzwi sali operacyjnej zamknęły się za nim.

ROZDZIAŁ 2

Pielęgniarka Burns wróciła do pokoju Grace i zastała Helen siedzącą dokładnie w tym samym miejscu, w którym ją zostawiła. Napełniła jej szklankę wodą, a następnie uklękła obok Helen.

„Właśnie widziałam doktora Christianssona i powiedział, że Grace czuje się dobrze. Trzyma się dzielnie".

„Moja córka trzyma się?"

„Tak".

„Powiedział pani, co się stało?"

„Tak, wszystko poszło zgodnie z przewidywaniami. Skrzepy pękły".

Helen zakryła usta dłonią. Zaczęła szlochać.

„Doktor Christiansson powiedział, że najlepszą rzeczą, jaką może pani zrobić dla córki, jest modlitwa, jeśli wierzy pani w modlitwę. A także dbanie o siebie. Proszę odpocząć. To była strasznie długa noc. Może pani wrócić do łóżka Grace i zdrzemnąć się trochę? Obiecuję, że obudzę panią, jeśli coś się zmieni".

„Jestem wyczerpana" – przyznała Helen.

Helen wtuliła się w łóżko córki. Wyobrażała sobie, że wciąż czuje ciepło, które niedawno pozostawiła tam córka. Owinęła się ramionami i szlochała. Początkowo łzy płynęły powoli, ale potem stały się coraz liczniejsze. Szloch i łzy, coraz szybciej i szybciej – prawie jak skurcze.

Zaledwie szesnaście lat temu córka Helen urodziła się właśnie w tym szpitalu. Grace była jej drugim dzieckiem, jedyną córką. Grace była jej dumą i radością.

Jej pierwsze dziecko, Daryl, sprawiło, że poród trwał czterdzieści sześć godzin. Czasami myślała, że nigdy się nie urodzi. Nie Grace. Pojawiła się na świecie po raz pierwszy, jakby nie chciała przegapić ani chwili.

Helen pamiętała, że Grace nie spała zbyt wiele, nawet jako małe dziecko. Jej córka bała się przegapić życie. Od samego początku była zachwycona wszystkim, światłem i kolorami. Jednak Grace nie odnalazła swojego prawdziwego przeznaczenia, dopóki nie zaczęła uczyć się liczb. Kiedy odkryła symetrię w otaczającym ją świecie przyrody, pasja Grace naprawdę się rozwinęła.

Helen myślała o rodzinie, którą kiedyś miała. Kochającego męża, Benjamina. Odważnego i dzielnego syna, Daryla. Bardzo cenną córkę, Grace. Przypomniała sobie dobre chwile, które spędzili razem, odwiedzając zoo Taronga. Wycieczkę do muzeum Powerhouse. Oglądanie filmów z popcornem. Wspólne kolacje. Proste, ale szczęśliwe dni. Jak bardzo Helen za nimi tęskniła.

Nucąc pod nosem, próbowała ponownie zasnąć, ale wspomnienia były zbyt świeże, zbyt żywe i zbyt bolesne.

Usiadła i przypomniała sobie wcześniejszy dzień, kiedy razem z córką śmiały się i rozmawiały.

To było tak, jakby coś się wyłączyło w umyśle Grace. Jakby przepalił się bezpiecznik. W jednej chwili była ożywiona, pełna życia, a potem stała się katatoniczna i wyglądało to tak, jakby nie była już Grace. Wszystko działo się tak szybko.

Takie jest życie – w jednej chwili masz rodzinę, a w następnej pojawiają się dwaj mężczyźni w niebieskich mundurach. Powiedzieli, że pijany kierowca zabił mojego męża i syna.

Helen przypomniała sobie, jak tej strasznej nocy zapytała tych dwóch mężczyzn, gdzie jest puenta. Była pewna, że musi być jakaś puenta. To musiał być żart. Ale to nie był żart. Potwierdziło się to, gdy dwie trumny zostały wyniesione do kościoła. A potem pochowane pod ziemią. To naprawdę nie był żart.

To było wtedy, a teraz jest teraz. Teraz jej córka walczyła tam o życie, a ona gdzie była? W łóżku, próbując zasnąć!

Helen odrzuciła kołdrę i zaczęła chodzić po pokoju. Zastanawiała się, kto jest winny: Vincente Marino.

Helen rozważała jego egoizm, jego arogancję. To była jego wina i tylko jego wina, a jeśli jej córka umrze z tego powodu, to pewnego dnia sprawi, że za to zapłaci.

****

Nadszedł poranek i pielęgniarka Burns znów
była na służbie. Najpierw zajęła się pacjentami, którzy
potrzebowali natychmiastowej pomocy. Potem poszła do pokoju
Grace Greenway, żeby sprawdzić, co u mamy Grace, Helen.

W pokoju panowała cisza, mimo że rolety były podniesione.
Weszła do środka, zauważając Helen klęczącą na krześle i patrzącą
przez okno.

Kiedy odwróciła się w stronę pielęgniarki, czarna szminka
spływała jej po twarzy. Wyglądała jak Marilyn Manson.

Helen natychmiast ponownie skupiła swoją uwagę na tym,
co działo się za oknem. Wpatrywała się w drzewo w oddali. A
konkretnie w czarnego kruka siedzącego na gałęzi i otwierającego
i zamykającego dziób, jakby rozmawiał z wyimaginowanym
przyjacielem.

Helen poczuła zazdrość wobec ptaka. Ptaka, który mógł
swobodnie odlecieć. Wystartować, kiedy tylko zechce, ale
pozostał z własnego wyboru. Zazdrościła mu również braku
emocjonalnego przywiązania. Przywiązanie oznaczało w końcu
ból. Zawsze traciło się tych, których kochało się najbardziej.

Odwróciła się ponownie w stronę pielęgniarki Burns. Zapytała cichym, odległym głosem: „Jakieś wieści?".

Czy doktor Ackerman nie odwiedził pani dziś rano?" – zapytała pielęgniarka Burns. Doktor Ackerman, nowy specjalista zajmujący się przypadkiem Grace, obiecał, że najpierw odwiedzi Helen Greenway, aby przekazać jej najnowsze informacje.

Brak reakcji Helen mówił sam za siebie.

„Jestem pewna, że doktor Ackerman wkrótce panią odwiedzi. Może pójdę i zapytam go o to?"

„Byłoby to bardzo miłe"

– powiedziała Helen, obejmując się ramionami. Ponownie skierowała uwagę na kruka. Ten przeskoczył kilka gałęzi wyżej na drzewie.

Pielęgniarka Burns odwróciła się, aby odejść. Zatrzymała się i zapytała Helen, czy jest ktoś, do kogo chciałaby, aby zadzwoniła – ktoś, kto mógłby z nią posiedzieć. Być może przyjaciel, kapelan lub pastor. Helen potrząsnęła głową, a następnie nadal patrzyła przez okno na ruchy kruka.

Kiedy drzwi za nią się zamknęły, pielęgniarka Burns usłyszała ciche łkanie Helen Greenway.

Helen myślała o mężu i synu, których straciła. A także o córce, którą, jak się obawiała, może stracić. Płakała i zakrywała twarz dłońmi, jak dziecko bawiące się w chowanego.

Tylko kruk zauważył, że się bawi.

Kiedy pielęgniarka Burns dotarła do drzwi sali operacyjnej i próbowała wejść, ktoś jej przeszkodził. Specjalne polecenia od głównych chirurgów, dr. Asha i dr. Ackermana, wskazywały, że stan Grace może się pogorszyć.

Wróciła do Helen Greenway bez żadnej konkretnej wiadomości. Próbowała ją uspokoić, mówiąc, że wszystko będzie dobrze. Potem zmieniła temat.

„Czy chciałaby pani coś zjeść?" – zapytała pielęgniarka Burns, nalewając Helen filiżankę gorącej herbaty z niedawno dostarczonej tacy. Herbata została przyniesiona jako śniadanie dla Grace. Najwyraźniej lekarze nie zaktualizowali jeszcze jej karty. Pielęgniarka Burns musiała sprawdzić, kto popełnił ten błąd, ze względu na budżet, ale na razie służyło to jako niewielka zachęta do nakarmienia Helen Greenway.

„Nie jestem głodna ani spragniona" – upierała się. „Chcę zobaczyć moją córkę. Chcę zobaczyć Grace". Wydała z siebie przeraźliwy szloch.

Pielęgniarka Burns sprzątała pokój, gdy do środka wszedł doktor Smith, najnowszy chirurg szpitala, z zakłopotaną miną. Był wysoki, ciemny i przystojny, do tego stopnia, że nawet zmieszane spojrzenie sprawiało, że wydawał się jeszcze bardziej atrakcyjny dla większości kobiet; jednak Helen Greenway tego nie zauważyła.

Helen wspominała Grace. Jak kiedyś siedziała pod dużym drzewem parasolowym i czytała o teorii względności Einsteina lub Liber Abaci Fibonacciego. Wyobrażała sobie córkę na miękkim łóżku z pluszowej trawy, w cieniu i pod ochroną ramion drzewa.

Doktor Smith podszedł do niej ostrożnie, patrząc najpierw na pielęgniarkę Burns, a potem z powrotem na Helen Greenway. Helen nie poruszyła się ani nawet nie zwróciła uwagi na jego obecność.

„Czy mogę z panią porozmawiać na chwilę na zewnątrz?" – zapytał doktor Smith.

„Tak, doktorze" – odpowiedziała.

Wyszli z pokoju. Helen Greenway nawet tego nie zauważyła.

∗∗∗

„Co SIĘ Z NIĄ dzieje?" – zapytał doktor Smith. Pielęgniarka Burns wyjaśniła mu sytuację.

„Musi się uspokoić" – powiedział – „ponieważ przeszkadza innym pacjentom. Właśnie zacząłem dyżur i otrzymałem już kilka skarg. To musi się skończyć. Albo poprosimy jednego z lekarzy o zatwierdzenie podania środków uspokajających, albo zachęcimy ją, aby na chwilę opuściła oddział".

„Robię, co mogę" – powiedziała pielęgniarka Burns, nieco zbyt defensywnie.

Doktor Smith wziął ją za rękę i spojrzał jej w oczy. Nauczył się tego gestu, oglądając powtórki serialu „Ostry dyżur". Serca zarówno personelu, jak i pacjentów zawsze topniały podczas oglądania tego serialu, co zapewniło popularność George'owi Clooneyowi.

„Wiem o tym" – skarciła ją – „i doceniam wszystko, co pani zrobiła. Wszystko, co zamierza pani zrobić, aby pomóc mi i innym pacjentom na oddziale".

Uśmiechnęła się do niego, ale w duchu pomyślała, że jest tak fałszywy jak dwudolarowy banknot.

Odwróciła się i wróciła do pokoju Helen Greenway.

Niestety, Helen już tam nie było.

ROZDZIAŁ 3

„Muszę wyjść z tego pokoju, zaczerpnąć świeżego powietrza" – szepnęła Helen do siebie, przemykając obok lekarzy i pielęgniarek. Weszła do windy, mając pewność, że nikt nie zauważy jej nieobecności.

Gdy drzwi się zamknęły, Helen obserwowała, jak nosze są pchane, ciągnięte lub eskortowane wzdłuż korytarzy. Zakryła uszy, gdy usłyszała skrzypienie i zgrzytanie kółek nabierających prędkości. Podskoczyła, gdy jedna z nich została źle skierowana i zarysowała ścianę. Personel szpitala nie wydawał się zauważać tego zamieszania.

Poczuła się zrelaksowana, gdy drzwi za nią zostały mocno zamknięte. Jedyne, co mogło ją rozpraszać, to muzyka w windzie. Znajoma melodia z musicalu przywołała wspomnienia o niej i Grace, które łączyła więź matki i córki. Było to dawno temu, zanim rozdzielił je matematyczny dystans i okres dojrzewania.

Kiedy dotarła na parter, Helen wyszła z silnym poczuciem celu i przeznaczenia. Chciała poczuć powiew wiatru na twarzy. Chciała być na zewnątrz, w spokojnym, świeżym powietrzu pachnącym eukaliptusem.

Nikt jej nie zatrzymał, nie zadawał pytań, a nawet nie zwracał na nią uwagi. Weszła przez obrotowe drzwi i płynęła z prądem na zewnątrz.

W tym samym momencie obok niej zatrzymała się karetka pogotowia z wyjącym syreną i migającymi światłami.

Hałas był ogłuszający, zupełnie nie przypominał spokoju i samotności, o których marzyła Helen. Chciała uciec, uciec od tego. Ale dźwięk wydawał się ją dręczyć, odbierać jej energię. Jej stopy wydawały się być mocno osadzone w betonie.

Nie mogąc się ruszyć ani uciec, oparła się plecami o ścianę i zakryła uszy. Wokół panował chaos, przepychanki i szamotanina zamiast spokoju i ciszy, których tak bardzo pragnęła.

Przytłoczona Helen straciła przytomność i upadła na ziemię.

ROZDZIAŁ 4

Vincente?" Grace szlochała. „Vincente, jesteś tam?"

" Grace miała szeroko otwarte oczy i rozglądała się po zimnym, metalowym pomieszczeniu, ale nigdzie go nie było.

Mężczyźni i kobiety w maskach spoglądali na nią z góry.

Jasne światło nad nią pulsowało ciepłem i energią, zmuszając ją ponownie do zamknięcia oczu.

„Vincente?" szeptała wielokrotnie.

Samotna gwiazda świeciła jasno. Tańczyła przed jej oczami. Początkowo delikatna i przyjemnie ciepła, wkrótce wypaliła się w jej skórze.

Potem wszystko znów pogrążyło się w czerni.

ROZDZIAŁ 5

„PRZYWIEŹLIŚMY DO SZPITALA JEDNEGO pacjenta, a na chodniku znaleźliśmy kolejnego!" – krzyknął kierowca karetki, gdy zespół oceniał sytuację.

„Dwa przypadki za cenę jednego" – powiedział jego współpracownik z uśmiechem.

„Pierwszy ma pierwszeństwo" – powiedział pierwszy mężczyzna. On i jego współpracownik pociągnęli nosze po chodniku. „Nadchodzimy" – powiedzieli, przepychając się przez drzwi.

„Na zewnątrz jest jeszcze jeden" – powiedział drugi mężczyzna do recepcjonistki.

W tym czasie Helen już doszła do siebie i próbowała wstać. W jej głowie migotały i błyszczały małe białe gwiazdki. Czuła się jak w jednej z kreskówek o Wile E. Coyote. Po tym, jak Roadrunner uderzył młotem kowalskim w głowę futrzastej bestii. Próbowała się ustabilizować, ale nogi ugięły się pod nią i ponownie upadła na ziemię.

„Czy ktoś wie, kim ona jest?" – zapytała kobieta. Wokół Helen zgromadzili się odwiedzający i personel szpitala, który właśnie rozpoczął dyżur. Jeden z pracowników przemówił przez radio i poprosił o nosze oraz chirurga urazowego, aby natychmiast zgłosili się na oddział ratunkowy.

Helen otworzyła oczy i spojrzała w górę. Grupa nieznajomych patrzyła na nią. Próbowała ponownie wstać, ale nieznajomi zachęcali ją, aby pozostała na ziemi.

„Czy może nam pani powiedzieć, kim jest? Czy pamięta pani swoje imię?" – zapytała kobieta, która rozmawiała przez radio.

„Tak, nazywam się Helen, Helen Greenway".

Kobieta ponownie przemówiła przez radio. „Na podłodze w holu wejściowym leży kobieta rasy białej. Ma około sześćdziesięciu lat, nazywa się Helen, Helen Greenway. Czy ktoś ją zna? Czy jest pacjentką? Uciekła z oddziału psychiatrycznego? Jest ubrana w zwykłe ubranie, powtarzam, jest ubrana w zwykłe ubranie".

Pojawił się młody lekarz z torbą medyczną. Uklęknął obok Helen i zapytał ją, czy jest ranna. Kiedy potrząsnęła głową, zaczął sprawdzać jej parametry życiowe.

„Nic mi nie jest" – powiedziała Helen. „To moja córka jest chora!" Ponownie próbowała wstać.

„Helen" – powiedział lekarz – „musisz pozostać w pozycji leżącej, dopóki nie upewnię się, że twoje parametry życiowe są w normie".

Helen skinęła głową pokornie, jak skarcona dziecko.

Po stwierdzeniu, że parametry życiowe Helen są w normie, zachęcono ją, aby wstała. Przyniesiono wózek inwalidzki.

„Teraz" – powiedział lekarz – „proszę usiąść i pojedziemy poszukać pani córki".

„Mogę chodzić" – sprzeciwiła się.

„Ja będę pchał" – nalegał.

K IEDY DOTARLI NA PIĘTRO, na którym leżała Grace, pielęgniarka Burns podbiegła do nich. „Dzięki Bogu, że nic ci nie jest, Helen!".

„Znasz ją?" – zapytał lekarz.

„Tak, jesteśmy starymi przyjaciółkami" – uśmiechnęła się pielęgniarka Burns.

„Cóż, zemdlała przed budynkiem, dlatego jest na wózku inwalidzkim. Sprawdziłam jej parametry życiowe. Wydaje się być w porządku, choć prawdopodobnie jest nieco niewyspana. Poza tym jest głodna i odwodniona".

„Tak, była tak skupiona na zdrowiu córki, że trudno było jej cokolwiek podać".

„Porozmawiaj z jej lekarzem. Jeśli to konieczne, podaj jej kroplówkę, ale nie możemy pozwolić jej chodzić w takim stanie. Potrzebuje jedzenia i wody, i to natychmiast. Kto jest lekarzem jej córki?".

„Jej córka ma zespół lekarzy – Christiansson, Ash i Ackerman".

Lekarz zawahał się. Słyszał o trwającej operacji, o chirurgach wezwanych w trybie pilnym. Jeden z nich przyleciał samolotem w nocy. Sytuacja była naprawdę poważna. Teraz jeszcze bardziej współczuł kobiecie na wózku inwalidzkim.

„W takim razie zobacz, co możesz zrobić" – powiedział do pielęgniarki Burns. Następnie zwrócił się do Helen: „Musisz coś zjeść, napić się, a potem odpocząć, aby być gotową, gdy twoja córka się obudzi. Musisz być dla niej niezwykle silna".

Jego słowa nie dotarły do Helen, ponieważ zasnęła już w wózku inwalidzkim.

ROZDZIAŁ 6

H ELEN OBUDZIŁA SIĘ PIĘTNAŚCIE minut później, z powrotem w łóżku Grace. Nie pamiętała, jak się tam znalazła. Nacisnęła przycisk przy łóżku. Chwilę później pojawiła się pielęgniarka Burns z tacą pełną ciepłego jedzenia i świeżej kawy.

„Obawiam się, że nie mogę nic zjeść" – powiedziała Helen.

„Albo to, albo kroplówka. Ty decydujesz, Helen. Niedługo kończę dyżur i obiecałam lekarzowi z oddziału urazowego, że przed wyjściem upewnię się, że coś zjesz. Jeśli nie zgodzisz się, to on zorganizuje z twoim lekarzem podłączenie ci kroplówki i karmienie w ten sposób".

„Odmawiam obu opcji. W rzeczywistości mam fobię związaną z jedzeniem szpitalnym. Chcę stąd wyjść i zjeść coś innego. Daleko stąd".

„Tak, rozumiem. Myślę, że możemy to zrobić" – powiedziała pielęgniarka Burns, odwracając się i wychodząc.

Po chwili wróciła w płaszczu i razem z Helen opuściły szpital. Poszły do małej kawiarni na tej samej ulicy.

Dla obu kobiet była to mile widziana przerwa.

ROZDZIAŁ 7

JEJ CIŚNIENIE KRWI SPADA. Jest poniżej normy! Jeśli nie zrobimy czegoś teraz, jeśli nie zatrzymamy krwawienia, stracimy ją" – powiedział doktor Ash.

Wszyscy obecni na sali operacyjnej zbiegli się i zbliżyli się do niej.

„Zatamujcie to, do cholery!" – rozkazał doktor Ackerman.

Krew tryskała z ogromną siłą. Nawet przy pomocy wszystkich obecnych nie byli w stanie działać wystarczająco szybko. Aparat kardiologiczny pokazał linię prostą.

Wykrzykiwał.

„Musimy ją uratować! Po prostu musimy!" – wykrzyknął doktor Christiansson.

ROZDZIAŁ 8

W kawiarni Helen Greenway wbijała widelec w stos puree ziemniaczanego. Pokroiła kawałek steku i włożyła go do ust. Żuła i żuła, próbując przełknąć, ale jedzenie nie chciało przejść.

„Tak jest" – powiedziała pielęgniarka Burns – „zaraz poczujesz się lepiej".

Helen poczuła dreszcz przebiegający przez jej ciało, jakby ktoś otworzył drzwi w mroźny zimowy dzień. Drzwi pozostały zamknięte, ale na jej ramionach pojawiła się gęsia skórka. Skuliła się, próbując się ogrzać. Z nieznanego miejsca usłyszała, jak Grace woła jej imię. Kilka sekund później zadzwonił telefon pielęgniarki.

„Tu doktor Christiansson. Dzwonię, ponieważ rozumiem, że jest pani z mamą Grace Greenway, Helen. Czy to prawda?"

Pielęgniarka Burns skinęła głową, ale nic nie powiedziała, zachowując pokerową twarz.

„Grace właśnie znowu straciła tętno. Nie jestem pewien..." Urwał, nie kończąc tej tragicznej wiadomości. Był wyczerpany.

„Rozumiem" – powiedziała. „Zaraz tam jedziemy".

Helen Greenway upuściła widelec, a łzy popłynęły jej z oczu. Helen pobiegła w kierunku szpitala, a w uszach brzmiał jej głos córki.

ROZDZIAŁ 9

Grace, musisz się trzymać!" – usłyszała głos.

" Grace rozpoznała głos Vincente'a. Odszedł. Opuścił ją, a teraz wrócił. Powrócił.

„Gdzie byłeś?" – zapytała, rozglądając się po pokoju. Szukała jego kobaltowych oczu.

„Jestem tutaj" – powiedział, chwytając ją za rękę. „Zawsze tu byłem".

„Ale dlaczego cię nie widzę? Tak się bałam". Zatrzymała się, czując, jak jego dłoń zaciska się wokół jej dłoni. „A potem zgasły światła". Zatrzymała się. „Nie sądzę, żebym mogła wytrzymać, Vincente. Nie sądzę, żebym dała radę".

„Oczywiście, że dasz radę" – powiedział, a łzy spływały mu po policzkach i kapały na ich splecione dłonie. „Dopiero co cię znalazłem! Jesteśmy nowożeńcami, a ty obiecałaś, że będziesz mnie kochać na zawsze".

„Zawsze będę cię kochać, Vincente. Na zawsze".

„W takim razie musisz znaleźć sposób, aby zostać – powiedział. – Bez ciebie jestem niczym, niczym! Upadł na kolana, jakby piorun uderzył go w serce.

„Próbuję, kochanie" – powiedziała. „Ale tu jest tak ciemno, tak ciemno. Muszę cię widzieć!".

„Jestem tuż obok" – powiedział Vincente i mocno ścisnął jej dłoń.

„Słyszę cię. Czuję cię. Ale gdzie jesteś?".

Wszedł w światło.

„Nie widzę cię! Dlaczego cię nie widzę?".

„Jest noc, kochanie" – powiedział. „A światło może boleć cię w oczy. Ale uwierz mi, jestem tutaj. Byłem tu przez cały czas. Obiecałem, że nigdy cię nie opuszczę, a ja zawsze dotrzymuję obietnic".

„Zaśpiewaj mi coś".

Zaśpiewał piosenkę z jej szkatułki na biżuterię, piosenkę, która stała się ich piosenką.

Sala operacyjna tętniła życiem, pełna wszelkiego rodzaju sprzętu medycznego i personelu medycznego, który biegał w kółko i wpadał na siebie. Kiedy dźwięk płaskiej linii ustał i powrócił normalny ton jej bicia serca, w sali operacyjnej rozległ się cichy okrzyk radości.

„Udało się!" – wykrzyknął doktor Ash.

„Wciąż mamy dużo pracy" – przypomniał mu doktor Ackerman. „Grace straciła dużo krwi. Może potrzebować kilku transfuzji, a my wciąż walczymy z czasem, aby zapobiec zakrzepom".

„Porozmawiam z jej matką" – powiedział doktor Christiansson. „Być może będzie mogła oddać więcej krwi. Zawsze lepiej jest, gdy krew oddaje członek rodziny".

Delikatnie poklepał obu głównych chirurgów po plecach i spojrzał na Grace. Przez kilka sekund obserwował monitor pracy serca, analizując wszystkie dane. Wszystko wydawało się być w normie, a przynajmniej w normie, na jaką można było liczyć w przypadku młodej dziewczyny, która w ciągu niecałych 24 godzin dwukrotnie miała zatrzymanie akcji serca.

***

„Śwⅰetnie sobie radzisz" – powiedział Vincente, głaszcząc ją po czole.

„Chcę zostać, ale jestem tak bardzo zmęczona".

„Pamiętasz dzień naszego ślubu? Pamiętasz nasz dom w Manly? Jak razem go urządzaliśmy? Pamiętasz, jak obiecałaś mi wieczną miłość, pani Marino?".

„Pamiętam" – odpowiedziała. Potem podniosła wzrok i światło, które kiedyś było daleko nad nią, wydawało się teraz bliższe. Było jak gwiazda, która ją przyciągała, jednocześnie walcząc o własne życie. Grace była bardzo zmęczona i pragnęła odpocząć, zaznać spokoju. Pragnęła wejść w blask gwiazdy.

Była to kula światła gwiazd. Kręciła się i obracała, pchając do wewnątrz i na zewnątrz, cały czas zachęcając Grace, aby do niej dołączyła. Była to gwiazda Fibonacciego, część Drogi Mlecznej i jedyna rzecz, która powstrzymywała ją przed dołączeniem do niej, jako jej własna złota średnia, Vincente.

„Grace" – powiedział Vincente.

Jego głos wydawał się być tak bardzo odległy, a ona czuła się bardzo zimna i bardzo samotna. Palący żar w centrum gwiazdy ogrzewał ją z daleka. Dołączenie do niej było tylko o krok. Byłoby to tak łatwe.

„O nie!" krzyknął doktor Ash. „Nie znowu! Nie tak szybko! Tracimy ją!"

„Straciła zbyt dużo krwi!"

– wykrzyknęła doktor Ackerman. – Gdzie jest doktor Christiansson z informacjami o transfuzji krwi? Musimy natychmiast podać jej więcej krwi! Nie możemy czekać na jej mamę. Rozpocznijcie transfuzję teraz.

Kilka sekund później obca krew została wpompowana do bezwładnego ciała Grace.

Początkowo jej organizm wydawał się ją akceptować. Piła ją łapczywie. Jednak nie minęło dużo czasu, zanim nowa krew odrzuciła starą.

Wtedy naprawdę rozpoczęła się walka.

„Vincente?"

„Tak, kochanie".

„Boję się śmierci".

„To nie jest twój czas" – powiedział. „To nie może być twój czas".

„Skąd wiesz?" – zapytała, czując gorączkę w swoim ciele. Najpierw płonęła, a potem była lodowato zimna. Przez cały czas przyciągało ją światło gwiazd.

„Ponieważ żyję tylko dla ciebie".

„Ale czuję się źle, bardzo źle, Vincente".

„Jak się czujesz, kochanie? Powiedz mi".

„Czuję się, jakbym unosiła się nad ziemią i patrzyła na siebie leżącą na noszach w sali operacyjnej. Widzę, jak mnie szturchają, szturchają i biegają wokół”.

„Oni ci pomagają, kochanie”.

„Tak, ale to tak bardzo boli”.

„Możesz zostać? Musisz zostać. Proszę. Zrób to dla mnie. Dla swojego męża”.

„Nie zniosę tego bólu. Chcę... chcę...”

„Wiem, czego chcesz, Grace” – powiedział. „Założę się, że chciałabyś zobaczyć swoją mamę”.

„Ale Vincente, moja mama nie żyje”.

„Nie, ona żyje i już do ciebie jedzie. Trzymaj się”.

„Jak to możliwe? Przed chwilą byliśmy w Manly i nie było nikogo innego na świecie, tylko ty i ja, a teraz... to. Wszędzie mnóstwo ludzi. I potworny ból, nieustanny ból”.

„Pamiętasz skrzepy, Grace?”.

„Skrzepy, tak”.

„Było ich więcej niż jeden. Pękły. Wszyscy walczymy o ciebie. Nie poddawaj się, Grace. Ty też musisz walczyć. Kocham cię. Nie mogę cię stracić. Proszę, nie poddawaj się!”.

„Vincente, jestem taka zmęczona! Może nadszedł czas, żebyś mnie puścił”.

„Nigdy!” – krzyknął. Patrzył, jak jej powieki drgały i zamykały się. W końcu szepnął jej do ucha: „Odpocznij więc, kochanie. Tak, zamknij oczy i odpocznij. Zaśpiewam ci kołysankę, ale proszę, nie opuszczaj mnie”.

Ona nadal oddychała. Vincente śpiewał dalej ich specjalną piosenkę, a łzy spływały mu po policzkach.

ROZDZIAŁ 10

Helen i pielęgniarka Burns wróciły do szpitala, gdzie czekał na nie doktor Christiansson. „Jak się czujesz, Helen?" – zapytał, prowadząc ją w kierunku sali operacyjnej.

„W porządku, martwię się o moją córkę!"

„Rozumiem, że wcześniej źle się pani czuła i zemdlała? Czy to prawda?" Spojrzał na pielęgniarkę Burns, a ona skinęła głową.

„Zemdlałam, ale co to ma wspólnego z czymkolwiek? Co się dzieje z moją córką?"

„Obawiam się, że będziemy musieli pobrać od pani krew do transfuzji. Najlepiej, gdy pochodzi ona od osoby bezpośrednio spokrewnionej z pacjentem".

Helen skinęła głową, a potem zakryła twarz dłońmi. Czuła się niewiarygodnie wyczerpana, ale chciała pomóc. Musiała pomóc.

„Zabierzemy panią na górę do sali transfuzji na obserwację". Następnie zwrócił się do pielęgniarki Burns: „Czy Helen coś ostatnio jadła?".

Pielęgniarka Burns skinęła głową i pokazała mu, ile. To nie wystarczyłoby nawet, żeby utrzymać przy życiu ptaka.

„No już, już" – powiedziała pielęgniarka Burns do Helen, gdy szły korytarzem.

Zadzwonił pager doktora Christianssona. „Chwileczkę" – powiedział. Odszedł od nich. „Zmiana planów. Muszę zabrać panią do córki – teraz. Proszę iść ze mną i umyć ręce".

Pielęgniarka Burns chciała wrócić na swoje stanowisko, ale doktor Christiansson poprosił ją, aby została.

„Zanim wejdziemy" – ostrzegł – „muszę pani powiedzieć, pani Greenway – Helen – że już kilka razy straciliśmy pani córkę".

„Straciliście ją?"

„Tak. To znaczy, że miała zatrzymanie akcji serca. Jej serce przestało bić, ale tylko na kilka chwil".

Helen powstrzymała łkanie.

Weszli na salę operacyjną.

Grace leżała nieprzytomna na stole operacyjnym.

„Mamo!" – wykrzyknęła Grace.

Helen podeszła do niej i wzięła ją za rękę. Spojrzała córce w oczy.

„To jest matka Grace, Helen" – wyjaśnił doktor Ackerman pozostałym członkom zespołu medycznego.

„Dziękujemy za przybycie, i to tak szybko" – powiedział doktor Ash.

„Miło panią poznać. Grace jest naprawdę bardzo dzielną dziewczynką".

„Jak ona się czuje, naprawdę?" – zapytała Helen.

„Było blisko, ale jej parametry życiowe ustabilizowały się. Obserwujemy ją i radzi sobie dobrze".

„Dziękuję" – powiedziała Helen. „Dziękuję wszystkim!" – poczuła gulę w gardle.

„Przepraszam, doktorze Ash" – odezwała się jedna z pielęgniarek, która monitorowała parametry życiowe Grace. „Czy mógłby pan podejść na chwilę?".

Podszedł do niej i natychmiast skupił wzrok na ekranie.

„Mamo! To ja, Grace, mamo!".

„Ona cię nie słyszy" – powiedział Vincente.

„Co? Jak to nie słyszy? Przecież stoi tuż obok! Oczywiście, że mnie słyszy! Mamo, to ja, Grace... Vincente i ja. Jesteśmy teraz małżeństwem i kochamy się, mamo. Mamo!".

„Kochanie, ona cię nie słyszy" – powtórzył Vincente, głaszcząc ją po dłoni. Pochylił się i pocałował ją w czoło.

„Nie słyszy mnie, ale widzi. Proszę, trzyma mnie za rękę. Chwileczkę, ona nie widzi ciebie, prawda? Dlaczego nie widzi cię ani nie słyszy, Vincente?".

„Nie wiem".

„Vincente, czy ty nie żyjesz?".

Vincente roześmiał się i przeczesał palcami włosy. „Oczywiście, że nie umarłem. Jestem tuż obok ciebie, trzymam cię za rękę".

„Ale inni cię nie widzą, ani lekarze, ani moja mama. Poruszają się wokół ciebie, przechodzą przez ciebie. Dlaczego nie mogą cię zobaczyć ani usłyszeć? Dlaczego tylko ja wiem, że tu jesteś? Czy ja też nie żyję? Czy oboje nie żyjemy?".

„Jesteśmy zawsze razem, ponieważ się kochamy. Nasza miłość jest silniejsza niż wszyscy i wszystko".

Duch Grace dryfował wcześniej po pokoju, ale teraz ponownie wszedł do jej ciała.

Kiedy już znalazł się w środku, najpierw próbowała walczyć z bólem. Potem próbowała przeżyć ten ból, pogodzić się z nim, ale było to dla niej zbyt trudne. Nie mogła tego znieść. Rozpadła się na kawałki.

„Jej parametry życiowe spadają! Znowu ją tracimy!" – krzyknął doktor Ash. Wszyscy zbliżyli się do Grace, odsuwając Helen na bok.

„Krwawienie całkowicie ustało" – potwierdził doktor Ackerman. „Radziła sobie tak dobrze. Nie widzę żadnego powodu dla tego nagłego nawrotu, poza...". Zawahał się i spojrzał na Helen Greenway stojącą z dala od stołu, załamującą ręce jak Lady Makbet.

„Zabierzcie ją stąd!" – krzyknął doktor Ash.

„Co oni teraz mówią, Vincente?" – zapytała Grace.

„Obwiniają twoją mamę za twój nawrót. Kiedy wróciłaś do swojego ciała i znów z niego wyszłaś, coś się stało. Myślą, że umierasz".

„Ale ja nie umieram! Chcę żyć!"

„Tracimy ją!" – krzyknął doktor Ackerman. „Oczyścić pokład!" – wykrzyknął, podchodząc i rozpoczynając resuscytację krążeniowo-oddechową.

„Nie, nie zostawię jej!" – krzyknęła Helen, gdy wypchnięto ją przez drzwi wahadłowe na korytarz.

„Mamo!" – krzyknęła Grace. „Mamo!"

„Znowu krwawi" – potwierdził doktor Ash. „Mamy tu więcej skrzepów. Nie potrafię ich zliczyć. Nie wiem, jak długo jeszcze wytrzyma!"

„Robimy dla niej wszystko, co w naszej mocy".

Dusza Grace powróciła do jej ciała. Próbowała wstać. W jej głowie zaczęły wirować i kręcić się kolorowe obrazy, aż nie mogła już widzieć ani słyszeć Vincente.

„Vincente, nie zostawiaj mnie!" – krzyknęła.

— Vincente? – zapytał doktor Ash. – Kim jest Vincente?

– To chłopak, który spowodował jej hospitalizację – odpowiedział doktor Christiansson.

– Może powinniśmy się z nim skontaktować i poprosić, żeby przyszedł do szpitala?

– Jest środek nocy. Może się nie udać sprowadzić go tutaj.

– Po prostu to zrób! – krzyknął doktor Ash. – Potrzebujemy wszelkiej pomocy, jaką możemy uzyskać!

– Grace, posłuchaj mnie – powiedział doktor Ash, pochylając się bliżej niej. – Robimy dla ciebie wszystko, co w naszej mocy. Mam nadzieję, że mnie słyszysz. Słyszeliśmy cię. Dzwonimy do Vincente. Niedługo tu będzie i będzie przy tobie. Proszę, trzymaj się. Bądź s ilna.

Grace nie słyszała go. Była gdzieś w ciemności, zupełnie sama.

ROZDZIAŁ 11

NA ZEWNĄTRZ, W HOLU, Helen Greenway szepnęła do słuchawki: „Witaj, Vincente, przepraszam, że przeszkadzam tak późno".

„Kto mówi?"

„Przepraszam" – zawahała się, a potem przedstawiła się. „To Grace. To z powodu Grace dzwonię do ciebie tak późno. Mówi jej mama, Helen Greenway".

„Czy wszystko z nią w porządku? Nie jest...?" – przerwał i jego głos ucichł. Bał się usłyszeć, co powie dalej. Czy ją zabił? Nie zniósłby tego, gdyby tak było, chociaż wiedział, że to nie była jego wina. Nie mógł tego wiedzieć. Jego umysł powrócił do teraźniejszości. Był prawie pewien, że Helen Greenway już odpowiedziała. Po drugiej stronie słuchawki panowała całkowita c isza.

„Jesteś tam, Vincente?" – zapytała, czekając na jego odpowiedź. Wyjaśniła wszystko, przedstawiła swoją sprawę. On milczał. Nie chciał przyjść do szpitala? Na pewno nie. Nie, prawdopodobnie po prostu jeszcze się nie obudził. Kiedy nadal nie odpowiadał, ponagliła go: „Grace, moja Grace, potrzebuje cię, Vincente".

Odchylił głowę z ulgą, wiedząc, że ona nadal żyje i oddycha. „Będę tam z samego rana".

„Nie, proszę, przyjedź natychmiast. Grace cię teraz potrzebuje. Woła cię. Lekarze mówią, że musisz przyjechać do szpitala teraz, zanim będzie za późno".

Głowa Vincente kręciła się od przebudzenia w środku nocy i myśli o tym, jak dotrzeć do szpitala. Będzie musiał obudzić mamę i poprosić ją, żeby go tam zawiozła, a ona zasypie go mnóstwem pytań. Nie wspominając o tym, jak wróci do domu.

„Proszę, powiedz tak, a ja wyślę po ciebie taksówkę. Chwileczkę – Helen przyłożyła dłoń do słuchawki. Pielęgniarka potwierdziła, że do domu Vincente zostanie wysłany samochód, który zabierze go do szpitala i zawiezie z powrotem do domu. „Wysyłamy samochód, aby cię odebrać, Vincente. Potwierdź, że przyjedziesz do szpitala, aby zobaczyć się z moją córką. Ona prosi o to. Proszę".

„Dobrze, ale daj mi kilka minut, abym się ubrał i zostawił wiadomość dla mamy".

„Muszę potwierdzić twój adres" – zapytała recepcjonistka po drugiej stronie słuchawki po sprawdzeniu dokumentacji szpitalnej.

„Tak, to jest poprawne" – odpowiedział Vincente.

„Samochód jest w drodze, proszę czekać".

„Będę czekał" – powiedział Vincente, kończąc rozmowę i zaczynając zakładać czarne dżinsy i białą koszulkę.

Wyczesał włosy, a następnie założył czerwoną bluzę z kapturem, która znów je potargała.

Następnie zszedł po schodach, pokonując po dwa stopnie na raz. Napisał krótką wiadomość do mamy i przykleił ją do lodówki. Kilka sekund później przyjechał samochód.

Siedział w samochodzie, zapięty pasami, w drodze do szpitala. Opierając głowę na ramieniu, obserwował mroczną noc.

Od czasu do czasu twarz na księżycu wydawała się go przywoływać. Człowiek na księżycu wyglądał dziwnie znajomo, jakby był skrzyżowaniem Marka Twaina i Alberta Einsteina.

Skupił się na księżycu i gwiazdach, próbując nie zasnąć.

Chciał być całkowicie przytomny. Chciał...

H ELEN BYŁA Z SIEBIE dumna, ponieważ przekonała Vincente, aby przyszedł do szpitala.

Chociaż Helen była nieco zaskoczona, dlaczego jej córka wołała jego imię. Jaką władzę miał nad jej sercem, że wołała go w ten sposób? Być może nie doceniła go. A może znaczył dla jej córki więcej, niż Helen zdawała sobie sprawę? Był tylko licealistą, kolegą z klasy, obiektem westchnień. Z drugiej strony, czyż ona sama nie poślubiła swojej licealnej miłości?

Helen chodziła po korytarzu w tę i z powrotem. Kiedy wyszła pielęgniarka Burns, powiedziała: „Nie wytrzymam tego! Nie wiem, co się dzieje z moją córką! To wszystko jest dla mnie zbyt trudne!".

Pielęgniarka Burns rozumiała napięcie, w jakim znajdowała się Helen Greenway, ale jej nadmierna reakcja i ogólna skłonność do paniki miały wpływ na innych pacjentów i członków rodzin, którzy czekali na wiadomości o swoich bliskich.

Pielęgniarka Burns poprowadziła Helen za ramię do cichego kąta, gdzie szepnęła jej do ucha: „Twoja córka jest w najlepszych rękach. Wiem, że to trudne, ale musisz spróbować zachować spokój".

„Gdybym tylko mogła z nią zostać, aby jej pomóc" – powiedziała Helen.

„Grace radzi sobie dobrze, a lekarze myślą tylko o niej – o tym, czego chce i czego potrzebuje. Przeżycie twojej córki jest priorytetem szpitala".

„Tak, ale jestem jej mamą! Nie zasługuję na żadne wyjaśnienia? Nie mam tu żadnych praw?".

„Oczywiście, że masz prawa, ale powierzono ci ważne zadanie, aby sprowadzić tu Vincente. Rozumiem, że jest w drodze?"

„Tak, jest. Ale mogłabym pomóc mojej córce, gdybyś nie wyrzuciła mnie z sali".

„Helen", powiedziała nieco z irytacją pielęgniarka Burns, „stan twojej córki zmienił się, kiedy byłaś z nią. Wydawało się, że w tych chwilach wywołujesz u niej tylko niepokój". Zawahała się. „Lekarze zauważyli tę zmianę w stabilności twojej córki. Dlatego wyprowadzili cię z sali operacyjnej. Zrobili to dla dobra Grace".

„Ale nie ma powodu, żeby Grace się pogorszyła – z mojej winy. Kocham ją. Ona jest moim życiem".

„Cóż, dowody mówią same za siebie".

„Jeśli nie jestem tu potrzebna", powiedziała, wydymając usta, „to równie dobrze mogę zejść na dół i poczekać na chłopca Marino. Muszę coś robić".

„To bardzo dobry pomysł" – powiedziała pielęgniarka Burns. Poklepała Helen po dłoni, ale tym razem Helen cofnęła rękę.

Włożyła obie dłonie do kieszeni i powlokła się korytarzem. Odgłos jej obcasów odbijał się echem, gdy odchodziła.

„Proszę poprosić recepcję, aby nas powiadomiła, gdy przyjedzie" – krzyknęła pielęgniarka Burns, gdy zamknęły się drzwi windy.

„Tak zrobię" – odpowiedziała Helen.

***

KIEDY DRZWI WINDY OTWORZYŁY się na parterze, Helen wyszła do recepcji. Natychmiast dostrzegła Vincente. Poruszał się w obrębie drzwi obrotowych, z rękami w kieszeniach dżinsów i zgarbionymi ramionami.

Helen zatrzymała się na chwilę, przyglądając się chłopcu, który spowodował, że jej córka trafiła do szpitala. Wyglądał na rozczochranego i nie czuł się komfortowo. Mimo to był bardzo przystojny w swojej czerwonej bluzie z kapturem, która sprawiała, że jego niebieskie oczy wydawały się jeszcze bardziej niebieskie. Wyglądał jak skrzyżowanie Jamesa Deana i Roberta Redforda.

Podeszła do niego. Nie zauważył jej jeszcze.

Kiedy spojrzał w jej kierunku, zaskoczyło ją to. Przez chwilę nie mogła oddychać. Nie był to zwykły chłopak. Było w nim coś wyjątkowego, coś zupełnie innego.

„Cześć, Vincente" – powiedziała Helen, wyciągając rękę, aby uścisnąć jego dłoń. Była nieco przytłoczona, więc przedstawiła się mu, jakby nie znali się wcześniej.

Vincente uznał to za nieco dziwne, ponieważ spotkali się niedawno. Nie zwrócił na to uwagi, ponieważ miała duże worki pod oczami i wyglądała, jakby spała w ubraniu.

Uścisnął jej dłoń i pozwolił, aby wzięła go pod ramię i zaprowadziła do recepcji. Helen poprosiła recepcjonistkę o potwierdzenie jego przybycia i przekazanie tej informacji na ósme piętro.

Następnie Helen poprowadziła go w kierunku windy. Stali obok siebie przed drzwiami, spleceni ramionami, ale wciąż praktycznie obcy, gdy wjeżdżali na górę.

Po kilku piętrach Vincente poczuł potrzebę zapytania o Grace, o to, jak się czuje, i tak też zrobił. Helen wyjaśniła, że nie została poinformowana o stanie swojej córki. Potwierdziła jednak, że Grace pytała o Vincente.

„Chętnie pomogę jej w każdy możliwy sposób" – powiedział Vincente. To była prawda – chętnie jej pomógł – ale nadal nie mógł zrozumieć, dlaczego wezwała go do szpitala w środku nocy. Trochę jej współczuł, jeśli miała tak smutne i samotne życie, że nie miała nikogo innego, kogo mogłaby poprosić o pomoc.

Vincente spojrzał prosto przed siebie na swoje odbicie w drzwiach windy. Przesunął palcami po potarganych włosach, mając nadzieję, że je ułoży, ale jego próba zakończyła się niepowodzeniem.

„Czy masz pojęcie, Vincente, dlaczego moja córka tak bardzo prosi o spotkanie z tobą?"

„Szczerze mówiąc, to dla mnie zagadka. Być może jest złudzona..."

„Złudzona czym?"

„Nie wiem. Ledwo się znamy. Poza tym ona po prostu nie jest w moim typie".

„To znaczy, że moja córka nie jest dla ciebie wystarczająco popularna lub ładna?" – zapytała Helen z nieprzyjemnym tonem w głosie, co nie umknęło Vincente.

Był uwięziony w windzie z kobietą, która objęła go ramieniem. Jej paznokcie wbijały się teraz w jego rękawy jak szpony.

„Auć. Nie, nie miałem tego na myśli"

– powiedział Vincente, gdy zadzwonił dzwonek sygnalizujący, że dotarli na ósme piętro. Drzwi się otworzyły. Vincente odsunął się od Helen, wyszedł i podszedł do recepcji. Byli tam inni ludzie, a co najważniejsze – świadkowie, na wypadek gdyby Helen Greenway całkowicie straciła panowanie nad sobą.

Helen pozostała zamrożona przed windą, ale nadal przykuwała Vincente wzrokiem.

Vincente spojrzał na Helen i zdał sobie sprawę, że nie wywarł na niej dobrego wrażenia. Ale z drugiej strony była środek nocy, a on był wciąż na wpół śpiący i nie miał pojęcia, dlaczego się tu znalazł. Oczywiście wiedział, że Grace Greenway się w nim podkochuje, ale tak samo jak połowa dziewczyn w szkole. Kiedy jesteś wszechstronną gwiazdą sportu, to nic dziwnego.

Chwilę później Vincente został zaprowadzony korytarzem przez jednego z lekarzy. Helen podążała za nimi, wpatrując się w tył głowy Vincente.

Ackerman przedstawił się. Poinformował Vincente o szczegółach, a następnie obaj umyli ręce i założyli niezbędne ubrania medyczne.

– Rozumiem, że jesteś bardzo dobrym przyjacielem Grace?

– No, w pewnym sensie.

Doktor Ackerman zignorował wymijającą odpowiedź. „Grace od dłuższego czasu pytała o pana. Będzie niezwykle szczęśliwa, wiedząc, że jest pan tu dla niej”.

„Cieszę się, że mogę pomóc”.

„Synu”, kontynuował doktor Ackerman, „stan Grace jest teraz stabilny. Przeżyła ciężkie chwile, bardzo ciężkie. I, cóż...”.

„Jak ciężkie?”

„To jest, hm, poufne, ale powiedzmy, że było blisko”.

„Chcesz mi powiedzieć, że prawie umarła?”

„Chcę powiedzieć, że nie było dobrze. I proszę, nie mów ani nie rób nic, co mogłoby ją zdenerwować lub zasmucić. Dzisiaj tylko pozytywne myśli, dobrze?”

„Pozytywne myśli?”

„Tak”, powiedział doktor Ackerman. „A teraz proszę za mną”.

W ESZLI DO SALI OPERACYJNEJ obok siebie przez drzwi wahadłowe. Zespół medyczny rozstąpił się przed Vincente, jakby był gwiazdą rocka.

Natychmiast skierował wzrok na Grace. Leżała na środku stołu, a kilka maszyn było podłączonych do niej jak macki.

Wziął głęboki oddech i podszedł bliżej do stołu. Bał się, choć nie wiedział dokładnie dlaczego. Być może dlatego, że obserwowały go pary przenikliwych oczu. Czego od niego oczekiwali – cudu?

Spojrzał na leżące ciało Grace. Widział, jak jej klatka piersiowa unosi się i opada.

Grace oddychała. Żyła. Widział jej kasztanowe włosy opadające na ramiona. Widział, jak jej powieki drgały, jakby miała nerwowy tik. Żyła gdzieś tam, za zamkniętymi powiekami.

Podszedł bliżej i jego ciało zderzyło się z jej dłonią. Leżała obok niej i była otwarta.

Vincente wziął dłoń Grace w swoją.

Wypowiedział jej imię.

Jej dłoń była chłodna i nie reagowała na jego dotyk. Zamknął dłoń wokół jej dłoni i powiedział: „Grace”. Czekał, ale nic się nie działo. Była nieprzytomna. Nie czuła go ani nie słyszała, więc co on tu robił? Co miał teraz zrobić? Rozejrzał się po pokoju, patrząc na puste twarze. Nie były one żadną pomocą. Zupełnie żadną.

Jednak wszystkie oczy nadal były skierowane na niego. Co miał powiedzieć? Co miał zrobić? Chciał uciec z tego pokoju.

Vincente pragnął tylko jednego – wrócić do ciepła własnego łóżka.

ROZDZIAŁ 12

G RACE POWRÓCIŁA DO SWOJEGO ciała, ale jej zmysły były stłumione. Nie czuła, że Vincente trzyma ją za rękę, chociaż widziała, że tak właśnie robi.

„Grace, to ja, Vincente" – powiedział, mając nadzieję, że w jakiś sposób zareaguje na jego obecność.

Grace słyszała go, ale jego głos brzmiał inaczej. Odlegle.

„Porozmawiaj z nią" – zachęcił doktor Ash. „Porozmawiaj z nią o czymkolwiek!"

Zespół medyczny zbliżył się. Jedynymi słyszalnymi dźwiękami były odgłosy maszyn.

Na czole Vincente'a zaczęły pojawiać się krople potu. Powiedział: „Tęsknimy za tobą, Grace. Tęsknimy za tobą w szkole. Nie ma cię już zbyt długo". Vincente zdał sobie sprawę, że ta rozmowa była kiepska, ale po prostu podążał za nurtem. Próbował nawiązać normalną rozmowę, niestety była ona jednostronna.

Grace zakwestionowała jego tożsamość. Kim był ten dziwny chłopak o krótkich blond włosach, ciemnych oczach i czerwonej bluzie? Gdyby był jej Vincente, nie rozmawiałby z nią o szkole. O szkole!? To tam spotkali drzewo jedzące kruki!

„Wygraliśmy mecz krykieta!" – powiedział Vincente z nadmiernym entuzjazmem.

Ponownie przeczesał palcami włosy. Próbował wcisnąć pięści do kieszeni, ale z założonymi rękawiczkami chirurgicznymi nie było to możliwe. Jednak sama próba zastosowania swojego normalnego mechanizmu radzenia sobie sprawiła, że poczuł się bardziej zrelaksowany.

Grace zastanawiała się, czy ktoś nie robi jej psikusa. Spojrzała na wszystkie nieznane twarze, wpatrujące się w nią oczy. Nie znała większości z nich, ale oni widzieli tego Vincente. Obserwowali go.

Grace wyrwała się ze swojego ciała i zaczęła unosić się w powietrzu po pokoju.

Z góry obserwowała Vincente. Nie wyglądał na siebie. Był zimny. Nie czuła jego dotyku, ale tak bardzo tego pragnęła. Kiedy zauważyła, że trzyma ją za rękę, jej serce zaczęło bić mocniej. Zbyt szybko wróciła do swojego ciała.

Aparat monitorujący pracę serca zareagował kolejną płaską linią.

***

Grace spojrzała w stronę światła, a łzy spływały jej po twarzy. Pod nią personel szpitala biegał po sali operacyjnej, jakby świat się kończył. Wiedziała, że jedyną rzeczą, która się kończyła, było jej własne życie.

Walczyła ze światłem gwiazd, które ją wzywało. Wołało ją.

Teraz migało i kiwało głową, a ona zdała sobie sprawę, że nadszedł jej czas. Czas, aby się do niego zbliżyć. W końcu nadszedł czas, aby spłonąć wraz z gwiazdą Fibonacciego.

„Powiedz jej, że ją kochasz!" – krzyknął ktoś.

„Ale ja nie kocham!" – odpowiedział cicho Vincente.

Wkrótce światło gwiazdy stało się coraz gorętsze. Nie czekało już, aż ona do niego podejdzie. Samo podchodziło do niej.

„Kocham cię, Grace!" – krzyknął.

Za późno.

***

Kiedy wyprowadzali Vincente z pokoju, nadal krzyczał te słowa. To prawda, że dla niego były one bez znaczenia, nieprawdziwe uczucia. Słowa, które wypowiadał tylko po to, by być miłym, by uratować ją z krawędzi.

Krzyknął to ponownie. Tym razem jego głos rozbrzmiał echem w korytarzach i rozszedł się w kosmosie: „Kocham cię, Grace Greenway!".

„Ja też cię kocham, Vincente!" – krzyknęła w odpowiedzi. W chaosie i zamieszaniu, jakie towarzyszyło próbie ratowania jej życia, nie usłyszał jej.

Nagle gorąca gwiazda zaczęła się kręcić i obracać. Wkrótce przestała zbliżać się do niej i palić ją swoim żarem. Zamiast tego wyrzucała pulsujące fale i stała się gwiazdą neutronową.

Straciwszy oparcie, Grace Greenway powiedziała do siebie: „Chcę żyć. Chcę żyć".

ROZDZIAŁ 13

Dwa dni później Grace Greenway obudziła się bez zakrzepów i nie była już w niebezpieczeństwie. Przez najbliższy czas musiała pozostawać pod ścisłą obserwacją, ale wkrótce mogła wrócić do domu.

„Vincente, mamo" – powiedziała oszołomiona, a łzy spływały jej po policzkach. Były to łzy czystej radości z tego, że żyje. Łzy wdzięczności za to, że mogła dzielić tę chwilę z dwojgiem ludzi, których kochała najbardziej na świecie.

Wyciągnęła ramiona, aby objąć ich oboje. Oboje przytulili się do niej. Czuła ciepło i siłę ich ciał, prawie jakby czerpała siłę z ich połączonej energii.

Vincente i Helen patrzyli na siebie, czekając, aż Grace ich puści.

„Czy coś cię boli?" – zapytała Helen.

„Czuję się zmęczona, to wszystko, mamo".

„Cieszę się, że czujesz się lepiej" – powiedział Vincente. „Pójdę po lekarzy, powiem im, że się obudziłaś".

Odwrócił się i wyszedł z pokoju. Stał tam przez chwilę, czując wdzięczność, że całkowicie wyzdrowiała. Myślał, że teraz być może wypełnił swój obowiązek i może wrócić do domu. Miał nadzieję, że zapomniała lub nie słyszała tego, co musiał jej powiedzieć w sali operacyjnej. Cieszył się, że Helen Greenway nie była tam, aby usłyszeć jego wymuszoną i fałszywą deklarację.

Zaakceptował fakt, że postąpił słusznie, aby jej pomóc. Teraz miał tylko nadzieję, że to już koniec. Chciał odzyskać swoje dawne życie. A w tym życiu nie było miejsca dla Grace Greenway.

***

– Mamo, podoba ci się? – zapytała Grace.

– To miły chłopak – odparła Helen. – Rozumiem, dlaczego ci się podoba.

– Podoba mi się? – wykrzyknęła Grace. – To coś więcej niż podoba mi się, mamo. Jesteśmy małżeństwem! Spójrz! – powiedziała, pokazując matce swój palec serdeczny. Nie było na nim obrączki.

„W porządku, Grace" – powiedziała Helen, zauważając zmartwienie córki. „To normalne, że jesteś trochę roztrzęsiona. W ciągu ostatnich kilku dni wiele przeszłaś".

„Mamo, to prawda! Nie wierzysz mi, prawda?".

„Nie denerwuj się, kochanie" – powiedziała Helen, klepiąc córkę po ręce.

„Jesteśmy małżeństwem, mamo. Małżeństwem!" – powtórzyła Grace. Drzwi się otworzyły i Helen wybiegła na korytarz, pozostawiając córkę w stanie rozbicia i samotności.

Dziwne, pomyślała Grace. Bardzo dziwne. Gdzie są moje obrączki?

***

Na korytarzu Helen Greenway wpadła na doktora Ackermana. Był w drodze, po tym jak Vincente przekazał mu dobrą wiadomość, że Grace się obudziła i jest przytomna.

„Och, doktorze Ackerman!" – wykrzyknęła Helen.

„O rany, co się stało? Czy mam wejść? Czy miała nawrót? Vincente powiedział, że czuje się dobrze. Jest przytomna i rozmawia. Całkowicie przytomna".

„Tak jest, doktorze Ackerman. Jest przytomna i rozmawia, ale wydaje się mieć urojenia, że jest żoną Vincente Marino!".

„O rany, jak to możliwe?".

„Powiedziała mi, że są małżeństwem. Ona i Vincente. Próbowała mi pokazać swoje obrączki. Była bardzo zmartwiona, że ich nie ma".

W tym momencie Vincente wyszedł z otwartej windy, niosąc tacę z cappuccino. Podszedł do nich.

Doktor Ackerman spojrzał na Vincente i zatrzymał go gestem ręki. Następnie poprowadził Vincente w stronę części wypoczynkowej i poprosił go, aby tam pozostał. Ackerman wrócił do Helen.

Vincente usiadł i zaczął popijać kawę z jednej z filiżanek.

„Chciałbym porozmawiać z Grace – sam na sam – przez chwilę" – powiedział doktor Ackerman. „Proszę poczekać tutaj z Vincente, Helen, potem porozmawiam z wami obojgiem".

Helen usiadła obok Vincente. Zaproponował jej filiżankę kawy. Grzecznie odmówiła, a następnie skrzyżowała ręce na piersi.

Vincente wiedział, że coś się dzieje, ale nie miał pojęcia, co. Wypił kolejny łyk kawy i miał nadzieję, że wkrótce pozwolą mu wrócić do domu. Był wyczerpany i był prawie pewien, że Helen chce być sama z córką.

W końcu, jego zdaniem, była to sprawa rodzinna.

***

Kiedy doktor Ackerman wyszedł z pokoju Grace, zaniepokojona mina na jego twarzy mówiła wszystko.

Helen natychmiast wstała i podeszła do niego.

Vincente również natychmiast zauważył ponure spojrzenie lekarza. Cokolwiek działo się w pokoju Grace, z pewnością nie były to dobre wieści. Zastanawiał się, czy kiedykolwiek wróci do domu.

– Helen – powiedział doktor Ackerman – musimy porozmawiać na osobności. Proszę, chodź do mojego gabinetu.

„O czym?" Helen odwróciła wzrok od miejsca, w którym siedział Vincente.

„Nic mu nie będzie, dopóki nie wrócimy" – powiedział doktor Ackerman. Następnie zwrócił się do Vincente: „Proszę poczekać, wkrótce poinformujemy pana o wszystkim".

Vincente skinął głową, a następnie zaczął popijać drugie cappuccino – napój Helen. W końcu ona go nie chciała, a on za niego zapłacił. Po co miałby się schłodzić? Poza tym potrzebował kofeiny, żeby nie zasnąć. Wyjął telefon i zagrał w Bejeweled Blitz, a potem przejrzał Facebooka. Miał jedną wiadomość od Missy Malone. Chciała się później spotkać. Miał nadzieję, że nie będzie zbyt zmęczony całą tą sprawą z Grace Greenway.

Zaciekawiony podszedł do drzwi Grace i zajrzał przez szybę. Grace spała głęboko. Dziwne, pomyślał, skoro dopiero co się obudziła. Vincente wrócił na swoje miejsce. Myśląc o Grace, upił kolejny łyk kawy Helen. Wypił też kawę Grace, zanim wrócili po n iego.

ROZDZIAŁ 14

„Helen, mieliśmy nadzieję, że utrata pamięci Grace zostanie naprawiona. Jednak wygląda na to, że mamy teraz dodatkowe powody do niepokoju".

„Więc ona powiedziała to również tobie? Że jest żoną Vincente'a?".

„Tak, i nie tylko powiedziała mi, że są małżeństwem, ale opisała wszystko bardzo szczegółowo. To było prawie tak, jakby przeżywała to ponownie. To było tak realne, tak kompletny obraz. Niemal słyszałem tę romantyczną piosenkę w tle".

„Jaką romantyczną piosenkę?" – zapytała Helen.

„Powiedziała, że to piosenka ze starego pudełka na biżuterię".

„Tak, pamiętam to. Ojciec Grace i ja podarowaliśmy jej to na Boże Narodzenie, kiedy była małą dziewczynką".

„Ach, prezent z dzieciństwa, który teraz wyobraziła sobie jako swoją piosenkę ślubną. Twoja córka ma zdecydowanie bardzo bujną wyobraźnię" – powiedział doktor Ackerman.

„Więc co robimy, doktorze? Powiedzieć jej prawdę? Musimy jej powiedzieć prawdę".

„Umysł jest bardzo delikatną rzeczą. Być może, kiedy Grace walczyła o życie, stworzyła tę sytuację jako mechanizm przetrwania. Aby dać sobie coś, dla czego warto żyć, o co warto walczyć. To pierwotna technika. Kiedy jesteśmy u progu śmierci, czasami tworzymy lub fabrykujemy alternatywną rzeczywistość".

„Ale moja córka miała już tak wiele powodów, by żyć!" – powiedziała Helen.

„Tak, pani tak uważa i ja też tak uważam, ale czy Grace zgodziłaby się z tym?".

„Więc co pan sugeruje, doktorze? Co mamy zrobić?".

Ktoś zapukał do drzwi. Doktor Christiansson wsadził głowę do środka. „Przepraszam, że przeszkadzam. Doktorze Ackerman, chciał pan porozmawiać?".

„Tak, proszę nam dać chwilę, Helen" – powiedział Ackerman. Skinął, żeby usiadła, a potem wraz z doktorem Christianssonem wyszedł.

Helen bezmyślnie przeglądała kilka magazynów. Lekarze prywatnie omówili niepewną sytuację Grace.

„Obawiam się, że nie mamy wyboru w tej sprawie" – powiedział doktor Christiansson. „Musimy podążać za fantazją Grace. Nie jest ona obecnie wystarczająco silna, aby zmierzyć się z prawdą. Jeśli będziemy naciskać zbyt mocno, konsekwencje mogą być bardzo niekorzystne". „Zgadzam się", zgodził się doktor Ackerman. „Najlepszą rzeczą, jaką możemy zrobić dla Grace, dopóki nie będzie gotowa usłyszeć prawdy, jest wzmocnienie jej własnych złudzeń. Musimy jednak upewnić się, że Vincente się na to zgodzi. Musimy mu powiedzieć wszystko, co powiedziała nam Grace.

Musimy przekonać go, aby zgodził się na tę sztuczkę, dopóki Grace nie będzie gotowa, to znaczy wystarczająco silna psychicznie i fizycznie, aby poradzić sobie z prawdą".

„Tak, chłopak Marino był w stanie pomóc Grace wcześniej i mam nadzieję, że będzie w stanie pomóc jej ponownie" – powiedział Christiansson.

„A kiedy będzie wystarczająco zdrowa i silna, powiemy jej prawdę" – potwierdził doktor Ackerman.

„Nie podoba mi się to" – powiedziała Helen, gdy lekarze poinformowali ją o swoim planie. „Będziemy podsycać jej wyobraźnię i wspierać kłamstwa, kolejne kłamstwa".

„Ale dla Grace to nie są kłamstwa. Ona wierzy w każde słowo i to ona jest dla nas najważniejsza" – powiedział doktor Ackerman.

„A co, jeśli chłopak nie zgodzi się na to?" – zapytała Helen.

„Musi się zgodzić" – odparł Ackerman. „Nie ma alternatywy. Grace zaszła tak daleko i jest na najlepszej drodze do odzyskania zdrowia fizycznego. Jej organizm może nie przetrwać kolejnego nawrotu choroby. Stabilność psychiczna Grace ma w tej chwili kluczowe znaczenie".

„Grace stworzyła ten sen, a Vincente odgrywa w nim ważną rolę. Musi zgodzić się jej pomóc. Musimy przekonać go, jak bardzo jest dla niej ważny" – powiedział doktor Christiansson.

„Jak długo będziemy musieli grać w tę grę?" – zapytała Helen.

„Będziemy grać, dopóki nie będzie gotowa" – odpowiedział dr Christiansson – „ani chwili dłużej".

„Co mam powiedzieć chłopcu?" – zapytała Helen. „Jak mam mu to wyjaśnić, skoro sama nie do końca to rozumiem? Nie podoba mi się pomysł oszukiwania własnej córki".

„Będzie musiał nam zaufać, zaufać Grace. Kiedy będzie gotowa zmierzyć się z rzeczywistością – usłyszeć prawdę – wtedy i tylko wtedy wszystko wróci do normy" – powiedział Ackerman.

„Zrobię, co w mojej mocy, aby go przekonać".

„Powodzenia" – powiedział doktor Ackerman.

„Jeśli potrzebujesz mojej pomocy..." – wtrącił dr Christiansson – „...jeśli chcesz, abym z nim porozmawiał, aby coś wyjaśnić, to wyślij chłopca do mnie".

„Dziękuję" – powiedziała Helen.

ROZDZIAŁ 15

HELEN POSZŁA DO TOALETY dla kobiet i umyła ręce. Przebywanie w szpitalu przez całą dobę wydawało się wymagać paranoicznej obawy przed zarazkami.

Wyciągnęła prawą rękę i zauważyła, że drży. Nie miała pojęcia, jak przekonać chłopca, aby zgodził się na tak dziwną serię kłamstw. Każdy, kto miał doświadczenie życiowe, z pewnością zdawał sobie sprawę, że prawda jest zawsze najlepsza. A jednak teraz była zmuszona przekonać Vincente, aby został wspólnikiem w podtrzymywaniu urojeń Grace.

Sięgnęła do torebki i po namaszczeniu wyjęła dwa szminki. Nałożyła jedną i jakoś poczuła się trochę lepiej. Kolejna wyprawa do torebki zaowocowała wyjęciem perfum i spryskaniem niewielką ilością za uszami. Teraz była gotowa, aby wyjść i porozmawiać z Vincente.

Helen zamknęła za sobą drzwi i wyszła na ruchliwy korytarz. Przez kilka sekund była przyciśnięta do ściany, ponieważ personel szpitala przepychał się z noszami. Wzięła głęboki oddech, opanowała się, a następnie ruszyła w kierunku poczekalni.

Zauważyła Vincente, a on zauważył ją. Pomachała mu, a potem zastanowiła się, czy nie zachowała się zbyt swobodnie. Opanowała się, kładąc dłoń na skórzanym pasku torebki. Teraz wyglądała jak ktoś, kto boi się napadu.

Vincente zobaczył Helen Greenway zbliżającą się do niego szybkim krokiem. Spojrzał na nią przez chwilę, a potem spojrzał na swoje stopy. Od razu zauważył, że się wystroiła i zastanowił się, dlaczego. Może miała na oku jednego z lekarzy? Czy nie było to trochę za wcześnie po śmierci jej męża? Nie był tego pewien, ale nie był osobą, która oceniała to, co ludzie mówili ani to, co robili.

Helen usiadła naprzeciwko Vincente i wypowiedziała jego imię. Podniósł wzrok i czekał, aż powie coś jeszcze, ale ona tego nie zrobiła. Ponownie spojrzał na swoje stopy. Był bardzo zmęczony, śmiertelnie zmęczony, ale trzy duże kawy pobudziły jego umysł.

Ponownie wypowiedziała jego imię i pochyliła się do przodu, opierając łokcie na kolanach.

Vincente usiadł wygodnie na krześle i udawał, że musi się przeciągnąć i ziewnąć. Cisza stawała się coraz bardziej niekomfortowa.

Helen poczekała, aż skończy się poruszać, a potem przeszła od razu do rzeczy. „Vincente, potrzebuję twojej pomocy w pewnej sprawie, dość osobistej".

Zawahał się i pochylił się, teraz już zaciekawiony.

– Czy mogę mówić z tobą swobodnie i otwarcie? – szepnęła.

Vincente był teraz naprawdę zaciekawiony. Wcześniej podrywały go starsze kobiety – ale zazwyczaj nie były to kobiety w tym wieku – i nie były to matki jego kolegów ze szkoły.

Nagle poczuł się nieswojo. Jego pierwszą reakcją było przerwanie jej i bycie z nią całkowicie szczerym. Z drugiej strony, chociaż nie był tym w najmniejszym stopniu zainteresowany, był ciekawy, co ona zamierza powiedzieć. Jak zamierza to zrobić. Zastanawiał się też, czy szok związany z tym, co przeżyła Grace, nie odbił się również na niej. Zamiast więc cokolwiek mówić, siedział nieruchomo i czekał.

Helen pochyliła się bliżej. „To, o co chcę cię poprosić, jest dość krępujące" – zawahała się i nerwowo zachichotała. „To znaczy, to absurdalne! Ale mam nadzieję, że mimo wszystko zgodzisz się mi pomóc".

Helen zamrugała rzęsami i zawahała się. Wyprostowała się, a potem znów się pochyliła. Tym razem jeszcze bliżej Vincente, tak bardzo, że ich kolana prawie się stykały. Następnie machnęła ręką, tworząc między nimi przestrzeń i delikatnie muskając jego kolano.

Była tak blisko, że czuł jej oddech na swojej twarzy.

Vincente niezręcznie cofnął się na krześle. Podciągnął nogi pod siedzenie. Skrzyżował ręce na piersi. Skupił uwagę na podłodze. Walczył z chęcią wyjęcia telefonu, aby odwrócić uwagę od tej szalonej sytuacji.

– To Grace, Vincente. Wygląda na to, że tak. Cóż, trudno mi to powiedzieć. Zwłaszcza komuś tak młodemu jak ty, komuś, kto, jak sądzę, ma już dziewczynę. A może nawet więcej niż jedną dziewczynę? Helen zawahała się, zanim rzuciła bombę, i spojrzała mu prosto w oczy. Próbowała nawiązać z nim kontakt, dostosować się do jego warunków. Jeśli uda jej się zniwelować różnicę wieku między nimi, może on to zrozumie. Może zgodziłby się.

Vincente uznał, że sytuacja staje się krępująca. Chciał ją uwolnić od cierpienia: „Mam dziewczynę, pani Greenway. Nie jesteśmy w stałym związku, ale mamy porozumienie, jeśli wie pani, co mam na myśli?".

Czy on właśnie mrugnął do niej? Helen była pewna, że to widziała! I nie podobało jej się to ani trochę.

Vincente chciał, żeby poszła sobie. Był naprawdę zmęczony i chciał tylko wrócić do domu. Niecierpliwy i zniesmaczony, wstał.

„Tak, rozumiem, co masz na myśli, Vincente" – powiedziała niezręcznie Helen. „Proszę, usiądź".

Vincente usiadł. Ponownie skrzyżował ramiona, tworząc fizyczną barierę między nimi.

„Vincente, moja córka się w tobie zakochała.

Wiesz o tym, prawda?"

„Tak, wiem, że mnie lubi. Grace jest świetna! Uratowała mi życie, pomagając mi z matematyką. Bez niej już dawno zostałbym wyrzucony z drużyny".

„Naprawdę? Nie wiedziałam o tym. Więc znasz ją osobiście?"

„Nie osobiście, jak chłopak i dziewczyna, nie. Ale byliśmy kumplami. Przyjaciółmi".

„Ale jesteś gwiazdą krykieta i jesteś przystojny. Rozumiem, dlaczego była tobą zauroczona. Ale muszę cię zapytać..." Zatrzymała się i zacisnęła usta, mając trudności z przejściem do s edna.

„Przepraszam, pani Greenway, ale muszę przejść do sedna. To była niezwykle długa noc i jestem zmęczony. Muszę powiedzieć, że jestem zaszczycony pani... hm... zainteresowaniem, ale jak już wspomniałem, moja dziewczyna, Missy, i ja mamy pewnego rodzaju porozumienie".

„Jestem pewna, że w tej sytuacji nie będzie miała nic przeciwko, ponieważ pomagasz komuś w potrzebie. W końcu chodzi o sprawę życia lub śmierci" – powiedziała Helen.

„Trochę przesadzasz, pani Greenway" – Vincente rozłożył ręce i zbliżył się do niej. „Jestem zaszczycony i w ogóle, ale czy nie możesz znaleźć kogoś bardziej, no wiesz, w twoim wieku? Na przykład jednego z lekarzy?".

„Co!" – wykrzyknęła Helen, odsuwając się od Vincente Marino tak daleko, jak to tylko możliwe, nadal siedząc naprzeciwko niego. Następnie wstała i odsunęła się jeszcze dalej, odwracając się do niego plecami. Wzięła głęboki oddech i odzyskała spokój, gdy Vincente delikatnie poklepał ją po pośladkach. Podskoczyła, walcząc z chęcią uderzenia go.

„Dla twojej informacji" – poprawiła go, teraz wściekła – „nie uważam cię za atrakcyjnego, ty głupi, głupi chłopcze!".

„Jasne, jasne, odrzucam cię, a ty się wściekasz – rozumiem, o co ci chodzi. Ale nie baw się ze mną zbytnio, bo może mi się to spodobać" – zbliżył się do niej jeszcze bardziej.

„Przestań!" – powiedziała Helen drżącym głosem, gdy Vincente Marino zbliżał się do niej coraz bardziej. Była teraz mocno przyciśnięta do oparcia krzesła i zmuszona do siedzenia. Jej twarz była zaczerwieniona, a całe ciało drżało.

„Mam dość tych bzdur" – powiedział Vincente. „Przyszedłem tu w środku nocy, żeby pomóc twojej córce... dobrze. Ale ona wróciła już na oddział, a ja tu siedzę i czekam na co? Nie wiem. Na pewno nie na to, żeby jej mama mnie podrywała!".

Twarz Helen przybrała kolor buraka. „Vincente, potrzebuję twojej pomocy, więc zignoruję tę nieporozumienie i powiem wprost. Owijanie w bawełnę nie było mądrym pomysłem!".

Vincente skinął głową z niecierpliwością, ale nadal słuchał.

„Grace ma złudzenie, że jesteście małżeństwem".

„Co?"

„To prawda. Obudziła się i utknęła w tym przekonaniu o was dwojgu. Stworzyła sobie fantazję w głowie".

„Małżeństwo? Grace Greenway i ja, małżeństwo?"

„Tak, ona w to wierzy".

„Więc powiedz jej prawdę. Dlaczego mi to mówisz?"

„Ponieważ lekarze uważają, że na razie musimy się do tego dostosować".

„Przez „my" masz na myśli mnie, prawda? Oczekujesz, że będę udawał męża Grace?"

„Wiem, że to dużo, o co cię proszę, Vincente. Ale jeśli znajdziesz w sobie siłę, by jej pomóc, może to być dla niej kwestia życia lub śmierci".

„To zbyt wiele" – powiedział Vincente, wstał i zaczął wychodzić z poczekalni. „Zdecydowanie zbyt wiele".

Helen zatrzymała go, chwytając za ramię.

„To najmniej, co możesz zrobić! To ty ją tu umieściłeś, z tym urazem głowy. To twoja sprawka! Na pewno masz gdzieś w sobie moralny kompas, sumienie. Grace nie byłaby tu, gdyby nie ty! I, jak sam powiedziałeś, Grace pomogła ci zapewnić sobie miejsce w drużynie krykietowej".

Vincente wiedział, że to wszystko prawda, chociaż uderzenie było wypadkiem. „Co dokładnie chcesz, żebym zrobił?"

„Zachowuj się jak mąż. Bądź przy niej. Rozmawiaj z nią. Trzymaj ją za rękę. Moja córka jest bystrą dziewczyną; powie ci, czego potrzebuje".

„A co, jeśli będzie chciała, żebyśmy robili rzeczy, które robią małżonkowie?". Uśmiechnął się złośliwie. „Wtedy co?".

„Jestem pewna, że zanim dojdziemy do tego punktu, albo zacznie pamiętać prawdę, albo ja jej powiem".

„Dlaczego nie oszczędzić jej tego dramatu i nie powiedzieć jej prawdy już teraz?".

„Oczywiście, że tego właśnie chcę, ale lekarze odradzają mi to" – powiedziała Helen.

„Uważają, że stan Grace jest zbyt delikatny, aby w tej chwili szokować ją taką rzeczywistością".

Vincente czuł, że nie ma wyboru w tej sprawie, musi się z tym pogodzić. Chociaż całkowicie nie zgadzał się z lekarzami, postanowił grać zgodnie z ich zaleceniami. „A co ze szkołą?" – zapytał. „Jutro mam mecz – to znaczy dzisiaj".

„Grace będzie pamiętać, że jesteś w szkole. W międzyczasie możesz zaprosić innych uczniów ze szkoły, aby ją odwiedzili. Znajome twarze mogą pobudzić jej pamięć".

„Nie przychodzi mi do głowy nikt, z kim się przyjaźni, ale spróbuję. Czy mogę już iść do domu?".

„Nie, dopóki z nią nie porozmawiasz. Pamiętaj, że właśnie powiedziała mi, że niedawno się pobraliście, a ja jej nie uwierzyłam. Wybiegłam z pokoju i znalazłam jej lekarza. Spodziewam się więc, że moja córka będzie bardzo szczęśliwa, widząc ciebie, a dość zła, widząc mnie. Być może będzie chciała przedstawić cię mi jako swojego męża".

„Postaram się, ale nie jestem zbyt dobrym aktorem i nigdy nie byłem dobrym kłamcą".

„W takim razie niech to będzie występ godny nagrody!" – doradzała Helen, idąc w kierunku pokoju Grace.

„No to zaczynamy!" – powiedział Vincente, otwierając drzwi i przytrzymując je dla swojej nowej fikcyjnej teściowej.

ROZDZIAŁ 16

G RACE PODNIOSŁA WZROK I zobaczyła swoją mamę wchodzącą do pokoju, a za nią – Vincente! Usiadła, uśmiechając się od ucha do ucha, i otworzyła ramiona, by go przytulić. Podszedł do niej tak powoli, że intuicyjnie poczuła, że coś jest nie tak.

– Kochanie – powiedziała Helen radosnym tonem, co zaskoczyło Vincente. – Rozmawiałam z Vincente i opowiedział mi wszystko. Wszystko o waszym ślubie. Prawda, Vincente?

Vincente spojrzał najpierw na Grace, a potem na Helen. Ona rzucała go na pastwę losu, zmuszając go do kłamstwa. Nie miał innego wyboru. „Tak, opowiedziałem twojej mamie wszystko o nas" – powiedział. Podszedł nieco bliżej do Grace, która objęła go serdecznie.

Kiedy go obejmowała, Grace poczuła dystans, którego nigdy wcześniej nie odczuwała. Czuła się, jakby trzymała się drewnianej deski.

Odsuwa się od niej i patrzy głęboko w oczy Vincente. On coś ukrywa. A może po prostu jest zawstydzony? Być może chodziło tylko o to, że była zbyt czuła w obecności innej osoby. Wcześniej byli sami, więc musieli przyzwyczaić się do tego, że inni ludzie są świadkami ich miłości.

Grace wyciąga rękę, bierze jego dłoń w swoją i mówi: „Całkowicie rozumiem, jak się czujesz, biorąc pod uwagę okoliczności. Nie jesteśmy przyzwyczajeni do okazywania sobie uczuć w ten sposób – w obecności innych".

Vincente czuł się okropnie. Został do tego zmuszony i było mu żal Grace, która nie miała pojęcia, że on tylko udaje. Ale z tego, co mówiła, wynikało, że jego gra pozostawiała wiele do życzenia. „Tak, właśnie tak" – powiedział Vincente. „Zawsze byłaś bardzo wyczulona na moje, hm, uczucia".

Grace nadal obserwowała jego dyskomfort. Vincente, czując, że ona bardzo uważnie go obserwuje i martwiąc się, że może się zaniepokoić, podniósł jej dłoń do swoich ust i pocałował ją. Kiedy podniósł wzrok, patrzył głęboko w oczy swojej rzekomej żony. Rzekomej z jej strony, ale z jego strony widział tylko Grace Greenway – zwyczajną dziewczynę o ponadprzeciętnych, niemal genialnych zdolnościach matematycznych. Byli całkowitymi przeciwieństwami. Nigdy by się z nią nie ożenił, nawet gdyby byli ostatnimi dwojgiem ludzi na tej planecie.

Grace zwróciła uwagę na swoją mamę, która stała w tle i obserwowała ich. Tak, to było to. Jej mama miała teraz wszystko potwierdzone, ale nie zgadzała się z ich wyborem. W końcu mieli tylko szesnaście lat i bez zgody rodziców, być może w jej opinii, ich małżeństwo nie było legalne. Nie wspominając już o tym, że ani pastor, ani ksiądz, ani nawet sędzia pokoju nie oficjalnie tego potwierdził. Wymienili przysięgi i obrączki. To nie było prawdziwe wesele, a jej mama musiałaby tylko je unieważnić. Może dlatego Vincente wyglądał na tak przerażonego?

Grace spojrzała na Helen, która stała tam ze łzami w oczach.

„Nie cieszysz się z naszego szczęścia, mamo?" – zapytała Grace.

„Oczywiście, że bardzo się cieszę z waszego szczęścia, kochanie" – odpowiedziała Helen, obejmując ich oboje.

Grace spojrzała Vincente w oczy, a on odwrócił wzrok. „Wiem, że prawdopodobnie wyglądam okropnie" – powiedziała, a łza spłynęła jej po policzku. „To była długa męka, operacja i wszystko inne". Wzięła głęboki oddech i opanowała się. Vincente próbował ją pocieszyć uśmiechem, a ona kontynuowała: „Nie mogę się doczekać, aż wszystko wróci do normy. Aż będziemy mogli wrócić do naszego domu i pływać na plaży, tak jak kiedyś".

Vincente znów odwrócił wzrok. Jak uwięziony szczur, nerwowo spoglądał na boki.

„Jestem pewna, że Vincente nie może się doczekać tej chwili, kochanie" – podpowiedziała Helen.

Vincente wydał z siebie „Humph", które miało być tylko echem w jego własnej głowie. Niestety, dźwięk ten usłyszeli i zauważyli wszyscy obecni. Helen spojrzała na Vincente'a, jakby właśnie popełnił morderstwo. Grace wyglądała na tak zranioną, że z jej oczu popłynęły kolejne łzy.

„Nie chcesz tam wrócić? Do Manly? Aby znów być szczęśliwym?" Grace była pewna, że Vincente się zmienił. Coś w nim zmieniło jego miłość do niej, a ta świadomość łamała jej serce na pół.

Helen szturchnęła łokciem Vincente'a. Roześmiał się i wziął głęboki oddech, po czym powiedział: „Nie, dopóki nie wyzdrowiejesz, Gracie".

„Wiesz, jak tego nienawidzę!"

„Co? Czego nie lubisz?" – zapytał Vincente. Był całkowicie zdezorientowany i zdecydowanie nie radził sobie zbyt dobrze z tą rolą. Ostrzegł Helen, że nie jest dobrym kłamcą, a teraz robił z tego bałagan. Robił bałagan z Grace. Biedna dziewczyna.

„Wiesz, o co mi chodzi!" – krzyknęła Grace. „Wiesz, czego nie lubię. Jak to sprawia, że mam gęsią skórkę".

„Och" – powiedział Vincente, w końcu sobie przypominając. Tak, raz już nazwał ją „Gracie", a ona oszalała na jego punkcie. Teraz powtórzył to. Co za idiota! „Przepraszam, Grace, zupełnie mi to wypadło z głowy. Jestem tak zmęczony, nie spałem. Moja wina – to tylko chwilowa pomyłka".

Cała trójka roześmiała się i śmiech trwał, aż Grace przerwała go słowami: „Jeśli jesteś zmęczony, kochanie, idź do domu. Porozmawiamy jutro".

Vincente zastanowił się nad tym. Ucieczka była tak blisko, że już ją czuł. Desperacko chciał się stamtąd wydostać, zakończyć tę żałosną farsę. „Po południu mam mecz, więc nie będę mógł wrócić z wizytą przed wieczorem".

„W porządku. Musisz odpocząć przed ważnym meczem" – powiedziała Grace.

„Vincente" – powiedziała Helen – „Grace i ja doceniamy wszystko, co zrobiłeś, aby nam pomóc. Rozumiemy, że musisz teraz wracać do domu. Zamówię ci taksówkę".

„Nie ma potrzeby" – odparł Vincente – „Mama zadzwoniła przed chwilą i powiedziała, że będzie na mnie czekać na zewnątrz.

Zobaczyła notatkę, którą zostawiłem, i martwiła się".

„Chciałabym ją kiedyś poznać" – powiedziała Helen.

„Tak, ja też!" – zgodziła się Grace. „Czuję, jakbym ją już znała, odkąd pokazałaś mi jej obrazy. Szczególnie ten pejzaż z drzewem i krowami stał się dla nas tematem do rozmowy".

„Ten z... czym?" – wykrztusił Vincente. Był całkowicie zdezorientowany tym, co właśnie powiedziała Grace. Nie pokazał tego obrazu Grace ani nikomu innemu poza rodzicami i dziadkami. W rzeczywistości był on przechowywany w magazynie od czasu, gdy był dzieckiem. „Kiedy pokazałem ci obraz mamy?" – z apytał.

„Wisiał nad kominkiem w domu twoich rodziców".

Vincente potknął się i upadł do tyłu. Helen go złapała. Nie miała pojęcia, o co chodzi w tej rozmowie, ale Vincente wydawał się być tym bardziej zaniepokojony niż Grace.

„Wszystko w porządku?" – zapytała Helen, szczerze zaniepokojona.

„W porządku" – odpowiedział, ale na pewno nie było w porządku. Chciał uciec, ale jednocześnie musiał się upewnić, że mówią o tym samym obrazie. Może Grace była po prostu zdezorientowana. „A czy było coś szczególnego w tym obrazie? Czy opowiadałam ci o czymś szczególnym?" „Tak" – odparła Grace rzeczowo. „Mówiłaś mi, że jako dziecko bałaś się tego obrazu, ponieważ wydawało ci się, że drzewo ma twarz. Dlatego twoi rodzice schowali go do magazynu.

Ale kiedy odwiedziliśmy dom twoich rodziców, wisiał tam, nad kominkiem".

Vincente był więcej niż zaskoczony. To była prawda, jeśli chodzi o obraz, ale nie o to, że wisiał nad kominkiem. To nigdy nie miało miejsca. Zastanawiał się, skąd ona mogła wiedzieć o tym obrazie.

Kontynuowała: „Ale teraz obraz jest w naszym domu, naszym domu w Manly. Nadal jest w magazynie. Oboje uznaliśmy, że najlepiej będzie go schować. Musisz zapytać mamę, czy chciałaby go z powrotem".

Vincente podszedł do Grace i wymamrotał coś o tym, że tak, zrobi to. Rozproszony, szepnął coś do siebie, a potem do Helen. Nie miał pojęcia, skąd Grace mogła wiedzieć to, co wydawała się wiedzieć.

„Mamo", powiedziała Grace, „myślę, że naprawdę dogadałabyś się z mamą Vincente, ponieważ obie kochacie te same rzeczy, na przykład słoneczniki. Mama Vincente ma słoneczniki na większości swoich obrazów, a ty masz słoneczniki w całym domu".

„To cudownie, kochanie", powiedziała Helen.

„Powinnaś zobaczyć niesamowite rzeźby, które tworzy Vincente!".

Vincente usiadł ciężko na krześle. Jego twarz była teraz blada jak ściana.

Grace kontynuowała: „Jest o wiele bardziej utalentowany, niż się wydaje, nie tylko w sporcie. Jest niesamowitym artystą. To musi być w jego krwi".

„Skąd, skąd o tym wiesz?" – zapytał Vincente. „Są w mojej sypialni".

„W twojej sypialni!" – krzyknęła Helen.

„I nikt ich nie widział – nikt – poza moją mamą, tatą i dziadkami".

„Pokazałeś mi je, głuptasie, i zabraliśmy je ze sobą do naszego domu w Manly. Wow! Musisz być naprawdę bardzo zmęczony, skoro tak wiele zapomniałeś. Naprawdę powinieneś iść do domu i się wyspać, Vincente".

Vincente czuł się, jakby krew odpłynęła mu z ciała, i tak też wyglądał.

– Chcesz, żebym odprowadziła cię do samochodu twojej mamy? – zapytała Helen. Była naprawdę zaniepokojona, ponieważ wyglądał, jakby miał zemdleć. – Musisz iść do lekarza?

Vincente miał ochotę odwrócić się i uciec, ale część niego chciała również wyciągnąć rękę i pocałować Grace Greenway.

Pocałować Grace Greenway?

Była to potrzeba, pragnienie, z którym walczył przez ostatnie kilka chwil. Powstrzymywał się emocjonalnie. Pomyślał, że być może czuł pociąg do niej, jej potrzebę. Być może dlatego, że chciała, żeby ją pocałował?

Vincente wstał i podszedł do łóżka. Grace patrzyła na niego, ale jej oczy były spokojne, pełne miłości. Miłości do niego.

Pochylił się i spokojnie pocałował ją w czoło.

Ale Grace miała inne plany.

Poruszyła głową, wyczuwając jego zakłopotanie przed jej mamą, tak że pocałował ją w usta. Potem przyciągnęła go do siebie, przytuliła się do niego, a on rozluźnił się w jej objęciach. Trzymała go tak mocno, że nie mógł się uwolnić, a wkrótce nie chciał tego robić.

W jakiś sposób dotarła do jego wnętrza. Był zagubiony, zagubiony w niej. Kiedy złapał oddech i cofnął się, stał i patrzył, jakby w jego sercu właśnie otworzyło się okno.

Nie wiedział, skąd ona wie to, co wie. Nie powiedział jej o tym, a ona i tak jakoś to wiedziała. Był podniecony i jednocześnie przerażony. Chciał i musiał stamtąd uciec.

A jednak część niego chciała ją całować raz po raz. Jeszcze inna część chciała uciekać, biec i biec bez końca.

– Kochanie – powiedziała Helen – myślę, że Vincente naprawdę powinien już iść. Zauważyła jego robotyczne zachowanie. Wyglądał, jakby był pod wpływem zaklęcia.

– Dobranoc, panie Marino – powiedziała Grace.

– Dobranoc, pani Marino – odparł impulsywnie Vincente. Uśmiechnęła się szeroko, jakby niebo się otworzyło i wylewało na niego złote promienie słońca. Przesunął palcami po włosach, a potem wycofał się z pokoju.

Gdy tylko przekroczył próg, zaczął biec.

Zbiegł po ośmiu piętrach schodów.

I wyszedł na ulicę.

Biegłby dalej, aż do domu, gdyby mama nie zatrzymała go pierwsza.

ROZDZIAŁ 17

„Wszystko w porządku, Vincente?" – zapytała Ellen Marino swojego syna. Vincente miał zaczerwienione policzki i mruczał pod nosem, gdy podeszła do niego. Otworzyła ramiona, a on rzucił się w nie z głośnym westchnieniem. Pogłaskała go po głowie, tak jak robiła to, gdy był małym chłopcem. Ta emocjonalna więź sprawiła, że zaczął niekontrolowanie szlochać.

„No już, już" – powiedziała.

Chociaż Vincente czuł się bezpieczny i otoczony ciepłem, nie mógł przestać myśleć o Grace. Próbował skupić się na chwili obecnej, ale nawet kojące słowa matki nie były w stanie uspokoić jego umysłu.

Kiedy wtulił się w ramiona matki, w jego głowie nieustannie powtarzała się dziecięca piosenka: „Vincente i Gracie siedzą na drzewie i się całują".

Nie potrafił wyjaśnić mamie, co czuje. Sam nawet tego nie rozumiał.

Jednak nie mógł zapomnieć o tym pocałunku. Był to piękny pocałunek. Głębszy, bardziej niezapomniany niż jakikolwiek inny, którego kiedykolwiek doświadczył, a jednak – dlaczego płakał jak dziecko?

Vincente odsunął się od mamy. Próbował się opanować.

Ellen spojrzała synowi w oczy i objęła jego podbródek palcami. Pocałowała go w czoło. Stracił panowanie nad sobą i znów zaczął szlochać!

„Powiedz mi, Vincente, co się stało? Czy ta dziewczyna, twoja przyjaciółka... Czy ona umarła?".

„Vincente krzyknął „Nie!" głośniej, niż się spodziewał. Odsunął się i oparł się plecami o ścianę. Zacisnął pięści i poczuł gniew, smutek i radość, jakby wszystkie możliwe emocje napłynęły na niego jak tsunami.

„Porozmawiaj ze mną!" – namawiała Ellen.

„Chcę do domu, mamo. Po prostu chcę do domu" – powiedział Vincente, powstrzymując łzy. Czuł się jak głupiec.

Ellen ujęła dłoń syna w swoją, tak jak zawsze robiła, gdy był małym chłopcem. Aż do tego jednego dnia, gdy miał dziewięć lat i nie pozwolił jej już trzymać się za rękę. Ale tej nocy nie protestował, gdy jej palce owinęły się wokół jego dłoni i zacisnęły się mocniej. Cokolwiek niepokoiło jej syna, było to coś złego. Tak złego, że nie potrafił opanować swoich emocji.

Vincente Marino nie był typem chłopca, który płakał, nawet gdy jako mały chłopiec doznawał kontuzji. Zawsze starał się zachowywać dzielnie. Zwłaszcza gdy inni patrzyli. Zazwyczaj, gdy byli sami, było inaczej. A przynajmniej tak było do dzisiaj.

Kiedy zapięli pasy, Vincente ponownie pozwolił swoim myślom powrócić do Grace. Tym razem nie do pocałunku. Zastanawiał się raczej, skąd ona wie to, co wie. Na przykład o obrazie – skąd mogła wiedzieć o tym konkretnym obrazie? Nie mogła tego zmyślić ani odgadnąć rzeczy, o których wydawała się wiedzieć.

– Zgadnij, co się wczoraj wydarzyło? – zapytała Ellen.

– Nie wiem, mamo.

„Sprzedałam kolejny obraz!”

„To świetna wiadomość, mamo! Który to był tym razem?”

„Nie jestem pewna, czy go pamiętasz. Namalowałam go dawno, dawno temu”.

„Na pewno bym go pamiętał, mamo. Założę się, że zgadnę, który to był. To ten z polem pełnym polnych kwiatów, tak realistyczny, że prawie czuć ich zapach!”

„Och, jesteś cudownym synem, dziękuję. Ale nie, to był ten, który namalowałam kilka lat temu, kiedy byłeś małym chłopcem. Schowałam go, ponieważ coś w nim cię przerażało”.

Vincente wyprostował się. Teraz słuchał z uwagą. To nie mogło być to.

Nie zwracając uwagi na rosnące napięcie Vincente'a, kontynuowała: „Jest na polu, z dużym drzewem i krową”.

To był ten sam obraz. Dokładnie ten sam, o którym wcześniej rozmawiał z Grace Greenway. Być może sprzedaż została ogłoszona publicznie? To wyjaśniałoby, skąd Grace o tym wiedziała. Uderzył się w czoło. Tak, to wyjaśniałoby wszystko!

„Stało się to dopiero wczoraj wieczorem. Prywatny marszand dowiedział się o tym i przyszedł obejrzeć obraz, a następnie kupił go na miejscu dla swojego klienta. Wyjechał teraz do Europy i odbierze go po powrocie”.

„Więc sprzedaż nie została w żaden sposób ogłoszona publicznie?".

„Nie, nie powiedziałem nawet o tym twojemu ojcu!".

Grace nie mogła o tym usłyszeć, chyba że znała tego mężczyznę. Nie, biorąc pod uwagę jej stan i wszystko inne, to niemożliwe.

Jadąc ulicami miasta, Vincente postanowił nie myśleć o niczym. Ani o obrazie. Ani o Grace. Ani o pocałunku. Zwłaszcza o pocałunku.

ROZDZIAŁ 18

K IEDY WRÓCILI DO DOMU, Ellen zapytała Vincente, czy czuje się lepiej. Odpowiedział tylko niejasnym pomrukiem, co oznaczało, że znów czuje się bardziej jak dawniej. Zaproponowała mu coś do jedzenia, ale powiedział, że nie jest głodny.

„Jestem wyczerpany, mamo" – wyznał. „Chcę się przespać".

„Zanim pójdziesz, muszę cię zapytać – czy dziewczyna, którą odwiedziłeś...".

„Grace?".

„Tak, czy Grace czuje się lepiej?".

„Tak, jej stan się poprawia" – odpowiedział Vincente, skręcając za róg i stawiając stopę na schodku. Odwrócił się i spojrzał na Ellen. „Ale naprawdę potrzebuję twojej pomocy".

„Chcesz, żebym wpadła do Grace?".

„Nie, ale dziękuję. Bardzo chciałbym, żebyś zadzwoniła do trenera. Powiedz mu, że nie czuję się dobrze, żebym mógł odpocząć jeszcze przez kilka godzin przed meczem".

„Vincente, wiesz, co my – twój ojciec i ja – myślimy o sporcie. Musisz iść do szkoły, spędzić tam normalny dzień, inaczej nie będziesz mógł grać".

„Ale to nie był normalny dzień, mamo!" – zaprotestował. „Całą noc spędziłem w szpitalu i jestem śmiertelnie zmęczony".

„Dobrze, kochanie" – powiedziała. „Tym razem przymknę oko. A teraz idź do łóżka!".

Na górze, w swoim pokoju, Vincente bezskutecznie szukał piżamy. Zbyt zmęczony, położył się do łóżka tylko w czarnej bieliźnie.

Vincente wiercił się i przewracał z boku na bok, szybko zdając sobie sprawę, że jest zbyt zmęczony, aby zasnąć. Był również dość pobudzony kawą i wcześniejszym występem, który nie zasługiwał na Oscara.

Problem polegał na tym, że Grace nie grała. Wierzyła w każde swoje słowo, a on czuł to w jej pocałunku. Wkładała w to całe swoje serce i duszę.

Odchylił zasłony i patrzył na drzewo za oknem, które kołysało się w przód i w tył pod wpływem kaprysów wiatru. Krople padały na okno i spływały po szybie jak perłowe łzy.

Krople spadały jedna po drugiej, drzewo kołysało się, a dźwięki i ruchy wydawały się działać na Vincente jak kołysanka. Po kilku chwilach zasnął.

ROZDZIAŁ 19

„Grace? Grace, gdzie jesteś?" – krzyczał Vincente, biegnąc po schodach prowadzących do Opery w Sydney. Był już prawie na miejscu i nadal ją wołał, jakby spodziewał się znaleźć ją siedzącą na gigantycznych białych żaglach przypominających bezę.

Po przeszukaniu okolicy Rocks zaczął biec ulicą George Street w kierunku Parramatta Road. Wciąż wołał imię Grace, aż wyczerpało go gorące słońce Sydney, a mewy, kakadu i kruki wydawały się również krzyczeć.

Musiał znaleźć Grace. Po prostu musiał.

Na Parramatta Road, na nowym parkingu samochodowym, jego wzrok przykuło czerwone ferrari. Był to kabriolet z opuszczonym dachem, więc wsiadł do niego. Opony zapiszczały, gdy wyjeżdżał z parkingu. Gdzie, u licha, była Grace? Zatrąbił. Gdzie jesteś, Grace?

Vincente włączył radio i usłyszał nieznaną mu, ckliwą piosenkę miłosną. Najpierw chciał zmienić utwór, ale coś w tej piosence sprawiło, że pozostawił ją włączoną.

Kiedy piosenka się skończyła, wyświetlacz radia pokazał, że był to duet dwóch piosenkarzy popowych. Piosenka zaczęła grać ponownie. Vincente natychmiast zmienił utwór, ale okazało się, że gra ta sama piosenka, tym razem śpiewana przez dwóch wokalistów rhythm and bluesowych. Ponownie nacisnął przycisk, ale znów pojawiła się ta sama piosenka, tym razem śpiewana przez dwóch wokalistów country. Co to za płyta? Każdy utwór to ta sama piosenka! Próbował wyjąć płytę, ale ikona pokazywała, że slot jest pusty. Co do...?

Vincente gwałtownie nacisnął hamulec, co spowodowało, że pojazd wykonał obrót o 180 stopni, a następnie całkowicie się zatrzymał. „Grace", krzyknął, „Grace Marino, gdzie ty jesteś, do diabła?". Z irytacją oparł głowę na kierownicy, gdy głosy dwóch piosenkarzy popowych ponownie wypełniły nocne powietrze. Grace nadal nigdzie nie było.

Vincente był sam w sportowym samochodzie, samochodzie swoich marzeń – samochodzie swoich marzeń – ale bez Grace u jego boku nie miał on dla niego żadnego znaczenia. „Ona nawet nie jest w moim typie!" – wykrzyknął, ruszając z piskiem opon. Tym razem wyłączył radio, ale ta cholerna piosenka nadal grała w kółko w jego głowie.

Gdy koła wpadły w rondo, Vincente stracił kontrolę nad samochodem i z hukiem uderzył prosto w drzewo. Maska samochodu została wgnieciona do wewnątrz, ale on żył. Ciężko oddychał. Z pod maski unosił się dym, a on szepnął do powietrza: „Grace".

Jego szept spotkał się z odpowiedzią: „Vincente?".

„Grace!" – powtórzył. Vincente usiadł, teraz już czujny, i powiedział do powietrza: „Grace, gdzie ty jesteś, do diabła?".

W dłoni trzymał coś. Był to zmięty kawałek jego koszuli. Był teraz czerwony, czerwony od jego gęstej, ciepłej krwi. Kiedy otworzył dłoń, uformował się kształt: kształt serca.

Kiedy zamknął pięść i zaśpiewał głośno refren tej romantycznej piosenki, a potem ponownie ją otworzył, znów miała kształt serca.

Wtedy zaczął odczuwać ból i zauważył plamy. Duże krople krwi kapały na podłogę i powoli pokrywały siedzenie i podłogę. Krople wisiały na lusterku wstecznym i wzdłuż wewnętrznej strony przedniej szyby.

Krew była wszędzie, na podłodze, ścianach, suficie. „Grace!" – zawołał po raz ostatni, zanim zamknął oczy i zniknął w ciemności.

ROZDZIAŁ 20

Kiedy Vincente się obudził, słońce wpadało do jego pokoju przez szczelinę w zasłonach. Na początku nie pamiętał, gdzie się znajduje. Co prawda leżał we własnym łóżku, ale poza kołdrą. Był bezpieczny. To wszystko było tylko szalonym snem! Roześmiał się na myśl, że mogło to być coś innego.

Przez chwilę spojrzał na swoje sportowe trofea, a potem na rzeźbione figurki. Zauważył, że jednej z nich brakuje. Pierwszej, jaką kiedykolwiek stworzył: Aborygena. Szukał jej wszędzie, ale nigdzie nie mógł jej znaleźć.

Kookaburra zawołała, a jej śmiech wypełnił powietrze, gdy Vincente zastanawiał się nad zaginioną figurką. Wokół niego brzęczała mucha, którą odgonił.

Vincente spojrzał na zegarek i zdał sobie sprawę, że się spóźnia. Przespał cały dzień szkolny i teraz spóźni się również na mecz, jeśli nie ruszy się z miejsca. Nie mógł zawieść drużyny.

Vincente pobiegł do łazienki, splaschnął wodę na twarz, umył zęby i wysunął język. Wyglądał, jakby nie spał od tygodni.

Poczuł zarost na brodzie i ponownie spojrzał na zegarek. Nie miał wystarczająco dużo czasu, aby się ogolić, więc nałożył wodę po goleniu i spryskał się dezodorantem. Następnie włożył czarne dżinsy i t-shirt i zeskoczył większość schodów za jednym zamachem.

Świadomość, jak bardzo drużyna go potrzebuje, nie poprawiała Vincente'owi nastroju. Nie czuł dumy z tego, że była to absolutna prawda. Jednak inni gracze – jego koledzy z drużyny – nigdy nie mieli mu tego za złe. Wiedzieli, że ma talent, ale czasami chciałby, żeby presja spoczywała na barkach kogoś innego, a nie tylko na jego.

Na dole wyjął butelkę wody z lodówki i zawołał mamę. Kiedy nie odpowiedziała, nie martwił się. Wiedział, gdzie najprawdopodobniej ją znajdzie – na werandzie, malującą.

Rzeczywiście, była tam, pracując, zatopiona w swoim świecie kreatywności. Stał tam, obserwując ją przez chwilę, chłonąc jej twórczego ducha, zanim ona wyczuła jego obecność. Kiedy to zrobiła, było to jakby przerwało ciąg twórczych myśli, ale była niesamowicie szczęśliwa, widząc go.

„Ach, obudziłeś się, jak się czujesz, kochanie?" – zapytała, gdy Vincente pochylił się, aby pocałować ją w czoło. Następnie Vincente przeskoczył poręcz i wylądował jak kot w ogrodzie. „Uważaj na kwiaty!" – wykrzyknęła. Potem spojrzała w ponure niebo i powiedziała: „Zaczekaj, przyniosę ci parasol".

„Nie trzeba" – odpowiedział Vincente. „Pobiegnę i żadna kropla deszczu mnie nie dogoni!". Vincente zaczął biec szybko, odwracając się tylko raz na kilka sekund, aby pomachać na pożegnanie.

ROZDZIAŁ 21

W szpitalu Grace tęskniła za Vincente. Chciała być sama – ze swoim mężem. Chciała, żeby wszystko było tak jak dawniej, kiedy byli tylko we dwoje na całym świecie.

Zamknęła oczy i przypomniała sobie ich najbardziej intymny pocałunek. On się powstrzymał – nie – zawahał się.

Helen jęknęła przez sen, po czym poruszyła się i ziewnęła wyraźnie głośno. Wyciągnęła się i usiadła prosto, patrząc prosto na drugą stronę pokoju, tylko po to, by odkryć, że jej córka ją obserwowała. „Przepraszam, że zaspałam” – powiedziała. „Jak się dzisiaj czujesz?”.

„W porządku. Nie śpię już od kilku godzin. Myślę”.

„O czym myślisz? O Vincente, jak sądzę” – powiedziała Helen.

„Tak, myślę o nim od momentu, gdy się obudziłam”.

Helen ponownie się przeciągnęła i ziewnęła.

„Chrapałaś, mamo”.

„Nie chrapię!” – odparła.

„Zdecydowanie chrapiesz i następnym razem będę musiała to nagrać, żebyś wiedziała, jak głośno!”

„Śniłam o twoim tacie; tęsknię za nim”.

„Ja też za nim tęsknię, mamo" – powiedziała Grace, zdając sobie sprawę, że to idealny moment, aby poprosić ją o pomoc.

Grace wzięła głęboki oddech i skrzyżowała palce.

ROZDZIAŁ 22

Mamo, tęsknię za spędzaniem czasu z mężem".

„Wiem, kochanie, ale Vincente nadal ma obowiązki wobec swojej rodziny, a do tego ma zajęcia szkolne i sportowe. Jesteście młodzi. Macie mnóstwo czasu".

„Ale jesteśmy nowożeńcami i powinniśmy spędzać więcej czasu razem".

„Najpierw musisz wyzdrowieć" – powiedziała Helen, wstając, podchodząc do łóżka córki i biorąc ją za ręce. „Musisz skupić swoją energię na powrocie do zdrowia, żebyśmy mogli wrócić do domu".

„Chcę wrócić do domu, mamo, ale chcę wrócić do naszego domu".

„Tak, właśnie o to mi chodzi, kochanie".

„Nie, nie do twojego domu, ale do naszego domu – mam na myśli mój i Vincente'a".

Helen wzięła głęboki oddech. Wiedziała, że Grace fantazjuje, i musiała się do tego dostosować, ale kłamanie stawało się coraz trudniejsze. Helen powiedziała: „Minęło mniej niż siedemdziesiąt dwie godziny od twojej operacji. Być może nie zdajesz sobie sprawy, jak blisko byłaś katastrofy, ale ja wiem, jak blisko to było, i nie chcę ryzykować. Nadal jesteś tutaj pod ścisłą obserwacją. Takie są zalecenia lekarza".

„Czy kiedykolwiek pozwolą mi wrócić do domu?" – zapytała Grace.

„Tak, kiedy całkowicie wyzdrowiejesz".

„Ale jak długo to potrwa? Jak długo to potrwa?".

„Doktor Ackerman powiedział, że dzisiaj muszą pobrać nowe próbki krwi. Być może będą musieli zmienić twoje leki. Jesteś tutaj pod najlepszą opieką".

„Wiem, ale chcę być z mężem".

Helen próbowała zmienić temat. „Opowiedz mi trochę o swoim domu. Gdzie się znajdował?".

„Nasz dom znajduje się w Manly, tuż przy plaży".

„Przy plaży, powiadasz?". Helen wiedziała, że nieruchomości w tej okolicy są warte miliony. Zapytała, czy wygrali na loterii.

„Oczywiście, że nie, mamo. Pieniądze nie miały znaczenia. Zanim kupiliśmy ten dom, często się przeprowadzaliśmy i mieszkaliśmy w hotelach".

„A jak zarabialiście na życie? Pracowaliście? Jak się utrzymywaliście? Kupowaliście jedzenie i ubrania dla siebie?".

„Ponieważ pieniądze nie miały znaczenia, po prostu wyruszyliśmy w świat i braliśmy wszystko, czego potrzebowaliśmy. Byliśmy wtedy tylko we dwoje, nie potrzebowaliśmy pieniędzy. Przetrwaliśmy dzięki obfitości wszystkiego, łącznie z naszą miłością do siebie nawzajem".

To nie prowadziło do niczego. Helen powiedziała: „Idę do domu się przebrać i zastanawiam się, czy chcesz, żebym przyniosła ci coś jeszcze – na przykład laptopa? Albo inne książki?".

„W porządku, mamo. Nie chcę niczego poza moim mężem. Poza tym mam tu stos książek, które czytam. Nadal mam problemy z koncentracją przez dłuższy czas. Nie potrafię się skupić. To, czego naprawdę potrzebuję, mamo, to twoja pomoc w przekonaniu lekarzy, aby pozwolili Vincente spędzić noc tutaj ze mną. To jest to, czego potrzebuję bardziej niż czegokolwiek innego".

„Szczerze mówiąc, Grace, można by pomyśleć, że życie przed Vincente Marino nigdy nie istniało!".

„Czuję, jakbyśmy byli razem przez całe życie, a teraz jesteśmy rozdzieleni nie z naszej winy" – powiedziała Grace. „Tak bardzo za nim tęsknię. Kiedy jesteś tutaj lub kiedy są lekarze, to jest inaczej. On nie jest sobą. Musimy być sami – tak jak powinni być nowożeńcy".

„Grace, wkrótce tu będzie, po zakończeniu meczu. Ale nie jest dobrze, że jesteś tak zrozpaczona i zdenerwowana. Postaraj się skupić swoją energię na powrocie do zdrowia. Zostaw to mnie, a ja zobaczę, co mogę dla ciebie zrobić, jeśli będziesz teraz grzeczną dziewczynką i zamkniesz oczy".

Grace oparła się na poduszce, a Helen pocałowała ją w oczy, tak jak robiła to, gdy Grace była małą dziewczynką. Jej powieki drgały pod jej dotykiem jak dwa motyle. Powiedziała: „Vincente wróci tu, zanim się zorientujesz".

„Proszę, zapytaj lekarzy, czy może spędzić noc ze mną w tym pokoju, mamo. Proszę! Jedną noc. Proszę tylko o jedną noc".

„Poproszę" – powiedziała Helen, wychodząc z pokoju. W głębi serca wiedziała, że to się nigdy nie stanie.

Nie było mowy, żeby Vincente Marino spędził całą noc sam na sam z jej córką w tym samym pokoju. Zwłaszcza że Grace wierzyła, że są mężem i żoną.

„Prędzej umrę!" – powiedziała Helen do siebie, zamykając drzwi pokoju Grace.

ROZDZIAŁ 23

D WOJE KOCHANKÓW SPACEROWAŁO PO plaży, trzymając się za ręce, całkowicie pochłonięci sobą. Co jakiś czas zatrzymywali się, aby się pocałować. Potem szli dalej, zatrzymując się, aby posłuchać szumu fal rozbijających się o brzeg.

„Zgubiłam pierścionki!" – wykrzyknęła Grace.

Vincente powiedział jej, żeby się nie martwiła. Powiedział, że je znajdą, a jeśli nie, to kupi jej nowe obrączki. Powiedział, że chociaż obrączki miały wartość sentymentalną, można je zastąpić. Obrączki były pustymi kręgami, podczas gdy ich miłość była pełna, okrągła i głęboko zakorzeniona w ich sercach.

„Miałam je wcześniej, ale teraz zniknęły! Może jedna z pielęgniarek mi je ukradła? Może zdjęły mi je, kiedy szłam na operację?".

„Grace, dlaczego tak się martwisz? Nie martw się. Znajdziemy je" – uspokajał ją Vincente.

„Pierścionki zniknęły, a ja jestem uwięziona w tym szpitalu. Czuję się, jakbym była tu od zawsze".

„Możesz przychodzić i odchodzić, kiedy tylko chcesz, kochanie – powiedział Vincente.

Przeszedł przed nią, odwracając się plecami i patrząc na Grace. Wyciągnął do niej otwarte dłonie, a ona wzięła jego ręce w swoje. Po ponownym połączeniu się, szli dalej wzdłuż plaży. Utrzymywali kontakt wzrokowy, dzieląc się bezsłownymi myślami.

„Nawet jeśli powiesz mi, że mogę odejść, nie mogę. Nie pozwolą mi odejść".

„Czy masz zły sen, moja ukochana?" – zapytał Vincente. „Obudź się teraz, a wszystko będzie dobrze. Obiecuję".

„Nie" – powiedziała Grace. „Jest odwrotnie. Wszystko jest na odwrót. Kiedy się budzę, jesteś inny. Nie jesteśmy tacy sami".

„Kim więc jesteśmy, kochanie?" – zapytał Vincente.

Ale nie otrzymał odpowiedzi.

ROZDZIAŁ 24

Helen udało się namierzyć doktora Ackermana – lub przycisnąć go do muru – w zależności od tego, kto opowiadał tę historię. Wyjaśniła mu sytuację, w której Grace chciała spędzić noc w swoim pokoju sama ze swoim rzekomym mężem.

Doktor Ackerman nie zareagował tak, jakby ta sugestia była dla niego zaskoczeniem. W rzeczywistości spodziewał się takiej prośby.

„Dlaczego mnie nie ostrzegłeś?" – zapytała Helen.

„To mogło się nigdy nie wydarzyć" – wyjaśnił doktor Ackerman. „A ty martwiłabyś się i twoja reakcja wobec Grace mogłaby wydawać się nienaturalna".

„Więc co mamy zrobić? Nie możemy zostawić jej samej na całą noc w tym pokoju z tym chłopcem! On jest tak pełen siebie, że może ją wykorzystać i sytuację".

„Helen, twoja córka jest wciąż na wczesnym etapie powrotu do zdrowia. Muszę powiedzieć, że najlepiej będzie nadal podtrzymywać to złudzenie. W rzeczywistości nawet doprowadzić je do granic możliwości, ponieważ może to być jedyny sposób, aby Grace uwolniła się od fantazji i wybrała rzeczywistość".

„Więc chcesz powiedzieć, że on zostanie z nią, a ona zda sobie sprawę, że nie jest tym, za kogo go uważa?"

„Tak, dobrze to zrozumiałaś. Jeśli nie jest tym, za kogo ona go uważa, jeśli jego wizerunek pęknie w lustrze jej umysłu, wtedy i tylko wtedy będzie mogła zaakceptować rzeczywistość, odrzucić fikcję i znów stać się Grace.

A chłopak? Kto go przekona? Zwłaszcza, że nie postrzega Grace w taki sam sposób, jak ona postrzega jego. Nie ma nic do stracenia, a udawanie, że są prawdziwym małżeństwem, może być zbyt wielkim wymaganiem."

„Vincente nie ma nic do stracenia, ale może zyskać wszystko. Kiedy ten epizod się skończy, będzie mógł wrócić do swojego dawnego życia. Nie będzie już musiał udawać, przychodzić do szpitala, udawać kogoś, kim nie jest. Z pewnością będzie to dla niego wystarczająca zachęta, aby nam pomóc?" – zasugerował Ackerman.

„To prawda, nie myślałam o tym w ten sposób" – powiedziała Helen. „Właściwie, skoro tak to ująłeś, nie mogę się doczekać, aby to zrealizować – im szybciej, tym lepiej. Jest tylko jeden problem. Co jeśli Grace zakocha się w Vincente i będzie chciała dzielić z nim małżeńskie łoże?".

„Tak, to może być problem" – potwierdził doktor Ackerman.

– Cóż, chłopiec musi zostać ostrzeżony, że Grace, w swoim obecnym stanie psychicznym, może mieć pewne oczekiwania co do tego wieczoru, na które on nie powinien w żadnym wypadku odpowiadać – powiedziała Helen.

– Jestem pewien, że uda nam się przekonać go, aby „grał w tę grę", nie posuwając się zbyt daleko.

– Ale on jest mężczyzną – powiedziała Helen. – Bez urazy. Jest przyzwyczajony do tego, że dziewczyny się nim interesują i dają mu wszystko, czego chce.

„Po rozmowie z nim wyślij chłopca do mnie na pogawędkę. Wyjaśnię mu wszystko jak mężczyzna mężczyźnie".

„Jaką mam podać mu przyczynę?" – zapytała Helen. „Jaki powód, dla którego chcesz z nim porozmawiać?".

„Po prostu wyślij go do mnie po rozmowie, Helen. Ja zajmę się resztą".

Helen spojrzała na zegarek. – Vincente powinien wkrótce odwiedzić Grace. Poruszę z nim ten temat, a potem wyślę go do ciebie.

– A jak wyjaśnisz swojej córce waszą rozmowę, nie wspominając o jego nagłym zniknięciu?

– Zatrzymam Grace. Poprosiła mnie, żebym zorganizowała mu nocleg, więc powiem jej, że się tym zajmuję.

„Brzmi jak dobry plan" – powiedział doktor Ackerman.

„W takim razie dziś wieczorem wyślemy Vincente do domu, żeby zabrał swoje ubrania itp., a wielka noc będzie jutro".

„Tak".

„Liczę na ciebie, że ochronisz moją córkę".

„Nie martw się, zajmę się tym" – powiedział doktor Ackerman.

Helen stała przez chwilę przed pokojem córki, zbierając myśli. Kiedy była już gotowa, wzięła głęboki oddech i zajrzała przez okno, zanim otworzyła drzwi.

ROZDZIAŁ 25

G RACE OTWIERAŁA SZUFLADY I zamykała je ponownie. Kiedy Helen weszła do pokoju, Grace powiedziała: „Dzięki Bogu, że tu jesteś, mamo! Dzięki Bogu!".

„Nigdy nie jestem daleko" – powiedziała Helen, obejmując córkę w talii i prowadząc ją z powrotem do łóżka. Helen spojrzała na twarz córki. Jedna rzecz wywarła na niej duże wrażenie – coś, czego wcześniej nie zauważyła – Grace nie była już małą dziewczynką.

„Mamo, nie mogę znaleźć moich obrączek ślubnych!"

„Kochanie, wspominałaś o nich wcześniej, pamiętasz?" – powtórzyła Helen. „Nie mogły się zbytnio oddalić, prawda?" Poczuła wtedy ogromny smutek. Jej córka wciąż szukała rzeczy, które nie istniały. Przełknęła łzy, ale opanowała się, zanim Grace zdążyła wyczuć zmianę w jej nastroju.

„Przysięgałam, że nigdy ich nie zdejmę, a teraz zniknęły!" – wykrzyknęła Grace.

Przez chwilę Helen wyobraziła sobie, jak potrząsa córką, zmuszając ją do opamiętania się i stawienia czoła prawdzie. Ale była to walka, której Helen nie mogła stoczyć sama. Potrzebowała wsparcia personelu medycznego, zanim mogła obnażyć fantazje córki.

Po drugiej stronie pokoju Grace krzyczała: „Nie rozumiesz, po prostu musisz mi pomóc, mamo! Może spadły tutaj?" – zapytała, schylając się do podłogi i szukając pod nią oraz w każdym zakamarku.

Kiedy była sama, Grace przeanalizowała wszystkie możliwe przyczyny zmiany nastawienia Vincente'a do niej. Doszła do wniosku, że stało się tak dlatego, że zgubiła pierścionki. Pogrążona w poczuciu porażki, usiadła na podłodze i zaczęła płakać.

Helen uklękła obok niej i wzięła jej dłonie w swoje. Chciała coś powiedzieć, ale Grace pierwsza otworzyła usta i zawołała: „Muszę je znaleźć, zanim Vincente wróci. Kiedy je znajdę, on znów będzie taki jak przedtem. Znów będzie moim Vincente".

„Kochanie" – powiedziała Helen, podnosząc brodę córki, aby ich oczy znalazły się na tej samej wysokości. „Twoje pierścionki nie mogą być daleko. Być może zostały zdjęte, kiedy trafiłaś na operację? Tak, to by wszystko wyjaśniało" – skarciła Helen, podnosząc córkę. Kiedy dostrzegła iskierkę nadziei w jej oczach, kontynuowała: „Tak, założę się, że czekają, aż zostaniesz wypisana".

„Ale czy nie mogą mi ich teraz zwrócić?" – zapytała Grace. „Przecież nie jestem w więzieniu!"

„To prawda, nie jesteś w więzieniu, ale czasami szpitale mają zasady, aby zapewnić bezpieczeństwo rzeczy pacjentów" – powiedziała Helen. „Chcesz, żebym zapytała o nie? Zapytałam, czy mogą zrobić dla ciebie wyjątek od tej zasady?".

„Tak, mamo! Tak, proszę!".

Helen zastanawiała się, jak zapytać o pierścionki, które nie istnieją. Najwyraźniej jej córka nie zamierzała zapomnieć o pierścionkach. Musiała wrócić z odpowiedzią – albo z pierścionkami.

– Grace, zastanawiałam się. Pamiętasz, kiedy po raz pierwszy trafiłaś do szpitala? Miałaś wtedy na sobie pierścionki?

– Oczywiście, że nie! – wykrzyknęła Grace. – Nie byliśmy wtedy małżeństwem.

„Więc to było później, po ślubie, kiedy Vincente przywiózł cię z powrotem do szpitala?".

„Tak" – odpowiedziała Grace.

„Może mogłabyś mi je opisać, na wypadek, gdyby trzeba było je zidentyfikować".

„Tak, sprytny pomysł. A może umieścili je w skarbcu pod niewłaściwym nazwiskiem pacjenta i ktoś inny ma moje pierścionki! Och, mam nadzieję, że nie!".

„Nie martw się tym teraz, opowiedz mi, jak wyglądają. Założę się, że były piękne!" – uspokoiła ją Helen.

„Tak, Vincente ma wspaniały gust. Mój pierścionek zaręczynowy ma kształt serca z diamentami na obwodzie. Moja obrączka ślubna ma złote gwiazdki na obwodzie, a w każdej gwiazdce znajduje się diament. Po prostu muszę je znaleźć, mamo".

Helen cofnęła się. Zanim zadała pytanie, zatrzymała się na chwilę: „A gdzie kupiłaś te pierścionki? Brzmią na drogie. Powinnyśmy je ubezpieczyć".

„W małym sklepie jubilerskim na George Street, specjalizującym się w wyjątkowych, niepowtarzalnych przedmiotach".

„W której części George Street? To bardzo długa ulica" – zapytała Helen.

„Blisko Circular Quay, niedaleko The Rocks".

„Dobrze, Grace" – powiedziała Helen. „Zajmę się twoimi pierścionkami. Trzymaj kciuki, żebyś wkrótce znów miała je na palcach".

Helen nie miała wyboru, musiała udać się do tego sklepu jubilerskiego i opisać pierścionki jubilerowi. Musiała dowiedzieć się, czy zna on takie pierścionki lub czy ma coś podobnego w sklepie.

Helen zamknęła za sobą drzwi. Stała nieruchomo, opierając się plecami o ścianę i zastanawiając się. Kilka rzeczy stało się teraz jasnych dla Helen Greenway. Po pierwsze, jej córka wierzyła, że przebywała w szpitalu przez dość długi czas, znacznie dłuższy niż faktycznie.

Po drugie, Grace wierzyła, że ona i Vincente zakochali się w sobie i razem opuścili szpital. Pobrali się i wrócili jakiś czas później. Jakiś czas po tym, jak przez jakiś czas mieszkali razem i mieli wystarczająco dużo czasu, aby założyć dom.

I wreszcie odkryła, że rzekome pierścionki zostały zakupione lokalnie. W znanym Helen sklepie jubilerskim. Sklepie jubilerskim, w którym zapłacenie tysięcy dolarów za jedną rzecz było uważane za skromne. Jeśli rzeczywiście był to ten sam sklep jubilerski, to w jaki sposób Grace i Vincente zapłacili za tak drogie pierścionki?

Helen wzięła głęboki oddech, walcząc z załamaniem nerwowym. Chciała uciec. Czuła się winna, że chce uciec, i czuła się winna, że nie wie, co robić. Pozwoliła sobie na ucieczkę.

„Taksówka!" Helen dała znak na zewnątrz i jedna podjechała do niej na krawężniku. „Zabierz mnie do The Rocks i wysadź gdzieś w pobliżu George Street" – powiedziała Helen. „Szukam jubilera, bardzo ekskluzywnego i drogiego jubilera. Nie znam adresu, ale znajduje się na George Street".

„Tak, wiem, o który chodzi" – potwierdził kierowca, ruszając.

Helen siedziała z tyłu, zastanawiając się, dlaczego pozwala się wciągnąć w coś, o czym wie, że jest nieprawdziwe.

Siedząc w korku, słuchając klaksonów i syren, nie potrafiła znaleźć odpowiedzi na swoje pytanie.

ROZDZIAŁ 26

Gdy Vincente Marino został wyniesiony z boiska na ramionach kolegów z drużyny, rozległy się okrzyki radości. Po raz kolejny Vincente poprowadził swoją drużynę do zwycięstwa. Aby wyrazić swoją wdzięczność, koledzy z drużyny wielokrotnie skandowali jego imię.

Vincente był podekscytowany. Jego występ przerosnął nawet jego własne oczekiwania.

Gdy został wyrzucony w powietrze, odwrócił na chwilę głowę i spotkał wzrok Missy Malone. Skakała z radości. Podziwiał, jak uroczo wyglądała, gdy wszystko podskakiwało w synchronizacji. Posłała mu pocałunek, a on skinął głową w odpowiedzi.

Kiedy po raz pierwszy pojawił się na boisku, Missy podbiegła do niego. Widział, jak zbliża się do niego z zaciśniętymi ustami. Pozwolił jej się złapać. Pozwolił jej pocałować się z całej siły, ale nie czuł do niej nic.

Pocałunek Grace Greenway przewyższył wszystkie pocałunki Missy Malone razem wzięte. Ona nigdy nie uwierzyłaby w tę prawdę, nawet za milion lat. On sam ledwo w to wierzył.

Jednak bez względu na to, co do niej czuł, Vincente wiedział, że Missy będzie się go trzymać, nawet jeśli on nie odpowie na jej uczucia. Dlaczego? Ponieważ Missy Malone uważała się za dodatek do Vincente. Uważała, że pasują do siebie jak lamingtony i kokos, jak vegemite i tosty, jak ciasto i frytki.

Gdyby chciał ją zostawić, musiałby być brutalny. Musiałby jej powiedzieć wprost, że już jej nie chce. Musiałby jej kazać odejść.

Vincente spojrzał na nią teraz, na to, jaka była ładna. Jak słodka i pełna oczekiwań. Potem spojrzał na swoich kolegów z drużyny, którzy wciąż skandowali jego imię i podrzucali go w powietrze, a wszelkie myśli o Missy wyleciały mu z głowy. Nie znaczyła dla niego nic.

Przez chwilę umysł Vincente powrócił do szpitala i spojrzał na zegarek. Godziny odwiedzin dobiegały końca. Musiał zobaczyć Grace. Obiecał jej, że ją odwiedzi.

Najgorsze było to, że teraz nawet o niej śnił! Zastanawiał się, czy powinien złamać obietnicę. Zostawić ją na lodzie. Wtedy może udałoby mu się o niej zapomnieć. Być może wtedy ona też spróbowałaby o nim zapomnieć.

Nie rozwiązałoby to jednak niczego, ponieważ Grace Greenway była uwięziona w romantycznej fantazji. Utknęła w śnie, który w tej chwili uważała za rzeczywistość. Siła jej snu wzrosła w nim wraz z tym pocałunkiem. Przez chwilę nawet uwierzył, że to prawda. Że ją kocha, a ona kocha jego. Wydawało się to prawdziwe. Tylko przez c hwilę.

Vincente zadrżał, przez co jego koledzy omal nie upuścili go na asfalt. Podnieśli go wyżej i kontynuowali recytację.

Znudzony tym wszystkim Vincente powrócił do myśli o Grace, doskonale wiedząc, że nic nie wyniknie z takiego toku myślenia. Bez względu na to, co się między nimi wydarzyło, Grace Greenway po prostu nie była dla niego. Nie była w jego typie.

Tłum dołączył do skandowania i ruszył do przodu. Vincente odłączył się i poprosił, aby go postawiono na ziemi. Powiedział chłopakom, że musi odejść na kilka godzin, aby dotrzymać obietnicy złożonej przyjacielowi.

Rozczarowani tą wiadomością, skandowali jego imię jeszcze głośniej. Vincente pomachał im i obiecał, że wróci później.

Poprosili go, aby został. Otoczyli go. Zamknęli go. Uwięzili.

Missy Malone również podeszła bliżej. Ona i inni zablokowali mu drogę.

Vincente czuł, że jest winien Missy wyjaśnienie, ale w tej chwili nie potrafił nawet wyjaśnić tego sobie samemu. Wiedział, że jeśli Missy dowie się o Grace, spowoduje to problemy. Nie chodziło o to, że byłaby zazdrosna. Nigdy nie uwierzyłaby, że wolałby Grace od niej. Nie wspominając już o chłopakach – pomyśleliby, że całkowicie stracił rozum!

Vincente ponownie przypomniał sobie pocałunek, którym wymienił się z Grace.

Zadrżał. „To wszystko fantazja. Nawet ja daję się w to wciągnąć".

Wyobraził sobie, co by się stało, gdyby powiedział grupie, że Grace Greenway wierzy, iż są małżeństwem.

Stałaby się pośmiewiskiem, a on razem z nią. Nigdy nie pozwoliliby mu zapomnieć o matematycznym stanie Grace.

„Do zobaczenia!" – krzyknął Vincente, przepychając się przez niechętny tłum i wychodząc z terenu szkoły.

Po przejściu przez bramę biegł i biegł, nie zwalniając tempa.

Missy patrzyła, jak odchodzi. Skrzyżowała ramiona, całkowicie przekonana, że Vincente Marino wróci. Wróci do niej – ponieważ wiedziała, że Vincente Marino nigdy nie będzie miał jej dość.

ROZDZIAŁ 27

H ELEN WRÓCIŁA DO SZPITALA bez pierścionka.

Grace siedziała na łóżku ze złożonymi rękami, wpatrując się w drzwi i czekając na powrót Helen.

Kiedy Helen spojrzała przez okrągłe okienko na córkę, wyglądało to tak, jakby wstrzymywała oddech. Jednak jej skóra nie była siniaca, więc musiała oddychać. Były to tylko bardzo płytkie oddechy.

Helen powtórzyła sobie, co zamierzała powiedzieć Grace, czyli nic. Chciała odwrócić uwagę córki na inne sprawy.

Jubiler był niezwykle pomocny. Kiedy Helen opisała pierścionki, od razu wiedział, o które chodzi. Powiedział, że zniknęły kilka tygodni temu. Razem z właścicielem wielokrotnie przeglądali nagrania z kamer monitoringu. Pierścionki były tam w jednej chwili, a w następnej już ich nie było. POOF. Bez żadnego wyjaśnienia. Bardzo dziwne.

„Spójrz na swoje włosy, Grace!" – wykrzyknęła Helen. „Vincente wkrótce przyjedzie, a ty musisz wyglądać pięknie dla swojego męża".

Grace spojrzała na swoje odbicie w lustrze. Uznała, że matka ma rację, usiadła, a Helen zaczęła czesać i układać włosy córki, tak jak robiła to wiele razy wcześniej.

Grace się zrelaksowała. Helen wzięła kosmetyczkę i nałożyła lekki podkład w pudrze, a następnie odrobinę różu. Grace uśmiechnęła się, ciesząc się, że może dzielić te chwile z matką.

Wkrótce Vincente dał o sobie znać, szurając butami.

Zauważył Grace siedzącą z Helen, która czesała jej włosy, a widok ten wywołał uśmiech na jego twarzy. Bez wahania postanowił, że wyrzeźbi tę chwilę w drewnie. Uśmiechnął się promiennie w kierunku Grace.

Grace podskoczyła i natychmiast schowała ręce. Nie chciała, żeby ją dotykał. Nie chciała, żeby zauważył zagubione pierścionki.

Jego uśmiech przyciągnął ją do niego jak magnes. Opór był daremny.

Kiedy ich usta spotkały się w pocałunku na powitanie, między nimi przeskoczyła iskra – po obu stronach. Grace zbliżyła się, aby przenieść pocałunek na wyższy poziom, ale Vincente cofnął się, nieufny wobec obecności Helen Greenway.

Vincente zwrócił uwagę na Helen, składając jej delikatny pocałunek na policzku. Nigdy wcześniej nie całował Helen w policzek na powitanie. Nie miał pojęcia, co robi. Było to jakby był pod wpływem zaklęcia.

Wciąż pamiętając wstrząs, jaki otrzymał od Grace, Vincente cofnął się i wsunął obie ręce głęboko do kieszeni dżinsów. Oparł się plecami o ścianę, lewą stopą na podłodze, a prawą opierając o ścianę, prawie jakby pozował do magazynu GQ.

– Mamo, czy mogłabyś zostawić Vincente i mnie samych na chwilę?

„Wyrzucasz mnie?" – zapytała Helen, udając, że jest urażona, choć w rzeczywistości była urażona. W rzeczywistości była urażona do głębi, ale chciała też porozmawiać z doktorem Ackermanem, a to była idealna okazja, aby go znaleźć.

Martwiła się sposobem, w jaki się całowali – sposobem, w jaki iskry wydawały się latać. Nawet Helen metaforycznie ich unikała i czuła wzrost temperatury w pokoju. A może tylko jej się to wydawało?

Nie, wydawało się to prawdziwe. To sprawiało, że podjęła decyzję, aby pozwolić im obojgu zostać w pokoju na noc. Jakoś ta fantazja nie wydawała się jednostronna.

Jednak Vincente wielokrotnie powtarzał, że jej córka nie jest w jego typie.

Helen uznała, że musiała sobie wyobrazić tę więź – dała się ponieść fantazji wraz z córką. Być może ten stan był zaraźliwy.

„Pójdę na spacer" – powiedziała Helen, po czym odwróciła się i szepnęła tak, aby tylko Vincente mógł usłyszeć: „Czy mogę ci zaufać?". Skinął głową, a jego twarz wyrażała szczerość. Helen nie ufała mu ani trochę. „Wrócę wkrótce" – powiedziała.

Po wyjściu z pokoju Helen stanęła za drzwiami. Vincente widział, jak zagląda przez okrągłe okienko, obserwując ich. Starał się zachowywać spokojnie, naturalnie.

Grace nie zauważyła, że jej matka podsłuchuje. Podeszła do niczego niepodejrzewającego Vincente i złożyła na jego ustach gorący pocałunek.

Ostatnim obrazem, jaki zapamiętał Vincente, była twarz Helen, która przybrała odcień czerwieni, jakiego nigdy wcześniej nie widział. Potem na chwilę zatracił się w pocałunku, pozwolił sobie na chwilę zapomnienia.

Grace nagle przerwała pocałunek, cofnęła się i powiedziała: „Już mnie nie kochasz. Prawda, Vincente?".

W głowie Vincente słyszał echo własnego głosu, który powtarzał: WOW-WOW-WOW-WOW-WOW-WOW-WOW.

Jego ręce nadal były głęboko w kieszeniach dżinsów, a teraz były zaciśnięte w pięści. Nie słyszał, co powiedziała, o co zapytała. Jedyne, na czym mógł się skupić, to efekt WOW tego pocałunku.

„Co? Co powiedziałaś?" – zapytał, powoli odzyskując zmysły.

„Chcesz, żebym to powtórzyła?" – zapytała, a łza spłynęła jej po policzku.

WOW! WOW! WOWS! w głowie Vincente uderzyło w daleką ścianę jego umysłu i rozpadło się, a następnie przeskoczyło do słów, które ona wypowiedziała. Słyszał je, ale wiadomość nie dotarła jeszcze do jego mózgu. Teraz jej słowa odbijały się echem: „Już mnie nie kochasz". Żołądek mu się skręcił.

Vincente spojrzał w jej piwne oczy i zagłębił się w nich. To było jak skok do basenu, tak zachęcającego, tak pełnego życia.

Jednak z jakiegoś powodu wyglądała na zagubioną, a najgorsze było to, że to on sprawił, że tak się czuła, choć nieumyślnie.

Widząc ją w takim stanie, zapragnął ją pocieszyć, przyciągnąć z powrotem do siebie. Aby to osiągnąć, zbliżył się do niej, tak że ich ciała się zetknęły, i zainicjował pocałunek.

Tym razem był on jeszcze silniejszy. Tak silny, że chciał, aby czas się zatrzymał. Chciał, aby wszystko się zatrzymało, a jednocześnie chciał, aby trwało dalej. Chciał wszystkiego z tą dziewczyną, dzielić z nią wszystko – a przecież nie była nawet w jego typie. Chciał dać jej świat i uczynić ją szczęśliwą. Dzielić się z nią sobą. Stać się jej światem.

I chciał tego wszystkiego teraz.

Vincente milczał. Bał się mówić. Bał się tego, co czuł. Bał się tego, co mógłby powiedzieć lub zrobić. Zamiast tego nadal pływał w basenie oczu Grace, zatracając się w jej głębi.

Jego milczenie i zmieszanie łamały serce Grace. Rozpadała się, pękała na kawałki i płakała strumieniami łez z tych piwnych oczu. Duże, grube, słone łzy spływały jej po policzkach.

Wyciągnął rękę i złapał jedną na opuszku palca. Delikatnie przeniósł ją do ust, położył na końcu języka, gdzie eksplodowała jej słoność. Złapał kolejną i kolejną, każda z nich pękała na jego języku. Przez cały czas Grace płakała i płakała, nie mogąc uwierzyć w dziwne zachowanie i milczenie Vincente.

Kochał ją, a jednak wiedział, że nie może jej kochać. Ona nawet go nie kochała, nie naprawdę. Kochała go tylko w swojej fantazji. Ale on kochał ją, tu i teraz. Jego miłość była prawdziwa.

Odwrócił się i uciekł.

ROZDZIAŁ 28

W KORYTARZU, STOJĄC PLECAMI do drzwi pokoju Grace, Vincente zrozumiał, że zostawił ją w rozpaczliwym stanie. Wiedział, że powinien zajrzeć do pokoju, aby sprawdzić, jak się czuje. Zdawał sobie sprawę, że zachował się jak barbarzyńca. Był sobą zawstydzony.

„Ach, właśnie ciebie szukałem" – powiedział doktor Ackerman, zauważając, że Vincente jest zdyszany, prawie dyszy. Poklepał go po plecach w ojcowski sposób i zapytał: „Wszystko w porządku?".

„Nie wiem. Już nic nie wiem!" – oświadczył Vincente drżącym głosem.

„Chodź ze mną, młody człowieku" – powiedział doktor Ackerman.

„Porozmawiamy na osobności w moim gabinecie, a ty złapiesz oddech".

„Tak" – zgodził się Vincente. „Ale nie chcę o tym rozmawiać".

„Cóż, chcę porozmawiać z tobą o Grace".

„Grace?" – powiedział Vincente i zaczął się trząść.

„Tak, chodź. Mój gabinet jest tuż za rogiem".

Chwilę później dotarli na miejsce. Doktor Ackerman zaprosił Vincente, aby usiadł, a następnie nalał mu szklankę lodowatej wody. Ręce Vincente drżały, gdy podniósł szklankę do ust.

Vincente przypomniał sobie słone łzy. Wybuchające słone łzy.

„Już się uspokoiłeś?" – zapytał Ackerman.

Vincente skinął głową.

„W porządku, porozmawiajmy więc o Grace. Rozumiesz obecną sytuację, prawda? Jak Grace Greenway oszukała samą siebie, wierząc, że jesteście w związku, a właściwie małżeństwem – nowożeńcami?".

„Tak, rozumiem, że tak właśnie czuje, ale nie rozumiem dlaczego. Dlaczego ja?".

„Tylko ona może odpowiedzieć na to pytanie, Vincente. Być może nigdy się tego nie dowiemy. Ona też nigdy się tego nie dowie. Jednak w udokumentowanych przypadkach, takich jak ten, powodem tworzenia fantazji jest zaprzeczanie pewnej rzeczywistości. Być może jest to coś, co nie ma z tobą nic wspólnego. Z jakiegoś powodu stworzyła świat, w którym ty i ona jesteście dla siebie wszystkim. To tak, jakbyście byli głównymi bohaterami powieści i razem walczyliście ze światem".

„Bohaterowie powieści? Och, nigdy o tym nie myślałem" – zamyślił się Vincente. „Jednak czasami, kiedy ona snuje tę fantazję, włącza mnie do niej, czasami... nawet wydaje mi się to prawdziwe. Vincente spojrzał na podłogę. Nie mógł znieść patrzenia doktorowi Ackermanowi w oczy. Nie po tym, jak przyznał, że dał się wciągnąć w sieć.

Ackerman spojrzał na chłopca siedzącego po drugiej stronie pokoju. Nagle uświadomił sobie, że to zupełnie inny chłopiec niż ten, którego spotkał po raz pierwszy. „Kochasz ją?" – zapytał.

„Nie sądzę. Nie wiem. Nie jest w moim typie. Nawet jej nie znam, a ona wie o mnie różne rzeczy.

Wie rzeczy, których nikt nie mógłby wiedzieć, chyba że sam jej powiedziałem – a tego nie zrobiłem". Vincente objął dłońmi głowę. Rozmowa o tym sprawiała, że czuł się fizycznie źle. Pokój kręcił się wokół niego.

„Połóż głowę między kolanami, chłopcze" – powiedział Ackerman. „Zaczynasz nabierać nowych odcieni zieleni, których nawet ja jeszcze nie widziałem".

Vincente natychmiast i bez pytania wykonał polecenie. Pokój wkrótce przestał wirować, ale teraz po całym suficie migotały gwiazdy. Gwiazdy, które widział tylko Vincente.

Ackerman kontynuował: „Nie wiem, skąd ona mogła wiedzieć o tobie tak osobiste rzeczy. Być może kiedy znajdowała się pomiędzy ziemią a miejscem, do którego udają się duchy podróżujące między światami, jej duch w jakiś sposób połączył się z twoim duchem. Wiem, że brzmi to niemożliwie. Ale słyszałem historie o doświadczeniach bliskich śmierci, które nawet mi – człowiekowi nauki – trudno jest odrzucić".

„Właśnie teraz zapytała mnie, czy ją kocham, a ja nie potrafiłem jej odpowiedzieć. Ona myśli, że mnie kocha, ale tak nie jest. Nie w rzeczywistości. Chciałem powiedzieć „tak", jakaś szalona część mnie chciała powiedzieć „tak", ale jak mogłem? Nie rozumiem jej. Nie rozumiem już niczego! Czasami myślę, że ona musi być czarownicą, skoro wie to, co wie.

„Wierzysz w czarownice?"

„Nie bardzo".

„Myślę, że oglądasz za dużo telewizji. Grace Greenway nie jest czarownicą. To wrażliwa, młoda dziewczyna. Dziewczyna, która ma szesnaście lat i niedawno straciła zarówno ojca, jak i brata w tragicznym wypadku. Dziewczyna, która z jakiegoś powodu wybrała cię, abyś stał się częścią jej fantazji. Wybrała cię na swojego męża. Potrzebuje cię teraz w roli męża, ponieważ nadal nie jest gotowa zmierzyć się z prawdą".

„Więc twierdzisz, że ona jest chora psychicznie, a ja mam się zgodzić na tę farsę, bez względu na to, ile mnie to będzie kosztowało?"

„Grace w żadnym wypadku nie jest poza niebezpieczeństwem. Monitorujemy jej parametry życiowe. Obserwujemy ją. Dlatego nie została jeszcze wypisana. Jest pod naszą opieką. Vincente, jesteś w centrum tej sytuacji. Jesteś katalizatorem. Jeśli ją teraz opuścisz...".

„Jeśli odejdę, będę odpowiedzialny za to, co stanie się później. Czy to właśnie mi mówisz?".

„Jest teraz bardzo wrażliwa. Potrzebuje czegoś od ciebie i być może, jeśli jej to dasz, spełnisz jej życzenie, będzie w stanie stawić czoła rzeczywistości i zrezygnować z ciebie. Potrzebuje kogoś, w kogo może wierzyć, czegoś, na co może czekać, i wybrała ciebie. Wszystkie drogi prowadzą do ciebie. Nie wiem dlaczego, być może dlatego, że to ty przywiózł ją do szpitala".

„Zraniłem ją, ale to był wypadek, doktorze, przysięgam".

„Tak, w pewnym sensie ją skrzywdziłeś, ale także uratowałeś jej życie, ponieważ została przywieziona tutaj i otoczono ją najlepszą opieką, kiedy skrzepy w końcu pękły. Gdyby była w domu lub w szkole, kiedy to się stało, mogłaby nie przeżyć".

Vincente siedział przez chwilę w milczeniu, zdając sobie sprawę, jak wielki wpływ wywarł już na życie Grace. Pragnął wrócić do niej, aby wszystko znów było w porządku. Wstał. „Muszę do niej wrócić. Zapytała mnie, czy ją kocham, a ja odwróciłem się i uciekłem jak tchórz".

„Tak, wróć do niej teraz i nie mów jej, że ją kochasz, chyba że naprawdę tak jest. Chyba że jesteś gotów oddać jej swoje serce i być przy niej, gdy dowie się o tobie prawdy i gdy zaklęcie zostanie złamane".

„Nie naciskaj!" – szydził Vincente, kierując się w stronę drzwi.

„Wracaj tu, żeby porozmawiać ze mną, kiedy tylko zechcesz, Vincente" – powiedział Ackerman. „I nie zapominaj, jak ważny jesteś dla niej. Nie zapominaj, ile dla niej znaczysz".

Vincente skinął głową, po czym odwrócił się i pobiegł z powrotem do pokoju Grace.

W swoim pokoju Grace spała głęboko. Pochylił się nad łóżkiem i pocałował ją w czoło. Na jej policzkach wciąż były łzy, więc delikatnie je otarł.

Usiadł obok niej na łóżku, a ona nie poruszyła się ani nie drgnęła. Patrzył, jak śpi. Obserwował, jak jej klatka piersiowa unosi się i opada z każdym oddechem. Kiedy jęknęła przez sen, wziął jej dłonie w swoje i zapewnił ją, że wszystko będzie dobrze. W ciemności, sam na sam z nią, powiedział jej, że ją kocha. A potem ponownie pocałował ją w czoło.

Grace poruszyła się lekko we śnie, jakby słowa, które wypowiedział, w jakiś sposób dotknęły jej snu, a potem ponownie zapadła w głęboki sen.

Vincente zostawił Grace śpiącą bezpiecznie i spokojnie. Wrócił, aby podziękować doktorowi Ackermanowi za pomoc i rady, a następnie udał się do domu. Był wyczerpany... tak zmęczony, a jednocześnie ożywiony w sposób, jakiego nigdy wcześniej nie doświadczył.

Nigdy wcześniej Vincente Marino nie czuł się tak żywy.

***

Stojąc przed gabinetem doktora Ackermana, Vincente usłyszał podniesione głosy. Zawahał się, zanim zapukał. Kiedy głosy nieco ucichły, zapukał i został zaproszony do środka.

„Powinieneś się wstydzić!" – krzyknęła Helen, rzucając się na niego i zaczynając walić pięściami w jego klatkę piersiową.

„Uspokój się" – rozkazał doktor Ackerman.

Helen nadal uderzała Vincente w klatkę piersiową.

Vincente wziął głęboki oddech, mając nadzieję, że wybije z siebie wszystko, co ją trapi. Nie sprawiało mu to bólu. Kiedy zdał sobie sprawę, że jej gniew nie wygaśnie sam, chwycił ją za nadgarstki i trzymał mocno, aż zmusił ją do uspokojenia się. Ona nadal syczała mu w twarz.

Vincente trzymał ją jeszcze mocniej i zapytał: „Co do...?", patrząc w kierunku doktora Ackermana, który starał się nie tracić panowania nad sobą.

„Vincente, kiedy przyszedłeś tu wcześniej, po opuszczeniu Grace, Helen znalazła ją w dość złym stanie. Była zrozpaczona. Zniszczona. Nie była w stanie się porozumieć. Jedyne, co mogła robić, to szlochać i płakać".

„Widzę, skąd to wzięła!" – powiedział Vincente, patrząc Helen w oczy.

Ona warknęła na niego.

„Nie pogarszaj sytuacji, chłopcze" – błagał doktor Ackerman. „Aby uspokoić Grace, musieli podać jej środki uspokajające".

„Byłem tam przed chwilą, a Grace spała. Wyglądała na bardzo spokojną".

„Co jej powiedziałeś, że doprowadziłeś ją do takiego stanu?" – zapytała Helen.

„Popełniłem błąd. Uciekłem, ale wróciłem. Wróciłem".

– Za mało i za późno! – wykrzyknęła Helen.

– Słuchajcie, ja o to nie prosiłem! – zaznaczył Vincente, podnosząc ręce w geście poddania się.

– Teraz oboje usiądźcie i uspokójcie się – polecił doktor Ackerman – i skończmy z tą dramaturgią. Musimy skupić się na Grace. Na Grace i tylko na Grace.

– Zgadzam się – powiedział Vincente.

– Zgadzam się – odparła Helen z irytacją.

ROZDZIAŁ 29

Kiedy wyprowadzali Vincente z pokoju, nadal wykrzykiwał te słowa. Co prawda dla niego były one bez znaczenia, nieprawdziwymi uczuciami. Słowa, które wypowiadał tylko po to, by być miłym, by uratować ją przed przepaścią.

Wykrzyknął je ponownie. Tym razem jego głos rozbrzmiał echem w korytarzach i rozniósł się w kosmosie: „Kocham cię, Grace Greenway!".

„Ja też cię kocham, Vincente!" – odkrzyknęła mu. W chaosie i zamieszaniu związanym z próbą ratowania jej życia nie usłyszał jej.

Nagle gorąca gwiazda zaczęła się kręcić i obracać. Wkrótce przestała zbliżać się do niej i palić ją swoim żarem. Zamiast tego wyrzucała pulsujące fale i stała się gwiazdą neutronową.

Straciwszy oparcie, Grace Greenway powiedziała do siebie: „Chcę żyć. Chcę żyć".

ROZDZIAŁ 30

Doktor Ackerman zapytał: „Kiedy wróciłeś, aby zobaczyć Grace, jak się czułeś, to znaczy kiedy ją ponownie zobaczyłeś?".

„Czułem silną potrzebę, aby się nią opiekować, kochać ją, chronić ją, uczynić ją moją własnością. Boże, jestem tak zdezorientowany. Dlaczego tak się czuję?".

„Tak, przyjrzyjmy się temu, Vincente" – powiedział doktor Ackerman. „Grace sprawia, że czujesz coś innego, coś nowego. Zgadza się? Coś innego niż czułeś w stosunku do innych dziewczyn w swoim życiu?"

„Tak, ona nie jest moją dziewczyną. Mam dziewczynę w szkole – ona zrobiłaby dla mnie wszystko" – powiedział Vincente.

„Ale czy ty zrobiłbyś dla niej wszystko?"

„Ona nie jest wymagająca, jeśli wiesz, co mam na myśli".

„W porządku, ujmę to inaczej" – powiedział doktor Ackerman. „Czy twoja dziewczyna cię potrzebuje?".

„Ona jest popularna, ja też jestem popularny. Jesteśmy sobie przeznaczeni. To przeznaczenie. Wszyscy tak mówią. Wszyscy tego oczekują".

„Oczekiwania? Co oczekiwania innych ludzi mają wspólnego z prawdziwą miłością? Miłość, prawdziwa miłość, jest między dwojgiem ludzi. Tylko dwojgiem. Pomyśl o tym, Vincente, pomyśl, zanim odpowiesz. Co naprawdę czujesz do Grace Greenway?”.

Vincente przestępował z nogi na nogę, wiercił się. „Dość tego – tego psychoanalitycznego bzdur. Tu nie chodzi o mnie. Chodzi o powrót Grace do zdrowia. Co mam teraz zrobić? Poślubić ją?”

„Nie, nie chcę, żebyś robił cokolwiek, co sprawi, że poczujesz się niekomfortowo. Jednak Grace poprosiła o twoją obecność. Poprosiła nas, żebyśmy zapytali cię, czy spędziłbyś noc w jej pokoju razem z nią”.

„Co? Mówisz poważnie?”

„Ona mówi poważnie, więc musimy potraktować jej prośbę bardzo poważnie”.

„A jej mama, ta smoczyca, się zgadza?”

„Niechętnie, jak pewnie już się domyślasz. Słyszałeś, jak mówiłem, że z tobą porozmawiam. Że sprawię, że zrozumiesz, że nie wolno krzywdzić Grace, bawić się nią ani wykorzystywać”.

„Myślisz, że mógłbym ją przelecieć? Bardziej prawdopodobne, że to ona przeleciałaby mnie!”

„Jeśli ci na niej zależy, naprawdę ci na niej zależy, a ona, jak mówisz, „rzuci się na ciebie”, będziesz musiał znaleźć sposób, aby delikatnie ją odrzucić, nie odrzucając jej całkowicie”.

„Nadal nie rozumiem, w jaki sposób spędzenie z nią nocy w pokoju ma pomóc”.

„To jest jej życzenie, Vincente”.

„Ale nie ma żadnych gwarancji, prawda?".

„Nie ma żadnych gwarancji, Vincente, ale Grace wyzdrowieje. To jest nasz ostateczny cel".

„Jestem za tym" – powiedział Vincente.

„Helen powie Grace, że musiałeś wrócić do domu, żeby zabrać kilka rzeczy. Wrócisz jutro wieczorem z zamiarem spędzenia nocy w jej pokoju. Jak wiesz, są tam dwa łóżka. Łóżka nie będą w żaden sposób zsunięte, rozumiesz?".

„Tak, doktorze" – odpowiedział Vincente. „Wychodzę teraz, żeby się wyspać, bo jutro w nocy nie będę miał okazji!".

– Mam szczerą nadzieję, że nie masz na myśli tego, co sugerują twoje słowa! – wykrzyknął Ackerman.

– Mam na myśli... no wiesz, co mam na myśli.

– W porządku, przyjdź do mnie jutro lub kiedy tylko zechcesz porozmawiać. Będę dostępny przez cały wieczór, do twojej dyspozycji, że tak powiem.

– Dziękuję, doktorze Ackerman.

– Dobranoc, Vincente.

– Dobranoc, doktorze.

ROZDZIAŁ 31

Wczesnym rankiem Grace obudziła się i przez chwilę nie pamiętała, gdzie się znajduje. Niejasno przypomniała sobie, że Vincente był w jej pokoju. W jednej chwili był tam, a w następnej już go nie było. Dlaczego odszedł tak nagle? Czy zrobiła coś, co go zdenerwowało? Powiedziała coś?

Miała nadzieję, że znajdzie go gdzieś w pokoju, czekającego, aż się obudzi. Ale była tam tylko Helen, która spała.

Grace zeszła z łóżka i poszła do łazienki. Zdjęła szpitalną koszulę i weszła pod prysznic. Gdy woda nagrzała się do temperatury bliskiej wrzenia, zamknęła oczy. Tęskniła za dotykiem Vincente.

Wyłączyła wodę i wzięła nową koszulę z półki. Włożyła ją, uznając, że nikt nie może wyglądać atrakcyjnie w takiej koszuli.

Kiedy wróciła do łóżka, Helen krzątała się po pokoju.

– Mam dla ciebie dobrą wiadomość!

– Naprawdę? To nie jest sen, mamo?

– Tak, Vincente spędzi z tobą noc.

– Dzisiaj? Dzisiaj w nocy?

– Tak.

– Potrzebuję swoich rzeczy, mojej ładnej koszuli nocnej i perfum.

„Wszystko, czego potrzebujesz, znajdziesz w torbie w szafce łazienkowej".

„Nie mogę się doczekać!"

„Vincente oczywiście będzie spał w tym łóżku".

Grace już wyobrażała sobie, jak zsuwa dwa łóżka, tworząc jedno. Jak dzieli łóżko z mężem. Dwa łóżka dla pozoru, owszem, ale oni potrzebowali tylko jednego. Grace objęła się ramionami, a na jej skórze pojawiła się gęsia skórka.

„Wyjdę około pory podwieczorku, ale jeśli będziecie potrzebować pomocy, doktor Ackerman będzie do waszej dyspozycji".

„Jesteśmy małżeństwem, mamo!" – wykrzyknęła Grace.

Grace podbiegła do niej i rzuciła się jej na szyję. Helen cieszyła się, widząc szczęśliwą córkę – każda matka by się cieszyła, ale to kłamstwa ją niepokoiły. Kłamstwa i ta farsa nie sprawiały jej radości. Czuła się jak oszustka. Dwulicowa.

Grace weszła do szafki w łazience i wyjęła torbę podróżną. Znajdowała się w niej najpiękniejsza, dziewiczo biała lniana koszula nocna, jaką kiedykolwiek widziała, z czerwonym wiązaniem z przodu.

– Mamo, jest piękna – wykrzyknęła.

Pielęgniarka Burns przyszła i zauważyła, że Grace jest nieco zaczerwieniona.

– Dobrze się czujesz, Grace?

Grace była przepełniona ekscytacją w oczekiwaniu na noc z Vincente. Chciała, żeby czas minął szybko, żeby mógł być przy niej – teraz.

„Spróbuj coś zjeść" – zasugerowała pielęgniarka Burns. „Rozumiem, że będziesz miała gościa na noc, więc potrzebujesz wszystkich sił".

„Tak, powinnaś coś zjeść, kochanie" – zgodziła się Helen.

Grace zjadła kawałek tosta i wypiła łyk kawy, po czym poczuła mdłości. „Może później" – powiedziała. Zapach kawy przyprawiał ją o mdłości. „Nie, proszę to zabrać" – powiedziała Grace.

„Czy Vincente ucieszył się, kiedy powiedziałaś mu, że może zostać, Grace?" – zapytała pielęgniarka Burns.

„Nie powiedziałam mu tego, ale jestem pewna, że się ucieszył" – odparła Grace. Następnie przebrała się w koszulę nocną i przygotowała się na przybycie Vincente.

ROZDZIAŁ 32

O 18:15 Vincente Marino przybył do szpitala, trzymając w rękach pudełko zawierające tuzin długich czerwonych róż. Były one przewiązane szkarłatną wstążką.

Kiedy wszedł do pokoju Grace, Helen nieco niechętnie się wycofała.

Vincente natychmiast podszedł do Grace i pocałował ją w oba policzki. Podarował jej pudełko, a następnie obserwował, jak jej oczy stają się coraz większe, gdy rozplatała krwistoczerwoną wstążkę.

Był zdenerwowany, ale ona również. W powietrzu unosiło się silne poczucie determinacji.

Po podziękowaniu Vincente'owi za piękne róże, Grace poprosiła dyżurną pielęgniarkę o wazon. Ta przyniosła go, a Vincente zaczął układać w nim kwiaty. Setki razy widział, jak jego matka układała wazony pełne kwiatów.

Zaczął od wyjęcia jednej róży z pudełka, a następnie delikatnie ją pogłaskał, zanim umieścił ją w wodzie. Grace obserwowała go uważnie, zauważając kontrast między jego silnymi, atletycznymi palcami a cienkimi, kolczastymi łodygami róż. Kiedy pieścił różę, jego ruchy sprawiały, że drżała.

Patrzyła, jak podnosi jedną różę, dwie róże, trzy róże. Nie zdając sobie nawet sprawy, że to robi, delikatnie pieścił łodygę, przez chwilę czuł ból kolca w palcu, a następnie delikatnie umieszczał kwiat w wazonie.

Każdy ruch zapierał Grace dech w piersiach. Serce podeszło jej do gardła. To było prawie tak, jakby trzymał jej serce między palcami.

Vincente starał się nie rozpryskiwać wody, wkładając kolejno róże do przezroczystego szklanego wazonu.

Od czasu do czasu spoglądał na Grace. Jej wzrok był wbity w niego. Cieszył się, że wybrał róże – ona najwyraźniej je uwielbiała.

Nagle poczuł się dość skrępowany. Ponownie sięgnął do pudełka i wyciągnął kolejną różę, obserwując, jak Grace traci oddech. Włożył różę do wody, a następnie sięgnął do pudełka po kolejną. Wyglądała na znów zadyszaną, ale tym razem wydawała się również bliska omdlenia.

„Wszystko w porządku?" – zapytał Vincente.

Grace miała rumiane policzki i wydawało się, że coraz trudniej jej łapać oddech. Zastanawiał się, czy nie powinien wezwać kogoś na pomoc. Nie chciał, żeby teraz miała nawrót choroby, zwłaszcza że wyglądało na to, że sprawy zbliżają się do punktu kulminacyjnego.

„Wszystko w porządku" – powiedziała Grace, bawiąc się czerwonym wiązaniem na swojej koszuli nocnej. „Porozmawiajmy o czymś, kiedy skończysz z kwiatami".

„Co masz na myśli?" – zapytał, gładząc łodygę kolejnej róży.

„Och" – powiedziała Grace, patrząc, jak wkłada łodygę do wody, po czym była w stanie mówić. „Może powiemy sobie coś, czego druga osoba nie wie? Może jakieś błędne przekonanie, które miałeś na mój temat, a ja powiem ci o błędnym przekonaniu, które miałam na twój temat".

„Dobrze" – zgodził się Vincente, wkładając kolejną różę do wody. – Ty pierwsza – powiedział, gdy krople wody rozprysnęły się z wazonu, lądując na jego dłoni.

Grace obserwowała krople, gdy sięgał do pudełka po kolejną różę. Podniósł kwiat do góry, a woda spłynęła mu po przedramieniu.

Wziął kolejną różę i spojrzał na nią. Zaparło jej dech w piersiach. Czas jakby się zatrzymał.

ROZDZIAŁ 33

„Kiedyś miałam dla ciebie specjalne imię, zanim naprawdę cię poznałam" – wyznała Grace.

Vincente obrócił w palcach różę. Włożył ją do wody. Zauważył, że Grace oddycha teraz bardziej normalnie, a jej policzki nie są już tak zaczerwienione. Skinął głową, zachęcając ją do kontynuowania.

„Nazywałam cię moim złotym środkiem".

„Dlaczego?" – zapytał Vincente.

„Pamiętasz, jak na matematyce uczyliśmy się o złotym środku Fibonacciego? Cóż, byłeś moim złotym środkiem".

„To znaczy, że już wtedy tak o mnie myślałaś?" Teraz był naprawdę zdezorientowany. Mówiła, że kochała go, zanim to wszystko się wydarzyło. Wiedział, że się w nim podkochiwała, ale to nie była miłość, tylko zauroczenie. Wiele dziewczyn było nim zauroczonych. „Przypomnij mi, czym jest Fibonacci" – powiedział.

„To koncepcja, w której pierwsza liczba i druga liczba sumują się, aby uzyskać sumę trzeciej liczby, na przykład jeden, dwa, trzy, pięć, osiem, trzynaście i tak dalej".

„O tak, pamiętam coś na ten temat i coś o naturze, na przykład fale i kwiaty?".

„Zgadza się! Widzisz, pamiętasz!".

– W naturze istnieje symetria, fale, płatki śniegu i kwiaty, wszystko to potwierdza teorię Fibonacciego o złotym podziale. Ty byłeś moim złotym podziałem – powiedziała Grace, wrzucając kolejną różę do wody. – Dziękuję – odparł Vincente, nie wiedząc, co jeszcze powiedzieć. – To niesamowite, że nadal pamiętasz imię, które mi nadałaś, biorąc pod uwagę to, co przeszłaś. Jak straciłaś pamięć.
"

„Ostatnio wróciło do mnie. Zapomniałam, ale kiedy śniłam o tobie, o nas, wszystko wróciło".

Vincente kontynuował układanie róż, a Grace mówiła dalej. „Kiedy myślałam, że już mnie nie kochasz, śniłam o tobie, a w moim śnie obiecałeś, że nigdy mnie nie opuścisz".

„Przepraszam, Grace, wybacz mi" – powiedział Vincente, wkładając ostatnią różę do wazonu.

„Tym razem ci wierzę".

Vincente podniósł wazon, postawił go na stoliku nocnym obok łóżka Grace i powiedział: „Wiesz, naprawdę wróciłem".

„Kiedy?"

„Wczoraj w nocy".

„To niemożliwe. Wiedziałabym o tym".

„Kiedy przyszedłem, spałaś głęboko. Pocałowałem cię w czoło, tak jak teraz" – pochylił się nad nią.

„Nie rób tego" – powiedziała Grace. „Nie rób tego... chyba że naprawdę tego chcesz".

Wziął głęboki oddech i cofnął się. Podszedł do swojego łóżka, zrzucił buty i zwisał nogami z boku łóżka. Machał nimi w przód i w tył, jak mały chłopiec.

„Teraz twoja kolej" – powiedziała Grace.

„Hmm, zobaczmy" – Vincente zastanowił się przez chwilę. „Cóż, myślałem, że jesteś nieśmiała, zwłaszcza w towarzystwie facetów, ale nie wydajesz się być zbyt nieśmiała w moim towarzystwie".

„To wszystko? To wszystko, na co cię stać?"

„Hej, jestem w tym nowy – pamiętaj, że to był twój pomysł. Założę się, że nie potrafisz wymyślić kolejnego".

„Potrafię!" – powiedziała. „To cię rozbawi, ale kiedyś, dawno temu, myślałam, że jesteś wampirem".

„Ja? Wampirem?"

„Tak, wiem, że to szalone, ale posunęłam się nawet do tego, że pochyliłam się nad tobą i odsłoniłam szyję, żeby sprawdzić, czy mnie ugryziesz. To był nasz pierwszy pocałunek – pamiętasz? Pochyliłam się tak i czekałam, aż wbijesz we mnie zęby".

„To dziwne!" – powiedział, patrząc na jej białą, odsłoniętą szyję i odczuwając silną chęć, by ją pocałować.

Grace zadrżała, a na samą myśl o tym poczuła mrowienie w sutkach.

„Więc musiałam być dla ciebie prawdziwym rozczarowaniem, kiedy zdałeś sobie sprawę, że poślubiłeś zwykłą śmiertelniczkę?".

„To zabawne. Nigdy nie mogłabyś mnie rozczarować" – uśmiechnęła się. „Teraz twoja kolej".

„Cóż, wcześniej myślałem, że jesteś słaba, słabą osobą. Ale teraz..."

Grace przerwała, pytając: „Słaba w jakim sensie?".

„Słaba, czyli nieudolna" – powiedział, szukając na jej twarzy reakcji, że powiedział coś niewłaściwego, ale wydawała się nie mieć nic przeciwko temu. „Prawdopodobnie dlatego, że kiedy mnie widziałaś, lub kiedy ja widziałem ciebie, zawsze patrzyłaś na mnie w dziwny sposób. Teraz, kiedy o tym myślę, jeśli uważałaś mnie za wampira, to może dlatego tak na mnie patrzyłaś. W każdym razie nie jesteś słaba ani nieudolna – jesteś silną kobietą. I wydaje się, że stajesz się coraz silniejsza".

„Cóż, to lepsze niż pierwsze wyjaśnienie" – powiedziała Grace, opierając się o poduszkę i zamykając oczy.

Przez chwilę żadne z nich nie odezwało się, pogrążeni w swoich myślach.

„Możemy o tym porozmawiać?" – zapytała Grace. „Możemy porozmawiać o tym, co się dla ciebie zmieniło w moim przypadku?".

„Grace, nic się nie zmieniło, po prostu...".

„Czujesz się uwięziony?".

„W pewnym sensie. Być może, ale to nie twoja wina. To absolutnie nie twoja wina". Wziął głęboki oddech, a następnie kontynuował: „Czy mogę zapytać cię o coś, co mnie niepokoi?".

„Oczywiście, Vincente. Możesz mnie zapytać o wszystko, absolutnie wszystko".

„Kto naprawdę powiedział ci o obrazie mojej mamy?".

„Ty".

„Naprawdę, Grace, możesz mi powiedzieć prawdę. Kto ci powiedział? Czytałaś o tym w Internecie?"

„Nie kłamię, Vincente. Jak już powiedziałam, to ty mi o tym powiedziałeś i pokazałeś mi ten obraz, kiedy byliśmy w domu twoich rodziców".

„Ale dlaczego miałbym chcieć pokazać ci ten obraz?"

„Z powodu drzew!"

„Drzewa?"

„Szczerze mówiąc, które z nas doświadczyło utraty pamięci w tej okolicy?" Grace przewróciła oczami. „Drzewa – takie jak to, które przebiło i zjadło kruka, to, w którym byłam uwięziona?" Grace czekała, aż Vincente wykaże jakieś oznaki rozpoznania, ale nic takiego nie nastąpiło. Wyraziła swoją niecierpliwość wobec niego.

Vincente był prawie pewien, że Grace się załamuje. Nie wiedział, czy się z nią zgodzić, czy nie, więc milczał.

Minęło kilka chwil. Grace skrzyżowała i rozkrzyżowała ręce, nie chcąc się poddać. „I z powodu tych drzew chciałeś, żebym obejrzała obraz twojej mamy".

„Ale nadal nie rozumiem – dlaczego miałbym chcieć pokazać ci obraz mojej mamy?".

„Ponieważ zawsze bałeś się tego obrazu. Ponieważ powiedziałeś, że jako dziecko widziałeś twarz w pniu drzewa i przerażało cię to".

„Moja mama sprzedała ten obraz kilka dni temu. Przez lata leżał na strychu. To prawda, coś mnie w nim przerażało, ale nigdy nikomu o tym nie powiedziałem".

„Powiedziałeś mi i pokazałeś mi".

Vincente przeszedł przez pokój. Usiadł obok Grace. „Co jeszcze ci powiedziałem?".

„Wiele rzeczy! Przecież spędzaliśmy razem każdy dzień, 24 godziny na dobę, 7 dni w tygodniu".

„Powiedz mi" – poprosił.

„Naprawdę chcesz, żebym to zrobiła?".

„Tak".

„Zobaczmy. Zawsze marzyłeś o posiadaniu Ferrari, czerwonego Ferrari, a my jechaliśmy takim samochodem z salonu przy Princess Highway. Byłeś w siódmym niebie, prowadząc ten samochód, a ja byłem trochę zazdrosny".

Vincente przypomniał sobie sen, w którym jechał czerwonym Ferrari, szukając Grace. Dziwne. Postanowił zmienić temat. „Czy opowiadałem ci coś jeszcze o mojej mamie?".

„Pokazałeś mi jej pracownię, a ona była w trakcie malowania nowego obrazu. Był to obraz jej ogrodu, ale nie był ukończony".

Vincente wziął głęboki oddech. Był to ten sam obraz, nad którym jego mama pracowała tego ranka. Wrócił do pomysłu, że Grace musi być czarownicą. Czekał, aż poruszy nosem jak Samantha Stevens w serialu „Ożeniłem się z czarownicą", ale nic się nie wydarzyło.

Grace przyciągnęła go do siebie i pocałowała namiętnie w usta.

Vincente znalazł się teraz na niej, całując ją. Próbował się odsunąć, ale jednocześnie chciał się do niej przytulić, podczas gdy wszystkie nagromadzone emocje eksplodowały w jego głowie. Ona nadal go całowała, aż stracił oddech.

„Nie masz wprawy, prawda?" – zapytała Grace, dając Vincente czas na złapanie oddechu.

Potknął się, schodząc z łóżka.

– W końcu mi się udało! – wykrzyknęła. – W końcu sprawiłam, że masz miękkie kolana! Najwyższy czas – zawsze to ty sprawiałeś, że ja miałam miękkie kolana!

– Gdzie nauczyłaś się tak całować?

– Bardzo śmieszne, Vincente, wszystkiego nauczyłeś mnie ty.

„Chcesz mi powiedzieć, że jestem jedynym mężczyzną, którego kiedykolwiek pocałowałaś?"

„Tak, jesteś moim jedynym. Moim jedynym i niepowtarzalnym".

Ponownie zmienił temat. „Co jeszcze widziałaś w moim domu?"

„Pokazałeś mi swoje piękne rzeźby w drewnie, a tę nadal mam". Grace sięgnęła do szuflady i wyjęła figurkę aborygeńskiego mężczyzny.

Umysł Vincente pracował na pełnych obrotach. Musiał uciec. Wyjść z tego pokoju – natychmiast.

„Skąd to masz?" – zapytał.

„Wzięłam to z twojego pokoju".

„Wzięłaś, ale kiedy?".

„Kiedy odwiedziliśmy twój dom. Miałam to w kieszeni i w pewnym momencie było tam, a chwilę później znalazło się w obrazie twojej mamy".

„W obrazie? W twojej kieszeni?" – wykrzyknął.

„Tak, przepraszam, że ci nie powiedziałem, że tu jest. To mnie też zszokowało – w jednej chwili był w obrazie, a w następnej znów w mojej kieszeni".

„Uh, jestem trochę spragniony, pójdę po napój. Chcesz coś?" – zapytał Vincente. Trząsł się. Całe jego ciało drżało. Musiał stąd uciec. Wyjść. Uciec.

„Idziesz po napój? Teraz?"

„Tak, potrzebuję napoju".

„Dobrze, ale wróć szybko" – powiedziała Grace. Posłała mu pocałunek, a następnie schowała Aborygena z powrotem do szuflady.

Na zewnątrz Vincente chciał uciec. Zamiast tego udał się korytarzem, aby porozmawiać z doktorem Ackermanem.

ROZDZIAŁ 34

„DOKTORZE!" – KRZYKNĄŁ VINCENTE, waląc wielokrotnie w drzwi gabinetu Ackermanna. „Doktorze, muszę z panem porozmawiać!"

Doktor Ackerman odłożył słuchawkę telefonu, gdy Vincente wszedł do jego gabinetu.

„Doktorze, musi mnie pan stąd wyciągnąć! Nie mogę tu zostać na noc. Tonę w tym wszystkim, a ona jest tak szalona, że zaczyna mi się to wydawać sensowne!"

„O czym ty mówisz? Weź głęboki oddech, Vincente. Uspokój się!"

„Opowiedziała mi o rozmowie. Cóż, nie o rozmowie jako takiej, ale opowiedziała mi o czymś, co wydarzyło się dopiero wczoraj. Wie rzeczy, o których nikt inny nie może wiedzieć, a potem...".

„A potem co? Nie chciała, żebyście wy dwoje...? Żeby...?".

„Nie, doktorze, ale ona jest bystra i... zaczyna mi doskwierać".

„Chcesz mi powiedzieć, że się w niej zakochujesz? Naprawdę?"

„Nigdy wcześniej nie byłem zakochany, ale całowałem się z kilkoma dziewczynami. Żadna dziewczyna nigdy nie całowała mnie tak, jak ona, a mimo to mówi mi, że jestem jedynym mężczyzną, którego kiedykolwiek pocałowała!"

„Więc przeżywasz emocjonalne przeciążenie i chcesz wrócić do domu? Uciec. Boisz się utraty kontroli?"

„Mówię, że rzuciła na mnie urok. Nawet nie jest w moim typie! To musi być urok!"

„Tak, już to mówiłeś, stary, i wtedy nie miało to więcej sensu niż teraz. Więc co mam zrobić, powiedzieć jej, że wróciłeś do domu? Że masz nagłą sytuację i nie możesz zostać?"

„Może mógłbyś wejść do środka i podać jej tabletkę nasenną, a potem ja wrócę i położę się spać. Zanim się obejrzymy, będzie już rano".

„Nie mogę podać jej tabletki nasennej tylko dlatego, że mnie o to prosisz".

„Ale doktorze, ona opowiada mi historie o nas. O rzeczach, które razem widzieliśmy i robiliśmy. Rzeczach, które nigdy nie miały miejsca. Mówi o nas z sercem na dłoni, jakbyśmy byli jedną osobą, i jest przekonująca.

To prawie tak, jakbym wiedział, o czym ona mówi".

„Słuchaj", powiedział Ackerman, „to poważna sprawa. Twierdzisz, że bez wątpienia dajesz się wciągnąć w tę fantazję? Że jej opisy czasami wydają ci się nawet prawdziwe?".

„Boże, pomóż mi, tak".

„Dobrze, Vincente, rozumiem cię. Nie jesteś moim pacjentem, ale pomagasz Grace, która jest moją pacjentką. W tej sytuacji musisz wrócić do domu. Wypiszę ci receptę, żebyś mógł zasnąć, a może w przyszłości najlepiej będzie, jeśli będziesz trzymał się z daleka".

„Ale nie mogę!"

„Musisz, Vincente. W tym stanie nie jesteś dobry dla nikogo".

„Nie mogę odejść, nie mówiąc jej tego osobiście, nie żegnając się z nią. Obiecałem jej, że nigdy więcej nie zostawię jej samej".

„Naprawdę ją kochasz, Vincente".

Vincente skinął głową i zamknął za sobą drzwi.

Powoli przeszedł korytarzem, minął pokój Grace i wszedł do windy. Kiedy dotarł na parter, wyszedł ze szpitala w ciemną noc. Przeszedł przez asfalt i znalazł samotnie stojące drzewo. Oparł się o nie plecami i zapłakał.

ROZDZIAŁ 35

Grace z niepokojem czekała na powrót męża. Kiedy drzwi się otworzyły, wszedł doktor Ackerman.

„Gdzie jest Vincente?"

„Jak się czujesz, Grace?"

„Gdzie jest Vincente? Co z nim zrobiłeś?"

Uśmiechnął się. „Cieszę się, że mogłaś spędzić z nim dodatkowy czas, ale niektóre wyniki badań są niejednoznaczne. Muszę pobrać kolejną próbkę krwi, aby upewnić się, że wszystko jest w porządku. Poprosiłem Vincente, aby odłożył swój nocleg do czasu zakończenia tych badań".

Grace przybrała najsmutniejszą minę i wyciągnęła rękę, aby lekarz mógł znaleźć żyłę. Wbił igłę bez wysiłku. Nie wzdrygnęła się ani nie poczuła bólu, ponieważ ból w jej sercu był już nie do zniesienia.

Doktor Ackerman skończył pobierać krew. „Vincente był rozczarowany, tak jak ty, ale zorganizujemy to na inną noc. Nic nie można na to poradzić, Grace. Twoje zdrowie jest najważniejsze".

„Chcę Vincente!" – zawołała Grace i zaczęła się rzucać, skręcać i wiercić w łóżku. Zrzuciła kołdrę i zerwała plaster, który lekarz przykleił jej na ramieniu. Żyła ponownie się otworzyła i krew trysnęła na zewnątrz.

Doktor Ackerman ją obezwładnił. Nacisnął przycisk alarmowy, aby wezwać pomoc pielęgniarki. „Przykro mi" – powiedział, podając jej środek uspokajający.

ROZDZIAŁ 36

Doktor Ackerman potrzebował świeżego powietrza i wyszedł na pas startowy. Zauważył tam Vincente'a, opartego o drzewo.

„Widziałeś ją?" – zapytał.

„Tak, widziałem i wszystko jej wyjaśniłem".

„A jak ona to przyjęła?"

„Nie przyjęła tego dobrze. Musiałem ją uspokoić".

Vincente zacisnął pięści i wstał. Jego twarz znalazła się zaledwie kilka centymetrów od twarzy Ackermanna. – Powiedziałem, że wrócę. Nie musiałeś tego robić. Potrzebowałem czasu. Potrzebowałem tylko czasu.

– Potrzebujesz czegoś więcej niż czasu, Vincente. Potrzebujesz dystansu. Nie jestem pewien, co stanie się z tą dziewczyną, jeśli się w niej zakochasz i jeśli fantazja, którą stworzyła, zderzy się z rzeczywistością. Nie jestem pewien, co się wtedy stanie".

„Jeśli o tym marzyła, a potem to się spełniło, to od razu wyzdrowiałaby, prawda?".

„Vincente, to mogłoby się zdarzyć, ale równie dobrze mogłoby się stać coś zupełnie przeciwnego".

„To znaczy?".

„Grace stoi na krawędzi przepaści. Prawda może ją zepchnąć. Może zdać sobie sprawę, że wszystko wokół niej jest kłamstwem. Że wszyscy podążaliśmy za jej fantazjami, a wtedy, gdzie ona się znajdzie?".

„Więc nawet jeśli ją teraz kocham, powinienem się wycofać, zostawić ją w spokoju, wrócić do szkoły – do dziewczyny, z którą wszyscy oczekują, że będę, i po prostu mieć nadzieję, że Grace Greenway w końcu o mnie zapomni? Nie chcę, żeby o mnie zapomniała! Pomyśli, że znowu ją zostawiłem, że złamałem obietnicę – znowu".

„Musimy wziąć pod uwagę twoje uczucia, decydując, jak postąpić w tej sprawie, cokolwiek by to nie było. Musimy to przemyśleć, zebrać się w sobie. Idź teraz do domu. Wróć rano. Grace będzie spała co najmniej osiem godzin. Zgłoś się do mnie po powrocie, a ja poinformuję cię o aktualnej sytuacji. Nie idź od razu odwiedzać Grace. Najpierw zgłoś się do mnie.

„Zgoda".

Vincente i doktor Ackerman przeszli przez parking, gdzie na pasażerów czekała kolejka taksówek. Vincente wsiadł na tylne siedzenie jednej z nich i wkrótce był w drodze do domu.

Do domu — gdzie miał nadzieję zasnąć bez snów.

ROZDZIAŁ 37

Rano Grace obudziła się w pustym pokoju.

Czuła się samotna i zdradzona, gdy jedna z pielęgniarek poduszkała jej poduszkę i postawiła przed nią tacę ze śniadaniem.

Odsunęła ją. Sam zapach sprawiał, że czuła się źle.

„Nie jestem głodna" – powiedziała Grace.

Kiedy w pokoju znów nie było nikogo, Grace oparła się na poduszce i zamknęła oczy.

W myślach wielokrotnie odtwarzała dzień swojego ślubu, aż ponownie zapadła w sen.

ROZDZIAŁ 38

Następnego dnia doktor Ackerman wezwał Helen do swojego gabinetu. Poprosił ją, aby usiadła, a na jego twarzy malowało się wielkie zdziwienie.

Helen wiedziała, że ma dla niej złe wieści. Wiedziała też, że nie powinna była zostawiać córki samej z tym chłopcem.

Doktor Ackerman usiadł naprzeciwko Helen tak, że ich kolana prawie się stykały.

Spojrzał jej prosto w oczy i powiedział: „Grace jest w ciąży".

Helen roześmiała się.

„Grace jest w ciąży" – powtórzył.

„Co?"

„Zrobiliśmy jej niedawno badania krwi i wynik był pozytywny. Wczoraj wieczorem pobrałem jej kolejną próbkę krwi i potwierdziło się – twoja córka jest w ciąży".

„To niemożliwe! Zabiję tego małego drania!"

„A co to da?" – zapytał. „Musisz się uspokoić i mnie wysłuchać. Proszę mnie uważnie wysłuchać".

Wzięła głęboki oddech. Rozluźniła pięści.

„Jest jeszcze wcześnie, a twoja przesadna reakcja nie pomoże ani tobie, ani Grace".

„Czy ona o tym wie?"

„Nie, jesteś pierwszą osobą, której o tym powiedziano. Uznałem, że tak będzie najlepiej. Musimy omówić, jak postąpić".

„Jak postąpić? Nie ma sensu o tym dyskutować. Musimy się tego pozbyć".

„Grace ma szesnaście lat, ma swoje prawa".

„To musi być dziecko Marino!"

„Niekoniecznie. Była tu codziennie, otoczona personelem i gośćmi. Nie był z nią sam na sam aż do ostatniej nocy, a poza tym został tylko kilka godzin, zanim odesłałam go do domu".

„Moja córka chodzi do szkoły i wraca do domu. Wieczorami zajmuje się matematyką i eksperymentami. Nie zna innych chłopców. To musiał być Marino!".

„Ale zanim kogoś oskarżymy, musimy mieć pewność. A co najważniejsze, musimy powiedzieć Grace".

„Najpierw musimy potwierdzić, że to on jest ojcem, a potem możemy jej powiedzieć" – powiedziała Helen.

„Vincente bardzo troszczy się o twoją córkę. Jest zdezorientowany i powiedział mi, że nie zrobili nic więcej poza pocałunkiem. Jednak Grace wierzy, że są małżeństwem. Dlatego jeśli jej powiemy, będzie w 100% pewna, że nosi dziecko Vincente".

„A jeśli to nie jest jego dziecko, to co? Niepokalane poczęcie?"

„Wiem tylko na pewno, że musimy powiedzieć Grace. Będzie potrzebowała twojej pomocy w podjęciu decyzji, co zrobić" – stwierdził Ackerman.

„Jeśli to nie jest jego dziecko, dowód będzie oczywisty – okazuje się, że okrutnie się z nią bawiliśmy, podtrzymując jej fantazje" – powiedziała Helen. „To może być dla niej zbyt trudne do zniesienia".

„Musimy jak najszybciej uzyskać potwierdzenie. Zapytam Vincente, czy zgodzi się na wykonanie badań, kiedy przyjdzie do mnie dzisiaj".

„A jeśli to nie jest jego dziecko, to najprawdopodobniej zgodzi się je usunąć".

„Chcesz jej teraz powiedzieć, że jest w ciąży? Kiedy otrzymamy wyniki testów Vincente, możemy poruszyć z nią temat tego, kto może być ojcem, zakładając, że to nie on" – powiedział Ackerman.

„Tak, myślę, że powinniśmy jej powiedzieć. Im szybciej, tym lepiej".

„Chodźmy teraz do jej pokoju i zobaczmy, jak się czuje. Możemy ocenić sytuację i wtedy zdecydować, co robić".

„Ona musi wiedzieć. Moja córka musi wiedzieć".

***

Vincente dotarł na piętro, na którym leżała Grace, dokładnie w momencie, gdy Helen i doktor Ackerman wychodzili z jego gabinetu.

„Doktorze Ackerman, chciałem z panem porozmawiać" – powiedział Vincente. A potem: „Cześć, Helen".

Spojrzała na niego z gniewem w oczach.

„Musimy wejść i porozmawiać z Grace, ale proszę poczekać na mnie w moim gabinecie. Zaraz wrócę i wtedy porozmawiamy".

Vincente przeczesał palcami włosy. Patrzył, jak Helen i doktor Ackerman oddalają się. Kiedy dotarli do drzwi pokoju Grace, zawahali się przez chwilę, a potem weszli. Zastanawiał się, skąd to wahanie.

Czuł się winny, że zostawił Grace samą. Chciał ją zobaczyć – naprawić relacje między nimi.

W gabinecie doktora Ackermana zamknął za sobą drzwi i nalał sobie szklankę wody. Vincente usiadł i wziął do ręki magazyn sportowy. Przeglądał go, czekając, ale jego umysł był zbyt rozkojarzony. Nie mógł usiedzieć w miejscu, więc wstał i zaczął chodzić po pokoju. Włożył ręce do kieszeni. I czekał.

***

„Jestem taka szczęśliwa!" – wykrzyknęła Grace. „To najlepsza wiadomość dla Vincente i dla mnie. Będziemy mieli dziecko!"

Helen objęła córkę, która drżała z podekscytowania.

„Grace, musisz zachować siły i jeść. Słyszałam, że nie jesz śniadań?" – powiedziała dr Ackerman.

„Wtedy nie miałam na to ochoty, ale teraz coś zjem. Proszę, przynieś mi coś! Jestem taka podekscytowana!" – wykrzyknęła Grace.

Po kilku głębokich oddechach Grace powiedziała: „Proszę, poproś Vincente, żeby przyszedł do mnie. Nie mogę się doczekać, żeby mu przekazać tę wiadomość!".

ROZDZIAŁ 39

„Dziękuję za cierpliwość, Vincente" – powiedział doktor Ackerman.

„Jak się czuje Grace dziś rano?".

„Promienieje! Sen bardzo jej pomógł, a ty też wyglądasz na wypoczętego. Dobrze spałeś?".

„Tak, spałem jak suseł".

„Wiem, że nie jesteś moim stałym pacjentem, ale chciałbym poprosić o zgodę na wykonanie badania krwi".

„Badanie krwi. Dlaczego?"

„Wczoraj wieczorem wydawał się pan przemęczony i pomyślałem, że dobrze byłoby zbadać pana, aby upewnić się, że wszystko jest w porządku".

„Czuję się naprawdę zmęczony".

„W takim razie zbadamy pana" – powiedział Ackerman. „Proszę podwinąć rękaw, a ja od razu pobiorę próbkę".

Po pobraniu próbki i schowaniu fiolki doktor Ackerman przedstawił Vincente formularz zgody do podpisania. Upoważniał go on do wykorzystania próbek krwi do wykonania wszystkich niezbędnych badań.

„Czy mogę ją zobaczyć?" – zapytał Vincente.

„Dzisiaj nie, ale proszę przyjść jutro. Być może wtedy będzie pan mógł ją zobaczyć".

„Ale powiedział pan, że wyglądała promiennie i wypoczęta".

„Tak, i chcemy, żeby tak pozostało! Proszę iść do domu i wrócić jutro. Daj jej trochę przestrzeni, trochę czasu. Jest teraz z matką".

„Dobrze, doktorze. Do zobaczenia jutro".

„Dziękuję, Vincente" – powiedział doktor Ackerman, wychodząc w pośpiechu z próbkami krwi. Nie mógł się doczekać, aby dostarczyć je do laboratorium.

***

Dwadzieścia cztery godziny później wszyscy zebrali się w pokoju Grace.

Kiedy doktor Ackerman w końcu przybył, nie uśmiechał się. Nie rozmawiał ani nie nawiązywał kontaktu wzrokowego z żadną z trzech obecnych osób. Trzymał wyniki blisko klatki piersiowej na tabliczce z klipsem.

Grace była podekscytowana.

Helen zacisnęła pięści i szczękę. Wyglądała jak ktoś, kto bardzo potrzebuje skorzystać z toalety.

Vincente nie miał pojęcia, o co chodzi.

„Dzień dobry wszystkim" – zaczął doktor Ackerman. „Na podstawie badań krwi wygląda na to, że Grace i Vincente spodziewają się dziecka".

Grace wybuchnęła radością i otworzyła ramiona, aby przytulić Vincente.

Vincente stał i patrzył na Grace. Był bledszy niż prześcieradła na łóżku. „Jak to możliwe?" – zapytał sam siebie, a potem powiedział głośno: „Jak to możliwe, skoro tylko się całowaliśmy?".

Helen zemdlała i upadła na ziemię z głośnym łomotem.

ROZDZIAŁ 40

GRACE? OBUDŹ SIĘ, GRACE. Czas już iść" – szepnął
„ dziecięcy głos.

Grace zadrżała. W pokoju było bardzo zimno i ciemno.
Patrzyła, jak po drugiej stronie pokoju żaluzje falowały na wietrze.
Wyglądało na to, że okno było szeroko otwarte.

Okna w szpitalu się nie otwierają, pomyślała.

Mała rączka chwyciła Grace za rękę i wyciągnęła ją z łóżka.

Grace, wciąż na wpół śpiąca, na wpół przebudzona, szła obok
dziecka. Razem podeszły do otwartego okna, jakby w transie.

Mała dziewczynka również była ubrana w białą lnianą koszulę
nocną z czerwonymi wiązaniami. „Trzymaj się mocno" –
powiedziała, wkładając miękki kocyk w ramiona Grace.

Grace instynktownie objęła koc i przytuliła go do siebie.

Ich koszule nocne powiewały i szeleściły, gdy zbliżały się do
okna.

W świetle księżyca Grace rozpoznała dziewczynkę, która
pojawiła się już dwukrotnie. Raz na środku drogi, a drugi raz,
gdy Grace utknęła na wielkim drzewie. Drżała, gdy koszula nocna
dziewczynki mieniła się w świetle księżyca.

Dziewczynka wspięła się na parapet okna, cały czas trzymając Grace za rękę. Pociągnęła ją, ale Grace nie mogła ruszyć się z miejsca.

„Dokąd idziemy?" – zapytała Grace.

„Do serca świata" – wyjaśniła dziewczynka.

Grace mocno przytuliła koc do piersi i spojrzała na swoje stopy. Próbowała wyrzucić z głowy to, co wydarzyło się ostatnim razem, kiedy została wyciągnięta przez okno w noc.

Mała dziewczynka nadal patrzyła na Grace z niecierpliwością. „Jestem struną" – powiedziała. „Musisz teraz pójść ze mną. Oni czekają".

„Kto czeka?" – zapytała Grace.

„Zobaczysz" – odpowiedziała mała dziewczynka. „Chodź".

Grace jedną ręką trzymała koc, a drugą kręciła czerwonym sznurkiem w kółko. Grała na czas – nie chciała siadać na parapecie. Nie chciała wychodzić w noc. Tym razem nie musiała iść. Nie chciała iść.

„Pospiesz się, Grace. Czekają na ciebie od zawsze" – wyjaśniła mała dziewczynka.

Grace cofnęła się.

Kiedy Grace nie dołączyła do niej, mała dziewczynka zeszła z parapetu. Ponownie wzięła Grace za rękę. Trzymała ją mocno i poprowadziła do okna. Na kilka sekund ich stopy uniosły się z podłogi i wkrótce siedziały obok siebie na parapecie.

Razem siedziały i patrzyły na twarz księżyca.

„Weź głęboki oddech" – powiedziała mała dziewczynka, a potem cicho odliczyła: „5, 4, 3, 2, 1!".

I razem spadły do przodu w cimmeryjską noc.

ROZDZIAŁ 41

P O WIELU MINUTACH SPADANIA, które wydawały się godzinami, wylądowali na grzbiecie czekającej bestii.

Nie była to ta sama bestia, która jakiś czas temu przeniosła Grace i złożyła ją wysoko na drzewie.

Ta bestia nie była futrzasta ani pierzasta. Zamiast tego miała skrzydła z metalu, które odbijały światło księżyca i gwiazd, gdy przelatywała przez czarne niebo.

Grace miała tak wiele pytań, ale wiatr wył, a bestia co chwilę wydawała z siebie grzmiący ryk. Grace ściskała koc, cały czas żałując, że nie trzyma się Vincente.

Mała dziewczynka odrzuciła swoje ciemne włosy do tyłu i podniosła twarz w kierunku księżyca. Zamknęła oczy i zaczęła nucić kołysankę. Grace rozpoznała melodię; była to ich piosenka, jej i Vincente. Grace zamknęła oczy i zapadła w głęboki sen.

ROZDZIAŁ 42

Lecieli wyjątkowo długo, aż Matka Słońce zaczęła rodzić nowy dzień.

To był dla nich sygnał, aby rozpocząć schodzenie. Grace i mała dziewczynka trzymały się mocno metalowej bestii, a światło słoneczne odbijało się od jej ciała, powodując wyładowania elektryczne we wszystkich kierunkach. Niebo rozjaśniło się, a oni spadali przez chmury niczym fajerwerki w ciągu dnia.

Następnie chmury zaczęły się rozstępować, gdy schodzili w kierunku serca Ziemi.

W oddali Grace dostrzegła gigantyczny czerwony kamień, który płonął w słońcu. Otaczała go piaszczysta powierzchnia.

Jednak gdy mrugnęła kilkakrotnie, ocean zaczynał się i kończył na krawędziach skały. Fale rozbijały się i toczyły, ale nigdy nie przekraczały krawędzi monolitu. Wyglądało to tak, jakby ocean zaczynał się i kończył właśnie tutaj, przy skale.

Zbliżając się, Grace dostrzegła wzór koncentrycznych okręgów. Z powietrza to, co widziała poniżej, wyglądało jak gigantyczna tarcza do rzutek.

Rozpoznając wzór, Grace była w stanie podzielić odległość między kolejnymi pierścieniami i rozróżnić poszczególne regiony.

Na zewnątrz czerwony piasek, który sporadycznie unosił się, jakby ziemia wdychała i wydychała powietrze. Kolejny okrąg, jak już wyjaśniliśmy, był oceanem, zaczynającym się i kończącym tam, gdzie fale muskały czerwoną skałę, nie przelewając się. Czerwona skała tworzyła pierścień, a z niego wyrastał krąg drzew.

Drzewa wyciągały swoje gałęzie ku sobie, ale jedno drzewo górowało nad wszystkimi innymi: drzewo oliwne. Sięgało ono aż do chmur wysoko ponad metalowym ptakiem, na którym leciała Grace. Obok drzewa oliwnego rosły klony, palmy i eukaliptusy o normalnych rozmiarach – żeby wymienić tylko kilka. Ta sekcja zaczynała się i kończyła drzewami, a następnie ponownie widoczny był dzielący krąg czerwonego piasku.

Wewnątrz drzew znajdowała się kolejna sekcja kwiatów. Składała się z słoneczników, złotych akacji, tulipanów, róż i wielu, wielu innych.

Potem znów pojawił się czerwony piasek, a po nim bardzo wysokie zwierzęta, takie jak dinozaury, żyrafy, słonie i niedźwiedzie.

Tam, gdzie kończyła się ta sekcja, zaczynała się kolejna. Czerwony piasek, a następnie kolejne kręgi stworzeń wodnych, takich jak wieloryby, rekiny i meduzy. Woda spływała po nich i wokół nich, nie dotykając żadnej z pozostałych sekcji, ponieważ były one chronione i zamknięte.

W kręgu znajdowały się wszystkie latające i szybujące zwierzęta. Były tam kruki, lisy, motyle i kakadu. Unosiły się i opadały, jakby trzymał je w powietrzu wyimaginowany lalkarz. Bestia, na grzbiecie której podróżowały Grace i mała dziewczynka, zajęła swoje miejsce w tym kręgu.

Po kolejnym kręgu z piasku znajdowała się sekcja gadów, torbaczy i wielu innych zwierząt, tak aby każdy typ i gatunek był reprezentowany w swoim rodzaju.

Było zbyt wiele sekcji, aby Grace mogła je wszystkie policzyć. Dźwięki dochodzące z nich unosiły się z ziemi, prawie jakby mówiły jednym głosem.

Teraz, gdy zbliżały się coraz bardziej, Grace mogła również dostrzec kręgi ludzi.

Mężczyźni i kobiety, zarówno młodzi, jak i starzy, byli podzieleni na sekcje. Pochodzili z całego świata i reprezentowali wszystkie kultury aborygeńskie i rdzenne. Niektórzy byli ubrani w tradycyjne stroje. Niektórzy nosili włócznie. Niektórzy nosili bumerangi. Inni byli ubrani w futra i pióra, a kilku miało pomalowane twarze. Jeszcze inni tworzyli muzykę za pomocą pałek deszczowych i bębnów.

Gdy się zbliżali, wszyscy mieszkańcy kręgu intuicyjnie wyczuli obecność Grace. W synchronizacji każda sekcja zaczęła się kołysać. Czerwony piasek unosił się i opadał w granicach kręgu.

Leceli coraz bliżej i przez chwilę Grace wydawało się, że widzi Vincente. To była prawda. Stał w kręgu z innymi chłopcami w tym samym wieku. Każdy z nich miał blond włosy i nosił długą szatę sięgającą do ziemi, podobną do tej, którą noszą mnisi.

Wzrok Vincente spotkał się z wzrokiem Grace. Machnął rzeźbionym przez Aborygenów człowiekiem w powietrzu, aby potwierdzić jej obecność.

W słońcu Grace zauważyła, że na jego palcu znów znalazł się rodzinny pierścień. Chłopcy podnieśli ręce w jej kierunku. Grace na chwilę oślepiło światło słoneczne odbijające się od wszystkich pierścieni. Wszyscy nosili dokładnie takie same pierścienie jak Vincente.

Mrugając, aby powrócić do rzeczywistości, Grace zobaczyła, jak każdy z chłopców zdejmuje pierścień i kładzie go przed sobą na małym kwadracie materiału.

Wewnątrz sekcji chłopców znajdowało się koło dziewcząt. Ponownie były ich tysiące, po jednej dziewczynie na każdego chłopca. Wszystkie dziewczęta były ubrane w białe lniane koszule nocne z czerwonymi wiązaniami wokół kołnierzyków. Każda dziewczyna trzymała w ramionach koc.

Gdy zbliżali się do lądowania, Grace obserwowała, jak czerwone wiązania unosiły się i opadały na wietrze, a potem znów się uniosły i opadły.

Vincente spojrzał Grace prosto w oczy. O mało nie zeskoczyła z grzbietu bestii, ale Vincente odwrócił wzrok, jakby była dla niego martwa. Jej stopy dotknęły piasku. Pobiegłaby do niego, gdyby mała dziewczynka nie powstrzymała jej, chwytając ją za rękę.

Grace dołączyła do kręgu, w którym dziewczynki czekały w ciszy. Grace miała wiele pytań, które chciała zadać i na które potrzebowała odpowiedzi. Mała dziewczynka przyłożyła palec do ust i powiedziała: „Ciii”.

Czerwona chusta Grace unosiła się i opadała w rytm innych dziewcząt, gdy muskał je ciepły wiatr. Chociaż było jej ciepło, Grace zadrżała.

„Połóż koc na ziemi przed sobą" – zażądała mała dziewczynka.

Pozostałe dziewczynki w kręgu poszły za przykładem Grace.

Grace ponownie próbowała zadać pytanie, ale tak jak poprzednio, mała dziewczynka powiedziała tylko: „Cicho".

ROZDZIAŁ 43

Teraz dodano cztery nowe sekcje. Krąg z czerwonego piasku, a następnie krąg z tkaniny z pierścieniem przed chłopcami. Następnie kolejny krąg z piasku i krąg z koców przed dziewczynkami.

Wtedy rozpoczęło się śpiewanie. Zaczęło się na zewnątrz i przechodziło od sekcji do sekcji. Każda sekcja miała swój dźwięk, które razem tworzyły pieśń. Razem unosili się na skrzydłach melodii, podczas gdy słońce wspinało się coraz wyżej w nowo narodzonym dniu.

Tak szybko, jak się zaczęło, śpiewanie ustało.

Przez chwilę panowała absolutna cisza. Potem wszyscy razem ryknęli jednym głosem, jedną pieśnią.

Był to piękny dźwięk, uspokajający i kojący, zupełnie nie taki, jak można by sobie wyobrazić, ale tak głośny, że Grace zakryła uszy.

Mała dziewczynka dostrzegła strach Grace i szepnęła jej do ucha: „Ziemia znosiła ten ból przez tak długi, długi czas. Teraz uwalnia się od niego. Od tego zależy jej przetrwanie. Nie bój się. Jesteś świadkiem uzdrowienia".

Grace opuściła ręce i zamknęła oczy, a kiedy przestała się bać, mogła to wszystko poczuć i docenić.

Matka Słońce wlała swoje promienie do serc wszystkich obecnych. Wydawało się, że wyciągała bicie serc, synchronizując je. Sprawiała, że rezonowały one w jednym biciu serca wszechświata.

„Powiedz to teraz" – powiedziała mała dziewczynka. „Grace, wypowiedz te słowa".

Grace wzruszyła ramionami, zdezorientowana. Nie miała pojęcia, czego dziewczynka od niej oczekuje.

„Powiedz to teraz. Wymów te słowa, słowa. Słowa, których cię nauczono. Jesteś ostatnią osobą. Musisz je teraz wypowiedzieć. Wszyscy czekamy".

Umysł Grace powrócił do piosenki, którą dziewczynka śpiewała jej jakiś czas temu. Nie była pewna, czy pamięta słowa. Jednak instynktownie wiedziała, że je pamięta.

Wszyscy milczeli. Wszyscy czekali.

Grace wzięła głęboki oddech, ale nie była w stanie wydobyć z siebie ani jednego dźwięku.

„Mów prosto z serca" – powiedziała dziewczynka. „A słowa same popłyną".

Grace uspokoiła oddech i zamknęła oczy. Słowa wylewały się z jej ust jak dar:

„Jestem kobietą rysującą,

Jestem płaczem;

Jestem tajemniczym głosem,

Jestem westchnieniem;

Jestem tym, co słychać

Cicho o zmierzchu;

Ptaki odpowiadają śpiewem,

Kwiaty piżmem;

Jestem tą bolesną rośliną,

Wypowiadam się tam, gdzie woła

Samotny ptak wędrujący

Wzdłuż mglistych wodospadów;

Jestem kobietą rysującą,

Nie mijaj mnie;

Jestem tajemniczym głosem,

Usłysz mój krzyk;

Jestem mocą, którą noc

Tracą za granicą;

Jestem korzeniem życia;

Jestem akordem". *

Dziewczęta z sekcji zaczęły śpiewać. Jedna piosenka dla jednej, jedna piosenka dla wszystkich. Następnie połączyły ręce i kołysały się w cieple Matki Słońca.

Mała dziewczynka uśmiechnęła się do Grace, a następnie przemieniła się z powrotem w kruka. Poleciała w kierunku sekcji, gdzie powitał ją dźwięk trzepoczących skrzydeł.

Podczas śpiewu mężczyźni i kobiety zaczęli gromadzić się poza kręgiem. Byli ubrani w tradycyjne stroje i przybyli do czerwonej skały z wielu odległych krain. Stali razem w parach i trzymali się za ręce. Wkrótce ręce się rozdzieliły, a mężczyźni stanęli w szeregu prowadzącym do kręgu mężczyzn, a dziewczęta stanęły w szeregu prowadzącym do kręgu dziewcząt.

Chłopiec z plemienia Aborygenów stanął przed pierwszym blondynem i objęli się. Następnie blondyn podniósł swój pierścień i kwadratowy kawałek materiału i położył go na otwartej dłoni chłopca z plemienia Aborygenów. Chłopiec z plemienia Aborygenów założył pierścień na palec. Ponownie się objęli, a chłopiec z plemienia Aborygenów czekał.

Partnerka chłopca stanęła przed pierwszą dziewczyną ubraną w białą lnianą suknię. Dziewczęta uściskały się tak samo jak chłopcy. Dziewczyna dała dziewczynie z plemienia Aborygenów czerwoną wstążkę z sukni. Ponownie się uściskały, a następnie dziewczyna schyliła się, podniosła koc i wraz ze swoim partnerem ruszyła w kierunku słońca. Gdy para wkroczyła w światło, zniknęła.

To samo zdarzenie powtarzało się przez wiele, wiele godzin. Razem mężczyźni i kobiety wypełnili lukę czasu. Było wiele płaczu i uścisków. Wkrótce jedynymi osobami, które pozostały, byli Vincente i Grace oraz para poza kręgiem.

Ostatni Aborygen wszedł do sekcji i wraz z Vincente dokonali wymiany.

Wtedy zawiniątko u stóp Grace zaczęło płakać.

To nie był tylko koc. To nie było puste zawiniątko. To było dziecko. Dziecko Grace i Vincente.

Grace pochyliła się, aby pogłaskać kocyk, ale Aborygenka już tam była i ceremonia się rozpoczęła.

Dziecko nadal płakało u stóp Grace.

Spojrzała na rękę kobiety i zobaczyła, że drży.

Kobieta objęła Grace.

Grace spojrzała przez ramię, aby upewnić się, że partner kobiety nosi teraz pierścień Vincente. Tak było, co oznaczało, że Vincente wyraził zgodę.

Po policzku Grace spłynęła łza buntu.

Kolejnym elementem ceremonii było wręczenie czerwonego opaski. Jeśli Grace odmówiłaby jej przekazania, umowa nie doszłaby do skutku. Chciała zobaczyć swoje dziecko, pocieszyć je.

Kobieta ponownie objęła Grace.

I wtedy to się stało.

ROZDZIAŁ 44

FALE OTACZAJĄCE CZERWONY MONOLIT unosiły się coraz wyżej i wyżej, aż owinęły się wokół czerwonej skały i utworzyły nową sekcję okrągłych, gigantycznych ekranów filmowych.

Gdy nowy krąg ekranów był gotowy, ziemia pod stopami Grace zaczęła drżeć i trząść się, rozpadając się na kawałki. Platforma uniosła Grace i jej dziecko coraz wyżej i wyżej.

Przed nią na ekranach zaczęła pojawiać się historia rdzennych i tubylczych ludów świata. Była świadkiem, jak dzieci były porywane, kradzione i przekazywane nieznajomym, a rodzice płakali nieustannie przez dni, lata i stulecia.

Z każdym porwanym dzieckiem drzewo oliwne skręcało się i zadawało ranę ciału Grace. Początkowo krzyczała z bólu, ale gdy spojrzała w zranione oczy tych dzieci, które zostały oderwane od swoich rodzin, otworzyła ramiona i przyjęła ból, obejmując go jako część swojej istoty. Teraz zrozumiała, że drzewo oliwne było stałym elementem. Łączyło to miejsce z tamtym, ich z nami, światy.

Kiedy zaakceptowała ból w swoim ciele, spojrzała w kierunku Vincente. Próbował do niej pobiec, ale jego stopy nie pozwalały mu na to. Było to tak, jakby były przytwierdzone do ziemi.

Obróciła się, krew kapała z jej otwartych ran i zawołała Matkę Ziemię, która opuściła ekrany i przywróciła Grace na równy grunt, gdzie czekała aborygeńska dziewczyna.

Gdy tylko znalazła się z powrotem na twardym gruncie, Grace bez wahania objęła Aborygenkę, szepcząc jej do ucha przeprosiny i wręczając jej czerwoną wstążkę.

Aborygenka podniosła dziecko, które teraz należało do niej. Pomachała i nie oglądając się za siebie, pocieszała swoje dziecko, a następnie ruszyły w kierunku ciepłych promieni słońca.

Początkowo dziecko znów zaczęło płakać, ale wkrótce się uspokoiło, a powietrze stało się spokojne, bardzo ciche i wyraźnie wyciszone.

Następnie rozległ się pandemonium hałasu, gdy wszystkie drzewa i zwierzęta zaczęły ryczeć synchronicznie.

Kruk przeleciał do miejsca, w którym stała ostatnia dwójka, Grace i Vincente. Dziewczynka znów zmieniła się w małą dziewczynkę i wyciągnęła rękę do Vincente, a potem do Grace.

Równowaga Matki Ziemi została przywrócona; cała trójka wyszła na słońce.

„Jeszcze jedno” – szepnęła mała dziewczynka, a potem puściła ich ręce.

ROZDZIAŁ 45

Z IEMIA ZACZĘŁA DRŻEĆ I trząść się pod ich stopami.

Grace i Vincente trzymali się za ręce, gdy siły popychały ich do siebie i od siebie, do siebie i od siebie.

Trzymali się za ręce, gdy uniosły ich nad ziemię.

Kręcili się i kręcili w czarnym tunelu, prawie jakby byli wewnątrz wirującego czarnego parasola.

Trzymali się razem. Pocałowali się.

Rozległo się zjednoczone wołanie.

W mgnieniu oka Matka Ziemia przywróciła wszystko i wszystkich do miejsc, w których mieli się znaleźć.

I po raz kolejny czerwony monolit stał samotnie.

EPILOG

MŁODY MĘŻCZYZNA SIEDZIAŁ OKRAKIEM na desce surfingowej w Manly Quay.

Czekał na wielką falę.

W oddali dostrzegł coś migoczącego i kołyszącego się.

Popłynął w tę stronę. Był to aparat fotograficzny.

Założył pasek na szyję i kiedy w końcu nadeszła wielka fala, popłynął na desce do brzegu.

Później przez dłuższą chwilę chodził po plaży, pytając, czy ktoś zgubił aparat. Nikt się po niego nie zgłosił.

Zaciekawiony, zaniósł go do lokalnego sklepu fotograficznego. Film w środku nie był uszkodzony ani zamoczony. Poprosił o wywołanie.

Kilka godzin później, kiedy film był gotowy, surfer wrócił do sklepu fotograficznego. Młoda kobieta za ladą przeprosiła go, ponieważ na filmie było tylko jedno zdjęcie.

Otworzył kopertę.

Młody mężczyzna o blond włosach, ubrany w czarną marynarkę, bez koszuli i w czarnych dżinsach, stał w objęciach kobiety o kasztanowych włosach, ubranej w tiara i koronkową suknię ślubną. Wyglądali na bardzo szczęśliwych. Za nimi lampki choinkowe, księżyc i ocean stanowiły idealne tło dla ich ślubu.

Nie rozpoznając żadnej z tych osób, wyrzucił zdjęcie i aparat do kosza.

W oddali krzyczały trzy kruki.

PODSUMOWANIE

Tak było
I tak zawsze będzie...
Dzieci płacą cenę
Za historię.

PODZIĘKOWANIA

*DAME MARY GILMORE (1865-1962)
Wiersz Dame Mary Gilmore zatytułowany „The Song of The Woman-Drawer" („Pieśń kobiety-rysowniczki") został zamieszczony w niniejszej książce dzięki uprzejmości wydawnictwa ETT Imprint z Sydney w Australii.
Aby dowiedzieć się więcej o twórczości Mary, prosimy skorzystać z poniższych linków, które były aktywne w momencie publikacji:
http://lib.unsw.adfa.edu.au/speccoll/finding_aids/gilmore_mary.html
http://adb.anu.edu.au/biography/gilmore-dame-mary-jean-6391
http://banknotes.rba.gov.au/australias-banknotes/people-on-the-banknotes/dame-mary-gilmore/
http://www.civicsandcitizenship.edu.au/cce/gilmore,9133.html
http://www.portrait.gov.au/portraitofanation/gilmore-biography.html
http://trove.nla.gov.au/people/463377?c=people

PROPOZYCJE LEKTUR

Wszystkie linki były aktywne w momencie publikacji:
GADIGAL Z NARODU EORA I RDZENNI
AUSTRALIJCZYCY
http://www.sydneybarani.com.au/sites/aboriginal-people-an
d-place/
http://www.australia.gov.au/about-australia/australian-story/
austn-indigenous-cultural-heritage
http://lib.unsw.adfa.edu.au/speccoll/finding_aids/gilmore_
mary.html
BIOGRAFIE KOBIET MATEMATYKÓW
http://www.ams.org/women-mathematicians
http://womenshistory.about.com/od/sciencemath1/ss/Wome
n-in-Mathematics-History.htm
KOBIETY NAUKOWCZYNIE:
http://womenshistory.about.com/od/airspacesciencemath/tp
/Famous-Women-Scientists.htm

http://www.smithsonianmag.com/science-nature/ten-historic-female-scientists-you-should-know-84028788/?no-ist

LEONARDO FIBONACCI (1175-1250)

https://www.mathsisfun.com/numbers/fibonacci-sequence.html

http://www2.stetson.edu/~efriedma/periodictable/html/F.html

ALBERT EINSTEIN (1879-1955)

http://www.nobelprize.org/nobel_prizes/physics/laureates/1921/einstein-bio.html

UWAGA OD AUTORA

Drodzy czytelnicy,

Dziękuję za wybranie opowieści o Grace i Vincente. Mam nadzieję, że czytanie sprawiło Wam tyle samo radości, ile mi pisanie!

Urodziłam się w Ontario w Kanadzie, ale przez ponad piętnaście lat mieszkałam z rodziną w Sydney w Australii.

W tym czasie odkryłam twórczość Mary Gilmore. Wiersz zawarty w tej powieści bardzo mnie zainspirował i chciałam, aby inni również go odkryli.

Kiedy po raz pierwszy pojawiły się postacie Grace i Vincente, nie byłam pewna, czy jestem gotowa podjąć się tego zadania. Ona była geniuszem matematycznym, a on graczem krykieta – nie miałam zbyt dużej wiedzy na temat żadnej z tych dziedzin. Zanim usiadłam do pisania pierwszego szkicu, musiałam długo rozmyślać, szukać informacji i budować fabułę.

Byłam zajęta pracą nad pierwszym szkicem, kiedy wzięłam udział w Writer's Retreat z Society of Women's Writers NSW

Inc. Podczas jednego z ćwiczeń seminaryjnych otworzyłam się i pozwoliłam sobie na pisanie. Po tym odkryciu historia płynęła naturalnie. Mam nadzieję, że czytanie tej książki sprawi Wam tyle samo radości, ile mi sprawiło jej pisanie.

Obecnie mieszkam w Ontario w Kanadzie z mężem, synem, kotem i psem.

Dziękuję! Jak zawsze życzę przyjemnej lektury!

Cathy

RÓWNIEŻ AUTORSTWA

LITERATURA DLA MŁODYCH DOROSŁYCH

E-Z DICKENS SUPERBOHATER KSIĄŻKA 1 I 2 TATUAŻ
ANIOŁ; TRÓJKA

E-Z DICKENS SUPERBOHATER KSIĘGA 3 CZERWONY
POKÓJ

E-Z DICKENS SUPERBOHATER KSIĘGA 4 NA LODZIE

NON-FICTION

103 Fundraising Ideas For Parent Volunteers With Schools
and Teams (3RD PLACE BEST REFERENCE 2016
METAMORPH PUBLISHING)

SKOK JAK KARIBU!

SKOK I POWIEDZ COCK-A-DOODLE-DO!